국어시간에
설화읽기 1

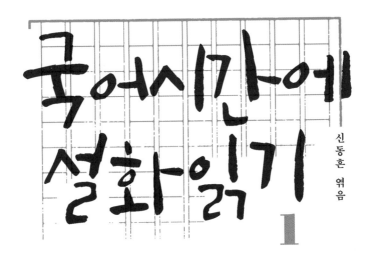

국어시간에 설화읽기

신동훈 엮음

1

Humanist

전래동화로 가공되지 않은 '진짜' 설화의 세계를 만나다

오래도록 입에서 입으로 이어져 온 구전 설화는 인류의 소중한 자산이다. 그 속에는 옛사람들의 삶과 문화, 정서와 가치관 등이 원형적인 형태로 함축돼 있다. 구김 없는 상상의 세계를 즐겁게 여행하는 가운데 인간과 세상에 대한 다양하고도 충만한 간접 체험을 할 수 있다.

구전 설화는 어문학 교육을 위한 최고의 자료라 할 만하다. 오랜 세월의 검증을 거치며 살아남은 옛이야기들은 원형적 구조와 보편적 의미 요소를 간직하고 있다. 깊은 재미와 감동, 교훈을 전해 주는 한편, 이야기(story)의 기본 원리와 특징을 깨우치도록 해 준다. 입말〔口語〕 표현이 지니는 맛과 멋을 생생하게 체득할 수 있다는 것 또한 소중한 가치다.

흔히 옛이야기가 어린이를 위한 것이라고 생각하는데 그렇지 않다. 설화는 남녀노소 만인 공통의 것이다. 어린이는 어린이대로 어른은 어른대로 보이는 만큼 보고 느끼는 만큼 즐길 수 있는 것이 바로 설화의 세계다. 어릴 적 동화책에서 읽은 이야기를 어른이 되어서 다시 보면서 또 다른 재미와 깨우침을 얻을 수 있다. 설화가 본래 개방적이고 다층적인 의미 요소를 지니기 때문이다.

설화는 청소년에게 각별한 의의를 지닌다. 청소년기는 자기 정체성에 대한 고민과 삶의 방식에 대한 성찰의 시기라 할 수 있는데, 이는 설화의 기본 화두이기도 하다. 설화는 복잡하고 어려운 삶의 문제들을 전형적이고 상징적인 서사로 압축하는 가운데 명쾌하고 계시적인 해법을 열어 준다. 서사(敍事)의 형태로 각인되는 설화적 깨우침은 마음속에 깊이 남아 성장을 위한 동력이 된다.

오늘날 청소년이 설화를 체험할 수 있는 기회가 양적으로나 질적으로 턱없이 부실하다. 학교 교과 과정에 설화가 일부 포함돼 있지만 형식적인 수준에 그치고 있다. 설화의 교육적 가치에 대한 인식과 교재로 활용할 만한 설화 자료가 부족하기 때문이다. 전래 동화로 가공된 설화는 청소년에게 더이상 어울리지 않는다. 윤색되지 않은 진짜 설화를 경험해야 하는데, 설화 원본은 거칠고 어려워 접근하기가 만만찮다. 어떤 자료를 어디서 어떻게 찾아서 봐야 할지 감을 잡기 어려운 형편이다.

이 책은 청소년과 일반인이 쉽게 보고 활용할 만한 구비 설화 모음집이다. 현지 조사를 통해 직접 수집한 원전 설화 자료 가운데 찬찬히 읽고 되새겨 볼 만한 가치가 있는 것들을 한데 묶었다. 양질의 자료를 엄선해서 주제별로 엮고, 이야기마다 필요한 주석과 함께 작품 해설을 제시함으로써 내용을 쉽게 이해하고 음미할 수 있도록 했다. 음원 자료를 함께 제공하여 구술 이야기의 참맛을 느낄 수 있도록 한 것도 이 책의 특징이다. 여러 이야기 가운데는 뛰어난 이야기꾼들이 구연한 문학성 높은 것들이 포함돼 있다. 충분하다고는 할 수 없겠지만, 한국 구전 설화의 본령을 다양하게 경험하는 데 그리 부족함이 없을 것이다.

설화는 교육 현장에서 다양한 형태로 활용할 수 있다. 눈으로 보기, 귀로 듣기, 소리 내어 읽기, 이야기로 구연하기 등으로 작품을 체험할 수 있다. 짧고 간단한 내용 속에 흥미로운 화두들이 응축되어 있어서 다양한 해석과 평가 작업을 수행하기에도 적합하다. 논술의 주제로 삼아 글을 작성하고 발표와 토론 활동을 하기 좋은 이야기도 많다. 이야기 내용을 창의적으로 재구성해서 말이나 글로 표현하는 일도 설화에 어울리는 유익한 활동이다. 이 책에서는 이야기마다 작품 해설과 함께 '생각거리'를 둠으로써 그와 같은 활동을 위한 작은 지침이 되도록 했다. 그 활동은 혼자서 수행할 수도 있고, 모둠이나 학급 차원에서 함께 진행할 수도 있을 것이다.

삶의 현장으로부터 길어 올린 이 설화 모음집이 자라나는 청소년들에게 구비 설화의 재미와 가치를 제대로 경험할 수 있게 해 주기를 기대한다. 청소년이 오랜 세월을 이어 온 '진짜 이야기'의 참맛을 체득하고 그것을 자기 식으로 되살려 냄으로써 사람들의 마음을 움직일 수 있는 이야기를 맘껏 펼쳐 내는 이야기꾼으로 성장할 수 있다면 더 바랄 게 없을 것이다. 젊은이들이 너나없이 훌륭한 이야기꾼이 될 수 있다면 세상은 참으로 즐겁고 행복해질 것이다.

가자, 이야기꾼의 길로. 신명 나는 미래를 펼쳐 낼 스토리텔러의 길로. 오래 흘러 온 즐거운 이야기들과 함께.

엮은이 신동흔

1 이 책에 실린 설화 자료들은 전문가가 현지 조사를 통해 수집한 것
   들이다. 자료는 엮은이(신동흔)가 직접 듣고 녹음한 것들과 엮은이
   가 연구 책임을 맡아 진행한 현지 조사 사업(도심공원 이야기문화 조사
   연구)에서 수집된 것들로 구성되어 있다. 엮은이가 공동 연구원으로
   참여한 현지 조사 사업(양주 지역 구비 문학 조사연구)에서 수집된 설화
   도 몇 편 들어 있다. 자료는 민담을 위주로 하는 가운데 전설과 실
   화를 일부 포함시켰다.

2 구연자 정보와 함께 조사 일시와 장소, 조사자 등을 밝힘으로써 자
   료의 출처를 명확히 했다. 구연자는 출생연도와 나이를 표시하고
   화자로서 나타난 특징을 소개했다. 표시된 나이는 조사 당시의 한
   국식 나이(설날 기준)다.

3 모든 자료는 녹음된 내용을 충실히 옮기는 형태로 정리함으로써 현
   장 구술 자료의 특성을 살렸다. 사투리 표현과 구연자 특유의 언어
   습관도 살리는 것을 원칙으로 했다. 하지만 이야기 맥락과 상관없
   는 군더더기 표현은 일부 삭제하고, 어법에 안 맞거나 명확하지 않

은 발화 등은 원전을 훼손하지 않는 범위 내에서 조금씩 가다듬었음을 밝혀 둔다. 가공을 거치지 않은 원전은 음원 자료를 통해 확인할 수 있다.

4 이야기 본문 외에 청중과 조사자의 반응을 함께 제시함으로써 현장감을 높였다. 하지만 구연 현장에서 나온 반응과 소리를 다 담지는 않았다. 이야기 맥락을 따라가는 데 방해가 되는 요소는 부분적으로 생략했다.

5 방언이나 어법에 안 맞는 발화, 뜻이 모호한 표현 등은 괄호 속에 약식 주석을 제시하여 내용의 이해를 도왔다. 낯설고 어려운 단어나 구절은 따로 각주를 달아 보충 설명을 했다. 하지만 문맥상 이해가 가능하다고 생각되는 표현은 그대로 두었다.

6 단락 구분과 구두점 등은 원칙적으로 한글맞춤법 규정을 따랐다. 하지만 구어의 특성상 부분적으로 융통성을 발휘하기도 했다. 대사 부분에 자동적으로 따르는 '−고/구'에 대해 줄바꿈을 하지 않고 이어 쓴 것이 대표적인 사례다. [예] "알았다."고./"왔느냐?"구.

이 책은 조사자들한테 흔쾌히 설화를 들려준 여러 구연자가 있었기에 세상에 나올 수 있었다. 그 가운데는 이미 고인이 되신 분들도 있다. 이 자리를 빌려 구연자들께 깊은 감사 인사를 드린다. 엮은이를 도와서 이야기 현지 조사 및 정리 작업에 참여했던 김종군, 김경섭, 심우장 동학과 김광욱, 박현숙, 김정은, 김예선, 김효실, 오정미, 정병환, 유효철, 나주연 등 여러 제자에게도 고마운 마음을 전한다.

제5부 신통한 인물, 특별한 사연

제1부

이런 보물
하나만 있다면

— 설화는 허구적 상상을 특징으로 하는 이야기다. 현실에 실재하는 바에 얽매이지 않는 자유로운 상상력을 통해 흥미를 자아내고 특별한 의미를 살려 낸다. 이때 중요한 역할을 하는 것이 화소(話素; motif)다. 화소는 그 종류가 다양한데, 특징적인 면모를 신기한 사물, 곧 '보물(寶物)'이나 '신물(神物)'을 통해 볼 수 있다. 일상의 틀을 넘어서는 경이로운 힘을 내는 희귀한 물건이 곧 그것이다. 설화 속에서 이런 사물은 그 자체로 관심을 집중시키는 가운데 서사 전개에서 중요한 역할을 한다.

1부에서는 한국의 구전 설화 가운데 특이한 보물에 얽힌 사연이 담긴 이야기들을 보게 될 것이다. 그 보물은 물건이 계속 만들어져 나오는 그릇, 하늘을 날 수 있게 하는 부채, 죽을 사람을 살리는 과일, 집안의 흥망을 좌우하는 명당까지 형태가 다양하다. 중요한 사실은 그 보물들한테 임자가 따로 있으며 빛과 함께 그림자가 공존한다는 것이다. 보물 자체에 집중하기보다 과연 어떤 사람이 보물을 발견하고 가질 수 있는지, 어떻게 해야 화를 면하고 보물의 가치를 제대로 발휘할 수 있는지를 눈여겨볼 때 이 이야기들이 말하고자 하는 바를 제대로 이해할 수 있다.

하늘이
효부에게 내린 보물

신씨

인 저(인제) 형제간을 뒀는데, 아들 형제를 낳았는데…… 근데 대개 공부 많이 하는 사람은 가난해요, 선비가. 왜 그러냐 하면 일을 못 하니께. 조사자/그렇죠. 공부만 하면. 예. 선비는 가난해. 원래가 옛날부텀 선비는 가난하게 살게 마련이에요. 농사꾼은 잘살고.

근데 작은아들은 농사꾼이 되고 큰아들은 선비여. 근데 어머니…… 아버지는 돌아가시고 홀로 계시는 어머니가 있는데 큰아들네 집에서 살아요. 큰아들이 부모를 모시고 사는데, 아 땟거리*가 간 데 없어. 해 드릴 게 없어, 어머니를. 근데 동생은 부자야. 동생은 부자로 아래윗집에서 사는데 부모 해 드릴 걸 안 줘요. 동생은 잘살아도 소용이 없어. 도와주질 안해, 형을. 그래서

* 땟거리 식사 때를 때울 거리. 끼닛거리.

지금도 그렇지만 옛날에도 안식구들이 화목해야 돼. 며느리들이 잘 들어와야 돼, 남의 집. 근데 아들들만 잘하면 소용이 없어요, 여자들 손에 달린 거야. 근데 며느리가 그렇게 깍쟁이야, 작은며 느리가. 그래 가지고 쌓아 놀(쌓아 놓을) 줄만 알았지 부모도 줄 줄 모르고 형제간도 줄 줄 모르고 쌓아 놀 줄만 알아. 저는 먹기 싫 으면 쏟아 내비려두(내버려도) 누구 주는, 주는 성질이 아니야.

그러고 사는데, 개를 큰 거를 개를 세 마리를 멕여요(먹여요). 그런데 보리쌀을 찧어다가 인저 막 방아에다가 찧어다가 그눔이 인제 바구미*가 나고 벌레지(버러지)가 나니께 널어났어, 멍석에다 가. 해에다가 널어났는데 바람 쐐서 담아 놓을라고 널어났는데 이 개들이 먹었어, 그거를. 날보리를, 멍석에서. 마냥 먹구선 울 타리 뒤에 가 가주구 그냥 막…… 옛날엔 울타리잖아요, 울타리? 장광 이렇게 뒤로 울타리 하는 거요. 울타리 뒤에가 가서 막 똥을 쌌어. 보리를 먹고 설사가 나서. 똥을 다 싸 났어요.

그런데 그 큰며느리가, 할먼네(할머니네) 큰며느리가 설설 나가 서 돌아다니다 보니께 개가, 동서*네 개가 보리쌀을 그렇게 먹구 그렇게 똥을 싸 났어. 그래서 '아유, 얼마나 곡식이 많으면 이러 나?' 하곤 그걸 바가지를 가지고 가서 다, 조사자/똥을 주워서? 어, 손으로 주워 담았어. 말라진 거를. 말라진 것도 있고 그냥 금방

• 바구미 쌀과 보리 같은 곡물 사이를 기어 다니며 곡물을 파먹는 작은 곤충.
• 동서 남편 형제의 아내, 아내 자매의 남편. 여기서는 전자에 해당한다.

싸 놓은 것도 있고 한 걸 다 주워 담아서 가지고 앞에 또랑(도랑)을, 내려가는 또랑물 있는 데 가 싹 닦았어요, 그걸. 바가지를 몇 개를 가져와서 또 이 바가지에다 담아 가주(담아 가지고) 씻구 저 바가지에다 담아 가주 씻구 다 헹궈 내비렸어.

그래구(그러고) 깨끗이 씻어서 요만이나 한 사발이나 돼, 보리쌀이. 그놈을 가지고 와서 밥을 했어요. 부엌에 들어가 솥에다가 밥을 해 가지구서는 인자(인제), 밥을 했어도 '아이고! 어머니, 개똥을 씻어서 밥을 해 드리면 벼락을 안 맞을려나.' 생각이 나서 밥 소두방*을 열구는(열고는) 밥을 먼저 지가(자기가) 한 숟갈 뚝 떠 먹었어. 먹었어. 그러구서는 시어머니를 그 밥을 퍼서 반찬하고 상을 차려다 드렸어요.

잘 잡숴, 맛있게.

"어디서 났냐? 이렇게 좋은 보리쌀이 어디서 났냐? 맛있게 먹었다."

"잘하셨네요, 어머니. 배부르게 잡쉈어요?"

그러구는 인저 나니게, 막 쪼끔 있으니게 '우르릉 꽝꽝' 하매(하며) 막 소낙비가 쏟아져요. 천둥 번개며 막 '우르릉 꽝' 소낙비가 쏟아지니께, 이 며느리가 앞치마를 폭 썼어. 앞치마를 폭 쓰구선 마당 가운데 나가선 납죽 엎드렸어요. 비 쏟아지는데.

엎더서 하는 소리가,

* 소두방 '소댕'의 방언. 솥을 덮는 쇠뚜껑으로, 복판에 손잡이가 달려 있다.

"하느님 아버지, 나 좀 살려 주세요. 부모님 하도 해 드릴 게 없어서 개가 보리쌀 먹고 똥 싸 논 걸 갖다서 씻어서 어머니를 해 드렸더니, 나를 벼락을 때리실려고 그러죠? 벼락을 때리세요. 죄는 제가 있습니다."

납작 엎드려서 하느님한테다 기도를 하고 있는 거야. 그러니께 '우지끈 지끈' 하더니 뭘 등어리(등)에다 갖다 팍 뿔쳐(뿌리쳐) 놔.

'아, 인제 내가 벼락을 맞았구나.' 청중 웃음

가만히 인자 있는 거야. 한참 있어도 괜찮아요. 조사자 / 벼락을 맞았는데도? 예.

그래서 비도 그치고. 그래선 손으로 이렇게, 이렇게 돌려서 만져 보니께 무슨 항아리가 딱 붙었어. 조사자 / 항아리가? 예, 옆으로 이렇게 잡아땡겼어요. 잡아땡겨 가지고 보니께 하얀 백미 쌀이 졸졸졸졸졸졸졸졸 나와. 조사자 / 항아리에서요? 어, 항아리에서. 일부 청중 박수

그래서 인제 가지고 들어가서 인제 멧방석(짚방석)을 하나 요렇게 놓구선 그 멧방석에다 요렇게 났어요. 그냥 병 항아리 요런 데로 그냥 백미 쌀이 졸졸졸졸졸졸 나와서 금방 한 말 방석이드만, 또 딴 데다가 바가지를 퍼붓고 나면 또 졸졸졸졸 나와, 금방. 아니 이건 뭐 한없이 나와요. 그러니껜 먹고살게 됐잖아요.

* 그 쌀을 돈 사서 그 돈으로 쌀을 사서. 예전에는 쌀이 교환의 수단으로 널리 사용된 터라 쌀로 돈을 산다는 표현을 많이 썼다.
* 임성 입을 것. 옷.

그 쌀을 씻쳐서(씻어서) 밥을 해서 어머니를 드리고 자기도 먹고 남편도 주고, 그러고 인자 자꾸만 자꾸만 쌀이 생기니께 인제 그 쌀을 돈 사서* 인제 어머니 입성*도 해 드리고 반찬 사다가 해 드리고 인제 살게 되는 거야. 인제 그래서 인제 살게 되는 거예요.

그러니께 동서가 묻네, 하루는 쫓아와서.

"성님, 어떻게 해서 이렇게 갑자기 살게 됐어요?" 그러고.

그래 그런 얘기를 다 했어, 곧이곧대로. 하니께, 아 이 멍청한 년이 또 개를 보리쌀을 먹여 가지곤 또 인제 똥을 쌌잖아요? 그걸 인제 댕기며 담아다가 씻쳐서 인제 밥을 해 놓구는 시어머니 모셔다가 멕인 거야. 조사자/아, 똑같이 한번 할라고? 예, 똑같이. 시어머니를 모셔다가 인제, "어머니, 저희 집에 가시자."고 해 가지고.

아, 근데 벼락을 진짜로 때렸어요. 벼락이 진짜, 벼락이 진짜로 떨어져. 아주 그 집이 몰살을 한 거야, 벼락이 때려서. 그렇게 해서 형은 잘살고 동생은 못살았어요. 청중 박수

신씨(여, 1919년생, 89세)
2007. 4. 16. 대전시 서구 노인복지관
김경섭 심우장 나주연 조사

하늘이 효부에게 내린 보물

한 여인의 효심과 거기에 감동해서 하늘이 내려 준 보물에 관한 이야기다. 개똥을 씻어서 얻은 쌀로 밥을 하는 모습 속에 가난한 사람이 겪었던 삶의 고통과 한이 잘 반영돼 있다. 그런 행동에 대해 하늘이 벼락 대신 보물을 전해 준 역전적인 전개가 감동을 자아낸다. 여인이 얻은 보물이 찬란한 금은보화가 아닌 '쌀이 나오는 항아리'였다는 것도 무심히 넘길 일이 아니다. 거기에는 하루하루 먹고사는 일에 대한 걱정으로부터 벗어나고픈 하층민의 소박하고 절실한 소망이 깃들어 있다고 할 수 있다. 풍족한 양식이야말로 사람들에게 최고의 보물이었던 것이다.

💬 생각거리

- 개똥을 씻어서 얻은 쌀로 밥을 해서 드린 일은 정말로 하늘의 보상을 받을 만한 훌륭한 일이었을까?
- 욕심 많은 동생네가 벼락을 맞아 몰살했다는 결말에 대해 논평하고, 또 다른 결말을 상상해 보자.

요술
항아리

윤등례

옛날에 농부가, 가난한 농부가 살았는데, 아주 너무너무 가난해서 만날 있는 집에 품팔이하러 댕기는 농부가 있었어요. 근데 너무너무 가난해서, 찢어지게 가난해서 아침 밥에 저녁 죽, 그것도 어려워, 살기가.

근데 하루는 그렇게도 쪼끔쪼끔 모아 가지구 부잣집에서 안 쓰는 버리는 밭, 돌무데기 밭…… 돌이 너무 많으니까 밭을 일궈 먹을 수가 없어. 그런 걸 그 사람이 샀어, 그 밭을. 싸게 산 거지.

근데 도저히 뭐, 심글(심을) 수가 없어. 돌이 너무 많아 가지고. 그래서 날마다 이 사람은 어둑어둑해서 나가 가지고 땅이 안 보일 때까지 돌을 자꾸 줏어(주워) 내는 거여. 그래 이제 옥토[•]를 맨들려구.

• 옥토(沃土) 농사가 잘 되는 비옥한 땅.

돌을 줏어 내니까, 아 한 군데 가서, 한 귀퉁이 가서 괭이를 이 렇게 파니까 이상한 소리가 나. 그래서 돌을 줏어 내고 보니까 그 돌이 아니고 딴 게 뭐가 있어. 그래서 다시 또 이러고 보니까, 자 꾸만 파 보니까 항아리가 나오는 거야, 항아리.

이만한, 사람이 들어가도 될 항아리가 하나 나와서, '이게 뭔 가?' 하구 수상해서 그 사람이 그 항아릴 캐냈어요.

항아리 캐내 가지고서는 이 사람이 집에 올 때 그 곡괭이, 괭 이…… 괭이로다가 돌을 캤잖아? 근데 그 항아리에다 괭이를 담 아 가지고 짊어지고 집으로 왔어요.

와 가지고 마누라보고,

"나 가서 이렇게 돌을 캐다가 이걸 줏었어. 그래서 집에서 혹 시 김장이라도 해 먹으라고 주워 왔다."구 그러니까,

"아, 물만 안 새면 써먹죠."

그러군 인제 거기 두라 그랬어. 근데 그 항아리에다 괭이를 담 아 갖구 왔잖아? 그 괭이를 꺼냈는데 그 속에 괭이가 또 하나 들 었어, 괭이가. 그래서 꺼내면 또 하나 들구, 꺼내면 또 하나 들구, 그냥 산더미같이 꺼내도 계속 괭이 거기 하나 있는 거야, 꺼내도.

'아, 이거 희한한 거다.'

하구서는 엽전, 돈…… 옛날엔 엽전을 쓰잖아? 엽전을 하나 넣었어. 넣어 가지구 꺼내니까 하나 꺼내면 또 하나 나왔어. 또 하나 꺼내도 또 하나, 계속 꺼내도 계속 남는 거여. 그 속에 들었 어. 그래서 엽전을 막 산더미같이 쌓아 논 거야.

그래, '야, 이게 희한한 거다.' 그러구서는 인제 거기다 쌀 넣었다 빼면 쌀 나오고, 돈 넣었다 빼면 돈 나오고, 옷 넣었다 빼면 옷이 계속 나오는 거여. 그래서 그 인제 그 사람이 부자가 됐어. 그러니까 이것 밭 팔아먹은 할아버지가 그 소문을 듣고 왔어요. 와 가지고,

"자네네 집이 밭에서 뭐 캤대메(캤다며)?"

그러니까,

"네, 캤어요."

"뭐 캤어?"

"항아리 캤어요."

"그 항아리가 자꾸 뭐가 나온대메?"

그러니까,

"그렇다."고 그러니까는 그 할아버지가 하는 말이,

"자네 항아리 산 거 아니잖아? 밭을 샀지. 그러믄 항아리는 내 거야."

그러는 거야. 그 먼저 할아버지가, 밭 임자가. 그래서,

"아, 그랬어두 어쨌든 그게 할아버지는 이거 몰르구 팔았지 않냐? 돌, 돌 후비다가 내가 이거 얻은 거니까 어쨌든 내 거라."구.

그니까 서로 옥신각신 싸우게 됐어. 싸우게 돼서 이게 개갈이 안 나니까,* 동네 사람 하나가 오더니,

---

* 개갈이 안 나니까 잘 해결이 안 되니까.

"아, 그러면 이럴 거 없이 원님한테 가서 재판을 받아야지."

그래 가지고 원님한테 둘이 다 간 거라. 갔는데 원님이 가만히 생각을 하니까 그 항아리가 원님이 탐이 나는 거야. 이거를 이 사람 줘도 손해고 이 사람을 줘도 손해야.

'아, 이 사람을 줘도 내 께 안 되고 이 사람을 줘도 내 께 안 되니까 요걸 어떡하면 내 걸 만들까?' 그랬어.

그러니까 원님이 판단 내리기를,

"그러믄 둘이 다 자기 거라 그러니까, 누가 가져가도 불공평하니까 그러면 이걸 나라에다 바쳐라. 그러믄 여기다 둬라 이걸."

그러니까,

"여기다 두고 가는 게 젤 공평허겠다."구.

그러니까, 이 두 사람이 원님 앞에서는 꼼짝 못하구, 거기다 두라 그러니까 거기다 두고서 헐 수 없이 떠나간 거 아녀?

근데 이 원님이 그 희한한 항아리를 자기네 마루에다 갖다, 대청마루에 갖다가 딱 놓으니까 마누라가 보고 하는 말이,

"그건 뭔데 가져오셨수?"

"아, 이거 요술 항아리야. 여기서 뭐든지 자꾸 나와, 자꾸 나와."

그러니까,

"뭐가 자꾸 나오는데요?"

그러니까,

"글쎄, 여기서 뭐든지 넣었다 빼면 또 나오구 또 나오구 그러는 요술 항아리라고." 그랬어.

그러니까 그 소릴 듣구 팔십 먹은 노인네 할아버지가, 원님의 아버지지, 아버지가 꼬부랑꼬부랑하고 나와 가지구,

"그걸 뭘 그라냐?"

그러니까,

"아, 아부지, 이 항아리에서 뭐든지 빼믄 나오구, 빼믄 나오구요, 요술 항아리, 이상한 항아리예요."

이 할아버지, 꼬부랑 할아버지가 그 항아리를 들여다봐. 할아버지가 그리 퐁당 빠져 부렀어. 들여다보다가, 들여다보다가 할아버지가 그 항아리에 빠졌다 그 말이야. 그래서,

"아이, 큰일 났네. 할아버지 꺼내 내야 되는데!"

그러구서 인제 할아버지 꺼내 냈는데 그 속에 또 있어. 청중 웃음
그래, 할아버지 꺼내 내면 또 그 속에 또 할아버지 있구, 또 할아버지……. 전부 꺼낸 게 열한 명이나 된다. 이게 꺼냈는데.

아, 그래 이 원님이, 욕심쟁이 원님이 그 요술 항아리 자기가 가질려고 그러다가 열한 명의 아버지를 모시게 됐어요. 노인 할아버지를 열한 명을 모시게 됐는데, 아 원님이 아무리 생각해도 누가 자기 아버진지 알 수가 있어야지, 똑같으니. 그래 가지구 원님이,

'이놈의 항아리 깨 버려야지.'

그러구서 인제 그 항아리를 딱 깨 버렸어.

깨 버리니까 인제 효과가 없지. 그리구서는 원님은…… 그렇게 재판을 하면 안 되지, 원님이 돼 가지구.

그래 가주 이 원님은, 할아버지만 열한 명을 모시게 됐다 그 말씀이여. 아, 그 재물이 탐나서 그렇게 했는데, 그러니까 그 양심을 똑바로 써야 된다, 그런 뜻이에요. 청중 웃음

윤중례(여, 1932년생, 74세)
2006. 1. 4. 서울시 종로구 노인복지센터
김경섭 심우장 김광욱 나주연 조사

💬 해설

물건을 넣으면 자꾸 늘어나서 한없이 나오는 보물 그릇을 '화수분'이라한다. 이 이야기 속의 요술 항아리도 일종의 화수분이라 할 수 있다. 더할 나위 없는 크나큰 보물이지만, 어떻게 쓰는가에 따라 큰 화가 될 수있다는 데 이야기의 묘한 이치가 있다.

욕심을 내서 항아리를 차지한 원님이 아버지를 여럿 모시게 되는 곤경을 치르게 됐다는 결말이 매우 교묘하면서도 큰 웃음을 자아낸다.구김 없는 동화적 상상력 속에 풍자적 의미까지 잘 담아낸 흥미로운 이야기다.

💬 생각거리

- 항아리의 소유권 다툼에 대해 누구한테 권리가 있는지 판명해 보자.
- 이야기 속 원님의 경우처럼 귀한 물건이 오히려 큰 화를 낳게 된 사례를 주변에서 찾아서 발표해 보자.
- 만약 자신이 요술 항아리를 얻게 된다면 어떤 일을 먼저 하게 될지에 대해 자유롭게 이야기해 보자.

사람 살린
천도복숭아

홍봉남

그전에 인제 한 사람이 살았는데 너무 인저 참 아들 하나를 딱 낳았거든? 근데 이제 그러구서 병이 든 거야. 병이 들었는데 사방팔방으로 다 댕기면서 약을 써도 안 낫는 거야 이거는. 안 낫고, 경*을 읽어도 안 나아. 약을 지어 써도 안 나아.

그러다가 이제 어느 한 스님이 와서 하는 말이…… 아, 지금 같으면은 뭐 겨울에도 천도복숭아에 뭐 참외 별 게 다 있지만, 옛날에는 아무것도 없잖아? 그러니까는 인저 어느 스님이 와서,

"아, 이 어른 병은 그저 천도복숭아를 잡수면은 좀 효과가 있을 거 같다."고.

천도복숭아.

• 경(經) 앉은굿에서 잡귀를 쫓기 위해 소리 높여 읊는(읽는) 경전. 앉은굿에서 경전을 읽는 일을 '독경(讀經)' 또는 '경 읽기'라 한다.

근데 그 아들 하나 낳은 것이 참 효자거든 아주. 그러니까,

"스님, 어디 가서 천도복숭아를 구합니까?"

그러니까,

"만약에 바깥에 나가서 큰 무슨 짐승이 하나 엎드려 있걸랑은 그걸 타라."고. 조사자/올라타라고? 어, 올라타라고.

인제 그게 뭐냐 하면 호랑이야.

"그걸 타면은 그 천도복숭아 있는 데를 아마 갈 거라."고.

"가걸랑은 거기다 갖다 내려놓걸랑 그걸 따 가지고 또 오면은 어디 아무 데 가서 있으면은 또 와서 아마 엎드리고 있을 거라."고.

"그래면은(그러면) 엎드리고 있을 때 올라타라."고.

그래 인제 한없이 멀리 가는 거지 인자. 아마 뭐 지금으로 이르면은 한 삼 일, 삼사 일 갔던가 봐. 조사자/호랑이 타고요? 타고. 음. 그래 이제 한 삼사 일 갔는데, 여기 나란지 어느 나란지 갔는데 이렇게 인저 가다가 호랑이가 딱 겨누고 섰는데 보니까 참 그 천도복숭아가 주렁주렁 달렸더래, 인자. 그래서 인제 그거를 내려 가지고 그걸 두루막*에다 막 따서 이렇게 담아 가지고 그 호랑이 있는 데를 내려오니까 호랑이가 딱 엎드려 있거든. 그래서 딱 올라타니까 호랑이가 한 삼 일 동안 또 오는 거야 인자.

그러니까 벌써 한 삼 일, 삼 일, 한 육 일, 칠 일이 된 거잖아? 인제 그래서 다 집으로 와서루(와서), 그 호랑이가 문턱에 와서루

* 두루막 두루마기. 외출할 때 입는 전통 겉옷. 옷자락이 무릎까지 길게 내려온다.

31

사람 살린 천도복숭아

딱 내려 주고서루 아주 인저 지금으로 이르면 이렇게 고개를 딱 경례를 하고서루 사라져 버린 거야. 인저 그 호랭이가.

그래서 인저 그 천도복숭아를 가지고 인저 아버지한테 문을 탁 열고, '우리 아버지가 돌아가시진 않았나?' 하구서 문을 딱 열고 들어가니까는 뭐 숨이 인저 그냥 막 벌럭벌럭하지.

그래서 인저 그 천도복숭아를 막 숟갈로 긁어서 인저 이렇게 해서 입에다가 떠 넣고 또 물을 떠 넣고 또 긁어서 떠 넣고 그러니까 인저 꿀떡 넘어가고 또 꿀떡 넘어가니까, "쉬이." 하거든, 인저 그제서.

그러니께 살아나는 거야. 그러니 막 자꾸 긁어서 인저 막 이래 또 찧어서 인저 이렇게 해 가지고 대구(계속) 퍼서 인저 입에다 넣어 드리고 인저 그라니깐 이거를 아마 몇 개를 인저 아마 메칠간(며칠간) 잡쉈던 거지, 인저 그걸. 그러니깐 이 양반이 살아난 거여 인저.

살아나서 인저 눈을 탁 뜨구서,

"야, 여기가 어디냐?"

"아유, 집입니다."

"아유, 내가 참 저승에를 갔었는데 저승에 가니까 하는 말이, '아직은 오면 안 됩니다. 저 얼마를 더 있다가 그때 가서 오십시오.' 이라구 나를 내쫓아 가주서루 어디론지 어디론지 정처 없이 걸어오다 보니까는 내가 이렇게 일어났구나."

그러더래. 그래 가지고,

"아버지, 이 천도복숭아 약을 잡숫구서루 이렇게 나으셨습니다."

"야, 참 희한한 일도 다 많구나. 그 천도복숭아가 그렇게 약이 좋구나."

인저 그러구서 그 천도복숭아를 먹구서루 참 그 사람이, 그 아버지가 나아 가지구서 참 그 아들을 키워서 장가를 들여 가지고 그럭하고 살았거든? 요, 우리 동네 산다고 지금. 청중 웃음 조사자/ 그 동네가 어딘데요? 예, 우리 동네 살아요. 청중 웃음 우리 동네가 지금 연신낸데 그 이웃에 같이 산다고. 청중 웃음 조사자/연신내에? 응. 청중 웃음 조사자/참 재밌는 얘기네요. 효자 얘기네요. 효자 얘기. 참, 효자 얘기지. 그런 효자가 어디 있어? 그러니께 효자니까 그것도 이렇게 다 돌봐 주는 거야, 그게. 효자가 아니면 안 돌봐 주지.

홍봉남(여, 1927년생, 79세)
2006. 2. 2. 서울시 종로구 노인복지센터
김경섭 김광욱 정병환 나주연 조사

어느 효자가 도승과 호랑이의 도움으로 천도복숭아를 구해서 병든 아
버지를 살렸다는 이야기다. 이야기 속의 천도복숭아는 요즘 시장에서
흔히 볼 수 있는 복숭아 종류가 아닌 '천상의 귀한 복숭아'를 뜻하는 것
으로 이해하는 쪽이 맞을 것이다. 그 복숭아로 죽어 가는 사람을 살릴
수 있었으니 귀한 보물이라 할 수 있다.

하지만 아버지를 살릴 실질적인 힘은 아들의 정성에서 나왔다고 할
수 있으니, 그 자식이야말로 최고의 보물이었다고 할 만하다. 그런 사람
과 가족이나 이웃이 되어서 함께 살 수 있다면 무척 행복한 일일 것이
다. 이야기 끝부분에서 주인공이 화자와 같은 마을에 산다고 한 너스레
가 유쾌한 웃음과 충만감을 전해 준다.

💬 생각거리

• 이 설화의 주제를 예부터 내려오는 속담을 이용해서 표현해 보자.
• 이 이야기 속에서 주인공은 '하늘의 도움'으로 아버지를 살릴 수 있었
  다. 이 설화를 놓고서 옛사람들이 지니고 있던 '천도(天道)'에 대한 믿
  음에 관해 조사해 보자.

학이 날갯짓하는 그림

리석노

초나라 태산이 있거든. 조사자/초나라의 태산? 응, 태산. '태산이 높다 하되 하늘 아래 뫼이로다', 그 시 있제? 조사자/예. 그 태산인디. 거기에서 태산이 상당히 높은데 거기에서 한 백오십 메타(미터) 올라가면은 큰 폭포가 있었다고, 기가 맥힌(막힌) 폭포가.

그렇게 거기다가 노파가 주막집을 짓고 술을 팔아. 그러면은 인제 그 산채에다가 인자 산에서 길러서 닭, 고런 것을 인자 잡아다 안주를 해 가지고 거기서 하는디, 폭포가 좋응게 양반들, 다 선비들, 작가들 이런 사람들이 구름 뫼이듯 모인다고. 그래서 술을 잘 팔아.

그러는디, 아 그러는 도중에 더벅머리 총각 놈이 말이여, 궁상시런 놈이 말이여, 옷도 다 찢어지고 그냥 요렇게 생긴 거 포돗이(바듯이) 그 다리 꼴하고 윗도리두 이렇게 하구는 기양(그냥) 새카만 놈이 막 거기를 와. 오면은 그 노파가 불쌍항게 밥도 주고 술도 주고 고기도 주고 이렇게 해서 끼니때마다 그렇게 멕였어. 아, 이눔이 하루 먹으면 갈까 해도 안 가. 아, 그 또 점심때 또 찾아온단 말이여.

근디 요놈이 먹고 나가면은 가는디 어디로 가는지를 모르겠어. 자초(자취)를 몰라. 그러고 질 듯하면은 또 오고 오고, 그런다 그 말이야. 그러닝게 하루는 그래서,

"아, 여보, 총각. 자네는 저녁잠은 어디서 자는가?"

허고 물응게,

"아, 나야 뭐 이렇게 빌어먹고 대니는 사람이 집이 있소, 뭣 있소? 저 하늘을 지붕 삼고 돌을 베개 삼고 내가 평생 이렇게 몇 살 먹도록 이 나이 먹도록 지내는디, 아 집이 어디가 있냐?"

그러닝게,

"아이, 그러믄은 부모는 어떻게 됐는가?"

"나 부모도 없는 사람이오. 부모가 낳기만 낳았제 나를 내던져 버리고 어디로 갔는가 찾지도 안 하고 그러닝게 난 모른다. 생전 모른다."고.

"그리여? 그러믄은 우리 집 와서 소지(청소)도 허고 그렇게 허고 방도 따땃한 데서 자고 그렇게 하라."고.

거가(거기가) 산골이고 높고 그렁께 추위가 쉽게 오거든. 칠월달이면은 추워져. 아, 그런데 이눔이 그럭하고 그냥 남루하니 그런 옷 입고 활발하게 그러고 다녀. 세수도 안 허고 그렇구 헌게(하니

까), "우리 집 와서 자라."구 헌게,

"나는 내 복 탄 대로 살아야지 복 탄 데 밖으로 더 나가서 여기 와서 내가 편히 살면은 명을 감히여.* 그러닝게 나는 명을 고생으루 이어 가야 할 사람인게, 할머니 말씀은 고마운데 가는 데로 갈랑게 밥만 돌아오거든 달라."

아무리 말해도 안 들어. 그러닝게 헐 수 없이 술허고 밥허고…… 조사자 / 맨날같이 공밥을 줘? 아, 공밥을 그러고 주지, 늘. 주는디, 아 이놈이 일 년이나 먹으면은 어디루 갈까 해도 소용이 없어. 청중 웃음 여전히 그러구 또 온단 말이여. 그러닝게, 아 이거 참. 인생이 불쌍해서 쫓아낼 수도 없고, 우리 집 와서 그렇게 있으면은 내가 좋겠는디 그래지도 안 허고. 그렇고 허니께 자꾸 이런단 말이여.

"자네 그 혹시 천자(千字) 학문이라도 읽었는가?"

그러니까,

"아니오. 굶었는 사람이 내가 무슨 천자를 읽겠냐? 그냥 천지를 그냥 내 집으루 알고 돌아다니는 사람잉게 그냥 글도 모르고 아무것도 모르고 그저 그런다."

말해도 안 듣고 그렇게 오면은 밥은 불쌍해서 고기에다가 술에다가 밥에다가 그렇고(그렇게) 꼭 잘 멕여. 잘 멕이는디 그럭저럭 햇수가 지낸 것이 근 팔 년이 지냈어. 팔 년간을 그렇게 멕였어.

* 명(命)을 감하다 수명이 줄어들다.

37

학이 날갯짓하는 그림

멕였는디 하루 저녁에는 밥 먹고 밤늦게 밖을 나갔는디 안 가. 하루 저녁에는 안 가더니,

"할무니, 그 붓, 필묵(筆墨)을 좀 갖구 오라."구. 조사자 / 지필묵? 응. "그러믄은 내가 뭐 그림이나 하나 그려 주고 갈란다."고.

"인자 내가 오늘 내 갈 길을 정하고 내가 떠나는 사람잉게 할무니가 팔 년간을 나를 이렇게 공밥 멕이고 그렇고 잘 멕였는디 내가 일도 안 해 드리고, 뭐 거들은 것도 없고 그런디 그냥 가면 쓰겄소? 그러닝게 팔 년간 나를 멕여 주신 공으로 내가 그림으로 하나 공을 갚고 갈라니께 그 지필묵 있으면 갖고 오라."고.

그 종이허고 붓허고 베루(벼루) 요렇게 있어. 딱 갖다 주니까 할무니보고 먹을 갈으라고 한단 말이여. 그렇게,

"아, 이 사람아. 우리 집이서 그까짓 놈의 그림 그린다고 내게다가 심부름 시키는가? 응? 아, 자네가 갈아서……. 그 주제에 나보고 갈으라고 하는가?"

그 웃으면서 그런단 말이야. 그렇게,

"예. 그러지만은 갈으시오."

그 인자 뜨윽 뜨윽 갈아서 줬단 말이야. 그랬더니 아 이눔이 그냥 뭐 처음에 붓을 대는데, 보닝게 그냥 뭐 그리는 것도 아닌 것 같아. 붓을 대는 것도 쭉쭉 긋고 어쩌고 허드니 나중에 이렇게 다 그려 놓고 봉게(보니까) 학이야 학. 학을 한 마리 떡 그려서 놓고는,

"할머니, 이 학이 하늘서 내린 학이오. 그렇게 보통으로 여기

지 말고 신중히 이렇게 저기다가 딱 붙여 놓고 술을 팔으라."고.

"아, 그런디 저것을 어떻게 보는 것이 그저 장관이제. 저거를 영구히 저렇게 보존을 내가 할 수가 있는가?"

"할머니는 저 학을 할머니 몸보담두(몸보다도) 더 중하게 알고 저것을 간수해야지 그렇지 않으면은 일시에 망한다."고 그랬어.

"그렇게 내가 그 보답으로 이것을 그려 주는 것잉게 그렇게 알구 허라."구.

아, 그런단 말이여. 그랬는디,

"대체 그 술이나 인자……. 내 떠나야 헝게."

그럭저럭 얘기하고 난게 밤중이 됐단 말이야, 열두 시 되니께,

"나는 인제 떠나야 하니께 그 술이나 한 상 주오, 마지막에."

긍게 대체 잘 술안주를 장만해 가지고 그 노파허고 둘이 맞앉아서 술을 잘 먹었어. 먹고 가는디, 아 노파하고 술 한 잔을 떠억 같이 한 잔씩 들고 나니께는 학이 말이여, 그려 놓은 학이 아 이렇게 날개를 친다 이것이여. 조사자/그림 속의 학이? 아, 그리여. 그러구서 학이 이러구서 날개를 치면서, "웩!" 하고 운다 이것이여. 청중 웃음

아, 이 노파가 가만히 생각한게, '대체 이것이 참 신기허다. 대체 이것이 저 총각이 말이여, 나보고 신신 부탁하더니 대체 보통으루 저기해서는 안 되겠구나.' 해 가지구서는 학을 그날 이후 신주* 위하듯이 위했다고.

위했는디…… 떴어 인제. 술 먹고 가 버렸단 말이여. 갔는디 그

이튿날 글 잘하는 선비들, 다 시인들, 그런 사람들이 와서 술을 먹고는 아 본게, 그 전에는 학이 없더니 아 멋있는 학이 위로 가서 떠억 붙어 있거든.

"하, 참!"

그것을 보면서 그려, 보는 사람이.

"참, 학 그야말로 잘 그려졌다."

그 노파보고 물어봤어. 그러닝게,

"아, 이러저러해서 우리 집이 대님서(다니면서) 먹는 사람이 아주 노총각인디 험상스럽게 생긴 사람이라."고.

"옷도 다 떨어지고, 또 옷도 주워다 안 입고, 그리고 우리 집이서 내가 자라고 했는디, 자고 심부름도 하고 마당도 좀 쓸고 그래 믄은 따순 방에서 멕여 살리고 잘 거처를 헐라고 했는데 그것도 싫다 이거여. 자기는 복을 그렇게 아주 하날(하늘)서 내린 복이라 그렇게 천복을 타고 났응게 내가 천허게 그대로 가야 내 명도 잇을(이을) 수 있지 그리 안 허면은 곧 죽는다고 하면서 안 들어. 안 들어서 지금 팔 년을 내가 멕였다."고.

"팔 년을 멕였는디 어제 저녁에 마지막에 가믄서 저 학을 하나 그려 주고 갔다."고.

그런디 그런 학이라고 하고 뭐 춤추네 어쩐 말을 안 하고 고것만 얘기했어.

술 한 상을 가져오라고 히여(해). 그래서 갖다 줬어. 주닝게 떠억 한 잔을 먹고 난게 아, 그려진 학이 그냥 팔 한번 날리드니,

"웩!" 하고 소릴 지르거덩.

아, 그러니께 그냥 참 이상하단 말이여. 술 먹는 사람이 본게.

"아, 참, 아, 이 그린 학이 왜 날개를 치고 '웩' 허고 소리는 지르냐?"

그러니까 술 먹는 사람이 인자 와서 술 먹고 그걸 보고 가면 이야기하고 항게, 초나라 사람만 오는 것이 아니여. 중국이 십이 제국˙이거든. 열두 나라, 잉? 천자 때. 그런디 아 그 소문이 돌으니께(도니까) 그냥 십이 제국 왕들도 오지, 뭐 선비들두 오지, 와 가지고는 이놈의 돈을 주체 못 히여. 주체 못 히여. 그렇게 큰 유곽, 놀던 집이여 유곽이, 계집이 있는 그런 디가 아니고. 그런 유곽을 몇 채를 짓고 그 폭포를 다시 단속하고 그래 가지고 돈을 얼매를 벌었어.˙ 그래 가지고 그 돈을 자기가 나라에다도 바치지만은 없는 사람들, 그 초나라의 없는 사람들, 없는 사람은 다 연락해서 돈을 주어서 먹게 해. 다 살렸다고. 거기서 큰 대궁˙이여.

그러니께 그조차 이 저 뭣이냐, 태산 밑에서 저 장사하는 노파가 그 어떤 총각이 학을 그려 줘 가지고 그 학 덕분에 돈을 기양(그냥) 이 우리 나라 전국 살 돈도 갖고 있다고 그냥 소문이 나 버렸단 말이여. 그래닝게 각 나라에서 와서 거기서 술 먹으면서 학

• 신주(神主) 죽은 사람의 위패. 아주 조심스레 다뤄야 하는 물건이다.
• 십이 제국(十二諸國) 열두 개의 나라. 특정 국가를 일컫는다기보다 많은 나라가 모여 있음을 뜻하는 것으로 이해할 수 있다.
• 얼매를 벌었어 얼마인지 모를 만큼 많이 벌었어.
• 대궁 미상. 사람들이 많이 모여드는 큰 장소가 됐다는 뜻으로 이해된다.

춤추는 거 그거 보고 돈 주고 그럭했는디. 나중에는 술 한 주전 자면 예를 들어서 한 십 전이나 했으면은 일 전씩 받았어, 기양. 그래도 이놈의 돈이 그전보다 더 남아. 불어, 불어.

그렇게 십이 제국 나라에서도 그 있는 선비들 말 타고 오제, 또 임금 그 제후들은 또 그 가마 있잖여? 임금들 타는 상(床), 잉? 조사자/예. 그걸 타고 와 가지고 거그(거기) 와서 주야로 세월 을 넘기고 그랬단 말이야. 그래 진시황도 거기서 망했어. 청중 웃음 고집으루두 망했지만은 거기서 망했어.

조사자/그림 그려 준 사람은 어떤 사람일까요? 근디 그것이 산신령 이대여. 조사자/산신령이요? 산신령이. 조사자/산신령이 얼마나 착한 가 봐 가지고? 아, 그렇제. 그렇제, 암.

리석노(남, 1922년생, 85세)
2006. 9. 4. 서울시 종로구 노인복지센터
김종군 심우장 김광욱 외 조사

💬 **해설**

오랫동안 덕을 베푼 사람이 그 보답으로 귀한 그림을 얻은 사연을 전하는 이야기다. 그림 속의 학이 날갯짓을 하면서 운다고 하는 설정에 담긴 상상력이 눈길을 끈다. 노파가 얻은 그 신기한 그림은 인간애로부터 우러난 무조건적인 베풂이 이루어 낸 기적을 표상하는 대상이라 할 수 있다. 노파는 큰 부자가 된 다음에도 베푸는 일을 멈추지 않았다고 하는데, 그것은 신기한 보물 그림을 보존하는 최선의 길이기도 했다. 베푸는 마음 자체가 보물인 터이니 말이다.

이 이야기에서 그림을 그린 총각의 정체가 궁금한데, 쉽게 판단하기 어려운 면이 있다. 화자는 그가 산신령이었다고 하지만, 모습이나 행동 방식이 일반적인 신령과 달라 보이기도 한다. 그 정체가 무엇일지 이리저리 헤아려 보는 것도 즐거운 일이 될 것이다.

💬 **생각거리**

• 신기한 그림을 그려 주고 사라진 총각의 정체는 과연 무엇이었을까? 화자 말대로 산신령이었을까, 아니면 누구였을까? 자유롭게 상상해서 이야기해 보자.

• '살아서 움직이는 것 같은 그림'에 얽힌 동서양의 여러 일화를 찾아서 발표해 보자.

돈을 뱉어 내는
닭 그림

신씨

옛날에 한 사람이 산중에 들어가서 두 집이 살았어요. 두 집이 터를 닦아 집을 짓고 두 사람이 살면서 그 사람들이 애기를 낳아 길르며 살았는데, 김 정승이, 한 집은 김씨고, 한 집은 이씨여. 김 정승, 이 정승이 있는데, 정승들이 거기 들어가서 살았는데 한 집에 아들 하나씩밖에 못 낳았어.

그래서는 아들, 두 집이 하나씩 길러 가지구 장가를 보냈어요. 근데 김 정승네 아들은, 공부는 다 두 집이 다 잘했지만, 재주가 특별했던가 봐요. 그래 가지구 화가가 되고. 이 정승의 아들은 선비고. 그냥 공부만 했구요. 그래서 부모들은 다 돌아가시고 인자 김 정승네 아들은 떠서 이사를 나갔어요. 다른 데로 이사를 가 가지고 사는데 화가가 됐어, 그 사람은. 화가가 되구.

이 정승네 아들은 즈이(자기) 아버지 어머니 사는 데 그냥 머물러 사는데, 어려워요 살기가. 선비가 어렵지 뭐. 농사일을 확확

할 줄 알아? 어렵지. 돈 벌어 뭐해. 글만 읽지. 맨날 책상 앞에 앉아 글만 읽으니 어려울밖에 있어요?

그런데 한 십 년, 몇십 년이 흘러서 사는데 어려워, 이씨네는. 어려워 가지고 참 어떻게 할 수가 없어요. 마누라가 그냥 농사일을 해서 먹고살고. 농사지어서 해서 먹고살고. 옛날 사람들이 장사를 할 줄은 알아요? 몰르제. 선비의 마누라로서 강건하게 그렇게 사는데.

그 김 정승네 아들이, 화가가, 몇십 년이 흘렀는데 친구 집에나 찾아가 보자, 잊어버리지 않고 찾아갔어요. 찾아가니께 그냥 그대로 그전처럼 어렵게 살아. 그걸 보니까 얼마나 딱하고 안됐는지 이 사램이 알 수가 없어요. 친구를 보니 반가워서 못 가게 해. 붙들고, 놀다가 가라고 놀다가 가라고 맨날 붙들고 얘기만 하고.

날이 흘러서 일주일 못 가게 하고 그냥 있는데, 마누라가 없는 것을 해 가지고 밥을 해서 먹이고, 그냥 약식으로 해서 멕이고, 먹고살고 같이 죽이면 죽, 밥이면 밥, 먹는 대로 같이 먹구, 한 일주일을 못 가게 했나 봐요. 그런데 그동안에 이 화가가,

"너 이렇게 살지 말고, 내가 일러 주는 대로 해라. 날 따라 이사를 가자."

해도 말을 안 들어요. 얼른 말 듣갔어요? 갑자기?

그러니께 못 간다고 그러니까,

"그러면 내가 일러 주는 거나 해서 먹고살어라."

그렁께,

"그러라."고.

일러 주는데,

"한 가지 재주를 일러 주고 가께. 그것을 해서 그럼 노력을 해서 먹고살아라."

그러구서는 인자,

"먹허고 붓허고, 문종이 한 장하고 내놓으라."고.

그거를 내놓았어요. 이 사람이 하루는 인저 그것을 내놓고 무엇을 그리냐면, 미술을 그리는 거야, 화가가. 화가가 자기 배운 기술을 써서 그리는 거예요. 환*을 그려서 인저 큰 수탉을 한 마리 그렸어요. 문종이 위에다가. 백지 한 장에다가. 인저 그 닥*으로 만든 종이, 그 넓은 종이 있잖아요. 옛날에, 그 지금도 닥으로 만들죠. 조사자/닥종이요? 문종이. 닥채로, 닥채나무(닥나무)를 베어 가지고…….

그걸로 맨든 종이에다가 필묵을 내놔 주니까 글씨를 쓰는데, 큰 수탉을 그렸어. 거기다 그려 놓고는 참 벼슬*도 좋고, 닭이 벼슬도 좋고, 이 주둥이도 크고 그냥, 허게 그렸어요. 장 꽁지도 좋고. 그려 가지고선 산에서 좋은 싸리나무를 쪄다가 그것을 긁어서 곱게 맨들어 가지고, 서산대*를 맨들어서, 인제 서산대를 거

* 환 아무렇게나 마구 그리는 그림. 여기서는 거침없이 쓱쓱 그린 상황을 나타낸다.
* 닥 닥나무. 종이를 만드는 재료.
* 벼슬 볏. 닭이나 새의 이마 위에 세로로 붙은 살 조각.
* 서산대 책을 읽을 때에, 글줄이나 글자를 짚기도 하고 서산(書算)을 눌러두기도 하는 가는 막대기.

기다가 인제 색 물감으로다가 해서 물을 들여서 색색으로 서산대를 하나 맨들어 가지고서는……. 서산대는 글씨를 찍으며 선생이 이렇게 가르치는 거 아니에요? 그게 서산대지.

해서 다 그려 놓고서는 두 내외를 앉혀 놓고,

"내가 꼭 일러 주는 대로만 해야지, 내 말 안 들으면 큰일 납니다."

긍게 부인도 그런다고 그러고, 친구도 그런다고 그러고.

"내가 인저 지금 재주를 부릴 테니 나 하는 대로 꼭 해야지, 내 말 안 듣고 친구 주장으로 그냥 했다간 여기서 못 한다."구 일러 줘. 자꾸 당부를 시켜.

"그런다."구.

"해 보라."구.

귓구녁(귓구멍)을 서산대로 꼭 눌러서, 닭의 귓구녁을, 다른 쪽 귓구녁을 서산대로다 꼭 눌르니께, 닭이 입을 딱 벌리면서 활개를 치면서, '꼬끼오! 꼬끼오!' 하고 울어요. 조사자/그림에 있는 닭이요? 그림에 있는 닭이 큰 소리로. 얼마나 재주가 좋아요? 그렇게 참 화가가 그렇게 재주가 좋게 기술을 배운 거야.

그러더니 '꼬끼오' 하고 울더니 '억' 헐 적에는 은전 한 푼이 딱 튀어나와. 오십 전짜리, 옛날에 오십 전짜리 은전이 톡 튀어나와요, 입에서.

그러곤 또,

"얼마를 자꾸 누르면 안 된다."구, "하루에 꼭 한 번씩만 눌르라."구, "자꾸 누르면 안 된다."구.

"그런다."구 그랬어요.

그 오십 전, 옛날에 오십 전이면 큰돈이에요. 그 하나 오십 전 가지고 시장 나가면 쌀도 팔고 뭐 반찬거리도 사고 다 해요. 그래 가지구 얼마나 옛날에 그게 큰돈인데, 그렇게 하라구 일러 주고 서는 갔어, 자기는 인제. 자기네 집으로 갔어요.

긍게 오십 전을 가지고 나가서는 그 선생이 일러 준 걸, 가지고 나가선 진짜 쌀도 팔고 반찬도 사고 해다가 먹는 거야. 먹고 있는데 궁금하거든, 하루에 하나씩 누르라고 했는데. 또 눌러 봤어, 저녁에. 또 누르니께 '꼬끼오' '꼬끼오' 하더니 또 은전 한 푼이 나오는 거야. 욕심에 또 눌러 봤어. 또 누르니까 또 나오는 거야.

근데 하루는…… 하루에 몇 번만 눌러도 걱정 없을 거 아니에요, 살기가? 그렇게 좋은 기술을 일러 주고 갔는데. 거 하라는 대로 하고 농사일이나 하면서 자기 공부나 하면 이따금씩 한 번씩 누르며 살고 하면 될 건데 사람이 욕심이 생겼어요. 그래 가지고 하루는 장마 통에 안개가 끼어 가지고, 산중에 안개가 끼어 가지고 안개비가 느실느실 오는데 할 거 있어요?

"그거나 누르자."

두 내외가 앉아 가지고 들고 눌렀어요. 조사자/계속? 자꾸 쏟아져 나오는 거예요. 얼마나 재미가 나겠어요? '꼬끼오' 하고는 오십 전짜리 은전 한 푼이 쏙 빠지고, 또 '꼬끼오' 하면 오십 전짜리 은전 한 푼이 쏙 빠지고. 아이 뭐, 잠깐 한참 누르니까 됫박으로 하나 되거든.

"이제 살기 걱정 없다."

그러구선 들고 누르는 거야. 밤낮 그냥 누르고 있는 거야. 그러니 돈이 쌔이는(쌓이는) 거야. 항아리에다 담아 놓고, 궤짝에다 담아 놓고 살게 됐어. 떼부자 됐어 인자.

아, 그러고 있는데 은행에 돈이 말라요, 은행에. 산중에서 이렇게 누르고 있으니까, 들 밖에 해변에 인자 은행을 지어 놓은 데가 있을 거 아니에요? 은행에 돈이 말라. 암만 찍어내 놔도 돈이 다 어디로 자꾸 날아 나. 암만 찍어내 놔도, 돈을 찍어내 놔도 자꾸 날아 나요.

"이게 무슨 조화냐?"

나랏님께 보고를 했어. 그러니께 나랏님이 조사를 하는 거야. 조사를 하니께 별일이거든.

인저 가만히, 그 옛날에도 뭐 쓰는 게 있었나, 뭘 쓰고선 보니께* 돈이 은전이 빛발같이 무지갯발*같이 서 가지고 어디로 날아 나더래요, 볼 줄 아는 사람한테는. 쓰고서 보니께 무지갯발처럼 서서 날아 나는데, 군졸들을 보냈어, 나랏님이.

"저기를 쫓아가 봐라. 그 사람이, 그 보는 사람이 앞에 서서 가면서 저 사람을 쫓아가라."

• 뭘 쓰고선 보니께 무언가를 눈에 쓰고서 유심히 살펴보니까.
• 무지갯발 무지개의 빛이 여러 가닥으로 뻗친 줄기.

돈을 뱉어 내는 닭 그림

하루 종일 산중으로 들어갔는데, 그 집이 있어. 돈이 그 집으로 다 들어간 거야, 은전이 날라서. 들어가 쥔을 찾아서 문 열고 보니께, 그 집에 돈이 가득 쌓였을 거 아니에요?

'야, 이것 봐라. 이 집으로 다 왔구나.'

주인을 불러내 가지고, "이게 무슨 조화냐?"구 그러니께, 보니께 아무것도 아닌데 백지 한 장을 놓구선 그렇게 요술을 부리거든요.

잡아갔어. 원님이 인저 그 사람을 군졸 보고 잡아 오라 해서 가둬 놨어요. 가둬 놓군 인저 죽일려구 사형 선고를 내린 거야. 그런데 아무 날 아무 시에 이 사람이 죽는다고 사형 선고가 내린 거야.

그러니께 인저, 사방에다 지금 같으면 신문 내듯, 옛날에는 신문이 없고 광고잖아요? 광고지를 내서 사방에다 붙여 놓고 뿌려 놓고 했는데 보니께 아무것이(아무개)가, 산중에 사는 아무것이가 죽게 생겼어. 그랬는데 이 그림 그려 준 사람이, 조사자 / 김 정승 아들이요? 김 정승 아들이, 그 화가가 그려 주고 간 사람이 그걸 봤어.

'야, 이 자식이 내 말을 안 듣고 욕심 부려 가지고 결국은 죽게 생겼구나. 내 말을 그렇게 천 번 만 번 이르고 나왔건만 내 말을 안 듣고 욕심을 부려서 이렇게 죽게 생겼구나. 자, 이러니 사는 사람을 내가 죽이게 생겼으니, 살려 준다는 게 내가 죽이게 생겼으니 이거를 어드렇게(어떻게) 해야 옳으나. 친구 하나를 영이별을

하게 생겼으니 어드렇게 해야 옳으냐.'

안됐거든요. 아무리 생각을 해 봐도 안됐거든.

'참말로 사는 게 좋은데, 그래도 내버려 둘걸, 안돼서 그걸 도와주려고 그랬는데, 그걸 일러 주고 왔더니 이 자식이 말을 안 듣고 미련하게 이렇게 죽게 생겼구나.'

갔어. 거길 찾아가서, 원님한테 찾아갔어. 가 가지고는 사정을 했어. 그러니께 안 받아 주는 거야. 거짓말이라고 안 받아 주는 거야.

"이 사람은 아무 죄도 없으니께, 제가 죄인이니께 저를, 그 사람을 내놓고 나를 가둬 두시고 나를 죽여 주십시오."

암만 몇 날 며칠을 무릎 꿇고 사정을 해도 말을 안 들어요. 곧이를 안 들어요.* 그러니께 하루는,

"정말 그러면은 네가 종이에다 무슨 재주로 그렇게 네가 했냐? 그러니까 네 재주를 부려 봐라. 그러면 내가 들어줄 거다."

그러니께,

"그러면 백지, 문종이 한 장허고 필묵만 주십시오." 그랬어.

그걸 원님이 임금님으로 해서, 역졸들을 시켜서 갖다 주라고 해서 갖다 줘요. 앉어 가지고 뭐를 그리냐면 당나귀를 그린 거야. 당나귀, 망아지. 당나귀, 당나귀를 하나 큼직하게 그렸어. 그게 말이잖아요, 당나귀가? 그려 놓고선 막대기를 하나 회초리를 하

---

* 곧이를 안 들어요 곧이듣지를 않아요. 진실로 받아들이지 않는다는 뜻.

51
돈을 빼어 내는 닭그림

나 갖다 달라고 해서 서산대를 만들어 가지고 그거로다가 말채찍을 만들었어.

"그렸습니다."

원님보구.

"나랏님, 인제 이거 당나귀를 그렸습니다. 제가 이걸 타고서 가면은 원님이 어쩔 겁니까요?"

"야, 네까짓 놈이 그걸 타고 가? 그럼 한번 타 봐라."

"타고 가면 안 죽이죠? 그 사람 내놓죠? 그 사람 내놓죠? 친구 내놓죠?"

"그려, 내놓는다."고 약속을 했어.

올라타서, 올라타고선,

"이랴, 이랴! 당나귀야, 빨리 가자."

꽁무니를 채찍을 탁 치니까, 내급*을 놓고 뛰는 거야. 조사자/ 그림에서 나와서? 예. 그림에서 말이, 당나귀가 내급을 놓고 뛰어서 달아나잖아요. 어떻게 잡아요? 청중 웃음 그러니께 머물러서 오라고 해서, 데리고 돌아왔어요. 원님 앞으로 데리고 돌아왔어.

"네가 재주는 재주다. 내가 너 같은 사람은 안 죽인다. 너를 죽이면 우리 조선 땅이 안 된다."

안 죽였어, 그 사람을. 이런 재주꾼이 우리 조선에 있는데 죽이지 않는다고. 안 죽이고 그 친구를 내놓았어요. 둘이가 다 살

---

* 내급(內急) 속으로 힘줄이 오그라드는 일.

은 거야. 둘이가. 손잡고 가서, 산중에서 이사를 시켜 가지고 둘
이가 잘 살았어요.

　재밌죠? 조사자/예예. 아주 재밌습니다. 그림을 그리는 사람이 대단
한 사람이네요. 예. 그런 재주도 있대요. 화가가 환을 잘 치면 그
런 재주가 생긴대요.

신씨(여, 1919년생, 89세)
2007. 4. 16. 대전시 서구 노인복지관
김경섭 심우장 나주연 조사

💬 해설

살아 움직이는 데 그치지 않고 돈까지 토해 내는 신기한 그림에 관한 이야기다. 먼젓번 이야기의 '학이 날갯짓하는 그림' 이상으로 신기한 보물이다. 예술가의 놀라운 재주를 나타내는 한편으로 예술 작품이 지니는 가치 창출 능력을 보여 주는 설정으로 볼 수 있다. 황당한 공상이라 할지 모르지만, 오늘날 그림이 움직이는 세상이 되었음을 생각할 때 미래를 내다본 예지적 상상력이라 할 수도 있을 것이다.

아울러 이 이야기는 신이한 상상 속에 계몽적 의미를 잘 담아내고 있다. 욕심이 지나치면 큰 화를 입을 수 있다고 하는 교훈이 그것이다. 나쁜 사람이 아닌데도 문득 욕망의 함정에 빠질 수 있다는 데 무서움이 있다.

한편, 닭이 돈을 토할 때 다른 어딘가에서 돈이 없어졌다고 하는 데는 세상의 재화가 한정된 상태에서 돌고 도는 법이라고 하는 경제적 이치가 담겨 있다고 볼 수 있다. 여러 가지 면에서 흥미로운 설화이다.

💬 생각거리

- 이 이야기 속에 나오는 두 친구의 행동 방식에 대해 평가해 보자. 그들이 보여 준 행동은 진정한 우정이라고 할 수 있을까?
- 다른 자료에서는 주인공이 말을 타고 사라진 것으로 끝나는 경우가 많은데 이 이야기에서는 다시 돌아왔다고 한다. 어떤 결말이 더 그럴듯한지 비교 평가해 보자.

금덩어리를 토한 두꺼비

지상연

저는 뭐 들은 대론데요. 옛날에 그 어느 할아버지 할머니께서 두 양반이 살으셨는데, 참 어느 산중에서 참 먹을 거 없고 입을 것도 없고 그러니까는 그 할아버지 할머니가, 할아버지가 산에 가서 인제 나무를 했대요. 나무를 해 가지구 이만큼 지구선 그 눈밭에서 나무를 해 가지구 내려오다가 보니까 큰 두께비(두꺼비), 두께비를 만났대요.

"아유, 얘야! 너는, 너도 우찌(어째) 나마냥 그렇게 추운 데서 그렇게 고생을 하느냐? 그러믄 너 우리 집 나하고 같이 가자."

그래 가주 그 두께비를 안고 왔대요. 그래니까 마누라가 하는 말이,

"나무는 해 가지고 안 오고 웬 두께비를 가지고 오느냐."고.

그래니까,

"야, 그래도 이것도 생명이 얼마나 불쌍하냐?"

그래 가지고 나무 있던 거 부엌에다가 때면서 그 두께비 앞에다 앉혀 놓고,

"너하고 나하고 신세 한탄을 하자."

그래 가면서 그러고 있는데 쪼끔 있더니 먹을 것도 주고 그러다 보니까는 그게 증말(정말)인지, 난 들은 대로예요. 큰 뭐 뭐 이런 뭐를, 또 덩어리를 게웠대요. 토했대요. 보니까는 금덩어리더라 이거예요, 정말인지 몰라두. 그래서 그 금덩어리를 갖다가 시장 갖다 팔구 보니까는 그렇게 해 가지구서는 먹고 잘 살다 죽었다고 그래요. 청중 웃음 그러니까 이제 착하니까. 그 얘기여.

지상연(여, 1930년생, 76세)
2006. 1. 4. 서울시 종로구 노인복지센터
김경섭 심우장 김광욱 나주연 조사

동물의 보은에 얽힌 짧고 인상적인 이야기다. 하찮은 동물이 자기를 돌
봐 준 사람에게 은혜를 갚았다는 것은 흔히 볼 수 있는 내용이지만, 두
꺼비가 금덩이를 토했다고 하는 화소는 쉽게 보기 힘든 특이한 내용이
다. 나무꾼이 두꺼비를 데려다 보살핀 이유가 자기와 신세가 비슷해 보
였기 때문이라고 말하는 것도 눈길을 끈다. 동병상련(同病相憐)의 삶이
불러온 뜻밖의 기적을 잘 형상화한 이야기라 할 수 있다.

💬 생각거리

• 이 이야기 속의 두꺼비는 일반적인 두꺼비가 아니었다고 볼 여지가
  있다. 만약 그렇다면 그 두꺼비는 어떤 존재였을지 여러 가지로 상상
  해 보자.

삼정승 날을
묫자리

신호식

옛날에 아들이 세 살 먹어서 자기 마누라가 죽었어. 그래 인제 남의 집을 사는 기라. 없어서 남의집살이를 사는데. 인제 세경을 덜 받고, 걔 밥을 먹이기 위해서 옷을 입히기 위해서 결정을 하고 드간 기야(들어간 거야).

"밥은, 애를 밥을 먹으니께 나락 한 섬은 덜 받고 밥을 해 주시고, 옷을 입을 만한 걸로 사철 입을 걸 좀 해 주시오."

이렇게 하고 드갔는데(들어갔는데), 인제 햇수가 자꾸 지나다 본께 일고여덟 살 먹고 여남은 살 먹고 이래. 그러니께 부자를 갔으니까 부잣집에, 큰 부잣집에 소 풀 뜯고 아버지는 인제 일을 큰일을 하고 이러는데. 그래 그러다가 아버지가 연세가 많으니께 아버진 죽었어. 그래,

'아버지가 고생을 하시다가 돌아가셨은께 묘를 좋은 자릴 봐 가지고 아버질 그리 모셔야 되겠다.'

그래 묘를 봐 놨어요.

봐 놨는데 뭐라고 그러는고 하니 풍수*가,

"여기는 삼정승을 놓을(낳을) 자린데 첫날 저녁에 상제*가 호환*해 갈 팔자여. 그러니께 마음만 단단하게 먹으면 삼정승을 본다."

이런 소릴 한단 이 말이여. 그래서,

'에이, 그라면은 삼정승을 본다는데 내 마음만 잘 먹으면 되겠지.'

그래 이 사람이 이제 장가를 가게 됐는데, 첫날밤을 고마 퍼뜩 날치기로 하는 기라,* 고만. 조사자/이제 그 자리에다 아버지를 묻고. 그 자리에다 묻고서 이제 장가가게 됐는데, 호환해 간다고 그러니까 고만 일을 했던 모양이라.

그라고서 쪼끔 있으니께, 일을 치르고 난 뒤에 쪼끔 있으니께 '우르르 쿠구궁' 하더니 문이 탁 열려. 그래 가지고 그 자기 마누라한테 얘길 하니께 도포 입은 도포 자락을 손에다 캉캉 거머쥐고서 문턱에다 발을 쭉 뻗고서 이래 댕기고(당기고) 있지. 조사자/여자가? 여자가! 못 물고 가라고. 그러더니 문이 푸득 열리는데

* 풍수(風水) 지관(地官). 집터나 묏자리 따위의 좋고 나쁨을 가려내는 사람.
* 상제(喪制) 부모나 조부모가 세상을 떠나서 거상 중에 있는 사람. 여기서는 주인공이 해당한다.
* 호환(虎患) 호랑이한테 해를 당하는 일.
* 첫날밤을 퍼뜩 날치기로 하다 첫날밤에 호랑이한테 잡혀간다고 한 말에 대비하느라 첫날밤을 급히 치렀다는 뜻.

삼정승 낳을 묏자리

도포 자락 거머쥔 게 쭉 찢어져 가지고 그냥 가는 거예요.

그래서 인제 호랭이한테 물려 가도 정신을 차리라고 해서 정신을 바짝 차리고 인제 업혀 가는 거지. 업혀 가는데 얼마만치 가더니 내려놓고 누워 자, 호랭이가. 조사자/호랑이가. 그래 누워 자거나 말거나 옆에 가만히 앉았는데……. 지가 가 봐야 어디로 갈 거여?*

그래 쪼끔 있다 일어나더니는 또 뛰어. 그래 또 따라가는 거지. 업혀 가는 거지. 얼마만치 가 보니께 굴이 있는데 굴 앞에다 갖다 놓더니 발로 툭 허벅다릴 꼬잡는데(꼬집는데) 옷이 쭉쭉 찢어져 다 살이 나오는 기라.

그래 피가 나오잖아요? 피가 나오니께 호랭이 새끼를 갖다 놓고 빨아 먹도록, 조사자/아아. 피가 나오니께 호랭이 새끼를 빨아 먹도록 서너 마릴 갖다 놓는 기라. 그러더니 큰 놈이 없어. 그래 가지고 호랭이 대가리를 바짝 거머쥐고 바위에다, 조사자/새끼 호랑이를? 새끼 호랭이를, 서너 번을 대가리를 거머쥐고 패댕이(패대기)질을 하니께 다 죽었지.

다 죽고 난 뒤에 인제 나무에…… 앞에 보니께 고목나무가 있어. 그래 거(거기) 올라가 가지고 도포 끈을 끌러 가지고 몸뚱어릴 안 떨어지도록 전신에 쫙 매 가지고 이래 있으니께 한 놈이 한 마릴 더 들고 와. 그러더니 호랭이가 새끼가 죽은 게 나자빠진 게 있

* 가 봐야 어디로 갈 거여? 도망가려고 해도 호랑이한테 벗어날 수 없다는 뜻.

어. 그래 앞발로 휘뜩 궁그리니께(뒹굴리니까) 죽은 기라. 나부대지도 못하고 휘뜩 넘어가고 또 이짝으로도 휘뜩 넘어가고 이러거든.

그래 어이가 없으니께 멍하고 쳐다보는데, 아침에 햇살이 뜨니께 그늘이 호랭이 앞에 해서 얼찐얼찐하거든. 그 자리에서 사람이 걸려 왔다 갔다 하니께 악이 나 가지고 껑충 뛰는 기라. 그래 사람을 옷을 잡아뗑길라고 하다가도 안 걸렸어. 그래 두 번째 뛰다가 가지가 이렇게 벌어진 게 있는데 대가리가 요렇게 딱 걸렸어. 호랭이 대가리가 나뭇가지 벌어진 데 딱 걸렸어.

그래 나무에 앉아서 이래 보니께 다리를 발버둥을 치는데 볼 만하거든. 그래 얼마만침(얼마만큼) 있다가 도포 끈을 끌르고서 나뭇가질 짚고서 호랭이 대가리를 발로 뭉기적뭉기적 해 가지고 훌썩 빠치니께(빠뜨리니까) 뚝 떨어졌거든. 그래서 한참 있으니께 살아나요.

그래서 나무에 올라 앉아 있던 사람이,

"야! 이놈의 미련한 짐승아. 너나 내나 평생에 장가라는 걸 한 번 가는데, 어느 날 어느 때 잡아먹을 시간이 없어서 첫날밤에 우예(어떻게) 먹을려고 드느냐? 그걸로 봐서는 죽도록 내비 뒀으면(내버려 뒀으면) 좋겠는데 하도 안타까워서 내가 발로 뭉기적거려 살았다."

그래 암놈이 물고 갔는데 사람을, 물고 갔는데 숫놈이 가만히 들으니께 고만 암놈을……. 그래 나무에 이래 앉아 있는데,

"내려오너라, 내려오너라."

이 소리만 하고, 발로 내려오도록 행동을 해.

"그래, 또 잡아먹을라고 그러냐?"

"아니, 안 잡아먹는다."고 대가릴 껄렁껄렁해.

그래 내려가니께 퍼뜩 주워 업어요. 한참 업고서는 달리는데, 비호같이 달리는데 큰 부락에 가 가지고서 사람을 업은 채 돌아다니며 '어흥' 소릴 치니께 동네에서, 큰 동네 사람이 하나도 없어. 그러더니 큰 집에 학교를 차려 놓고 있는데 그 집에다 갖다 떡 갖다 내려놔요.

그래 그 집에서 인제 옛날 노인네들이 호랭이한테 호접[*]을 뜯긴 데를 개를 잡아 가지고, 조사자/개? 개를 잡아 가지고 개고기를 붙이면 그 쉽게 낳는다, 이런 전설이 있어 가지고 호접을 뜯긴 데다가 개를 잡아 가지고 개 껍데기, 고기를 그 속에다 넣고 개 껍데기로 칭칭 감아 놓으니께 병이 고대로 낫더라 이 말이에요.

그래서 인제 병도 낫고 이러니께 갈라 그러지. 자기 집으로 갈라 그러지. 갈라 그러면 이놈의 호랭이가, 조사자/못 가게 해? 나와 가지고 또 등쌀을 치고 치고 하다 보니께 학교에…… 그 집이 학교를 놓고 있는데, 먹고 할 일은 일도 안 시키지. 동리에서 거둬서 옷 해 입히고 먹을 거 먹여 주고 이래 있는데, 갈라고 그러면 등쌀을 지겨서 못 가고 못 가고 이러는데, 있다 보니께 한 칠팔 년을 있었어, 그 집에서. 그래 어깨너머로 넘어다 봐도 글을,

---

* 호접(虎接) 미상. 문맥상 호랑이한테 물린 상태를 뜻하는 말로 여겨진다.

한글을 자기 앞을 볼 만치 배웠어.

그래 일고여덟 살 돼서 자기네 집을 갈라고 그러니께 괜찮아.

호랭이가 안 나타나요. 그래서 자기네 집에 가 보니께…… 물어서 물어서 갔지.

하룻저녁 물려 간 그런 거린데 삼 일을 걸어갔어. 걸어가서 그 전에 이 사람이 모르는 척하고,

"옛날에 장가가 가지고 첫날밤에 호환해 간 사람들 집이 어데 쯤 있소?"

그러니께 그 동네에서 모아서 돈을 달달이 보내줘 가지고…….

아들 삼정승*이니께 상처*를 했어요. 첫날밤을 하룻저녁 자고 가서. 조사자 / 세쌍둥이가 들어섰어? 상처를 했어. 그래 독선생을 앉혀 놓고 공부를 가르치는 거여.

그래 선생이,

"당신은 어데 살았소?"

"나 첫날밤에 호환해 간 일 있는데 그래서 내가 이 집이라 해서 여기를 왔소."

그래서 애들은 일곱 살밖에 안 먹었는데, 칠 년 됐으니까, 그래 뭐라고 그러는고 하냐,

"야! 이놈들아, 내가 너 아버지다."

* 삼정승 여기서는 '삼 형제'의 뜻. 문맥상 '세쌍둥이'이다.
* 상처(喪妻) 아내를 잃음. 여기서는 남편을 잃는다는 뜻의 '상부(喪夫)'가 맞다.

애들이 일곱 살이나 먹어도 제 아버지를 몰라요.

'아버지 있다 소릴 못 들었는데 이상하게 희한한 사람이 우리 아버지라 그러나?'

그래 암(아무) 말도 안 하고 앉았지.

"야, 이놈아, 내가 니 아버지여."

그러니께 한 놈이, 큰놈이 인제 슬그머니 나와 가지고,

"엄마! 사랑방에 손님이 하나 왔는데, 앉았다 말고 내가 너 아버지다, 너 아버지다 이런 소릴 하네."

"그럼 그 선생님을 오라 캐라(해라). 들어오라 캐라."

그래 드가니께,

"그래, 어떡해서 허다한 말 다 내버려 두고 댁에서 애들 아버지라고 얘길 했대믄요(했다면서요)?"

"그렇지요."

"그래, 당신이 어떻게 해서 애들 아버지가 됐소?"

"내가 장가가 가지고 첫날 저녁에 호환해 간 사람이오."

그러니께,

"입은 도포 있소?"

있다 그러지요. 그래 호환해 가 가지고 방 안에 내내 챙겨 뒀으니께 그냥 그대로 있지. 한 번도 안 빨고.

"그래, 입은 도포 있죠?"

"있다."고.

그래 펴 가지고 쫙 펴 놓고, 찢어진 헝겊 쪼가리를 갖다 대니

까 아주 꼭 맞는 기라.

그래서 하룻밤을 자도 삼정승을 본다고, 마음만 잘 먹으면 삼
정승을 본다고 해 가지고, 걔들 서이가(셋이) 커 가지고 정승을,
삼정승을 했어. 그런 얘기가 있더라 이 말이야.

신호식(남, 1927년생, 80세)
2006. 7. 13. 서울시 종로구 노인복지센터
김종군 김예선 김효실 외 조사

신기한 못자리, 호환당할 운명, 가족 간의 이산과 재회 등 다양한 화소가 담긴 이야기다. 하룻밤 인연으로 태어난 세쌍둥이가 뒷날 삼정승이 된다는 역전적 전개가 눈길을 끈다. 그 자리에 묘를 쓰면 첫날밤에 화를 당한다고 하는데도 굳이 묘를 씀으로써 곤경에 처했다가 그것을 헤쳐 내는 주인공의 인생 역정도 범상치 않아 보인다.

그리고 그와 호랑이에 얽힌 복잡한 은원(恩怨) 관계도 주목할 만하다. 자기가 살기 위해 호랑이 새끼를 죽였지만 나무에 몸이 걸린 호랑이를 구해 주는 모습이, 그리고 그런 주인공을 살려 주는 호랑이의 모습이 인상적이다.

신기한 명당이라는 요소를 하나의 매개체로 삼아 인간과 세계 사이에 얽힌 운명의 실타래를 흥미롭게 풀어낸 이야기라고 할 수 있다.

💬 생각거리

• 삼정승을 얻을 욕심에 죽을 위험을 무릅쓰고 명당을 선택한 주인공의 결정을 어떻게 평가해야 할까?

• '못자리를 잘 쓰면 집안이 잘 된다'고 하는 것은 소극적인 운명론이 아니라 스스로의 선택과 노력을 통해 운명을 바꿀 수 있다는 적극적 사고로 볼 수 있다는 견해가 있다. 이 설화를 바탕으로 이에 대해 찬반 토론을 해 보자.

신바닥이의 신기한 부채

오월선

그 전에 참, 한 사람이 저기 뭐야, 아들을 하나 낳았대요. 그 아들을 하나 낳아서 이렇게 이제 키우는데, 아마 한 댓 살 먹은가 봐요. 저기 중이, 그니까 대사님이 와 가지고,

"야, 그 아이 참 잘생기긴 잘생겼다만."

이러드래요. 그러고 가더래요. 그래서 걔가 뛰어 들어와서,

"아부지 아부지, 대사님이 날보고 '아, 그 아이 참 잘생기긴 잘생겼다만.' 이러고 가드라."고.

"아, 그럼 그 대사님이 어디 갔느냐?"고 그니까,

"아, 절로 가드라."고.

그러니까 그네 아버지가 쫓아가 가주고서,

"아이, 대사님 대사님, 무슨 말씀을 그렇게 하십니까? '아, 잘생기긴 잘생겼다만', 그게 무슨 말씀입니까?"

이러니까는,

"에이, 더 이상 묻지 마세요, 나한테."

그러드래요.

"아이고, 이게 무슨 소리냐."고, "도대체 우리는 알아야겠다."고.

막 데리고 와 가지고 그 얘길 하니까,

"걔가 호랭이에 물려 갈 팔잡니다."

이러드래요. 그래서,

"아! 이 어떻게 방법을 좀 아느냐?"고 그러니까는,

"그러믄 걔, 아이를 나를 주세요. 그러믄 내가 살릴 수 있으니까는 주세요."

그러드래.

"아이, 그럼 좋다."고, "데려가라."고.

이제 걔를 보고 그래서,

"너, 이 대사님을 따라갈래?"

그러니까 또 따라간다고 그러드래요.

한 댓 살 먹은 걸 데리고선, 그 인제 중이 가는 거야 이제.

아, 산골이 어딜 가니까는, 산으로 내 올라가는데, 아무것도 없었는데 아주 절이 딱 아주 지어지더래요. 그래서 인제 절루 들어갔대요.

이제 절루 들어가서 그 대사님하고 둘이 같이 살면서 날마다 이제…… 그전에는 쌀을 얻으러 다녔잖아요? 쌀을 얻으러 날마다 이렇게 다니고 그러는데, 하루는 갔다 왔는데,

"야, 오늘은 너 여기서 자지 말구 저 부처님 앞에 가서 자거라."

이러드래요.

그래서 그럼 할튼(하여튼) 중이 시키는 대로 해야 되니까 걔는, 그래 부처님 앞에 가 인제 갔대요. 아, 그랬는데 뭐 아주 중이 한 댓 사람 들어오드니마는,

"에이, 오늘 우리가 한 번 먹을 고기를 놓쳤다. 놓쳤다."

그러드래요, 지네끼리.

'아, 그게 무슨 소린가?'

그리고 인자 아주 부처님 앞에 들어가 있는데, 근데 나가는데 보니까 다섯 사람이 전부 꼬리가 달렸드래요. 다 호랑이드래. 그 래서,

'아, 그래서 오늘 저녁에 부처님 앞에서……'

부처님 앞에 있으니까 잡아먹질 못했다는 얘기예요.

그래서 "아, 한 번 먹을 고기를 놓쳤다."고, 놓쳤다고 자기네끼 리 다섯이 그러드래요. 그러니 나가드래.

그래서 이제 '아, 이제 살았구나.' 인제 이러구서 있는데…….

또 메칠 또 댕기며 그렇게 또 쌀을 얻고 그랬는데, 하루는 또 어딜 가니까…… 그때는 이제 나이가 꽤 많이 먹었대요. 꽤 많이 먹어서, 아마 한 거나(거의) 한 이십 살 가까이 먹었던가 봐요. 그 렇게 먹었는데, 또 고런, 또 고런 쪼꼬만 애를 또 하나 데리고 왔 드래요, 중이.

인제 둘이 같이 댕기지. 그러니까 서이가(셋이) 다니지. 서이가 같이 다니는데, 어딜 가다가 중이 이러드래요. 인제 쌀을 얻으러

갔는데,

"느네들 저기 저 집을 들어가서 쌀을 얻어 오는데 할튼 뭐 먹는 걸 주면은, 뭘 먹는 걸 주면은 먹질 말으라."

그러드래요. 그래서,

"그럼 알았다."고.

참 거기 쌀을 얻으러 갔는데, 참 먹는 걸 주드래요. 뭐 밥을 채려서 이렇게 먹으라고 주드래요. 근데 걔, 그 한 사람은, 이제 먼저 그 쫓아간 애, 걔는 인제 벌써 다 그런 경험이 있으니까, 이렇게 들여다보니까는 국에 손가락이 이렇게 뚝뚝 잘라진 게 있드래요. 근데 그 같이 간 그 학생은 거기서 분명히 들었는데도, 같이 들었는데도 밥을 먹으면서 그걸 훌훌 마시드래. 그냥 막.

그래서 그 사람은 들여다만 보고 앉았었지, 먹질 않았대. 중이 시키는 대로 하니까. 먹질 않았는데, 아 그러고서 인제 그 사람은 쌀만 얻어 가지고 그냥 나왔대요. 이제 그 사람보고 같이 가쟀는데 그 사람 벌써 이미 그걸 먹었기 때문에 안 나오드래는 얘기예요.

근데 그 집이 딸이 서이드래, 아주 이쁜 딸이 서이드래, 아주. 그런데 거기 뭐 어머니라는 작자가 나오더니,

"아, 우리 사우(사위) 노릇 해라."고.

하, 이러면서,

"가지 말라."고, "이 밥 먹고 여기서 살면서 가지 말라."고.

그렇게 그러드래요.

그러니깐 그 사람은 사우 노릇을 할라고 그 국, 밥을 다 먹는데, 이 사람은 이렇게 보니까 그 손가락 뚝뚝 잘라진 게 있드래요, 국에.

그래서 안 먹고선 "나는 가야 한다."고, "나는 대사님 따라서 가야 한다."고, "쌀만 우선 달라."고, "나 가야 한다."고 그러니까는 쌀을 주드래요.

그래 그 사람은 가자고 그러니까는 자기는, "난 싫다."고 이러드래.

"난 그 사우 노릇 한다."고, "안 간다."고.

그래서 그러니 어쩔 수 있나? 자기 본인이 그러니까. 그래 그 사람은 인제 쌀을 얻어 가지고 막 대사님한테 냅다 뛰었대요. 뛰어 가지고 가니까,

"아, 걔는 왜 안 오니?"

그러니까,

"아이, 그 사람은 대사님 시키는 대로 국밥을, 밥을…… 아니 음식을 주면 먹지 말라 그랬는데, 먹고 그 집에 사우 노릇 해라 그러니까 거기 있다."고 이러니까,

"아, 내가 그럴 줄 알았다."

이러드래요, 벌써.

그러더니만 갈라고, 돌아설라고 하니까는, 그러니까 중 목걸이를 거기다 그러니까 놓고서 그냥 나왔드래. 아유 이걸, 염주를 거기다 놓고 왔드래요.

"아, 그럼 빨리 가 가져와라."

아, 벌써 가니까는 그게 집이 아니라 바위 굴속이드래요. 벌써 바위 굴속이고, 벌써 그 총각을 잡아서 서이가 뜯어 먹드래요. 그래서 뜯어 먹는 걸······.

"아유, 나 여기다 염주를 두고 왔으니까 그거 좀 주세요."

그러니까는 벌써 '어흥' 하고서 호랑이가 확 내치드래요. 아, 그걸 들고서 막 중한테로 뛰어왔대요, 이제. 그래서,

"걔는 어떻게 됐디?"

그러니까는,

"아유, 벌써 잡혀 멕혔어요."

그러니깐,

"내 그럴 줄 알았다."

이러드래.

그러니까는 걔 대신에 간 거야. 그러니까 대신에.

그래서 인제 그렇게 살아 가지고서는 이렇게 또 어디야, 얼마간쯤 돌아다니다 보니까는 또 이러드래요. 인제 하루는 인제,

"너하고, 너는 이제 다 커서 이거를 다 겪었으니깐, 넌 이제 집에 갈 때가 되고 나는 나대로 갈 때가 되었다."

이러드래요.

"아, 이게 대사님, 무슨 말씀이냐."고 말이야, "나는 응, 대사님 나는, 쫓아댕기겠다."

그러니까,

"아, 그런 게 아니다. 인제는 너 갈 길은 너 가고 나 갈 길은 나 가게 되어 있으니까는 너 갈 길은 너 가거라. 너는 집을 찾아가거라."

이러드래.

"아유, 안 된다."고 그러니까, 그냥 그 대사님이 그 자리서 없어져 버리드래. 그냥 그 자리서.

그러니 뭐 없어져 버리니 쫓아갈 수가 있나? 그래서 이제 그러니 할 수 없이 쫓아갈래니 쫓아갈 수도 없고, 없어졌으니까 이미. 그래서 인제 터덜터덜 인제 집에를 찾아오는 거래요. 그러니 뭐 다섯 살 먹어서 갔으니 집엘 찾아오는 것도 그 얼마나 힘들겠어요, 그거? 얼마나 걸어서 또 오고, 또 와서 어디 가서 또 얻어먹고 자고, 또 얼마나 걸어서 오고 또 어디 가서 얻어먹고 자고, 인제 이래면서 인제 집엘 찾아오는데…….

하루는 어딜 참 들어가니까는, 참 아주 부잣집에서 인제 밥을 얻어먹구 자구 갈라구 들어갔는데, 참 그 집도 딸이 역시 서이더래요. 서이고, 그렇게 아주 부잣집인데 그 집서 머슴을 살라고 그러드래요.

"우리 집서 머슴을 살으면은 우리가 잘해 주구 그럴 테니까, 할튼 밥도 잘 주구 그럴 테니까는 머슴을 살라."고.

그래 인제 (집을) 금방 찾지도 못하고 그러니까 인제 그 집에서 머슴을 살 거 아니에요? 엄마 아부지는 너무 어려서 떨어졌으니 금방 찾지도 못해죠. 그래 갖고 이제 그 집에서 머슴을 살면서 인제 이렇게 있는데…….

그 큰딸이, 큰딸, 둘째 딸은 아주 미워하드래요. 괜히로다 뭐 이렇게 미워하구. 응, 머슴을 미워하고 그리는데 그 막내딸은 아주 안 그러드래요. 뭐 밥도 잘 주고, 뭐 참 머리도 빗겨 주고 뭐 그러드래요 그렇게. 그 머리를 빗겨 주는데 이 사람이 얼마나 잘 생겼느냐면 빗겨 줬다가도 언니네한테 도로 뺏길까 봐 막 이렇게 휘저어 놓고. 인제 그 자기 남편 삼을라고. 막 도로 빗겼다가 도로 막 이렇게 휘저어 놓고 이러드래요.

그래서 이제 그렇거니 하고 사는데, 하루는 참……. 인제 그러면서, 그 대사님이 참 헤어질 적에 뭘 옷을 한 벌 주드래요.

"이거를 너는 필요헐 적에 옷 한 벌 하고선……."

그걸 내가 빼먹었네! 옷 한 벌하고 부채 하나 주드래요.

그러면서,

"이 부채를 이렇게 말을 타고 하나하나 펼치면은 하늘로 올라가고, 그걸 탁탁탁탁 내리 펼치면은 내려오고 인제 이런다."면서 옷을 한 벌, 아주 새 걸 한 벌 주면서, 서로 헤어질 때 그렇게 하고 참 헤어졌대요.

인제 그걸 차곡차곡 쌓아다가 이제 옷을 갖다 놔두고, 인제 그 부채도 갖다 놔두고, 이제 그 대사님이 그렇게 참,

"이거 하나하나 펼치면은 인제 하늘로 올라가고, 또 그 부채를 하나 하나 하나 접으면은 땅으로 내려오고 인제 이럴 테니깐 니가 이게 필요할 때 써먹어라."

이렇게 주고선 없어졌대요.

이제 그걸 갖다 잘 싸 놓고선 있는데……. 하루는 참 그 집이 친척 뭐 잔치라 그러드래요. 잔치라 그러는데 뭐 다들 가드래, 뭐 잔치 구경을. 그래서 인제 그런데 그 큰딸은 뭐,

"아유, 용용 죽겠니?"

뭐 이러면서 으음,

"우리는 잔치 구경 가는데 너는 뭐 잔치……."

그러니깐 그 처녀들이 뭐라고 이름을 지었느냐면 '신바닥이'라고 이름을 지었대, 걔를. 인제 신바닥. 이름이 없으니까.

"너 신바닥 같은 놈아, 너는 뭐 그 잔치 구경도 못 가고, 우리는 잔치 구경 가는데 이 신바닥 같은 놈아, 너 오늘 집 봐라."

뭐 이러면서 그러드래. 그래서,

"아이, 알았다."고, "누나들 갔다 오라."고.

이제 그러는데, 근데 지네 엄마 지네 아부지 뭐 큰딸들 둘 이렇게 다 갔는데, 막내딸은 가면서는,

"아유, 신바닥 님은 이거 혼자 집을 봐서 어떻게 합니까. 어떻게 합니까."

이러드래요. 아 그래서,

"그러면 어떻게 하느냐?"구.

"그건 가야쥬. 아유, 어서 갔다 오시라."구, "아가씨, 어서 갔다 오시라."구.

그러니깐,

"아유, 혼자 이렇게 집을 봐서 어떻게 하느냐."고.

"어떻게 하느냐."고.

이러면서 할튼 가드래요. 그래서 인제 할튼 가더래요.

인제 자기 혼자 가만히 앉아서 생각을 하고 인제 참 찬밥이나 먹고 앉아서 인제 생각을 해서, '에이!' 가만히 생각해 보니까 대사님이 고 얘기핸(얘기한) 대로 그 생각나드래. 들여다보니깐 부잣집이니까 말은 있고.

"엣다, 모르겠다!"

고놈을 갖다 펼쳐 놓고선 옷을 주워입고선, 머리를 참 빗고 참 대사님 시키는 대로 말을 하나, 아주 저 하얀 말이 있드래. 그러니까 아주 먹을 칠해서 껌은(검은) 말을 만들어 놓고, 인제 주인 몰르라구.

껌은 말을 만들어 놓고선 참 이놈이 거길 올라타고 부채를 한 살 한 살 펴니까 이게 하늘로 올라가드래, 이놈이.

아, 그래 참, 그거 참, 아주 펼쳐 가지고 이렇게 해 보니깐 또 주욱(쭉) 간다고 또 얘기를 해 주길래 인제 그거를 타고 또 이렇게 펼치니깐 아주 주욱 그 잔칫집으로 가드래. 또 거길 가서 한 살 한 살 펼치면서 내려오니까는, 또 이렇게 이렇게 땅으로 내려오드래.

"아이쿠나, 됐다!"

이러구 들어가지. 들어갔지. 인제 얻어먹으러 간 거지. 사실은 그렇게.

"아! 하늘에 선녀님* 왔다."구.

뭐 아주 볶아치고 잔치집에서 뭐 갖다 채려 주고 뭐 아주 야단을 하드래요. 아, 그래서 거기서 아주 잘 얻어먹었대.

그런데 그 막내딸은 뭔가 벌써 눈치를 챘는지 지 손가락을 깨물어 가지구서 등어리(등)에다가 딱 이렇게 점을 찍어 놨드래잖아? 자기도 모르는 사이에. 그래 놓고선,

"아, 그럼 나 이제 하도 선녀님이라고 다 먹었으니 간다."고.

그러니까 또 한 보따리 싸 주드래요.

"가져가 먹어라."고, "선녀님."

"아, 좋다."고.

그럼 또 한 보따리 싸 가지고 이러고선 그놈의 부채를 또 이렇게 이렇게 이렇게 저기 펼치니까 또 하늘로 이렇게 올라가드래.

"아, 선녀님 잘 가시라."고 모두.

그 인제 집으로 주욱 타고 와서 도로 또 이렇게 한 살 한 살 펼치니깐 도로 주욱 내려와 떨어지드래요.

아, 그래 가지고 얼른 옷을 벗어다가 인제 갖다 착착 개서 인제 그 부채하구 갖다 두고, 말은 또 얼른 물에다 막 빨아 가지고 하얀 말을 만들어서 인제 도로 갖다가 인제 거기다가 집어넣고, 인제 이래고선 참 집을 보고 앉아 있으니까는, 아 막 오면서 뭐

* 선녀님 신바닥이는 남자니까 '선관(仙官)'이 맞다. 하늘에서 내려온 고귀한 존재라는 뜻으로 통칭해서 선녀로 일컫은 것이다.

그러드래. 큰딸들 둘이도 오면서 그러드래.

"아유, 신바닥 같은 놈아! 이놈아! 우리는 오늘 하늘 선녀님 봤는데 말이야, 너는 이놈아, 집구석에서 하늘 선녀님도 못 봤지?"

이러면서 그러드래. 그렇거니 인제 그러고서 인제 있는데, 그 막내딸은 싱글싱글 나중에 웃으면서 들어오더니만 자꾸 보고서 싱글싱글 웃더래. 그래더니마는 저녁에 와서 그러드래.

"그 옷 좀 보자."고 말이야.

"아유, 무슨 옷을 보재느냐."고.

"무슨 소리를 하느냐."고 이러니깐,

"아이, 그 얘기 말라."고.

"난 다 안다."고, "옷 좀 보자." 그러드래.

그래서,

"아니라."구, "난 아직 아무 데도 갔다 온 거 없이 오늘 아주 하루 종일 이렇게 집 봤다."고 그러니까,

"아니라."고 아주, "나를 속이느냐."고 아주 그냥.

옷 좀 봐 주래고(보여 주라고) 그러드래 아주. 나중엔 참, 자꾸 그러다 그러다 인제 할 수 없이 참 옷을 갖다가 벗기니까 꼭 (손을) 깨물어 가지구 이렇게 등어리에다가 찍어 났드래잖아?

"여 봐라."구, "여기 내가 표시해 논 거 보라."구.

그러면서 인제, 그래니까는 인제 그 사람허구 그 막내딸허군 인제 가까워진 거래요. 서로가 이제 가까워져 가지고 인제 저녁으로 들어가 가지고 얘기도 같이 해구 뭐 이래.

이래니까는 언니들이 그걸 알구선 엄마 아부지한테다가,

"쟤네들 클났다(큰일났다)."구 말이야.

"저 신바닥하구 인제 같이 저렇게 있으니 저걸 우리 양반의 집에서 그냥 둘 수 있느냐? 그러니까 저놈들을 죽여야 한다."

이렇게 그러드래요. 그러니까는 엄마 아부지도, 그 양반의 집에서 그거 진짜 아주 안 좋은 거잖아요? 옛날엔 그런 거 아주 엄격하게 따졌으니까. 그래서,

"그럼 죽이자."구.

그래 바깥에다가 문을 갖다 딱 걸어매 놓고설라매 불을 싸 놓드래요, 거기다가. 둘이 들어가서 얘기를 하는 동안에, 밤에. 그래서,

"이거 클났다. 우리가 살아야 하겠는데 불을 싸 놨으니 이제 살 도리가 없지 않느냐?"고.

그러니깐 그 사람이,

"우리가 그래도 살 방법은 있다."

자기가 일꾼으로 있었으니깐 인제 호미를 방에다 갖다 놨드래요. 호미를 막 긁고 방바닥을 뜯어 가지고 둘이서 굴뚝으로 기어 나왔대요. 둘이 그걸 뜯고서 기어나와 가지고선,

"엣다, 모르겠다!"

그 옷을 얼른 주워 입고설라매,

"뒤에 타라."

그래 가지고 뒤에 타고서 참, 그 부채를 또 한 살 한 살 펼치니

깐 하 이렇게 막 올라가거든. 아, 그러니깐 저놈이 인제 보니까는 신바닥인 줄 알았더니 저놈이 뭐 하늘님, 저 뭐야, 그게 뭐야? 그야말로 저거*라구. 아, 두 이 형제가 인제,

"하! 그러는 걸 우리 몰랐다."고 말이야.

이러면서 쳐다보드래, 둘이서. 그래 자꾸 올라가니까 아 지붕에 올라가 가지고서 응? 아, 인제 지붕 꼭대기 또 올라가서 더 좀 볼라고 지붕 꼭대기 올라갔다가 그 두 여자는 떨어져서 죽었대요, 거기서. 그래서 지붕에 그 뭐야, 버섯 나잖아요? 그게 혼이라고 그러대요. 화자 웃음

그래서 그 남자하고 그 둘은 타고선 가 가지고 지네 집을 이제 찾아갔대요. 그걸 타고선. 인젠 들어가니까는 두 노인네가 앉아서 울면서 그러드래요.

"아유, 남들은 저렇게 장개(장가)를 들어 가지고 두 부부가 저렇게 처갓집을 가나 지네 집을 가나 저렇게 지내는데 우리 걔는 어딜 가서 안 오고 있나?"

이러면서 둘이 울고 앉았더래요, 두 노인네가. 그래서 자기가 인제 그 얘기를, 그리고 우는데 들어가서,

"어머니, 저 왔습니다."

그러니깐,

"아이구, 무슨 소리냐."구 말이야.

* 저거 선관. 본문에는 '선녀'라 표현돼 있다.

"나를 보고 어머니라니 그게 무슨 소리냐?"구 그래니,

"아니라."고.

"내가 아무정께 그 대사님이 데려간 그 누구라."고 그러면서 그러니까,

"아이구, 그러냐."구.

"나는 그래두 이렇게 죽은 줄 알았드니만 살아왔구나."

이러면서 그 엄마가, 그 엄마 아부지가 그렇게 좋아서 그러드래요.

그래서 그 둘이 그렇게 해 가지구 잘 살았다는 옛날얘기예요.

오월선(여, 1934년생, 61세)
1994. 4. 4. 강원도 홍천군 동면 속초리
신동흔 김광욱 외 조사

💬 **해설**

인간의 운명과 그 극복에 관한 한 편의 흥미진진한 이야기다. 하늘을 나는 부채라는 신기한 보물이 곁들여져서 더욱 경이로운 이야기가 되었다. 자신이 호랑이한테 죽을 운명임을 안 주인공은 집 안에 꽁꽁 숨는 대신 호랑이가 있는 바깥세상으로 나가, 운명을 극복하기 위해서는 그것과 맞부딪쳐야 한다는 이치를 보여 준다.

신바닥이가 부모를 떠나 힘들게 세상을 떠돌아다닌 과정은 자신의 운명을 감당할 수 있는 힘을 얻어 가는 과정이었다고 할 수 있다. 그 결과는 단순한 '운명의 모면'이 아니라 하늘 높이 날아오르는 '화려한 비약'이었다. 신바닥이가 얻은 부채는 그가 사서 고생을 하는 과정에서 얻게 된 비상(飛翔)의 능력을 나타내는 것이라 할 수 있다. 그가 주인집 막내딸과 결혼해서 행복을 얻게 된 것 또한 우연한 행운이 아니라 자신이 갖춰 지니게 된 능력과 매력에 따른 자연스러운 결과라고 보는 것이 합당하다.

💬 **생각거리**

• 주인공은 호랑이한테 죽을 뻔한 위기를 두 번 넘긴다. 첫 번째 위기와 두 번째 위기가 서로 어떻게 같고 다른지 비교해 보자.
• 주인집 두 딸이 지붕에서 떨어져 죽은 결말에는 어떤 뜻이 담겨 있는지 이야기해 보자.
• 주인공이 스님을 따라 집을 떠나지 않은 상황을 가정하고 뒷이야기를 구성해 보자.

제2부

저 너머
또 다른 세상

— 설화는 현실의 경계를 넘어서는 상상을 통해 우리를 낯선 세계로 인도한다. 그 특별한 여행은 흔히 '별세계(別世界)'라는 공간을 통해 구체화된다. 어느 날 문득 낯선 별세계 속으로 진입하는 순간 놀랍고도 흥미로운 모험이 시작된다. 그 낯선 세계 속에는 자기가 아는 사람이 따로 없는 게 보통이다. 누가 자기 일을 대신해 줄 수 없으며, 스스로 움직이면서 길을 찾아내야 한다. 낯선 별세계에서의 움직임은 그 하나하나가 긴장되면서도 의미심장한 과정이다.

2부에서는 별세계 공간이 주요 축을 이루는 이야기들을 보게 될 것이다. 이야기는 대개 주인공이 어떤 특별한 계기를 통해 별세계에 들어가게 되는 식으로 진행된다. 그 별세계는 하늘나라와 지하 세계, 수중 세계, 서천 서역 등 다양한데, 현실의 경계를 넘어선 초월계로서의 특징을 지닌다. 주인공들은 그 초월적 세계에 접어듦으로써 새로운 삶의 국면을 맞이하게 된다. 그것은 그들에게 위기이면서 크나큰 기회가 되기도 한다.

별세계에 얽힌 설화에서는 주인공이 왜 거기를 가고, 거기서 무엇을 하며, 그를 통해 무엇이 어떻게 달라지는지를 잘 연결해서 살펴보아야 한다. 주인공은 무언가 '존재적 변화'를 겪게 되는데, 외적으로 나타난 변화 외에 주인공 자체에 어떤 질적 변화가 일어났는지를 눈여겨볼 만하다. 이와 함께 하늘나라나 지하 세계, 서천 서역 같은 별세계가 현실적으로나 심리적으로 무엇을 상징하는지 꿰뚫어 볼 수 있다면 이 설화들을 읽는 재미는 더욱 커질 것이다.

하늘에서
복을 빌려 온 나무꾼

신씨

인저 옛날에 이 정승이 살았어요. 이 정승이 살았는데, 참 부잔데 재산은 많고 아는 것도 많은데 자손이 안 태어나요, 자손이. 자손이 안 태어나 가지고 걱정인데, 대를 끊기게 생겼어요. 그랬는데 그중에도 또 어떤 스님한테 보면은 명이 단명(短命)을 해, 그 정승이. 명이 단명해서, 옛날에 육십이면 한명(限命)*이라고 그랬죠. 옛날엔 육십이면 한명이야. 삼십이면 반 살았다고 그래요. 우리 청년들이 삼십만 먹으면 '아이고 반세상을 살았네.' 이래요. 조사자/한세상이 육십이고요? 예.

그랬는데 이 사람은 사십도 못 넘긴대. 자기 명이 짧고 자손이 없어요. 그러고 재산도 그때까지만 즐기면 재산도 어디로 다 날라간대. 그러니께 걱정 안 하겠어요? 걱정이죠. 자식도 안 태이지(생

• 한명 하늘이 정한 목숨.

기지), 돈도 사십만 넘으면 어디로 다 날라간다고 하지, 명도 짧지. 뭐 물려줄 사람이 나서야지.

그래서 진짜 두 노인네 맨날, 두 노인네가 아니고 젊은인데, 살아도 근심이야. 근심으로 사는데 뭐 웃을 길이 없어. 웃음이 없어요. 뭐 즐거운 게 있어야 웃음이 있지. 이놈의 돈이 있다고 해서 암만 갖다가 쌓아 놓고 들여다봐야 웃음이 안 나와. 겁만 나지. 이걸 다 누구를 줘야, 아 누구 앞으로 이게 갈 건가 겁만 나.

그러구 있는데, 인저 한 청년은 참 못살아요. 근데 그이는 성이 정가래. 정 도령인데 참 못살아. 왜 그렇게 못사나 몰라. 뭐이가(뭐가) 되는 것이 없어요. 영 안 돼요. 그래 나무도 두 짐 해다 노면(놓으면) 한 짐은 그냥 어디로 없어져. 한 짐만 남아 있고. 아칙(아침)에 나와 보면 나무 한 짐이 없어져, 한 짐. 요놈의 한 짐만 해다 놓을 거다 하고 한 짐만 해다 놓고 자고 나오면 한 짐이 없어. 또 어디로 가 뻬렸어.

'세상에 이거를 누구가 가져가나. 누구가 왜 이러나.'

자기 어머니하고 둘이 사는 거예요. 아버지도 일찍 돌아가시고. 정 도령이 인자 자기 어머니하고 둘이 사는데 세상에 알 수가 없는 일이야. 어머니를 뭐 보양을 할 수가 없어. 뭐가 있어야지. 나무도 두 짐 해다가 한 짐 팔아서, 쌀 됫박이라도 사다가 어머니하고 해 먹어야겠다 하고 있으면 한 짐은 없어져. 한 짐만 남고. 땔감으로 남고. 인저 이놈의 거 한 짐만 해 놔 본다고 한 짐만 해 노면 고것도 없어져. 없어져, 아칙에 나오면.

이걸 어떡해야 옳으냐. 나무를 한 짐을 해다 놓고 하룻저녁에는 고 속에 가 들어가 드러누웠어. *조사자/잡으려고?* 나뭇단을 풀르고(풀고) 그 속에 가 들어가 드러눕곤, 자기 어머니보고 동여매라고 그러고.

"이 나뭇단을 묶어 노세요."

"어떡할려고 그러냐?"

저희 어머니는 걱정이잖아? 어떡할려고 그러냐니께,

"아, 글쎄 어떻게 돼서 누구가 가져가나 도둑놈을 잡을려고 그래요. 그러니께 나무 속에 가 있으면 알 거 아니에요? 누구가 와서 가져가나 내가 발견을 해서 붙잡을려고 그런다."고.

"그래선 그 여적지(여태껏) 잊어버린 나뭇값을 다 받을려고 그런다."고, "그 사람한테."

그래선 그렇게 해 놨어. 해 놓고선 어머니는 방에서 자고 아들은 나뭇단 속에서 자고. 아칙에 나와 보니께 나뭇단이 없어진 거야. 엄마가 '아, 인저 이거 아들까정(아들까지) 잊어버렸구나.' 하고 있는 거예요. 걱정을 하고. 어디를 갔나, 올 때만 기다리고 있으니께……

아들이 한밤중 되니께 회오리바람이 싹 일어나서 데굴데굴데굴 돌더니 나뭇단이 확 걸쳐선 하늘로 올라가는 거야. 하늘로 올라갔어요. 자기가, 천상으로 올라갔어요. *조사자/같이 올라갔네요.* 예, 싸여서 올라갔어요. 옥황상제님 앞에 가서 옥황상제님이 묻는 거야.

"너는 왜 여기다 나뭇단 속에 묻혀서 왔느냐?"

사실대로 얘기를 했어요.

"옥황상제님, 나를 살려 주세요. 나는 사람살이가 이만저만해서 여기를 왔어요."

그러니께,

"그러냐?"

"그러면은 나 좀 먹고살게 좀 복 좀 달라."고 매달렸어.

"왜 네 사주팔자에 나무 한 짐밖에 안 태웠는데 어떡하라고 그러느냐."고 옥황상제가 그러는 거야. 안 된다고.

"옥황상제님, 나 먹고살게 좀 나 좀 도와주세요. 복을 주세요. 복을 주세요."

그냥 빌었어. 그러니께,

"그러면은 그럭허라(그리 하거라). 네가 사정이 하도 딱하고 너희 어머니 보양할 게 없다니께 내가 도와준다. 이것은 남의 복이다. 남의 복이니께 네 복으로 알지 말고 네가 조심해야 한다, 우선은. 네가 조심해야 될 것이 있어. 인저 자식을 인저 태어나는데 조심할 것이 있어."

그랬어요. 그래서 그건 인저 안 일러 줘. 그러구서는,

"그 자식이 태어나면 괜찮다." 그래.

"그 자식이 태어나면은 그 자식이 복을 타고나서 저절로 살게 된다. 괜찮다."

그렇게만 해서 내려보내. 그래 내려왔어요. 내려와 가지고서

는…… 돈을 인저 얼마를 줬겠지. 받아 가지고 인저 내려와선 우선 그걸로다가, 인자 회오리바람에 싸여서 내려왔으니께 그걸로다가 인저 양식을 팔아다가 어머니 보양을 하고 먹고살고. 항상 나무는 한 짐만 해다가 때고 그러고서 사는데.

아, 이 장가를 갔어, 이 사람이. 장가를 가서는 인자 사는데, 항상 그지(거지)여. 돈이 없으니께 어떡해요? 나무 한 짐 가지고 그것도 두 짐 해다 노면 없어지는데 뭐 어떡해. 인저 복을 줘서 가지고 내려왔어도 인저 마누라만 태였지. 자식만 인저 태여 준다 했으니께 자식이 언제 하나 올 거죠. 그렇지, 우선은 어떻게 할 수가 없어. 그래서 그렇게 인저 사는데…….

얻어먹으러 대니는(다니는) 거야. 인저 애기를 가졌어, 그 마누라가. 그지야. 그지가 별 거야? 없으면 그지지! 그런데 아 인저 이 사람이 애기를 낳게 생겼어. 근데 애기 날 데가 없잖아요. 근데 그 부잣집, 옛날에 연자방앗간이 있잖아요? 이 돌로 맨들어서 이렇게 굴러대니면서 찧는 거, 연자방앗간. 빗자루로 쓸어 엏고(넣고), 고무래*로 밀어 엏고, 소가 인저 이렇게 메고 끌어 돌아가는. 그 연자방앗간이 있는데, 연자방앗간 한편짝에 왕겨*가 이렇게 쌓인 데 거기 가서 인저 구루마*가 있어, 구루마. 싣고 댕기는

• 고무래 곡식을 모으고 펴거나 재를 긁어모으는 데 쓰는 'ㅜ' 자 모양의 농기구.
• 왕겨 벼를 벗겨 낸 겉껍질.
• 구루마 '수레'를 뜻하는 일본말.

구루마가 있는데, 그 구루마 밑에다가 북대기*를 갖다 깔아 놓고, 게서 인저 애기를 났어요(낳았어요).

애기 우는 소리가 나. 아, 그런데 이 부자*가 나갔어. 나가서는 보니께 방앗간 그 구루마 밑에서 애기를 낳았어요. 그래서 애기를 데려다가서, 애기 엄마를 들어오라 해선 방을 하나 줘서는 거기서 인저 애기 구완을 하고 밥을 해 멕이고 인저 잘하는 거예요. 어, 돈이 있으니께.

아, 근데 그 며칠 전에 점쟁이가, 스님이 왔는데 물어보니께 그 스님이 허시는 말씀이,

"며칠 있으면 연자방앗간에서 몸 풀 사람이 있다."고 그러더래요.

"몸 풀 사람이 있는데 그 사람을 잘해라. 집으로 들어오라고 해서 그 사람을 잘하면 부자가 된다. 그게 복 있는 애다. 그러면은 그 사람을 내보내지 말고 아들로 삼아라. 그러면 자식도 생기고 돈도 안 나가고……. 그 사람을 아들로 삼고 동기간을 삼아 가지고 부모를, 그 아이 부모들을 내보내지 말고 동기간으로 삼아 가지고 살려라."

그러고 갔어요. 그러니께 그 말을 들었는데 진짜 얼마 안 됐는데 애기를 낳어.

• 북대기 '검불'을 뜻하는 방언.
• 부자 여기서 부자는, 자식이 없고 단명할 운세를 가진 '이 정승'을 가리킨다.

'아, 이 스님 말이 맞구나.'

데려다가서는 미역을 사다가 국을 끓여서 밥을 해서 그냥 잘 멕이고, 방을 하나 줘서는 그냥 아주 집을 한 칸 줘서 거기서 살라고, 그렇게 해선 잘 사는 거예요.

근데 그 아이, 그 저기가 말할 적에, 꿈에 선몽(현몽)하는데 이 애 이름을 '수리거'로 지으라 하더래요. 조사자 / 수리거? 예, 이름을 수리거로. 어, 수리. 구루마 밑에서 났으니께 수리(수레) 아니야 요? 그러니께 이름을 수리거로 지으라 그래. 또 꿈에 선몽을 해 줘. 그러니께 수리거로 이름을 지어 가지고서는 그렇게 해 가지고서는 잘되더래요.

그 아이가 복이 있어 가지고 집이 늘고 그냥 그 아이가 그냥 효자 노릇을 하고 그 집을 아주 다 맡아 가지고 그 집 주인공이 된 거예요.

그러니께 나무 두 짐 해다 노면 한 짐은 하늘로 올라가고, 한 짐은 한 짐 해다 노면 한 짐도 올라가고 그냥 땔 것도 없고 이러던 사람이 그 하늘에 올라가서 복을, 옥황상제님한테 복을 빌어 가지고 내려와 가지고 그 아들을 나 가지고 아들이 이름이 수리 거가 되고 그렇게 부자가 되고 잘 살더래요.

조사자 / 그럼 그 사람(이 정승)은 나이 사십 넘게 살았겠네요? 아, 사십 넘게 살았대요. 그렇게 해 가지고 부자가 되고, 아주 뭐 원 풀고 한 풀고. 조사자 / 이름을 져 준 사람이, 현몽한 사람이 누구예요? 자기네 조상이지 누구겠어? 조사자 / 조상이? 예, 자기네 조상이죠.

아니면 옥황상제님이고. 누구 같아요? 조사자/그 아이, 수리거의 부
모는 어떻게 됐어요? 잘 살았죠. 조사자/같이? 예. 같이 잘 살았어.
같이 뭐, 양부모도 저희 부모, 저희 부모도 저희 부모.

신씨(여, 1919년생, 89세)
2007. 6. 11. 대전시 서구 노인복지관
김경섭 심우장 유효철 나주연 조사

💬 **해설**

타고난 복과 빌린 복에 관한 이야기다. 재산이 많지만 무자식에 단명할 운수를 가진 사람과 아무리 일을 해도 가난을 벗어날 수 없었던 사람이 아이를 매개로 좋은 인연을 이룸으로써 다 잘 살게 됐다는 내용이다. 정 도령은 이 정승한테서 재산을 얻고 이 정승은 정 도령한테서 대를 이을 자식을 얻었으니 상생의 결합이라 할 수 있다. 이웃과의 결연, 나눔을 통해 서로 부족한 부분을 채움으로써 함께 큰 복을 만들어 냈다는 것은 적극적인 운명 개척론이자 공생의 인생관이라 할 만하다.

이야기 속에 여러 흥미 요소가 있는데, 정 도령이 나뭇짐에 숨어서 회오리에 휩싸인 채 하늘나라로 올라간 뒤 옥황상제를 만나서 복을 빌려 왔다는 내용이 특히 인상적이다. 지상의 삶이 하늘과 연결돼 있으며 복의 근원이 하늘에 있다고 하는 인식을 반영한 내용이다. 다른 자료에서는, 하늘나라에 인간 세상 수많은 사람의 복을 담은 주머니들이 매달려 있는 창고가 있었다고도 한다.

💬 **생각거리**

• 이 이야기에 나타난 복(福) 관념의 특징을 정리해 보고 논평해 보자.
• 복을 널리 나눌 수 있는 가장 좋은 방법이 무엇일지 생각해서 말해 보자.
• 이 설화의 스토리를 살리면서 자기의 말투와 표현법으로 새롭게 구연해 보자. 이때 책을 보지 말고 기억을 바탕으로 구연한다.

선녀 찾아 하늘로 간 나무꾼

신얼용

겄(이것)도 옛날얘기여. 옛날얘긴데, 옛날얘긴데, 그 나무하러 부자 된 사람 얘기여 그거는. 나무하러 가서 부자 된 사람.

옛날에 어려웠던지 즈이(제) 어머니하고 둘이 살다가서 아들 하나가 배고프게 사는데, 한번 나무를 갔는데, 아니 산에 가 나무를 하니까, 갈퀴나무˚지. 갈퀴나문데, 노루 한 마리가 펄펄 뛰어 오더니…… 그짓말이여. 참말이면 안 돼.˚ 노루 하나가 오더니 나를 숨겨 달란 말을 하더랴. 그래 갈퀴나무에다 났어. 세워 났어, 노루를. 그래 저 쪼금 있더니 총잽이(총잡이)가 총을 들고서 쫓아오더니,

• 갈퀴나무 갈퀴로 긁어모은 검불, 솔가리, 낙엽 따위의 땔감.
• 그짓말이여~안 돼 거짓말, 곧 허구적 요소가 없으면 이야기가 안 된다는 뜻이다.

"여기 노루 하나 가는 거 봤어요?" 그라거덩.

그래 노루가 그랬어. 자기를 못 봤다 그래라 그랬어.

"못 봤소."

그랬단 말이야.

"금방 이리로 왔는데."

그래도 일단 넘어가더래. 총잽이 간 뒤에 노루가 나오더니,

"난 당신한테, 당신 때문에 살았으니까 당신 은혜 갚겠다."구.

노루가 이러거덩. 옛날엔 노루도 얘기할 수 있는가 봐. 청중 웃음
그런 거 아니여? 아, 그래서 그렇게 했는데 노루가 나오더니,

"요 골짜기 돌아가면은 옹달샘이 있어, 옹달샘. 옹달샘 그 목
욕탕이 있어. 긍께 거기를 가면은 하루는 옥황상제 저 선녀들
이…… 응, 딸이 셋이여. 긍께 그 첨에 내려와서 목욕하는 딸은
큰딸이고, 두 번째로 오는 딸은 둘째 딸이고, 셋은 그 막내딸이
다. 긍께 막내딸 입성*을 다 벗으면 고것만 잘 봐서 그걸 감춰라.
감추되, 어린애 셋 낳걸랑, 셋 낳기 전에는 그저 주지 말아라."

그랬는 거야. 그 노루가 얘기를 해 준 거여.

그래 거길 슬슬 가 보니까, 줄을 타고 사람(사람이) 타고 내려온
단 말이여. 내려오는데, 홀홀 벗더니 물속에 들어간단 말이야. 그
래 두 번째 내려오는 게 둘째 딸이지. 그다음에 홀홀 벗고서 물
속에 들어가고, 세 번째 나온 딸, 그 감추라 그랬잖어? 그래 세

• 입성 '옷'을 일컫는 말.

번째 내려온 딸 입성을 잘 봐 놨다가 살살 기어가서 감춘 거여.

아, 감추고 시간 다 돼서 올라가는거 또. 근데 목욕을 잘 하고서 큰딸은 올라가고 둘째 딸도 올라가고. 막내, 입성이 있어야 거 올라가지, 있어야. 입성을 암만 찾아봐야 없네.

그러니께 이 사람이 나간 거라.

"나하고 살자." 허니께,

"아, 입성만 주라."고, "입성만 주면 가서 산다."고.

입성만 달라고, 하도 입성만 주면 산다고 이라고 이래도 노루가 주지 말래서 안 준 거여. 그 입성이 없으니 못 올라가는 거지. 못 올라가고 그 사람 따라갔어. 그 사람 따라가서 그 사람하고 사는 거라. 사는데, 날이면 날마다 달이면 달마다 밥만 먹으면 입성 달라는 거야. 그것 좀 주면 올라가는 거여. 근데 노루가 주지 말래서 안 주는 거여.

그라고 있는데 어린애 둘을 났어. 어린애 둘을 났는데 하도 달래서, 어린애 둘을 났는데 '설마 이거 어린앨 둘을 났는데 지가 올라가랴.' 이 생각을 먹었단 말야.

노루는 셋 낳거든 주라 그랬는데. 그래 인저 어린애 둘을 났는데, '지가 설마!' 그러고 줬단 말이야. 아, 주자마자 어린애 둘을 양쪽에 끼워 넣고 휑하니 올라가네. 거 하늘을 뭐뭐뭐뭐뭐 쳐다보지만 거 도리가 없단 얘기여. 아, 그러니 혼자 사는 거지 뭐.

혼자 사는데, 나무를 또 간 거라. 나무를 갔는데, 그 노루가 쫓아와서, 화자 웃음 참 거짓말이지, 노루가,

"왜 어린애 셋 낳거든 주랬더니 둘을 놓고(낳고) 줬느냐? 그 여자하고 살려면은 시방 거기 또 가거라. 또 가면은 거 옹달샘에서 물 달어다(길어다) 먹는데, 처음에 온 다루박(두레박)은 맏딸이고, 둘째 온 다루박은 둘째 딸이고, 셋 번(셋째 번)에 온 다루박은 당신 마누라가 달여 올라가는 거다. 물 쏟고 거기 들어앉아라."

이랬어.

그래 인저 거길 가서 지켰어. 그래 처음에 하나 내려와서 물 달으고, 또 하나 물 달으고, 그러고 연거이(연거푸) 두 번을 한 거지. 그러고 거길 올라간 거지. 아, 올라가니까 자기 마누라가 있는데,

"아이고, 서방님 오셨느냐?"

손을 잡고 말이여, 막 끌어안고 그러거덩.

처음에 난 놈은 "뭐?" 하고 섰다. 조그맣게 인제 그담에 난 놈, 그 동생에 난 놈은 아부지라고 그렁께,

"그 무슨 아부지요?"

이라거든 큰놈은.

아, 그 마누라가 큰일 났단 말이여. 그 두 처형들, 형*들만 보면 못살게 하니까. 형들 보면 못살게 할라고.

"너, 내 동생! 참 너, 남자 왔다면서? 남편 왔다면서?"

내놓으라고 막 주리를 튼단 말이여. 만날 그러니 안 내놓을 순 없단 말이여. 한번은 내놔 줬어. 이렇게 처형들이 하는 소리가,

---

* 형 여기서 '형'은 '언니'를 뜻한다. 예전엔 여자 형제들 사이에도 '형'이라는 말을 종종 썼다.

선녀 찾아 하늘로 간 나무꾼

"당신하고 내 동생하고 여기 와서 살려면은 내기를 해야 된다. 내기를 합시다."

그 형들이 동생네 남편을 불러다 놓고 봤네. 아, 이거 처형들이 보느라고 그렇게 얘기하는데 이거 어떡해 그럼? 하늘나라 사람을 어떻게 이겨? 아, 집에서 밥을 잘 먹는 놈이 밥도 안 먹고 끙끙 앓는다. 그렇께,

"아, 뭐 서방님은 거기를 갔다, 형들 집에 갔다 오면 앓느냐?"

이라거든.

"아, 이거 내기를 하자는데, 처형들이 뭘 가서 숨는다는데 처형들을 내가 어떻게 찾느냐?"

그러니까,

"아이구, 그런 거 가지고 무슨 속을 끓이고, 남자가 말도 안 하고 속을 끓이고 밥도 안 먹고 뭘. 밥이나 먹으라."고.

여자가 그라거든.

밥을 인저 먹고, 여자가 먹으라니까.

"내일 식전에 저거 우리 친정에 외양간에 가면은 쥐 두 마리가 소 꽁댕이(꼬리) 올라가려고 서로 먼저 올라가려고 그럴 거여. 그라면 '어디 가서 숨을라고, 거 가 숨을라 그러냐.'고 그 소리만 해라."

여자가 이렇게 시켰지. 그래 가서 식전에 가서 보니께, 처갓집 가서 보니께, 소 꽁다리에 쥐가 뛰어올라 가려고 그러거든. 그 쥐 두 마리를, 그 마누라가 시켜서,

"아이고, 어디로 가서 숨을라 그러노?"

그라고 그렇께로(그러니까) '헤헤' 웃고 둘이 나오더래, 처형들 둘이. "헤헤" 그러더라. 나오는데, 인자 도리가 없지.

이제 처형들이 하는 소리가,

"그러면 우리가, 찾았으니까 당신이 숨어라. 내가 당신이 숨는 걸 찾는다."

그래 또 숨기로 했단 말여. 아 쥐가, 쥐가 되었다 새가 되었다 하는 년을 어디 가 숨으면 못 찾겠어? 한심할 거 아녀 그거? 못 산다 이 말한 폭이지(셈이지). 그래 집에서 또 앓는 거, 밥도 안 먹고 앓는 거라. 앓으니까,

"아유, 이제 거기만 갔다 오면 앓어, 잉?"

"아, 내가, 나를 숨으라니, 그 내가 숨으면 쥐가 됐다 새가 됐다 하는 사람들이 나를 어디 가서 못 찾어? 나는 당신하고 못 살어."

"아이고, 남자가 되어서 그렇게 마음을 못 써? 밥이나 먹어. 나하고 살 테니까."

밥을 인제 밥을 먹은 거야. 먹었는데, 처형들이 찾으러 왔어. 여자가 옛날처럼 제 남편을 데려다 넣고서 베를 짠 거여, 베. 명주를 집에서들 짰지 왜? 거 넣고서 짠 거라. 그 처형들이 와서 어떻게 찾어? 못 찾지! 그러니까 다 와서 찾다 못 찾으니게 제 형 둘이,

"너희 남편 내놓으라."고.

아, 그래 항복을 받은 거여. 형들한테 항복을 받았는데, 그러

선녀 찾아 하늘로 간 나무꾼

고 내놓은 거야.

"아, 여기 있는 것도 못 찾아?"

내논 거라. 아, 그러는데 찾고 보니,

"내일도 우리가 또 한 번 숨는다."

내용을 수정하며 우리가 숨는 게 아니고,

"내일 다시 또 한다. 내일도 하는데 우리가 이 활촉을 내일 쏠 거다. 활촉을 내일 쏠게, 그 활촉을 찾아와야 된다."

그래 이렇게 또 말하니, 처형들도 안 찾으면 동생하고 못 살게 할라고. 또 안 할 수가 있어? 그래 인자,

"내일 몇 시에 활촉을 쏠 테니까 활촉을 찾아와라. 내일 어디 가서 찾아와라."

그리 안 하면 제 동생하고 못 살겠고 지가 또 앓을 수밖에는. 아, 그 말을 또 하는 거야.

"아이고, 저 망할! 또 그런다."고, "마누라 속을 썩인다."고.

"걱정 말고 밥이나 먹어."

밥을 좀 먹었다고.

"그 시간에 올라가면, 그 시간 어디 가서 당신이 가고 싶은 대로 가면은 초상이 났을 거라."고.

"이웃 사람들이 막 뛰어들어…… 막 초상이라고 울고 막 뛰어들어올 거여. 그러면 그 집에 가서 무슨 수라도 써서 그 금방 죽었다고 막 그러걸랑 볼 수 있느냐고 물어봐서 봐도 좋다고 그러면 발꾸락(발가락)을 만지면은 발꾸락에 활촉이 나왔을 거다. 빼

면 된다. 그러면 그 사람도 산다."

여자도 그리했거든.

그리하고 얼마 가니까 초상이 났다고 이웃 사람들이 막 뛰어들어오더라고. 울고 요 지랄하거든.

게 똑 가서 저 양반 찾아가서는,

"아, 어째 요 집이 갑자기 저기* 났냐?"고 그렁께,

"금방, 저 우리 아버지가 금방 저기 가셨다."고.

그 사람이,

"내가 좀 볼 수 없느냐?"고 그렁께,

"아유, 봐도 된다."고, "아유, 금방 돌아가셨다."고.

그라거든. 그래서,

"아, 들어오시라."고.

그 이 사람이 들어가더니 벗긴(벗긴) 거여. 그래서 발꾸락에 활촉이, 활촉이 나왔단 말이야. 그걸 잡아 뺐어. 잡아 뺐더니 살잖어? 그러니께 그 집에선 사람 살렸다고 그러고. 함튼(아무튼) 하여간 절을 하고, 그냥 그런 의사가 없대.

좋아서 이 활촉을 가지고 좋다고 올라간다 하늘로. 어지간히 올라가니까, 거기서 가니까 솔개미(솔개) 두 마리가 쌩하고 오더니만, 솔개미…… 좀 칼새야 칼새. 칼새가 제일 빠른 거. 솔개미가 두 마리가 쌩 오더니 활촉을 딱 하더니 내뺀다 말이여. 날아간단 말

* 저기 '초상이'에 해당하는 내용을 얼버무린 표현.

이여. 그래 이놈이 그걸 쳐다보니까, 칼새 한 마리가 오더니, 칼새 한 마리가 솔개미 채 가는 걸 칼새가 활촉을 짤라 가더래.

그래 빈손으로 올라가는 거지. 그래 가선 또 앓는 거야 인저. 끙끙 앓어.

"아이고, 맨날 봐도 앓기만 하느냐?"고.

"아, 저 활촉을 찾아와서 올라오니까 솔개미 두 마리가 와서 활촉을 뺏어 가져갔는데, 활촉을 뺏어 가 보니까 칼새 한 마리가 와서 그걸 뺏어 가져가더라. 그러면 난 못 사는 거 아녀?"

그렇께,

"솔개미들은 우리 형들이고 칼새는 나여. 여기 있어, 야."

그러고 내주더래. 그래 가서 하늘에서 잘 살더래. 마누라 잘 얻어서. 게 뭐 거짓말이지.

신설용(남, 1922년생, 86세)
2007. 3. 12. 청주시 상당구 중앙공원
신동흔 김종군 심우장 외 조사

〈선녀와 나무꾼〉 유형에 속하는 이야기다. 〈선녀와 나무꾼〉은 나무꾼이 선녀와 헤어진 채 죽음을 맞는 비극적 결말로 마무리되기도 하는데, 여기서는 나무꾼이 하늘에서 선녀와 함께 잘 살게 되는 행복한 결말로 끝맺는다. 하지만 그 과정은 수월하지 않다. 지상에서 남편을 얻은 동생을 두 언니가 시기해 어려운 시합을 걸어서 나무꾼을 곤경에 빠뜨리는 것이다. 그 일은 지상의 주인공이 높은 곳에 올라가 자리 잡는 과정에서 거치게 되는 일종의 통과의례 같은 것이라 할 수 있다. 나무꾼이 그 시험을 통과한 것은 영민한 아내의 도움 덕분이었다. 남성의 무능함과 여성의 유능함을 대비해서 보여 주는 한편으로, 부부간의 합심과 협력이야말로 가정의 평화와 행복을 이루는 바탕임을 보여 준다.

화자가 끝에서 "게 뭐 거짓말이지." 하고 말하는 것은 이 설화가 즐거움을 위해 만들어진 상상의 이야기임을 확인시켜 준다. 하지만 즐거움을 위한 이야기라 해서 깊은 의미 요소가 없는 것은 아니다. 허구 속에 삶의 진실을 담아내는 것이 이런 옛이야기의 특성이라 할 수 있다.

💬 생각거리

- 선녀가 자식을 둘이나 낳고 살던 상황에서도 나무꾼을 놔두고 하늘로 올라가는 이유는 무엇일까? 또 그렇게 떠나간 선녀가 하늘로 올라온 나무꾼을 받아 주고 도와주는 이유는 무엇일까?
- 나무꾼이 하늘나라에서 겪는 시험이 '통과의례'라고 할 때 그 배경과 과정은 어떠하며 거기 담긴 의미는 무엇인지 말해 보자.

하늘로 올라간
오누이

신씨

저기, 저기, 옛날에 옛날에 고개 너머로 베 매러* 갈 적에, 베 매러 갈 적에, 삼 남매지 삼 남매. 아들 하나, 딸이 큰딸 작은딸이 있고, 막내도 딸이구. 그렇게 데리구서 혼자돼서 냄편(남편)은 없구, 삼 남매를 키워서 사는데, 어려우니께 가서 베 매 주구 베 짜 주구 이러구선 돈 벌어다가 먹고사는데……

인저 장자* 집에서 와서 인제 베를 매 달라구 해서 가서 베 매러 가서 베 매는데 (날이) 저물었어요. 저물게 매구서 인제 오는데, 호랭이가 나서 가지구서는 참 잡어먹는다구 '으르릉 으르릉' 길 막구서 으르릉거리구 있으니께, 이 아줌마가 거기서 인자 팥죽을 끓여서, 팥죽을 끓여서 인제 이렇게 밥통에다가 푸구, 인저

* 매다 옷감을 짜기 위하여 베틀에 걸어 놓은 날실에 풀을 먹이고 고루 다듬어 말리어 감다.
* 장자(長者) 큰 부자를 점잖게 이르는 말.

김치허구 가지구 오는데, 해서 이구 오는데 호랭이가 나서서 잡어 먹는다구 허니께,

"그러지 마라, 그러지 마라. 우리 어린 자식들 가서 멕여야 허는데 내가 죽으믄 어린 자식들 누굴 바라고 사냐? 그러지 마라, 그러지 마라."

하고 달래니께,

"그러므는 팥죽 한 숟갈, 김치 한 쪽 주믄 안 잡아먹지."

그러니께 줬어. 이걸 떠 줬어. 떠 주니께 먹구서는, 또 인저 주구선 걸어가는 거여. 또 한 고개 넘어가니께 또 앞질러 와 가지구서는 또 '으르릉 으르릉' 잡아먹을려구 또 그랬어.

"내가 집에 어린 자식들을 두고 와서 가야 헌다. 가서 멕이구 내가 돌봐야 헌다, 길러야 한다."

"팥죽 한 숟갈허구 김치 한 쪽 주믄 안 잡아먹지."

그렇게 또 줬어. 또 주고 가믄 또 길을 막구 그러구, 가믄 길을 막구 그러구. 그 팥죽이 얼추 다 없어졌어요.

그런데 집에를 왔어. 집에를 와 가지구서는 인자 문을 열어 줘서 들어갔는데…… 인저 잊어부렸어 더러. 조사자/예예, 천천히 생각하서서 하세요. 들어갔는데 인저 자는 거야. 인저 아랫방에서. 엄마가 막내딸을 데리구 인저 자구…….

다시 생각하며 인저, 아! 엄마를 잡아먹었대. 조사자/아, 호랑이한테 잡혀먹고? 어, 호랭이가 엄마를 잡아먹었대. 그러구선 있는데, 이 호랭이가 인자 집에를 와 가지구,

"문 열어라, 문 열어라."

하니께 목소리가 달르거든요. 그러니께,

"엄마 목소리가 아녀."

그래 큰딸이 그러니께,

"느(네) 엄마다, 느 엄마다. 베 매구 오느라구 감기가 들어서 그렇다."

그러니께 문구녁(문구멍)을 뚫르면서,

"그럼 이리 엄마 손 디밀어 봐."

허니께, 손을 들이미니께, 저 무슨 장갑을 끼고서 디미니께(들이미니까) 장갑이지 손이 아녀. 그러니께 호랭이가 맞지. 호랭이 발이 맞으니께,

"어무니, 어무니 손이 아녀!"

그러니께,

"풀이 묻어서 껄끄러워서 그렇다. 베 매면, 베 매면 풀을 묻히구 닦질 않구 와서 그렇다. 껄끄럽다."

그러니께 그려냐구 그러면서, 야중(나중)에 어떻게 어떻게 핑곌 대서 열어 줬어. 열어 줬는데 그 막내딸을 데리구 아랫방에서 잤잖아요? 남매는 웃방에서 인제 자는데 가만히 엿보구 있으니께 잡아먹는 거야. 조사자/막내를요? 어, 막내딸을. 걔를. 첨엔 '아야 아야' 해.

"아야! 아야!"

허니께 입을 틀어막지. 그러니께 '아야' 소리두 못 허구.

"왜 '아야 아야' 허냐?"

하니께 호랭이가 하는 말이,

"내가 눌렀더니 그런다."

호랭이가.

그러고는 다 잡아먹었어. '오독오독' 깨밀어(깨물어) 먹었어, 다.
그러구서는, 그걸 보구서는 호랭이가 분명허구나 싶어서 이 남매
가 나갔잖아요? 남매가 웃방 문을 열구 나가 가지구선 저 바깥
에 인저 샘독에 우물이 이렇게, 옛날에 박우물이 있잖아요? 있는
데 그 뒤에 큰 미루낭구(미루나무)가 있어. 그 미루낭구 꼭대기 가
올라가서, 남매가 올러가서 앉어 있어.

그러니께 호랭이가 와 가지구서는, 그 우물에 그림자가 있잖
아? 어, 애들 그림자가 있응게,

"너희들 거기 어떻게 올러갔냐?"

그러니께,

"은도끼루 금도끼루 찍구 올라왔지."

그러니께 갖다가 톡 찍구 톡 찍구 한 발짝 올려 디디구, 또 톡
찍구 한 발짝 올려짚구. 얼추 다 올라오게 생겼어, 조사자/어이구,
큰일 났네. 호랭이가. 그러니께 애들이 인저,

"하느님 아부지, 하느님 하느님, 우리를 살릴래므는 생동아줄
을 내리시구 우리를 죽일래믄 썩은 동아줄을 내려 주세요."

그러니께 생동아줄을 내려 줬어. 그러니께 그 동아줄을 타구
서는 내려와 도망질을 했잖아요. 그러니께 인제 호랭이가 애들

쫓아갈려구,

"하느님 아버님, 우리를 살릴려믄……"

그 도끼 찍은 자리 거기서 인제 나무에 가 올라와 가지구,

"하느님 아버님, 우리 저거 살릴래믄 썩은, 저 썩은 동아줄을
내리 주구."

바꿔서 말을 했어.

"우릴 죽일래믄 생동아줄을 내려 주구."

썩은 동아줄을 내리 줬어. 나무에서 타고 내려오니께 툭 끊어
져선 죽었잖아, 호랭이.

신씨(여, 1919년생, 89세)
2007. 7. 12. 대전시 서구 노인복지관
신동흔 심우장 김예선 외 조사

💬 해설

〈해와 달이 된 오누이〉 유형에 해당하는 유명한 민담이다. 보통은 하늘로 올라간 오누이가 해와 달이 됐다는 내용이 있는데, 이 이야기에는 빠져 있어서 제목을 〈하늘로 올라간 오누이〉로 했다. 화자는 엄마가 집으로 왔다고 말했다가 조금 뒤에 호랑이가 엄마를 잡아먹었다는 것으로 내용을 수정했는데, 설화 구연에서 흔히 있는 자연스러운 일이다.

이 이야기에서 어머니를 잡아먹은 호랑이가 아이들을 위협하는 대목은 호랑이의 정체를 어떻게 보는가에 따라 다양한 방향으로 풀이될 수 있다. 이에 대해 호랑이를 '세상의 폭력'으로 보는 관점 외에 '어머니의 또 다른 모습'으로 보는 견해도 제시되어 있다. 이야기에서 오누이가 호랑이를 피해 하늘로 올라간 것은 얼핏 '불행한 도피'처럼 여겨질 수 있지만, 집이라는 좁은 공간을 떠나 넓은 세상으로 나가서 자기 삶을 펼쳐내게 되는 과정으로 해석할 수도 있다. 이 설화를 아이들의 '독립'과 '성장'에 관한 이야기로 볼 수 있다는 뜻이다. 특히 오누이가 하늘에 올라가 해와 달이 됐다고 할 때 이러한 해석이 잘 들어맞게 된다(원래는 이 내용이 들어 있던 것을 화자가 기억을 잘 못해서 생략했을 수 있다.)

💬 생각거리

• 엄마를 잡아먹고 나서 삼 남매를 해치려고 드는 호랑이는 어떤 존재를 나타내는 것일지에 대해 자유롭게 자기 의견을 말해 보자.
• 호랑이가 하늘로 올라가지 못하고 떨어져 죽은 상황에는 어떤 의미가 담겨 있을까? 호랑이가 상징하는 바와 연결해서 말해 보자.

바리공주 이야기

윤중례

바리공주 얘기예요, 바리데기. 에, 바리공주 얘긴데 그거는 옛날에 임금님이 자꾸 임금님 부인이 그냥 자꾸 딸만 낳는 거여. 딸을 여섯째 낳았는데 일곱째 애기를 뱄어요. 근데 이번에 또 딸 낳으면은 버리라 그랬어, 임금님이.

"요번에 또 딸 낳으면은 무조건 갖다 버려라. 이 애는 안 키운다."

그래 가지고서는 그랬는데 역시나 일곱 번째 또 딸을 낳았어요. 그러니까 임금님이 화가 나 가주고(나 가지고) 무조건 갖다 버리라 그랬어요. 그래서 할 수 없이 하인들이 그 애를 보자기에다 싸서 저, 지끔(지금)으로 말하면 이런…… 그전에는 그 무슨 바구니 같은 거 있는데 거기다 애기를 넣어 가지고 저 큰물에다 갖다 띄워 버렸어.

띄워 버려서, 젖꼭지 한 번도 안 물어 본 거를 그 물에다 띄워서 둥둥 떠내려가는데, 애기 없는 할머니가 개천가에서 빨래를 하다가 그 바구니를 발견해 가지고 뭔가 하고 그 빨랫방망이로다 이렇게 건져내 가지고 보니까 애긴데 딸이더라 그 말이야. 애긴데 여자 애기야.

근데 이 양반들이 애기를 못 낳았어요. 애기를 못 낳아서, 조사자/아, 애기를 못 낳는구나. 에, 애기를 못 낳은 부부가, 두 노인네가 사는데 빨래하다 그 애기를 발견하니까, '아이고, 하늘이 준 복이구나.' 하고 그 할머니가 데려다 그 애를 키웠죠.

키워서 애가 열대여섯 살 먹었는데, 임금님이 죽을병이 들렸다 그러는데, 임금님이 뭐 약이 없어 죽겠어요? 임금님도 다 때가 되면 가잖아요? 근데 임금님이 죽게 생겼다고 방이 붙었어. 근데 임금님을 살려야 되는데, 어디 가서 그전에는 점도 하고 무당집도 가서 굿도 하고 그랬거든요. 그래서 인제 임금님이 이것저것 해도 영 병이 안 나으니까 무당한테 가서 무꾸리*를 했어요. 하인들이 가서 "왜 임금님이 이렇게 안 낫느냐?"고 하니까 그 점쟁이 하는 말이,

"아, 일곱 번째 공주를 버려서 그 벌로다가 저렇게 아픈데 그 공주가 와서 약을 구해 드려야만 낫는다."

조사자/아, 그 공주가 약을 구해 와야지. 네. 그런데 못 찾아. 그 애기를 어디 가서 찾아요? 어릴 때 태(胎)도 안 갈르구서(가르고서)

* 무꾸리 무당이나 판수가 길흉을 점치는 일.

버린 애긴데. 그래서 인제 또 방을 붙였죠. 이러이러한 애기를, 그게 벌써 한 십오 년 십육 년 됐으니까 그러니까 한 십칠 년 전에 이 애기를 누가 그 사람이, 그 애기가 죽었으면 할 수 없지만 그 물에다 애기를 띄웠는데 혹시나 이 애기를 줏어다(주워다) 키운 사람이 있으면 임금님한테 연락 좀 해 달라고 사방에다 방을 붙였어요.

그랬더니 인제 이 할머니 할아버지 귀에도 이 말이 들어갔어요. 그래서 할머니 할아버지가, 그 인제 벌써 열여섯 열일곱 먹은 아가씨가 됐는데, 데리고 왔는데 산속에서 사니까 남잔지 여잔지도 몰르게 엉망으로 컸죠. 그 없는 집에서 그렇게 컸으니까. 그런데 인제 오니까는 그 애는 뭐 영문을 몰르죠. 자기 어려서 그렇게 떠나가서 이 할머니가, 할머니 할아버지가 엄만 줄 알고 그렇게 컸는데……. 엄마 아버지라고는 안 했고, 할머니 할아버지라고 하면서 그 손에 컸는데…….

인제 거기를 갔어요. 가 가주구는, 이 할머니 할아버지도 몰라요. 이 애가 공준지 뭔지 몰르고 키운 거 아닙니까? 그런데 인제 그렇게 방이 붙었으니까 십칠 년 전에 줏어 온 건 사실이고……. 그 냇가에서 줏어 온 건 사실이니까 인제 그것만 알아서 간 거예요. 가 가지고,

"아, 내가 십칠 년 전에 빨래하러 갔다 이런 바구니가 떠내려와서 방맹이로 건져 가주고 이렇게 키웠습니다."

그러니까, 갖다 버린 종이 생각해 보니까 그 바구니가 어떻게

생겼는 것도 맞고 또 뭘로 쌌느냐, 뭘로 쌌느냐도 맞구, 또 태도 안 갈랐다 그런 것도 맞구 전부 그게 하나부터 열까지 맞는 거잖아요. 그래 애기 이름도 안 짓고 버렸잖아요? 그런데 거길 갔는데 그 인제 그 날짜, 언제 줏었다는 날짜, 그 소쿠리˚가 어떻게 생겼다, 또 뭘로 쌌던 거, 이런 게 딱 들어맞는 거예요. 그러니까는,

'아, 얘가 걔구나. 얘가 버린 애기구나.'

그랬는데 인제 그 애를 데려다 놓고 임금님은 껄떡껄떡 다 죽게 생겼는데 이 애가 약을 구해 와야만 낫는다 그런 거여. 그러니까 애가,

"내가 임금님 딸이든 아니든 임금님이 내가 구해 온 약을 잡수시면 낫는다니까 무조건 내가 구해 보겠습니다."

하고 얘가 남복을 했어요. 딱 남자같이 차리구서 떠났는데, 그 무당이 하는 말이 뭐라 그랬느냐 하면은,

"그 무장수라는, 무장수한테 가서 무슨 물을 가져와야, 그 물을 먹어야 낫는다."

그랬어요. 그래서 인제 애가 그러면 거길 어떻게 찾아가나, 여기저기 산골로 산골로 넘어서 그냥 무조건 떠났어요. 남복을 하구서. 떠났는데 그야말로 산 넘고 물 건너고 한없이 갔는데, 무슨 굴속으로도 들어가고 물속으로도 들어가고 이러면서 죽을 일을 다 겪으면서 갔는데, 한 군데 가니까는 키가 구 척 장승인 사람

˚소쿠리 대나 싸리로 엮어 테가 있게 만든 그릇.

이 섰어요. 근데 그 굴속에 들어가야 그 약을 구한다 그러는 거
야. 근데 그 구 척 장승 같은 사람이 사람도 같으구(같고) 사람 아
닌 것도 같은데 너무 무섭게 생긴 사람이 서 가지구서는,

"니가 왜 여기를 왔느냐?"

하니까,

"나 임금님이 무슨 약을 잡숴야 이게 낫는다고 그래서 굴속에
가야 그걸 구한다니까 여길 왔다."고.

그러니까,

"그래? 그럼 이쪽엘 갈려면은 내 마누라가 니가 돼야 간다."

그러니까,

"나는 남잔데요?"

그러니까 그 사람이 하는 말이,

"니가 누굴 속이냐? 니가 남복을 했지 무슨 남자야? 나 니 속
다 알어. 그러니까 니가 내 자식 셋만 낳아 줘. 셋 낳아 주면은
그 약 내가 구해 줄게."

그럼 셋 낳아 주는 동안에 임금님은 다 죽게 생겼는데 그거 언
제 셋을 낳는 거여? 그러면 그때까지도 안 죽기만 하면 다행인데.

그런데 그 사람 말대로 따라 들어가서 그야말로 애 셋을 났어
요. 날 때까지 거기서 계속 그 약 구해 준다는 바람에 낳구서, 이
제 정말 무슨 생명수라고 물병에다 물을 담아 준 거여. 근데 애
셋을 낳구서 인제 이 사람이 그 약을 가지고 임금님한테 오니까
임금님은 뭐 다 죽어서 진짜로 뼈만 남아 있는 거여, 진짜로 죽

어서. 근데도 안 버렸어, 시체를.

"일단 애가 오면은 버린다."

그래 가지고 안 버리고 그렇게. 그러니까 그 임금님 마나님이,

"임금님 치우지 말라."

걔가 일단은 와 봐야 아니까. 그러니까 죽었는지 살았는지 아직 몰르니까.

그게 애 셋 낳도록 몇 년이야 그게? 근데도 그냥 놔두라고 그래 가지고 그냥 놔두는데 이 바리공주가 와 가지고……. 버렸다 그래서 바리공준 거여. 그래서 와 가지고 그 병 속의 물을 죽은 시체에다 쭉쭉 뿌리니까는 살 붙고 뼈 붙고 뼈 위에 살 붙고 해 가지구 살아났다 그 말이에요, 임금님이. 그래서 그 버리라는 버리데기, 일곱째 딸 낳으면 버리라는 그 바리공주가 자기 아버지, 임금님을 살렸다, 그거를 '바리공주'라는 얘기예요.

조사자 / 어디서 들으셨어요? '바리공주'는 어디서 들었냐 하면은 왜 저, 점쟁이들 있죠? 조사자 / 아, 굿할 때? 굿할 때 그거를 해요. 어, 그거를 하는데, 굿할 때 사람이 죽으면 지노귀°라고 하는 게 있어요. 그럼 사십구제도 있고 지노귀도 며칠 만에 하는 지노귀가 있어요. 지노귀 할 때는 죽은 사람이 만신°한테 씌어 가지고 죽은 사람의 목소리로 죽은 사람의 말을 해요. 영(靈)한 무당은

• 지노귀 죽은 사람의 넋을 극락으로 인도하는 굿. 지노귀새남.
• 만신(萬神) 무녀를 높여 부르는 말. 수많은 신을 대신한다 해서 붙은 호칭이다.

바리공주 이야기

그렇다고. 근데 그거 할 때 하는 게 '바리공주'여. 그래서 거기서 들은 역사고, 이게 옛날에 진짜로 있던 얘기라는 거예요. 그러더라고요.

윤중례(여, 1932년생, 75세)
2006. 7. 6. 서울시 종로구 노인복지센터
신동흔 김종군 김경섭 외 조사

〈바리공주(바리데기)〉는 원래 굿에서 본풀이로 구연되는 신화인데, 이 자료는 일반 화자에 의해 설화로 구연되었다. 구연자가 굿에서 들은 이야기라고 말하고 있는 데서 원천이 굿노래임을 알 수 있다. 이 이야기에서 한 나라 왕의 일곱째 딸로 태어나 버림받은 바리공주가 홀로 먼 길을 떠나 약수를 구해 와서 죽은 아버지를 살린다는 기본 짜임새는 민간신화와 일치한다. 다만 세부 내용은 많이 축약돼서 '자기 발견과 실현의 여정'이라고 하는 신화적 의미 맥락이 약화되고 '효행담'에 가깝게 내용이 구성되었다. 민간 신화로 전승된 자료들과 비교하면서 이야기가 어떻게 다르게 펼쳐지고 주제에 어떤 차이가 있는지 분석해 보면 좋을 것이다. 참고로, 이야기 속의 '무장수'는 신화 자료에서 '무장신선'이나 '무장승'으로 나오고, 바리공주가 찾아가 약수를 구한 곳은 이승이 아닌 저승, 또는 서천 서역으로 일컬어진다. 그리고 바리공주는 뒷날 죽은 영혼을 저승으로 인도하는 오구신이 된다. 바리공주는 무당들한테 조상신으로 섬겨지기도 한다.

💬 생각거리

- 바리공주가 아버지를 살리려고 길을 떠날 때의 심경이 어땠을지 말해 보자.
- 바리공주만이 임금을 살릴 약수를 구할 수 있었던 이유는 무엇일까?
- 바리공주가 약수를 구하기 위해 무장수와 결혼해서 자식을 낳은 일을 어떻게 이해하고 평가해야 할지 말해 보자.

서천 서역으로
복 타러 간 사람

한득상

그전에 어떤 사람이 이제 사랑방 마실*을 가기를 좋아하는
데, 어린애라두 저희끼리 가서 노는 게 아니라 마실을 가
기를 좋아해. 노인 양반들한테 꼭 가서 놀거든. 그러니께는 걔네
가 이제 굉장히 (살림이) 어렵구 장가두 못 가구 총각인디, 노총각
인디, 그 노인네들한테 가서 꼭 이제 놀기를 좋아하니께 노인네
들이 힐뜩힐뜩 또 우스갯소리두 잘하는 분들 있거든유. 그래 어
떤 노인 양반들이,

"야, 이눔아. 서천 서역국에 가서 복이나 타 가지구 오지, 총
각, 삼십 총각이 넘어가도록 장가두 못 가구 그럭하구 있냐."구.

이제 그러거든, 노인 양반들이. 그러니께,

"아이, 그럼 서천 서역국이 어디예유? 어디 가야 복을 타느

---

* 마실 마을. 이웃에 놀러 다니는 일.

냐?"구 그러니께,

"아, 서천 서역국 어디여, 서쪽으루만 들구(줄곧) 가면 되지."

그러니께 이 사람이 이제 서천 서역국을 가는 거여.

"아이, 노인 양반들이 하는 말이 거 그짓말이겠냐."구.

"서천 서역국 가서 복이나 탄다."구.

아마 사람이 고지식하던개벼. 그래 서쪽으루만 서쪽으루만 간다구 그랬거든. 그래 가다가다 이제 들 가운데, 무연한* 들인데 큰 기와집이 하나 있어. 이제 거기를 가다가 날은 저물구 이제 갔어. 가서 좀,

"쥔 양반 계십니까?"

그러구 이제 찾으니께는, 옛날엔 보통 '여봐라!' 그랬쥬. 그러니께 이제 어떤 하인이 하나 나와.

"왜 그러세유?" 그래.

"내 길을 가다가 시방 날이 저물어서 어디 뭐 오갈 데두 없구 이 댁에서 신세 좀 하룻저녁 지구 갈라구 그런다."니께,

"가만히 계세유."

그라더니 가서 쥔댁보구 얘기하니께 쥔댁이 들어오라구 그러거든. 그래 인저 이런 얘기 저런 얘기, 어떤 사람인데 이렇게 가다 날이 저물었냐니께 이제 그 얘길 핸 거유(한 거예요).

"내가 삼십 노총각으루 장가두 못 가구 식구가, 그 가산이 어

* 무연한 아득하게 넓은.

려워서 내가 이렇게 시방 서천 서역국으루다가 복 타러 간다."

그러니께는,

"그렇냐?"구.

가만히 이 여자가 과부댁으루 저 혼자 그냥 부잔디, 과부댁으루 사는디, 그 복 타러 서천 서역국으루 간다니께 저두 한 가지 부탁할 의미가 있어.

"나두 좀 그럼, 복 타러 가는데, 당신 복 타러 가는데, 나두 좀 하나 부탁합시다."

그러니께,

"뭐이냐?"구.

그러니께,

"나는 재산은 얼마든지 있는데 남편 복이 없어. 그래 그 남편을 좀 하나 잘 만났으면 좋겠는디 이거 뭐 이제 삼십 과부가 남자두 없이 이거 재산만 있으면 뭐하냐."구.

"그 좀 어떻게 돼서 그런가 좀 물어봐 달라."구.

또 가는 거유 인제. 서쪽으루 서쪽으루. 한없이 가다가 보니께는…… 청자/아, 나허구 살자구 그라지. 그게 되나, 복이 읍는디? 아이구, 저 양반! 다른 청자/복을 사러 가는디. 복을 타러 가는디 그게 되나유? 청자/사 가지구 오다가 되는 기여. 그럼.

그래 이제 이 사람이 한없이 가는데 바다가 딱 나오니 갈 수가 있나? 못 가구서 이제,

'바다를 어떻게 하면 건너가나?'

서천 서역국이 어디냐니께 바다를 건너가야 서역국이라네, 사람들보구 물으니께. 그래 바다(바닷가)를 올라갔다 내려왔다 이렇게 하는데 용이, 천년 묵은 용이 있는데 아마 용이 다 돼 가지구 말을 하던개벼. 청중 웃음 그 뭐 사람으루 변신이 됐던가. 그 용이 될라면 뭐 변신두 하잖아유? 그래 이제 말을 하면서,

"당신은 뭘 그렇게 올라갔다 내려왔다 이 바다루 하냐?"니께,

"서천 서역국으루 내가, 삼십 총각으루 장가두 못 가구 돈두 없구 가난하기가 한없는데 노인 양반들이 서역국에 가서 복을 타 오라구 그래 가는데, 가다 보니께는 뭐 이거 바다가 막혔으니 갈 수가 있냐."구.

"그래서 내 시방 이렇게 왔다 갔다 한다."구 그러니께,

"그러면은 바다는 내가 건너 줄 테니께 나 좀 그럼 한번 부탁 좀 하자."구.

"그래 무슨 부탁이냐?"구 그러니께,

"내가 시방 용이 돼서 올라갈라구 다 준비가 돼 있는데, 영 올라가지를 못하니 이게 어떻게 된 조화냐구 그 좀 물어봐 달라."구.

청자/그것 참 부탁이 많네. 그렇죠. 부탁만 받아 가지구 자꾸 가는규(가는 거예요). 그러니께,

"그럼 그럭하라."구.

그래,

"올라타라."구.

그래 등어리 올라타니께는 그냥 용이 되더니 바다를 뭐 건너가

기야 그까짓 거 뭐 무인지경*이지. 건네다 딱 놔 주구서는,

"부탁합니다."

그라거든. 그러니께,

"알았다."구.

그러구서 이제 거기 가서는 여기 서천 서역국이 어디냐니껜, 하얀 백발노인네들이 한 서너 너덧 앉아서 바둑을 두더래유. 바둑을 두면서,

"너 뭐 하러 가는 사람이냐? 그런데 서역국을 찾느냐?"

그러니껜,

"서천 서역국 그 석가세존 계시는 데 가서 복을 탈라구 시방 이렇게 타러 왔습니다."

그러니껜,

"저기 저 큰 집, 저거 기와집 저게 석가여래 계시는……."

원불* 아마 있던 인도 아마 그 원 부처님 모신 그 자리던개벼.

"거기가 기니께(그곳이니까) 거기 가서 물어봐라. 거기 가면 탈게다."

그러드래.

"그런데 한 가지 내가 부탁, 우리도 부탁할 게 있다."

그러니께,

• 무인지경(無人之境) 사람이 아무도 없는 곳. 여기서는 거칠 것이 없다는 뜻으로 쓰였다.
• 원불(願佛) 중생 구제를 뜻으로 삼아 나타난 부처.

"뭐유?"

그러니껜,

"우리가 화분에 이게 나무를 심어 났는데 이게 꽃이 피면은 호상®으루 올라가라구 부처님께서 명령을 했는데 백 년을 가두 꽃이 안 피니 이거 어떡하면 좋으냐? 그러니께 그거 좀 한 가지 너 나오는 길에, 간 길에 물어다 다구."

그러니께,

"그럭하세요."

그래 이제 갔다 이거여. 그래 서천 서역국에를 떡, 그 궁궐에를 들어가니께는 큰부처님이 이렇게 있구 뭐 좀 으리으리해. 그래 가 절을 하구 부처님 전에, 석가세존께,

"복 타러 왔습니다."

이제 절을 한 거여. 그러니께는 뭐라구 하느냐면,

"어, 집에 가면 복을 줄 테니 가라." 이거여.

"그 아무것두 안 주구서 어떻게 그냥 가라구 합니까?"

그러니껜,

"아이, 가면 다 된다."구.

"너, 그런데 오다가 부탁 맡아 가지구 온 거 있지 않냐?"

"예, 있습니다."

그래 과부 얘기를 했어. 그러니께는,

® 호상 미상. 문맥상 그들이 가야 할 좋은 곳을 뜻하는 말로 여겨진다.

"그 과부는 돈이 너무 많어. 돈이 많은데 돈 없는 놈을 만나니께 죽을 수밖에 더 있냐, 그놈은? 그러니께 백번을 시집가두 소용이 없어. 돈 많은 사람을 만나라구 일러라."

이렇게 얘기해. 그래 또 오다가 용 얘기를 했거든. 그러니께,

"그놈은 욕심이 너무 많어. 여의주*를 하나만 가져야 되는데 두 개를 가져서 상제님*께서 못 올라오시게 해. 걔 여의주를 하나 내놓으라구 그러라."구.

"그럭하면 올라간다구 하라."구.

청자/ 여의주 하나만 가져두. 그렇지. 두 개나 가졌어, 이놈이. 많으면 좋은 줄 알구.

"또 오다가 이러저러한 데서 신선들이 화분을 놓고 있는데, 꽃이 피면은 올라오라구 그랬는디 백 년을 가두 꽃이 안 피니 어떻게 올라가느냐구 좀 가는 길에 물어봐 달라."구 그라니,

"그런 미련한 놈들. 금극목*여. 나무라는 게 흙을 담아 놔야, 흙을 담아 놔야 꽃이 피는 거지 어떻게 그 금을 담아, 금싸래기를 담아 놨으니 꽃이 필 이치가 뭐 있느냐."구.

"그러니껜 쏟아 파헤치구서, 쏟구서 흙을 담아 노라구 하더라."구 그러거든.

---

* 여의주(如意珠) 용이 지닌다는 영묘한 구슬. 이것을 얻으면 무엇이든 뜻하는 대로 만들어 낼 수 있다고 한다.
* 상제님 옥황상제. 하늘나라를 주재하는 큰 신.
* 금극목(金剋木) 쇠가 나무를 이긴다는 말. 음양오행설의 원리 가운데 하나다.

"알았다."구, 이제 오는 거여.

"그럭하면 너는 잘될 테니껜 가라."구.

게 오다가 인저 거기부텀 들렀네. 신선들 있는데.

"그래, 그 얘길 하니껜 어떻게 하라구 그러대?"

"금극목이라구 헙디다. 그 금싸래기에다가 나무를 묻어 놔서 꽃이 못 핀다구 합디다."

그러니께,

"에라, 그러면 알았다. 그 정말 이치가 그렇다."구.

"이거 네나 다 가지구 가라."구 금싸래기를 홀렁 쏟아 주거던.

그래 금을 한 화분 담았던 걸 몽땅 쏟아 줬으니께 얼마나 부자여?

그래 또 인저 가니께는 용이 기달리구(기다리고) 있더래 거기. 그러구서 이제,

"뭐이라구 하더냐?"

그러니께,

"아, 나 태워다 줘야 알려 주지 안 태워다 주면 안 알려 준다."구. 청중 웃음 그러니께,

"아, 정말 그럴 일이라."구, "타라."구.

타니께는 휘 온 거여. 건너와 가지구서는,

"뭐이라구 합디까?"

"네가 욕심이 너무 많아서 안 된다구 하더라."

"그 뭐 욕심이 많습니까?"

서천 서역으로 복타러 간 사람

"여의주 하나 얻기두 힘든데 두 개씩이나 가졌으니 그 뭐이 용이 올라갈 수 있느냐구 그러더라."구.

그러니께,

"아이, 그럼 총각이나 하나 가지구 가라."구.

그래 그 사람을 여의주를 주드래. 그래 조화까지 얻었네, 이 사람이.

그래 가지구 인저 과부한테 들린(들른) 거여. 들리니께는 뭐이라구 하냐면,

"뭐이라구 하더냐?"구.

"과부댁은 돈이 하두 많이 타구났는데 부자를 얻어야 같이 살지 아주 어려운 놈을 얻으니께 그놈이 부자 될 그 뭣이가 못 돼. 그래 죽구 죽구 백 명을 얻어두 소용없다구 하더라."구.

그러니깐,

"그래 총각은 복 탔느냐?"구.

"난 금싸래기 한 말에 여의주 하나 얻어 가지구 온다."니께,

"그러면 됐다."구, "나랑 살자."구.

그래 둘이 잘 살더래. 청중 웃음

한득상(남, 1928년생, 64세)
1991. 12. 17. 충남 공주군 이인면 복룡리 노인회관
신동흔 조사

흔히 '구복 여행(求福旅行)'이라고 일컬어지는 유명한 이야기다. 별세계 여행을 소재로 한 환상적인 민담인데, 이 이야기는 조금은 희극적인 어조로 구연된 것이 특징이다. 그리고 어린이가 아닌 어른 청중의 기호에 맞추고 있다. 이야기를 보면, 주인공의 고지식하고 직선적이며 낙관적인 행동 방식이 인상적이다. 노인들의 말에 곧바로 서천 서역을 향해 훌쩍 길을 떠나는 모습이나, 석가여래의 말을 듣고 선뜻 뒤돌아서 돌아오는 모습 등이 그러하다. 그가 복을 받은 것은 남다른 행동력과 낙관적 믿음 때문이다.

'구복 여행'에서 주인공이 찾아가는 곳은 자료에 따라 차이가 있는데, 이 이야기에는 '서천 서역'으로 돼 있다. 물을 건너서 멀리 가는 곳이고 부처님이 있는 곳임을 볼 때 서방정토 극락에 가까운 별세계라고 생각할 수 있다. 하지만 말 그대로 '미지의 먼 서쪽 나라'라고 생각해도 무리는 없다. 좀 더 넓혀서 생각해 보면 '아직 밟아 보지 못한 미지의 땅'을 나타내는 것으로 볼 수도 있다. 그 미지의 세계에 발을 내디딤으로써 주인공은 남들이 못한 빛나는 성취를 이루어 낸 것이라 할 수 있다.

💬 생각거리

- 가난했던 주인공이 복을 얻어 부자가 되고 아내를 얻을 수 있게 된 가장 큰 요인은 무엇일까?
- 바닷가의 이무기와 바둑 두던 노인들의 문제가 무엇이었고, 그것이 어떻게 풀릴 수 있었는지를 더 구체적으로 설명해 보자.

구렁덩덩
서선비

박재동

옛날에요. 저기 한 사람이 있는데 딸이 셋이여. 딸이 셋인데 아들은 하나구. 그런데 인저 그 아들 하나 가진 양반이 딸 셋 가진 양반한테루 장개(장가)를 갈라 그러는데 그 사람이 뭐냐 하면은 얼른 말해서 구랭이(구렁이), 구랭이라고. 근데 이제 그게 환생을 해 가지고 그래.

그래 갖고 인저 첫째 딸 불러 놓고 물어보니껜 안 간다 그러고 또 둘째 딸 또 불러 놓고 또,

"너 갈래?"

그러니까 안 간대요. 그래 인저 막내딸보고,

"너 갈래?"

셋째 딸보고 그러니께 간다 그러더래요. 조사자/아, 막내가? 응, 막내가.

그래서는 인제 결혼을 할라구, 걔를 인제 결혼 날짜를 잡아

가주(잡아 가지고) 인제 했는데, 결혼을 할려니까 저기 대청에 가설랑 절을 해야 하잖아, 신부하고? 그런데 가운데다가 채(차일) 치고 거기다 제일 꼭대기 이렇게 막대기 하나 꽂아 놓잖아, 가운데다가? 그런데 거기 가설람 이렇게 칭칭 감기더래. 칭칭 감기더니 거기서 인제 서로 맞절을 하더래요.

그래 인저 대례(大禮)를 지내고 나서 인저 저녁에 첫날밤을 치르는데 그 색시하고 인제 구랭이하고 들어갔을 거 아냐, 방으루? 방으루 들어갔는데 인저 잘라고 옷을 벗고 색시는 벗고 드러눕고 신랑이 인저 재주를 세 번을 넘더래. 벌떡벌떡 넘더니 허물을 허벌벌벌 벗더래. 그러더니 아주 선비가 돼서 나오더래, 사람이. 사람이 그렇게 환생이 그렇게 됐나 봐.

그래 가주 인저 나와서 첫날밤을 치르는데 그 언니들 둘이 인저 봤어, 그거를. 보구서는 인저 서로 갔으면 했지 뭘. 저 이쁘니까.* 그래 가주서 인저,

"그 허물을, 이거를 잊어버리면은 날 생전 못 본다. 이걸 잊어버리지 마라."

그랬는데 이 언니들이 고걸 어떻게 해 가지고 고걸 훔쳐 갔어. 조사자 / 아, 허물을요? 예, 훔쳐 갔으니 남편네 구경을 못 하잖아요. 조사자 / 그렇죠. 그래 가주선에(그래 가지고) 인저 그냥 남편을 찾으러 아무리 댕겨도(다녀도) 없어 가주 인저 어디쯤을 가니깐 바다

---

* 저 이쁘니까 신랑이 잘생겼으니까.

에, 어떤 젊은 새댁이 빨래를 허더래요. 그래서 그 사람보고 물었 대요.

"여기 저 구렁덩덩 서선비 가는 거 봤느냐?"

그러니껜 방맹이(방망이)를, 빨래하던 방맹이를 삭 던져 주면서,

"이거 가는 대로만 따라가라."

그러더래요.

그래 그거 가는 대로만 따라가니깐, 어디 그냥 큰 인제 굴로 들어가니깐 거기 앉아서 선생님 노릇을 하더래요. 한문 공부를 갈키더래요(가르치더래요).

그래 가주구선 인저 그 여자가 도루 인저 같이 살라 그러니깐 안 된다 그러더래요.

"시간이 지나서 나하고 인제 다시는 못 산다."고 그래.

그래 가주구선 이제 이 여자가 실성을 하고…… 실성할 수밖에 안 되잖아? 실성을 해선 인제 하다 못해 가지구선 그냥, 야중에는(나중에는) 그냥 거기설람 식모살이를 한대도 안 된다 그러구.

그냥 그렇게 하다 그냥 그 여자가 그냥 시름을 하다가 세상을 떴어. 남자는 그냥 그대로 인제 한문 공부를 가리키고. 그렇게 해선 세월이 간 거여. 끝이 없이.

조사자 / 그래서 결혼을 해서 잘 먹고 잘 살고 그런 것도 아니네요? 응, 잘한 거지. 그런데 인제 그 언니들이 그걸 훔쳐 갔기 땜에 제대로 못 살았지. 옛날에. 조사자/그게 얘기가 제목이 뭐예요? 응? 조사자/그 아까 구렁덩덩? 응, 그거여, 제목이. 구렁덩덩 서선비. 구렁

덩덩 서선비, 그게 인제 제목이에요. 조사자/언니들이 좀 그런 건가요? 너무 잘생긴 남자랑 결혼을 해서? 응. 그러니까 샘이 나서 고걸, 허물을 훔쳐 갔어. 훔쳐 가니 생전 남편을 못 보잖아. 만날 수가 없지. 그래 가주구선 못 만났지.

박재동(여, 1923년생, 84세)
2006. 8. 10. 서울시 종로구 노인복지센터
김경섭 심우장 김광욱 정병환 조사

💬 해설

〈뱀 신랑〉이나 〈구렁덩덩 신선비〉로 일컬어지는 유명한 설화다. 이 이야기는 흔히 아내가 길을 떠나 남편을 만난 뒤 재결합해서 잘 사는 것으로 마무리되는데, 이 자료에서는 특이하게도 남편이 아내를 받아 주지 않아서 혼자 외롭게 살다가 죽는다. 신의가 깨진 부부 관계의 회복이 쉽지 않다는 인식을 반영한 결말이라 할 수 있다.

이 이야기에서 '허물'은 구렁이의 비천한 출신을 나타내는 것으로서 그 허물이 건드려지고 훼손되자 남자가 자존감에 상처를 입어 집을 떠난 것이라 할 수 있다. 그가 떠나가 숨은 곳이 '굴속'이라는 것은 '자기만의 세계' 속으로 돌아간 상황을 연상시킨다. 이야기 내적으로 보면, 바닷가에서 빨랫방망이를 따라서 간 곳에 그 굴이 있다고 했으므로 '수중 세계'에 해당하는 공간이라고 볼 수 있다.

아내가 그 먼 곳까지 힘들여 찾아갔음에도 불구하고 관계 회복에 실패한다는 것은 다소 뜻밖으로 보이는 면이 있다. 행복한 결말로 마무리되는 자료와 견주어서 특징을 살펴보면 좋을 것이다.

💬 생각거리

• 이 이야기 속의 '구렁이 아들'은 실제 현실로 치자면 어떤 성격의 인물일지 말해 보자.
• 이 이야기 속의 갈등은 해결할 방법이 없었을까? 어떻게 하면 그 갈등을 풀어낼 수 있었을지 헤아려 보고 그것을 바탕으로 이야기의 결말을 새롭게 구성해 보자.

지하국 다녀와
명의 된 사람

임철호

옛날에 매사냥이 있었어, 매사냥. 아마 학생들도 얘기는 들었을걸, 실지(실제)는 못 봤어도. 매를 길러 가지고서는 매를 가지고 댕기며 꿩을 잡았어. 그러면 인저 매를 가지고 댕기는 사람 따로 있고, 매사냥이라는 것이 막대기를 가지고서 산골짝이서, 말하자면 꿩을 튕기는 거여. 말하자면 나무를 떨어 가지고. 매를 가지고 다니는 사람은 주로 산꼭대기로다가 주로 돌지. 그러면 막대기로다가 소리를 내서 꿩이 튕기면은, 꿩이 하나만 날르면은(날면) 좋지만은 꿩이 여럿이 날을(날) 때는 그게 꿩을 잘 못 잡는다고. 욕심이 많아 가지고 말여, 매가. 이놈을 잡을까 저놈을 잡을까 왔다 갔다 하다가 하나도 못 잡고 만단 말여.

꿩이 매를 보면은, 꿩이 날르면 산등성이를 넘어가게 마련이거든. 그래서 사냥꾼도 산등을 넘게 되거든, 매를 쫓다가. 산등을 넘게 되면은 매가 얼른 꿩을 못 볼 거 아녀? 매가 그냥 이렇게 올라 뛴다고. 올라 뛰면은 높은 데서 내려다보니께 어디 가 있는 지 다 알게 되여. 매가 눈이 참, 매가 눈이 여간 좋은 게 아녀. 그래 꿩이 어디 가 있는 걸 보면 그때서 내려치는 거여. 우리도 실지 꿩을 잡는 거까지 봤는데 말여. 아, 꿩이 푸르르 날르더니 그냥 저만치 (꿩이) 뚝 떨어져 설설설 기더라 말여. 기는데 그냥 그 뒤에 '쌕' 하는데 보니께 매여. 그러더니 어디쯤 갔냐면은, 매 발이 그냥 확 꾸부러졌거든 낚시마냥. 이렇게 그냥 움켜쥐면은 걸려서 빠져나가질 못하거든. 그러니 꽉 물고서는 해골 복판을 찍는다구. 복판을 찍으니까……

매사냥 하는 사람은 망태기°다가 쇠뺙다귀를 가지고 댕겨. 그러면은 인제 꿩이 저, 매가 꿩을…… 매는 굶겨야 사냥을 잘해. 배가 고파서 잡아먹을려고 하기 땜에……. 잠도 못 자게 하고. 그러니께 손을 요렇게 갖다 댄다고. 찍는 걸 인저, 꿩 대가리만 요렇게 저기하고 손을 인저 덮고서는, 이쪽 손으로다가 망태기에 들은 쇠뺙다귀를 꺼내 가지고서는 이 밑으로다가 슬며시 넣으면서 한 사람은 꿩을 밑으로 빼는겨. 그러면 인저 쇠뺙다귀를 몇 번 찍어 먹는다고. 찍어 먹게 둔다고. 그 몇 번 찍어 먹으면 빼서 망태기에 도루 넣고 그냥…….

그러면 그 셋바닥(혓바닥)이 있어, 꿩 셋바닥. 셋바닥을 빼 가지

• 망태기 물건을 담아 들거나 어깨에 메고 다닐 수 있게 만든 그릇. 주로 가는 새끼나 노 따위로 엮거나 그물처럼 떠서 성기게 만든다.

고서는 뭣이냐, 새끼로다가 꽂어서 놓고서는 절을 하더라고. 산
제* 지낸다고. 그래야 꿩이 잘 잡힌다나.

아, 이느무(이놈의) 꿩이 날라 가지고서는 저 너머 산으로 갔는
데 뭐 거 뻐끔한 게 뚫어진 게 있어. 근데 꿩이 글루(그리로) 쑥 들
어갔다 이 말여. 근데 인저 매도 꿩 따라서 글루 쑥 들어간 거여.
그래 가지고서는 매 다루는 사람이 가 보니께 그게 굴이더라 이
거여. 근데 사람이 들어갈 정도여. 굴이 커. 쪼그만 게 아녀. 그
래서 인저 매를 찾을려고 거길 들어가는 거지. 거길 들어갔는데
어디로 갔는지 알어? 깜깜한데 보여? 그저 무작정 들어가는 거
여. 근데 꿩 사냥이라는 것이 가을철에나 하지 그 안에는 못 하
는 거거든. 가을철서부텀 겨울, 이렇게 하는 거여.

그 굴이 움펑 들어가거든. 굴이 있으니께 어딘지 모르고 자꾸
들어가는 거여. 그래 얼마를 들어갔는지도 몰러. 들어가다 보니께,

"아가, 비 온다. 장독 덮어라!"

하는 소리가 나거든, 들어가면서 듣자니께.

'하, 거 이상하다.'

깜짝 놀라는 거여, 이 사람 생각에. 그래서 인저 그냥 자꾸 들
어가니께 얼마나 갔는지도 모르는데 가 보니께 일월(日月)이 명랑
해요. 지한데(지하인데) 여기와 마찬가지라 이거여. 거기는 그때가
어느 때냐면 오뉴월, 저 모 심을 때여. 그 시기란 말여. 그래서

---

* 산제(山祭) 산신제. 산신령에게 지내는 제사.

인저, 사람도 여기 사람하고 똑같어. 다른 게 하나도 없어. 한 군데 가다 보니까 밥을 먹는데, 그 옆에 가 섰어도 어쩐 사람이냐 소리도 없고 밥 먹으라 소리도 없어. 근데 배가 고파 죽겠는데, 밥을 좀 먹었으면 좋겠는데 밥을 좀 먹으라는 소리도 없고 그냥 저희끼리 먹고 있는 거여. 그래서 인저 그냥 지나간 거여. 밥도 여기와 같애요, 다른 게 없어.

'그거 이상하다.'

또 가는 거지. 그 뭐, 거기나 여기나 일을 하면은, 밥이라는 게 일시에 그 시간에 못 먹거든. 먼저 먹는 사람 나중 먹는 사람 있기 때문에. 적어도 한 삼사 마당까지는 늦게 먹는다구. 근데 한 군데를 가다 보니까 또 밥을 먹어.

'에이, 여기서 밥을 얻어먹자.'

그래서 거기서 기다리는 거여. 근데 거기서 역시 '웬 사람이냐, 밥 먹어라' 소리도 없이 그냥 저희끼리 먹더니 슬그머니 가지고 가는 거여. 하, 그때 깨달았어, 이 사람이.

'여기 사람들이 나를 못 알아보는구나. 예이, 이제는 가다가 무조건 덤벼들어 먹을 수밖에 없다.'

또 웬만큼 가다 보니까 또 밥을 먹는 데가 있어. 거기서는 한 사람을 손으루다 제치면서 숟가락을 뺏어 가지고 그냥 밥을 먹는데 거기서 밥 먹던 사람이,

"이 사람 큰일 났네. 왜 이래? 이 사람이 별안간에 쓰러지네, 이거!"

하고 그 사람을 붙들고 주무르고 이라거든.

근데 이 사람이 그럭하는 걸 몰러. 밥만 퍼 먹은 거여. 밥을 퍼 먹고서는, 배부르게 밥을 먹고 있는데, 그러나 이 사람이 일어났어. 그러자 저희끼리 밥을 먹고······.

'에이, 여기 사람이 확실히 나를 못 알아보니께 저 여잘 한번 따라가 보자.'

여잘 따라가는겨. 따라가는데도 소리가 없어. '웬 사람이 오느냐.' 근데 그 동네가 꽤 큰데 그 큰 중에도 동네서 제일 잘사는 집이드라 말여. 집도 크고 잘사는 집여. 거길 들어갔어. 그런데 일을 하니께 사람들이 많을 거 아녀? 북적북적하고 그러는데, 아 그 머리끄댕이(머리끄덩이)가 치렁치렁한 샥시(색시)가 있다 그 말여. 그래서,

"아, 그 머리끄댕이 참 좋다."

하고 만져도 말이 없어.

'과연 틀림없이 나를 못 알아보는군.'

그라구서 인제 거기서 그냥 그 집이서 있는겨.

'못 알아보니께 딴 데 갈 것도 없구, 그냥 여기서 있자.'

그런데 그 돌아다니다 보니께 처녀가 거처하는 방이 따로 떨어져 있드라구. 인제 그 처녀가 거기 있거든. 긍게(그러니께) 그 처녀하고 붙어 있는겨. 밥 가져오믄 밥 먹고. 그냥 옆에서 자고.

근데 그 처녀가 그 뒤로부텀 밥도 잘 못 먹고 말러. 그래서 인저 그 부모네가, 거 이상하거든. 그래서 인저 뭐뭐 약도 사다 먹

여도 안 듣고 어디다 물어도 몰랐는데, 한군데가 용하다는 데 가서 물어봤는데, 점괘가 나왔는데 어떻게 나왔느냐믄, 하늘 귀신이 내려와 가지고 말여, 하늘 귀신이 내려와서 저녁마다 아가씨를 데리구 놀구 한다 이거여. 하늘 귀신 때문에 마른다고. 정(경)*을 읽어서 귀신을 잡아 없애야 낫는다고.

그래 가지고서는 정을 읽는다 이거여. 용한 점쟁이한테 가서 날짜 잡아 가지고 정을 읽는데, 그거야말로 정말 참 구일 정을 읽어. 구일 정을 읽는데, 이 사람 생각에 미친 놈 같지 뭐여. 지가 그래서, 정을 읽는다고서 붙들려 갈 턱이 있어?

그래서 인저, '미친놈들, 미친 지랄한다!'고서 속으로 하고 만날 샥시하고냥 붙어 있는겨.

그래서 인저 그야말로 인저 참, 이레 되는 날이 그럭저럭 됐는데, 이제 되는 날 가 보니께, 맛난 음식 차려 놓고서는 정쟁이(경쟁이)*가 뚱땅거리며 정을 읽는데, 그 좋은 음식 해 논 거, 지 먹고 싶은 대로 다 먹구, 또 집에 가서 인저 샥시하고 노는 거지.

또 여드레 되던 날 또 가 보니께 좋은 음식 차려 놓고 정을 읽거든. 그래 또 죄 먹고 들어가는 거지. 그 인제 구일 정을 읽는데, 아흐레가 됐는데 이제 밤중쯤 돼서 나가서 맛있는 음식을 배가 잔뜩 부르도록 먹었어. 근데 요만한 병을 갖다 놓고서는 웬

---

* 경(經) 앉은굿에서 잡귀를 쫓기 위해 음송하는 경전.
* 경쟁이 재앙을 물리치기 위하여 경 읽는 것을 직업으로 하는 사람.

신장대*로다가 그 몽둥이를 흔들면서다가,

"들어가라, 들어가라."

그라면서 거기 들어가면 무슨 임금 되고 무슨 임금 되고,* 그런단 말야. 그러니 이 사람 생각에는, '아, 그 쪼그만 병으로 그 큰 몸뚱이가 들어가?' 그러니께,

'에이, 요놈이 대관절 어떻게 생겼길래 내 몸뚱이로다가 여길 들어가라 그러나? 어디 병이나 어떻게 생겼나 구경이나 한번 하자.'

아, 이느무(이놈의) 걸 들여다보는데 신장대가 똥구멍을 툭 쳐 가지고 병에 쏙 들어갔단 말여. 그러니께 그, 메밀떡을 해서 잿물에다 개여, 그걸. 잿물에다 개여 가지고서는 그걸로다가 병마개를 하고서는 지름(기름) 보재기(보자기), 오래 짠 지름 보재기가 있어. 예전에는 집에서 지름을 짜기 땜에 베 보재기 위에다 짜는데, 그 지름 보재기를 구해 가지고서는 그걸로다가 그냥 싸 가지고서는 왼새끼*를 꽈 가지고 그냥 그걸로 칭칭 감아 가지곤 땅속에 갖다 파묻는다구. 그래 정 읽으믄 그럭하는 거여, 귀신 옮으믄. 그런데 그걸 갖다 파묻었다고, 낮에.

아, 그런데 거 병 속에 들었으니 요지부동을 할 수가 있어? 꼭 죽었거든. 근데 나무하러 간 놈들이,

"여기 아무개네가 귀신 붙어 정을 읽어 잡어서 여기 파묻었다

• 신장대 무당이 굿에서 신장(神將)을 내릴 때에 쓰는 막대기나 나뭇가지.
• 거기~되고 귀신을 꾀어서 병 속에 들어가도록 하기 위해 홀리는 말이다.
• 왼새끼 왼쪽으로 꼰 새끼.

는데 꺼내 보자."

그래서 그놈들이 작대기로다가 그놈을 쑤셔 가지고서는 병을 꺼냈다 이 말여. 그래 가지고는 이놈이 굴렸다 저놈이 굴렸다 한참 가지고 놀다가는 말여, 귀신이 뭐가 들었느냐고 작대기로 병을 후려 때려 가지고 그냥 병을 깨 가지고냥 죄 빠져나온 거여. 빠져나와서는 그냥 거기는 안 가고 다른 데로 가는겨.

얼마를 가다 보니께 한 동네가 썩 나서는데 거길 들어갔는데, 나이가 지긋한 노인인데 깜짝 놀라며 알아보드라 이거여.

"하, 우짠 우짠…… 우째 여길 왔냐." 이 말여.

그 이상하거든. 다른 사람은 몰라보는데 이 노인네만 알아본다 이거여.

"아니, 어떻게 저를 알아봅니까?"

그러니께,

"나는 알아보는 게 있다. 그래 어찌 돼서 왔느냐?"

하니 그 사람이,

"이만저만하고 이만저만해서 매를 따라 들오다 보니께 여길 왔구……. 근데 여기 사람이 나를 못 알아봐서 어느 저긴지 모르지만 거기서 내가 여러 달을 무위도식*하다가 이런 고통을 당하고 이제 간신히 빠져서 참, 지나다가 여기를 왔노라." 그 말여.

"그런데 어떻게 알아보시냐?" 그 말여.

---

* 무위도식(無爲徒食) 하는 일 없이 먹기만 함.

근데 영감이 뭐라고 하는고 하니,

"내가 하늘 사람*이다." 이 말여.

"내가 하늘 사람인데 나도 처음에 와서는 여기 사람이 나를 몰랐다. 나를 몰랐는데 여기서 쭉 이렇게 참, 처음엔 그냥 남의 집에서 밥만 먹었다구. 모르니깐. 그랬는데 오래 여기서 살다 보니께 여기 물과 여기 땅과 이 지방에서 살으니께 자연히 알게 되드라." 이 말여.

그래 가지고 인제 서로 알고 지낸다 하고서는,

"여기 사람이 전혀 모르니께 다른 데 가도 별수 없구 그러니께 내 집에 그냥 있으라."고.

"그럼 있겠다."고.

거기 그냥 있어. 있는데 이 사람이 약을 걸어. 거기서 한약을 가져다가 말하자면 약장사를 한다 이거여. 그러니 그 집에서 살은 거여. 심부름해 주고 그 약 뭐뭐 어떻게 하라는 거 그런 거 해주고 지내는 것이 벌써 그럭저럭 9년을 지냈어, 9년.

9년을 지냈는데, 그 사람이 인제 약에두 무슨 병에는 무슨 약 쓰고 무슨 병에는 무슨 약 쓴다는 것을 많이 배웠다 이거여, 9년 동안. 근데 별안간에 집 생각이 나서 말여, 집에를 가겠다 그 말여. 근데 못 나가게 해.

"지금 나가면 안 되니까 더 있다가 나가라."고.

---

* 하늘 사람 여기서 '하늘 사람'은 지상의 인간을 뜻한다.

"아이, 집 생각이 나 갖고 살 수가 없으니께 가야겠다."구.

아, 세상 인저 못 가게 해두 간다구 허니 내보내는데, 들어간 굴을 알어, 뭘 알어? 근께 부적을 한 장 써 주거든. 부적을 한 장 써 주면서는,

"이걸 가지고서 아무데 골짜기 아무데 절에 물어서 가라. 물어서 가면은 나가는 길이 있으니께 거길 찾아가라."

그래서 인저 그 암자가…… 물어 물어 절을 물어다가 그 인저 산골짜기를 들어서 절을 찾았다 이 말여. 절을 찾아 가지고서는 거기 주지를 찾아 가지고서는 그 부적을 주니께 입맛을 쩍쩍 다시더니 이리 오라구 해서 그 주지 거처하던 방으로 들어가더니만은 다락문을 열더니,

"이리 올라가라."구 그러거든, 다락으로.

그래 다락으로 올라가니께 그냥 덜커덕 그냥 잠그더라구.

'거 이상하다.'

그냥 다락에 갇혀 있는 거지. 그러니께, 인저 갇혔응께 문을 열어 주지도 않고 그대로 있으니께, 뭐 줄 때나 바라고 그냥 기다리고 있는 거지. 근데 뭐 때가 됐는지도 잘 모르구, 찾두 안 하고 있는데 나중에 다락을 삼시사방*을 뒤져 보니께 아무것도 없구 그냥 다락 저쪽으로다가 그냥 컴컴한 게 뚫린 데가 있거든. 거 뚫린 데가 뭔가 하고냥 가 보니께 끝이 없이 자꾸 가게 되여. 결국

---

* 삼시사방 '산지사방(散之四方)'의 잘못. 사방으로 흩어져 있는 각 방향.

나오고 보니께 들어가던 그 굴이여. 저 들어간 굴루 도루 나왔어.

나와 갖구 뭐 제 집에를 가 보니께, 제 집에 뭐 십 년 동안을 안 갔으니께 형편없지 뭐. 그래 가지고 이제 뭐 꿩 사냥하던 사람 중에 죽은 사람도 있고 산 사람도 있고 이래 가지구 저 뭣이냐, 만나서 그동안 지냈던 얘기 하구 그러는데. 하루는 이웃에 어린 내(어린애)가 아프다고 해.

"그래 어디가 어때서 그러냐?"고 하니께,

"아이, 어디가 아파서 그런다."구.

"그저 한약을 뭐뭐 해서 삶아 멕이라."고 말여.

"근데 산약*이니께 구하기가 힘들 거라."구.

아, 그런데 구해서 삶어 멕이니께 그 씻은 듯이 나아. 아, 그런데 그담에도 며칠 그럭저럭 지내다 보니께 동네 어떤 애들이 그래 가지고는, 또 아무개가 뭐 일러 줘서 아무렇게 했더니 낫더라면서 가서 물어보라 그 말여. 가서 물으니께 뭐뭐 해 먹이라고. 해서 금방 나아, 해 먹이라는 대로 해 먹이면. 아, 그래 가지고는 왼 동네가 죄 알어. 인제 근방이 알아 가지고는 인구전파*가 되어 가지고서는 아프다구만 하믄 병세를 알아 가지고서 약만 일러 주믄 틀림없어.

그래 가지고서 참, 말하자면 팔도에 다 이름이 났는데, 나라에

• 산약(山藥) 마의 뿌리를 한방에서 이르는 말.
• 인구전파(因口傳播) 입소문을 통해 퍼져 나감.

서 국모가 죄를 져 가지고서 구렁이 허물을 썼어. 구렁이 허물을 썼는데 그걸 도저히 곤칠래야(고치려야) 곤칠 수가 없어. 나라니께 없는 게 어딨어? 돈이 없어, 약이 없어? 뭐든지 다 있을 거 아녀? 그래도 영 맞질 않아 못 고쳐. 그래 가지고서 나라꺼지 알게 됐어, 이 사람을. 알게 돼 가지고서는, 나라에서 명령을 내렸어.

"아무데 아무개가 용하다 그러니껜 거 데려오너라."

거 와서 인저 그 사람을 찾아 가지고서는…… 임금한테 가서 참 공복을 하고,

"아무개가 대령하였습니다."

"고갤 들으라."

이제 고갤 들으니께,

"거 들으니께 니가 병자를 잘 고친다는 얘길 들어서 내가 내환ᵉ이 있어 가지고 고칠려고 너를 찾았는데 한번 고쳐 봐라."

아, 그러니 임금님의 명령인데 뭐 안 할래야 안 할 수 있어?

"그럼 고치겠습니다."

이제 "고치겠습니다." 하고 대답을 해 놨으니 어떡하것어? 근데 그 궁실에 인저 그 말하자면 마룻장을 떡 떠드는데 보니께 큰 서까래만 한 늠우(놈의) 황구렁이가 모가지를 쑥 내밀더니 혓바닥을 낼름낼름하거든. 같은 동물이라도, 뱀은 열 번 보면 열 번 다 놀래여. 이상하지. 봤는데 이게 무슨 뱀인지 알 도리가 있나? 모르

• 내환(內患) 아내의 병. 나라 안이나 집안의 걱정.

겄지, 어떻게 알어? 사람이 구렁이가 됐는지, 진짜 구렁이인지 알 도리가 없단 말여.

그래서 못 고친다고 할 수는 없구. 못 고친다구 하면 죽으니까 못 고친다고 할 수는 없구.

"석 달 열흘 말미를 주시는데, 이 대궐 안 후원에다가 삼간 초당을 짓고서 석 달 열흘 말미를 달라."는 거지.

그러니께 뭐 나라 거구 그러니께 뭐 어려울 거 있어?

"하, 그럼 그렇게 하라." 그 말여.

그 인저 삼간 초당을 지어 놓고서는 거기다 인저 참 우선 거처하게 하고서는 밥, 그 조석 주는 사람만 왕래혀. 조석 주는 사람만 왕래하고서는 밥만 먹으면은 한밤중에, 낮에는 안 하고 한밤중에만 청수를 떠다 놓고서는 무릎을 꿇고 그 선생님을 만나기를 원을 하는겨, 지하 있는 선생. 근데 이 선생은 다 알어. 벌써 그런 환경을 당할 걸 미리 알고 있었던겨.

헌데 그럭저럭 지난 것이, 석 달 열흘 내일이면 백 일이라 이거여. 오늘 저녁만 넘어가면 죽으냐 사느냐 두 가지 길이 갈려요. 근게 무릎을 꿇고서는 청수를 떠다 놓고서는 선생님 만나기를 기원을 하는데, 밤중이 됐는데 '쿵' 하는 소리가 난단 말여. '쿵' 하는 소리가 나서 문을 열고 내다보니께 그 선생님여. 그래,

"선생님, 오시느라고 얼마나 노고가 많으시냐?"고.

그때는 '너'여, 그전에는 이랬나 저랬나 했는데 그때는 '너'여.

"너 왜 내 말 안 듣고 나가 가지고 나도 이렇게 고통스럽게 하

고 너도 이렇게 고통을 당하느냐? 그래 무슨 병인지 아느냐?"

하고 물으니 알길 뭐 알어?

근데 그 병이 어떻게 났느냐 하면은 그 국모가 너무 음행해. 그 내시가 있는데 그 내시를 탐해. 그래서 하늘에서 천벌을 내렸어. 그래서 그 구렁이 탈을 쓴 거여. 일국의 국모로서 그게 할 짓이냐 이거여.

그 선생이 하는 말이,

"그 병은 아무 약도 소용없어. 그런데 흰 개 신(腎)*을 천 마리, 흰 개 천 마리 신을 짤라 가지고서 세 번에 나눠 주라."고.

"한낮에 오시*에 꼭 세 번에 나눠 주면은 병이 나을 거라. 그걸 고치면 너는 벼슬 한자리 줄 거여. 벼슬 주고 참 은금보화를 많이 줘서 행복하게 잘 살 거여. 너는 그대로 나가면 네 명에 못 죽어. 못 죽으니께 내가 약을 주니께, 그렇게 병 다 고치고, 이 약을 먹어라." 이거여.

"이 약을 먹으면은 눈은 이렇게 남 보면 괜찮어."

그래 청맹과니라는 게 있잖어, 청맹과니? 청맹과니라는 것은 눈을 뜨고도 못 본다는 거 아녀?

"그래서 '앞을 못 보고 정신이 없어서 지금은 다 잊어버려서 모른다.'고, 도저히 아는 체를 말아야지 네 명대로 살지 그렇지 않

---

* 신(腎) 콩팥. 여기서는 동물의 성기를 뜻하는 말로 쓰였다.
* 오시(午時) 오전 11시부터 오후 1시까지의 시간. 한낮의 시간대를 뜻하는 말이다.

으면 네 명대로 못 살어. 그래 나는 간다."

하고 문 열고 나가는 것도 아니고 그냥 공중으로 나가는겨, 공중으로다가.

그래 두 손으로 합장을 하고서는 절을 했지. 그러구서는 밝은 눈으로 새벽을 지내는겨. 새벽을 지내고서는 인제 조반 후에 임금께서 이제 부르는 거여. 그래 가니께, 그 어떻게 고칠 저기가 돼 있냐고 하니께,

"예, 고칠 준비가 다 돼 있는데 제 요구대로 해 주셔야 고치겠습니다."

"뭐 하라는 대로 해 준다."

그러니께,

"그 병은 다른 거 가지고는 못 고치고 흰 개 천 마리 신을 구해 가지고 그 천 마리 신을 세 번에 나눠 멕여야 그 병을 고칩니다."

그러거든. 그 뭐 참, 지금이면 국무총리고 장관이고 도지사, 뭐 전부 이력해서 그냥 명령을 내린겨. 흰 개를 구해 오라는 명령. 그러니께 명령이니께 참 부락 면(面)으로 해서 군(郡), 군에서 도(道)로, 이렇게 해 가지고 삽시간에 구한 거지, 뭐. 흰 개, 흰 개 천 마리를.

그래 흰 개 천 마리를 잡아 가지고서는 천 마리 신을, 그걸 셋 으루다가 나눠 가지고서는 한낮에 오시에 와 가지고서는 마룻장을 그냥 떠드는데 그 서까래 같은 늠우 무지한 황구렁이가 셋바닥(혓바닥)을 낼름낼름하거든. 그래서 신을 던지면은 하나도 흘리

는 법이 없어. 열이 하나씩 집어 던지는데 열을 그냥 하나씩 받아 먹어.

그래 삼분지 일을 나눠서는, 고다음에 주려고 남겨서 고다음 날 오시에 와 가지고서는 마룻장을 떠들고 또 멕이고 사흘 되던 날 오시에 그걸 또 멕이는데, 죄 멕이고 한 개를 가지고 조롱을 친 거여. 그러니께 말하자면 이게 독이 날 대로 났다구. 고 하나 로 장난을 치다가 던져 주니께 탁 받아먹더니 거기서 마룻장에서 턱 솟아 나오더니 궁 안 대청 저기에서 훌훌 넘더니 그냥 허물을 벗는데 천하일색여. 구렁이 허물을 썩 벗고, 참 천하일색으로냥 사람으로 완성이 됐다 이거여.

그래서 고쳐 가지고 그 선생님 말대로다가 참, 그 벼슬 시키고 은금보화 많이 줘 가지고서는 그 인저 그렇게 한 뒤로 약 먹고서 는 눈이 멀었어. 뜨기는 했어도 보들 못햐.

그래가지구서 꿩 사냥, 매 가지고 댕기다가 그 사람 하나만 팔 자 고쳐서 평생을 잘 살았다는 그런 저기가 있어.

임철호(남, 1914년생, 75세)
1988. 6. 1. 경기도 안성군 공도면 건천리 노인회관
신동흔 민찬 사진실 권보드래 조사

한 매잡이가 매를 쫓아서 동굴로 들어갔다가 지하 세계에 이르러서 겪은 신이한 사연을 전하는 이야기다. 저 아래에 우리가 사는 곳과 흡사한 또 하나의 세상이 펼쳐져 있다고 하는 설정이 눈길을 끈다. 지하에서 지상의 인간을 '하늘 귀신'으로 일컫는다는 사실이 무척 인상적이다. 지상의 인간계와 비슷한 세계가 위아래로 층층이 자리 잡고 있다고 하는 인식을 엿볼 수 있다.

주인공이 지하 세계에서 얻은 통찰력을 바탕으로 지상 세계에서 발생한 곤란한 문제를 해결한다고 하는 내용도 주목할 만하다. 저 아래 보이지 않는 세계에 인간이 겪는 갈등과 병의 원인이 있음을 보여 주는 설정이 된다. 그 저변의 세계는 인간 심층의 '무의식'을 연상시키는 측면이 있다. 전체적으로 이 설화는 매우 독특하고 의미심장한 공간적 상상력을 펼쳐 보이는 흥미로운 이야기다.

💬 생각거리

- 매잡이가 들어갔던 지하 세계의 구체적 형상을 자유롭게 상상해 보자. 지상 세계와 다른 점이 있다면 어떤 것이었을까?
- 주인공과 '노인'의 삶의 방식에 어떤 차이가 있는지 말해 보자.
- 노인이 구렁이로 변한 왕비에게 흰 개를 잡아서 먹이도록 한 치료법의 원리는 무엇일까?
- 주인공이 '눈 뜬 장님'이 된 맥락을 짚어 보고 그 결말이 최선이었는지에 대해 이야기해 보자.

존재는 움직여 변하는 것

― 서사 문학에 해당하는 설화는 '사건'을 기본 요소로 삼는다. 사건이 없으면 이야기가 성립되지 않는다. 이때 사건은 '변화'를 기본 요소로 삼는다. 상황에 일련의 변화가 일어남으로써, 특히 뭔가 낯설고 놀라운 변화가 일어남으로써 사건은 비로소 성립된다.

사건을 성립시키는 여러 변화 가운데 무척 낯설고 경이로운 요소로서 '변신'을 들 수 있다. 어떤 존재가 한순간에 완전히 다른 이질적 존재로 탈바꿈하는 것이 변신이다. 이러한 변화는 외적인 조건이나 상황의 변화보다 더욱 극적인 방식으로 서사적 흥미를 자아낸다.

3부에는 한국 설화 가운데 변신 또는 둔갑 화소가 중요한 한 축을 이루는 것들을 모았다. 여우나 구렁이 같은 동물이 사람으로 둔갑하는 이야기가 있는가 하면 사람이 동물이나 식물, 사물로 변신하거나 환생하는 이야기도 있다. 어느 쪽이든 '인간'이 변신의 주체나 대상이 된다는 점이 인상적이다. 이는 인간이 본래 다면적 특징을 지닌 존재이며 큰 변화를 나타낼 수 있는 존재라는 사실과 연결해서 이해할 수 있다. 우리가 알던 어떤 사람이, 또는 나 자신이 어느 순간 다른 사람이 돼 있는 것을 보는 것은 그리 낯선 일이 아니다.

변신에 얽힌 이야기들을 보면서, '존재의 변화'가 갖는 의미를 잘 읽어 낼 수 있기를 바란다. 변신 전과 후의 모습이 각기 무엇을 상징하는지, 그 변화는 왜 일어났으며 변화를 통해 본질적으로 무엇이 달라지거나 또는 달라지지 않았는지를 짚어 보면 좋다. 그런 읽기가 자기 자신에 대한 존재적 성찰로까지 이어진다면 더할 나위 없을 것이다.

뱀이 된
신부

박종문

옛날에 저 충청도 저 뭐 이래, 저 내륙에 산골에 사람인데, 옛날에 장가를 가는데 어디로 갔나 하면 저 울산의 동해 바다 해변가로 말이지 혼인길이 터져 가지고 그리 장가를 가게 됐어요.

그리 장가를 갔는데, 옛날에 장가를 가면은 자기 아버지가 그 상객°을 가고 이리 가거든요. 그 신랑하고 이리 가는데. 그래 장개를 가 가지고 낮에 차례를, 행례(行禮)를 지내고 저녁에 상방을 떡 꾸미는데, 상방을 채려 놓고,° 장개간 첫날밤에 상방을 채리지 않아요? 조사자/예.

상방을 항거(많이) 채려 갖고 술을 한잔 먹을라 하니 신부가 말

° 상객 혼인 때 가족 중에서 신랑이나 신부를 데리고 가는 사람.
° 상방을 채려 놓고 '상방'은 사랑방. 사랑방에 신방을 차리는 것을 이렇게 표현한 것으로 생각된다.

이제, 족두리를 쓰고, 족두리를 쓰고 앉게 되는데, 신부가 인자 그 뒤에 그 뭐 창문을 보고 한숨을 후루루 쉬거든요. 그래 무슨 고민이 있는가 신랑이 그만 오해를 했는 기라.

'아, 저 틀림없이 무슨 시집을 나한테 오기 전에 사전에…….'

옛날에 간부°라 그랬어요, 간부. 간부 카는(하는) 거는 뭐냐 허면, 그 뭐 색시가 시집가기 전에 말이제 사귄……. 그걸 간부라 그랬거든. 그런 사람이 있는가 신랑이 오해를 해 가지고. 그러더니 한숨을 허더니마는 그 찬물을 한 그릇 벌떡벌떡 마시거든, 새 색시가.

그래 가지고 의심을 놔 가지고, '아이고, 내 장개오기 전에 사귄 남자가 있다.' 이래 가지고.

또 그런 차에 옛날에 해변가에 문어가 말이지, 문어가 이래 뻑뻑 걸어 댕겼대요. 그게 창문으로 걸어가는데 문어 대가리가 보니까 신랑이 보니 똑 중인 거 겉애. 조사자/중 같아요? 예. 그래 가지고 옛날에 중이 뭐 그런 설이 있었는 모양이더라요.

그래 가지고 그만 신랑은 마 겁을 내 가지고 쫓아가서 사랑방에 즈그(자기) 아버지한테,

"아버지, 나오라."고 말이지.

"와 카노?" 하니,

"빨리 가자."고.

° 간부(間夫) 샛서방. 여자가 몰래 관계하는 남자.

마 도주를 해 뿌는(해 버린) 기라요. 그래 이 색시는 혼자 족두리를 쓴 채로 말이지, 신랑이 어디 뭐 변소를 갔는가 이리 생각하고 있으니 오도 안하는 기라.

그래 인자 그 저 해변가로, 옛날에는 문어가 그때는 뭐 엔간히 많았나, 뭐 이래 바닷가에 걸어 나와 가지고 뿍뿍 걷는답니다. 걸어 나와 가지고 그 창문에 이리 비치니 말이지, 중 대가리라고 이리 오해를 해 뿟는 기라. 그래 가지고 가 뿌렸지. 가 뿌렸고, 마 즈그 아버지는 왜 카냐고 하니 집에 가 가지고 이야기하자고 말이제.

집에 가 가지고 자기 아버지한테 그래 말이제, 상방을 채려 놓고 그래 먹을라 카는데, 그 중놈이 말이제……. 그 문어 대가리가 똑 중 대가리 같거든. 그래 오해를 해 가지고 그래 저그 아버지가 인자 중인 줄 알고 인정을 해 뿌렀제. 그래 시인을 해 줬다고, 그렇더냐고.

그래 장개를 갈 때가 자꾸 됐는데, 그래 가지고 장개는 안 가는 기라. 거 질려 가지고. 그래 가지고 한 삼 년 지내고 말이제, 한번은 인자는 해변가로 안 가고 저 산골로 갈라고 말이지 이렇게 생각하고 있는 차에, 그러자 산골로 혼인길이 터져 가지고 그리 장개를 가게 됐어요. 그리 장개를 가니까, 그거 아주 외딴집인데, 큰 방구(바위) 밑에 대나무 숲이 꽉 있는 외딴집이라. 그 장개 간 집이 말이제.

그래 가지고 거도 역시 저 혼례를 지내고 말이제, 상방을 채려

뱀이 된 신부

가지고 막 먹을라 이카이 또 역시 신부가 돌아앉아 가지고 뭐 찬물을 한 그릇 마시더니만 한숨을 또 스르르 쉬거든.

'아이고, 나는 마 장개갈 팔자가 안 된다.'

또 막 도망갈라 일어서니 신부가 붙잡는 기라.

"내 말 듣고 가라."고, "가도 말이지."

"당신이 말이지……."

그 뭐 어이 된지 그 신부가 묻는 기라.

"당신 삼 년 전에 어데 해변가 뭐 어디 장개간 일 있지?"

"있다."

그카이까네,

"거 빨리 가라." 이거야.

"나는 여 버리고. 가면은 거 가야지, 시간이 늦으면 당신 생명이 위험하다."고, "빨리 가라."고.

이야, 그 들으면 가슴이 섬뜩하다고. 그나저나 그래 마 돌아서 나올라 카니 고만 뒤를 돌아보니 집도 없어져 버리고 그만, 그 방구 밑에 대숲만 수북한데 그만 간 데가 없는 기라.

'야, 이 무슨 하늘이 날 돌보는가, 무슨 산신령인가?'

이래 인정하고, 그래 집에 왔다. 와 가지고 자기 아버지한테 그런 이야기 하고 말이지, 그래 울산의 그 저 어데 해변가, 삼 년 전에 갔던 데를 찾아갔는 기라.

찾아가니 그때 장개갈 때는 그 동네가 어부 뭐 이래 몇 집 있었는데, 동네가 그만 이거 폐허가 돼 가지고 쑥대밭이 돼가 있거

든. 그래 그 이웃에 한 집에 가서, 사람 있는 집에 가서 물어보니까네,

"동네가 왜 이리 됐노?"

물으니까 그 인자 노인네가 하는 말이,

"이거 말이지, 삼 년 전에 뭐 장개와 가지고 말이지, 신랑이 첫날밤에 말이지, 자 보도 안 하고 족두리도 안 벗기고 도주해 버려 가지고 그 신부가 상사°가 맺혀 가지고 말이지, 구렁이, 뱀이가(뱀이) 다 돼 가는데, 누가 와도 문 열으라고 해도 문 안 열어 주고 문 안으로 걸어 잠그고 그래 있다."

조사자/아, 이 여자가? 예. 여자가.

그래 가지고 인자 그 참, 그 충청도에서 이야기하던 그 여자 말대로 '내가 시간이 지내면 내가 죽는가.' 싶어서 쫓아가 가지고 문살에 말이지, 삼 년 지난 뒤에 문살이 막 떨어져서 구녕(구멍)이 뻐꿈뻐꿈하니 이렇거든. 그래 문구녁으로 가만히 쳐다보이까네 안에 뱀이가 말이지, 큰 뱀이가 이래 삭혀 가지고, 그 대가리를 보이까네 신부가 족두리를 쓴 채로 있고 이 중체 하체°는 전부 뱀이 다 돼 있는 기라. 그래 인자 뱀이 다 되고 족두리가 벗겨지면 완전히 구렁이가 돼 가지고 이 사람을 찾아 가지고 해칠 그런 단계인 모양이지.

° 상사(相思) 상사병.
° 중체(中體) 하체(下體) 몸의 중간 부분과 아랫부분.

그래 이 신랑은 문밖에서 무르팍을 꿇고 앉아서 막 손발이 닳도록 빌었는 기라.

"내가 사실 말이지, 잘못했다."고.

빌고 마 이래도 뭐 문도 열어 주지도 않고, 마 고대로 있거든. 그래 가지고 자꾸 밤새도록 빌었는 기라. 날이 다 새도록. 그래 가지고 신부가 문을 열어 주는 기라. 그래 들어가서 이래 족두리를 빗겨(벗겨) 줬는 기라. 죽으면 죽고 말이지.

뱀이가 족두리를 쓰고 있는데, 그래 이래 빗겨 줬는데, 그래 스르르 이러다 보니 여자가 본색이 나타나거든요. 조사자/뱀이 여자로 다시 변해요? 예, 여자가 본색이 나는데, 이 남자는, 신랑은 그때까지 밤새도록 잠을 안 자고 까빡 자불어, * 까빡 자불어 깨 보니께네 완전히 색시가 돼 가지고 말이제, 신부가 돼 가지고 앉아 있는 기라.

그래 잘못했다고 막 빌고 막 이래하니까 이 여자가 스르르 숨을 고르다 죽어 버리는 기라. 그럴 거 아니요? 삼 년 동안 상사가 맺혀가 뱀이 되는 건데, 뭐 입에 찬물도 안 먹었을 기라 말이라. 그래 인자 그 여자 죽어 버린 거라.

뭐 죽으니까 도리가 있나? 인자 그 여자를 초상을 쳐(처리) 줬어요. 좋은 양지 바른 데 말이제, 초상을 쳐 주고. 그래 자기 고향에 와 가지고 말이제, 고향 와 가지고 인자 자기 부모들에게

* 자불다 졸다. 잠을 자려 하지 않으나 저절로 잠이 드는 상태로 자꾸 접어들다.

사실 그리 됐다고 이야기하고.

　그래 그 사람이 평생 고만 이 장가가는 거를 잊어뿌리고 장가를 안 가고 마 혼자 살기로 작정을 해 가지고 그래 살았다는 그런 설이 있어요.

박종문(남, 1927년생, 79세)
2006. 1. 17. 대구시 중구 경상감영공원
신동흔 김종군 김경섭 심우장 외 조사

첫날밤에 오해로 인해 억울하게 소박을 맞은 한 여인에 관한 이야기다. 이야기에서 한 맺힌 신부가 뱀으로 변했다고 했는데, 이때 뱀은 풀지 못한 욕망과 마음에 도사린 원망의 상징이다. 남자는 뒤늦게나마 그 집을 찾아가 원한을 매만져 줌으로써 가까스로 죽음의 위기에서 벗어나게 된다. 사람을 어떻게 대하는가에 따라 운명이 달라질 수 있음을 말해 주는 설정이다. 여기서는 특히 원한을 풀어내는 따뜻한 손길을 강조하고 있다.

한편, 이 설화에서 두 사람 사이에 문제가 발생한 원인과 관련하여 남녀 간의 신뢰나 애정과 무관하게 혼인이 성립되었던 제도적 문제점이나 여성의 적극적 의사 표현이 제한됐던 남성 중심 사회의 모순을 지적할 수도 있을 것이다.

💬 생각거리

- 첫날밤에 남자가 말없이 신부 집을 떠나간 상황에 대해 무엇이 문제였는지, 어떻게 행동하는 것이 좋았을지 말해 보자.
- 여자가 뱀이 되었다가 다시 사람으로 돌아오고 죽어 가는 과정에 얽힌 내면 심리를 자술서 형식으로 써 보자.
- 서정주의 시 〈신부〉를 찾아 읽어 보고 작품의 정서와 주제를 이 설화와 비교해 보자.

구렁이 각시와
선비

한득상

옛날에 저 어떤 분이 이 학잔데, 옛날 학자들은 거대왈(대개) 어려웠어요. 베슬(벼슬)을 했어야지. 공부는 잘해 가지구서 삼강오륜(三綱五倫) 인의예지(仁義禮智)는 분명히 지키지, 또 베슬은 못 했지, 그러면은 이제 어려워요. 그래 뭐 농사는 할 줄 모르지. 그런데 학자가 무슨 농사를 하갔어요, 선비가? 그러니께는 부모 세업* 탄 거 다 읍어지면은 그땐 얻어먹다시피 하는 거유.

그런데 이제 그 어떤 서울서 자기 친구가 같은…… 이게 글을 같이 배워 가지구서 그 사람은 과거 급제를 해 가지구서 먼저 베슬을 했어요. 게 그 사람이,

"너 어려우면은 내 집에 와서 뭐 좀 쌀이래두 갖다가 먹게시리 하라."구 연락을 했던개뷰(했던가 봐요).

---

* 세업(世業) 대대로 이어지는 직업. 여기서는 유산(遺産)의 뜻으로 쓰였다.

그래서 이제 거기를 친구를 찾아가는 판인데, 가다 가다 이제 어떤…… 시방이니께 그렇게 하루두 휘딱 그저 한참이면 가고 당일로도 가고 갔다 오기두 하고 이게 이렇지만 옛날에는 서울 겉은 데 한번 갈라면 몇 날 메칠을 걸어가야 됐거든요. 짚시기(짚신) 신고. 그럭하구 인가(人家)두 옰어 가지구 가다가 이제 결국은 저물면 또 뭐 산에서두 자고 가는 수가 있구 그랬대유, 옛날엔.

그래서 이제 길을 가다가 어떤 큰 산골짜기를 가야 되는데 인가는 없구, 이제 결국은 이 사람이 애를 써서 가는 판인데 어떤 집이 하나 있거든유. 그래서 이제 배는 고프구, 배는 고프구 인가는 없구 그래서 애를 썼는디 인가가 하나 있다 이거유. 거 불이 반짝반짝하구 허니께,

'아 역시 잘 됐다. 저 집이나 들어가서 자고 가고 밥두 좀 얻어먹으야겠다.'

그래 이제 밤은 깊었는데 거기를 들어갔어요. 그 들어가서 이제 찾으니께는 이쁜 여자가 나온다 이거유. 나와 가지구선,

"아이구, 어떤 선비 양반이 이렇게 날이 저물어 가지구 애를 쓰다가 인가를 찾어왔냐?"구 반가워하거든유.

그래서 그 사실 얘기를 했어요.

"서울 우리 그 친구가 있는데 이만저만해서 내가 어려워서 친구를 찾어가서 양식 마련이나 구해다 먹을라구 가던 참이라."

그러니껜,

"아이 그러시냐?"구.

"하여간 우선 내 집에서, 내 집에서 저녁 잡숫구 또 일단 이제 주무시구서 내일 가라."구.

그래 먹을 거를 이제 참 만반진수*를 잘 차려 와유. 그래 이 선비가,

'이상하다. 산골짜기 사는 사람이래두 어떻게 먹을 것이 그냥 만반진수로 그냥 있다.'고.

그러구서 잘 먹었어. 먹구 나서 이 사람이 뭐라구 하느냐 하면은,

"나는 먹기는 이렇게 잘 먹구 있는디, 그 부인만 혼자 있는 걸 보니껜 참 내가 죄송스럽다."구.

"나, 자고까지 가야겠는데 부인이 혼자 계셔서 자잔 말두 못하구 어떡합니까?" 하니껜,

"걱정 말라."구.

"나는 남편이 이미 죽구 읎구 또 아이들두 읎구 나 혼자 이렇게 사는디, 선비가 지나가다가 이렇게 고생을 하다가 들어왔으니 내가 음식 있는 대루 내 솜씨대로 채려서 갖다 드렸으니껜 잘 잡쉈으면 됐다."구.

"그러니껜 주무시구선 맘 푹 놓구 메칠 쉬어서 가시라."구.

이럭하거든요. 메칠 쉬어서 가라구 그러거든유.

그래, '이상헌 일이다.' 그리구서 이 사람이 그 이튿날 자구서

* 만반진수(滿盤珍羞) 상에 가득히 차린 귀하고 맛있는 음식.

갈라니께 못 가게 해유.

"쉬어서 가라."구.

그러면서 막 이 여자가 알랑거리고 사람을 다독거리고 먼지를 털어 주고 그리니껜 거기에 빠졌어. 빠져 가지구, 신선놀음에 도끼 자루 썩는 줄 모른다구 이 남자가 이게 그 여자한테 홀려 가지구서는 서울을 갈 생각을 안 하구 하루 이틀 하루 이틀 뭐 그냥 매일 그냥 먹을 것이 뭐 진진해. 아주 뭐 만반진수여.

그래 가지구선 이제, 그냥 잘 먹고 자고 지나가다가 어떻게 정신을 채려 보니께는 벌써 달포*가 됐어요.

'아이구, 이거 큰일 났다. 우리 집에서는 다 굶어 죽었겠다. 나만 그냥 배불르구 재밌구 좋은 생각만 허구서는 이렇게 이 여자한테, 이쁘구 그러니께 홀려서 이렇게 했는디, 이거 내가 정신이 나갔지. 집에 식구 생각은 안 하구 이렇게 해서 어떡하나.'

그라구서 이제 갈라구 그래요. 그러니께 이 여자가,

"아, 가시긴 왜 가시냐?"구.

"더 놀다 가라."구.

그러니께,

"아, 시방 나는 당신 땜에 이거 정말 홀리다시피 했다."구.

"내가 그냥 이렇게 세상만사 부러울 게 읎어서 이렇게 잘 놀았는데, 이제 정신을 차려서 보니께 우리 식구는 다 굶어 죽었겠

* 달포 한 달이 조금 넘는 기간.

다."구 말여.

"그러니껜 나 이게 워떻게 하면 좋으냐?"구.

"얼른 서울 갔다 와야겠다."구.

그러니껜,

"걱정할 거 옰다."구.

"당신네 집에 벌써 먹을 거 입을 거 내가 다 보내 줬으니껜 걱
정하지 말구 더 놀다 가라."구 그러드래.

그래서 이제,

"그러냐?"구.

그래 맘 놓구서,

"아이, 그럼 고맙다."구.

"그 은혜 뭐 내가 평생 잊을 수가 옰다."구.

"백골난망(白骨難忘)이라."구.

그러구선 이제 거기서 이 사람이 묵는 거유. 다 먹을 거 입을
거 보내 줬다니께 걱정이 옰잖아유? 거기서 아마 한 서너 달 푹
묵었내벼. 그래 가지구서는,

"자, 이제는 식구가 너무 보구 싶으니께는, 아들두 보구 싶구
마누라두 보구 싶으니껜, 갔다 와두 또 와야겄다."구 그러니껜,

"갔다가 오시라."구.

그러면서는 아 뭐 노숫돈(노잣돈)을 후히 주고 말을 장만해서
이제 말을 태워서 이렇게 해서 보내 주는 거여. 금은보화를 더
또 인제 잔뜩 주고. 이 사람이 말 타구 그냥, 그래 몇 날 메칠을

갔었나, 저희 집을 당일로 그냥 간 거유.

당일로 가서 이제 딱 저희 집엘 가서, 이렇게 동네 들어서서 저희 집을 이렇게 보니께는 저희 집이 읎거든. 저 오막살이집이댔는데 큰 기와집이 돼 버렸거든. 이제 동네서 들어가면서 보니께. 그러니께는 그 동네 사람들보구 물었어.

"말 좀 묻자."구 그니껜,

"아, 워디 가셨다가 시방 오시느냐?"구.

"막 집이서는 난리가 났는디 워디 갔다 시방 오느냐?"구 그러거든.

그러니껜,

"글쎄 난 워디 갔다가 오지만 그 우리 집은 어떻게 되구 저 기와집이 저렇게 들어섰느냐?"구 물었어.

그러니껜,

"아이구, 자네가 서울 가 가지구 그 친구가 그냥 금은보화 막 보내서, 석 달 안쪽에 얼른 그냥, 목수 있는 대로, 그냥 토역재° 있는 대로 그냥 뭐 수십 명 막 불르구 뭐이구 있는 대로 해서 시방 집을 석 달 안쪽에 얼른 지으라구 그래서 석 달 안쪽에 뭐 싹 하구 그냥 새로 들어가구 아주 으리으리하다."구 말여.

"안에 부인두 그냥 뭐 딴 부인이 되구 애들두 그냥 도련님이 되구 아주 그렇게 팔자를 아주 고쳤다."구.

° 토역재 미상. 집을 짓는 데 사용되는 재료들을 뜻하는 말인 듯하다.

"아, 친구가 그렇게 잘사나?"

그러거든.

가만히 생각하니께, 그 여자가 보냈단 말을 듣구,

'그 여자가 그렇게 금은보화를 보냈구나.'

그래 저희 집엘 들어가니께 그냥 부인이 그냥 막 날아갈듯이 옷을 해 입구서는 아주 뭐 정말 궁녀겉이 하구서는 나와서는,

"아이구, 친구가 얼마나 잘살길래 이와 같이 우리를 살게 마련을 해 줬냐?"구.

"그저 쌀가마니나 보내 줄 줄 알았더니 이렇게 할 줄은 몰랐다."구.

막 부인이 나와서 저희 남편을 안구 그러거든. 그래 아들두 막 나오는데 보니께 도련님께 돼 가지구서는, 그 도련님복 입는 거 있잖아유? 그 양반이 그냥 돼 가지구서는 막 꾀죄죄하던 것이 막 그냥 얼굴이 번들번들해 가지구서는,

"아버지, 참 우리는 아버지 친구의 덕으루다가 이렇게 우리가 잘됐다."구.

막 저희 아버지를 안구 늘어지거든.

"야, 그러냐? 그려. 친구가 하두 잘살어, 베슬해 가지구. 그래 그렇게 물심양면(物心兩面)으루 해서 도와준다."고 그랬어.

그 이제 그라니께는 거기서 가만히 인저 생각을 하구 메칠을 지낸 거여. 그래 또 석 달을 지냈어, 여기서. 석 달을 지내다가…… 왔다 갔다 하라구 그랬거든, 그 여자가. 그러니껜 그거

또 보구 싶어. 그래 이 나중에는 제 본실°보고 그 애길 했어요.

"사실은 친구가……."

"그래 진짜루 친구가 그게 해 준 거유? 그렇게 잘살아요?"

그러니껜,

"내가 자네한티 참 큰 죄를 진 게 있다."구.

숨긴 게 있다니께, 뭘 숨겼냐니께 그 사실 애길 했어요.

"사실은 이만이만 여차여차해서 내 거기 그냥 있었는데 그 여자가 보내 준 거다. 그러니껜 당신한테 용서를 빌어야겠다."

"빌구 말구 할 게 뭐 있느냐."구.

"그 여자만 아니면은 우리가 이런 때가 언제 있을 거냐."구 말여.

"그러니께는 당신, 좋은 수가 있다."구.

"나한테만 이렇게 있지 말구, 그 여자한테 가서 한 서너 달 지내 가구, 나한테 와서 한 서너 달 지내 가구 평생을 이렇게 왔다 갔다…… 우리 시방 이게 금은보화 있는 거만 해두 당신 베슬 안 해두 되구, 세상 까딱 안 해두 애들 다 기를 수 있구, 우리가 생전 먹구살 수가 있으니께 당신 그저 거기 가서 서너 달, 또 여기 와서 서너 달 이렇게 한 세상 지내라."구.

그리구 승낙을 맡았거든. 그러니께 이 사람이 얼마나 반가울 거예요? 큰마누라가 '아이, 금은보화구 뭐이구 당신 그렇다면은

° 본실(本室) 본처. 본부인.

170

제3부 존재는 움직여 변하는 것

가지 말라.'구 이럴 줄 알았는데 그렇게 쾌히 승낙을 해 줘. 그러
니께 지 마누라 방댕이(엉덩이)를 뚜들기면서,

"당신 같은 사람 읎다."구 말여.

"당신 참 이렇게 마음이 좋구 대활*이니껜 이런 부인을 만난
거 아니냐?"구.

그러구서 인제 참 대인으로다가 취급했어, 제 여자를.

그럭하구서는 인제 제 집에를, 또 그 집에를 찾아가는 거여.
찾아가는데, 가다가 또 날이 고 정도에 갈라면 날이 저물어요.
저물고, 상당히 늦게 가야 돼요, 거기는. 그런디 어떤 오동나무
밑에를 딱 당도하니께는 어떤 하얀 백발 노인네가 거기 서 있어
유. 서 있다가,

"자네 시방, 시방 가나?"

그러거든유.

"시방 오나?"

그러니껜,

"예, 그렇습니다마는. 노인장은 누구시지요?"

그러니께는,

"나는 자네 선친(先親)하구 같이 있는 사람일세."

그러드래요.

"우리 아버지는 돌아가셔서 천당에 가 계시는디요."

---

* 대활(大闊) 성품이 대범하고 도량이 큼.

그러니께,

"글쎄, 거기 같이 있는 사람이여. 친구여. 자네 아버지 친구여."

"그러믄 어르신네는 워째 여기 와서 이렇게 오동나무 밑에 있습니까?"

그러니껜, 보름께나 됐던가 달이 휘영청 밝아요. '그런데 왜 여기 와 계십니까?' 하니껜,

"자네가 시방 찾아가는 그 여자가…… 아, 여자네 집이 가지?"

그러니껜,

"예."

"그 여자가 그게 요물이여. 천년 묵은 구렝인데 그 구렝이(구렝이)가 자네를 시방 도와주는 거 같지만 자네네 식구를 결국 다 잡아먹을라구 작정을 한 거여. 그런디 갑자기 잡아먹을래다 안 잡아먹구, 자네 식구를 모두 다 잡아먹을라구 시방 각오하구 자네를 얼른거린 거여. 그래 자네네 식구들은 그렇게 기와집 지어 주고 그렇게 금은보화를 주고 하니께 시방 좋아서 그러구, 자네 부인도 그러구 애들두 그러구 날뛰지만 자네 오늘 저녁에 거기 가면은 자네 잡아먹어. 오늘 저녁엔 잡아먹는 날여. 그라구 낼(내일)은 자네네 식구에 와서 식구들 잡어먹어. 그럭하면은, 자네네 식구를 다 잡아먹으면 그 여자가 용이 돼 올러가. 그런데 자네네 식구를, 사람을 못 잡아먹으면 용이 못 돼야. 그러니께는 자네네 식구 잡아먹을라구 시방 그렇게 하는 흉계를 꾸민 거여. 그런데 자네 아버지는 벌써 알어, 그 천상에서 보구서. 알기 때문에 '우

리 아들보구……' 내가 여기 볼일 보러 내려오는데, 인간에를 내려오는데 '인간에 가면은, 나는 갈 수가 읎으니 이 말 좀 전해 달라.'구 자네 아버지가 그러대. 그래서 내가 일부러 기다리구 이력하구 있네."

그러드래.

"아, 그러시냐?"구.

"알았다."구.

"그러면은 어떡하면은 안 잡혀먹습니까? 내가 거기 안 가드래두 잡아먹을 긴데 어떡하면 안 잡아먹습니까?"

하니껜,

"방법이 있네."

그러드래요.

"무슨 방법이 있습니까?"

하니껜,

"거기 가서 이제 내가 하던 말이 맞나 안 맞나 볼라면은 대문으루 들어가지 말구 그 담을 넘어라. 뒤루 가서. 담을 넘어 가지구서 뒤 문 구녕(구멍)을 살그마니 이렇게 침칠을 해 가지구 손가락으루 뚫구 이렇게 들여다보면은 그 본색을 알 거다. 그라면은 도로 담을 넘어가 가지구서 대문에 가서 모르는 척하구 찾아라. 그라면은 그 여자가 나오면서 반가워할 기다. 그라면은 모르는 척하구 아랫목에 가 앉아 있으면 또 고전과 같이 이렇게 만반진수를 차려다 줄 거다. 그러면 그거 첫 숟갈을 입에 넣다가, 아 그

밥을 그 여자한테 뿌려라 말이여. 뿌리면서 침을 뱉어라. 방법이
다 그게. 그러면 그 구렝이는 죽어 넘어진다. 그럭하면은 너희 식
구는 다 살 것이다."

이렇게 인제 얘기를 해 논 게여.

"알았습니다."

"내 말 명심해서 알어들으라구 말여, 너희 아버지가 부탁한 거
니께."

"예, 알았습니다."

그래 이제 거길 간 거여. 도착을 했어요. 그러니께 쪼끔 그 얘
기 듣다 보니께 여느 때보다 쪼끔 늘어졌는지도 모르지요. 그래
인제 가서는 뒤로 담을 넘어서 그 사람 말대로 이제 슬쩍 넘어서
가서 뒷문을 요렇게 침칠을 해서 뚫구서 요렇게 들여다보니께는
이 방으로 하나 차다시피 했더래요. 막 이런 구렝인디, 통나무 겉
은 구렝이가 방으루 하나 이렇게 서리구 있는데, 혓바닥을 그저
넘실넘실 넘실넘실하구 있더래요.

'아, 틀림없이 그 얘기가 맞는 얘기로구나.'

그러구서는 이제 도로 넘어가 가지구 앞으로 가 가지구 대문
에 가서 이제 찾은 거유.

"여봐라."

그러구 찾으니껜 여자가 문을 열구 나오면서,

"아이구, 오시느냐?"구.

반가워서 이렇게,

"하이구, 석 달 있다 오신다더니 정말 석 달 있다 오시느만유. 그래 집에서 다 잘들 있냐?"

"아이구, 당신 덕택에 우리 식구들 시방 말할 수 읎이 다 잘 산다."구.

"참, 당신 은혜라."구.

그러구 인저 들어간 거유. 그래 이제,

"아이구, 들어가 앉으세요. 내가 밥해 올게요. 방은 뜨끈뜨끈해요. 불 많이 때서."

이래서 방에 딱 들어가 앉았는데 이 여자가 그 뭐 그냥 상다리가 부러지게 또 차려 온 거유. 그래 이놈을 그저 첫 숟갈 먹으면서 가만히 생각해 본 거유.

'밥을 뱉을까? 뿌릴까? 뿌리자니 이 여자 때문에 우리가 잠시래두…….'

이 학자여. 이 사람이 선비여. 선비고 아주 마음이 착해. 그 부인두 이렇게 착하구.

'이 여자 때문에 우리가 어쨌든 고래등 겉은 기와집이요, 다만 몇 달이래두…….'

이 석 달 된 뒤 갔고 석 달 된 뒤 왔으니께는 여섯 달 된 거여.

'다만 육 개월이래두 우리가 이 여자 땜에 그렇게 우리가 잘살았어. 차라리 우리가 먹지 못하구 굶어 죽을 형편에 죽으나 이 여자 이렇게 해서 우리가 잘사나 마찬가진데, 다만 석 달이래도, 대여섯 달이라도 우리가 그렇게 아주 그냥 세상을 잘살은 것이 이 여자 덕이다. 우리 같은 거 살면 뭐할 거, 그렇게 애써 가면서. 그러니껜 차라리 우리가 다 죽어 가지구 이 여자가 용이나 된다 면은 아주 그게 우리는 행복이다. 용이나 돼라. 그러면 네가 다 나 잡아먹구 우리 집에 가서 다 잡아먹으면 뭐 죽은 다음에 뭐할 거냐? 그러니께 네가 용이나 되면 그게 나는 행복이다.'

이렇게 맘이 갔어유. 그것두 마음이 아주 착한, 어진 사람이에요. 도덕군자의 마음이구. 그래 이제 뿌리질 않았어요. 뿌리질 않구서는 이제 한 그릇을 맛있게 다 먹는 거여, 꿀꺽꿀꺽. 시장도 하지. 그래 이제 다 먹구서는,

"여보쇼, 상 내가쇼."

이게 딱 상을 밀어 놓으니껜 와서 끌어안는 거여. 딱 끌어안으면서,

"아, 당신 어쩐 일이오?"

그러거든요.

"뭘 어쩐 일이냐?"구 그러니껜,

"나를 죽여야만 당신네 식구가, 나를 죽여야만 당신네 식구가 다 사는데, 다 사는데 어째서 나를 죽이지 않구, 당신도 죽구 당신네 식구가 다 죽을라구 이렇게 밥을 뿌리지 않은 원인이 뭐요?" 묻거든.

그렇지. 다 알면서도 그 사람 마음을 볼라구 이제 물은 거여. 물으니께 이 사람이,

"워떻게 알어?"

그러니께,

"내가 그럼 그거 모르겠냐?"구.

"사람이 됐다가 뭣이가 됐다 하는, 용이 됐다가 사람이 됐다가 하는 사람이, 내가 그걸 모르겠냐?"구.

"왜 그걸 그 짓을 안 했냐?"구 그래.

그러니 거기서 오다가 그 영감 만난 것도 다 알아, 이 여자는.

"그 왜 안 했냐?"구 그래.

그러니께,

"당신 때문에 우리가 다만 대여섯 달이래두 아주 그냥 호의호식(好衣好食)하구 그렇게 행복을 누렸는데. 그럭하구 우리겉이 못생긴 인간은 죽는 것이 행복이다. 당신이 용이 안 된다면 몰라두 당신이 우리 잡아믹구서 용이 돼서 하늘로 올라가면 당신같이 더 좋은 일이 어딨냐? 그래 우리 겉은 못생긴 인간은 죽어두 마땅하다. 그러니껜 당신 땜에 잠시래두 우리가 잘살어 봤으믄 그것이 행복이지 뭐 더 살길 바라겠냐?"

그러니께는 막 제 남편을······ 게 남편이지, 임시라도. 남편을 막 업구서 막 여자가 돌아가는 길여. 돌아가면서,

"이렇게 맘이 착하구 좋기 때민에(때문에) 당신도 살구 나도 살구, 당신도 잘되구 나도 잘된다. 죽기는 왜 죽느냐."구.

"그렇게 착한 마음을 가졌는디. 그놈이 무슨 놈이냐 헐 것 같으면 어 그놈은 저 그 무슨 골짜기에 천년 묵은 돼지여, 그게. 털보가. 묵은 돼진데, 나는 천년 묵은 구렝이구, 그건 천년 묵은 돼

지여. 그런데 그놈하구 나하구 시방 조화를 서루 겨뤄. 그놈이 죽으면은 내가 용이 되구 내가 죽으면은 그놈이 용이 돼. 그래 서루 겨루는 건디, 그놈이 실수루다가 그따위 수작을, 나를 용 못 되게 할라구 그런 수작을 붙였다. 그러면 당신이 막상 나에게 밥을 뿌렸으면은 부정이 타 가지구 나 용 못 돼. 용이 못 되구서 당신은 죽어. 당신 식구도 다 죽어. 내가 용 못 되는디 그냥 두겠냐? 그러니께 다 죽여. 그런디 당신이 그런 착한 마음을 먹었기 때문에 나 이젠 용 될 수 있어. 용 될 수 있고 당신도 행복하구, 당신네 식구도 행복하게 대대손손 살 수 있어. 그러니껜 당신 참 마음 좋다."구 말여.

"알았다."구.

그런디 이 여자는 인참*을 얻을라구 그런 거유. 인참을 얻을라구 그런 거유. 인참을 얻을라구 했는디, 저늠(저놈)이 심술을 부렸어도 이 남자가 밥을 안 뿌리구서,

'너 용이나 돼라.'

이렇게 마음을 먹었기 때문에 하늘에까지 그걸 알어. 그래서 용이 올라갈 수 있어. 그래 가지구 이 여자가 그냥,

"행복하게 잘 살으슈."

그러더니 그냥 막 우르릉 땅땅 뇌성벽력을 하구 그냥 번개가 번쩍하더니 그냥, 이 여자가 그냥 용이 돼 가지곤 하늘로 올라가

* 인참 미상. '사람의 참마음'을 뜻하는 말로 짐작된다.

는 거여.

이 사람은 결국은 보니, 이제 정신을 채려서…… 인제 까물쳤지, 인제 용이 돼 올러가는 바람에.

깨고 보니께는 큰 바위가 이렇게 있는데요, 꿈에는 담을 넘어서 대문에 가서 대문을 열어 줘서 들어가구 이랬는데, 깨고 보니께는 큰 바위 밑에서, 천년을 용이, 그 구렝이가 도를 닦았던 자리가 있더래. 그랬는디 이제, 먹을 것두 거기다가 다 준비해 놨드래유. 그래 그걸 먹고 정신을 채려 가지구서 그 집에를, 집에를 와서 무슨 일이구 그저 하는 대로 잘돼요, 그 사람이.

그러게 마음이 착해야죠. 옛날이나 시방이나. 착한 사람은 시방 세상에는 잘 안 되고, 심술이 많고 사람을 죽이더래도 돈을 버는 사람은 잘된다고 하지만 그게 아녜요.

한득상(남, 1928년생, 64세)
1991. 12. 17. 충남 공주시 이인면 복룡노인회관
신동흔 조사

〈구렁이 각시〉나 〈지네 각시〉, 〈구렁이와 지네의 승천 시합〉 등의 제목
으로 널리 전해 온 이야기다. 구렁이와 지네가 짝으로 많이 등장하는데
이 자료에서는 구렁이와 경쟁하는 주체가 돼지인 점이 특이하다.

이 설화는 한 편의 흥미로운 변신담으로서 '구렁이-사람-용'으로 이
어지는 삼단 변신을 화제로 삼고 있다. 사람의 허물 속에 구렁이가 있
고 그 안에 용이 깃들어 있는 구렁이 각시는 '인간의 여러 가지 속성'을
대변하는 존재라 할 수 있다. 수성(獸性)과 신성(神性) 사이를 오가는 존
재로서의 인간에 대한 인식이다.

이야기는 선비가 어떻게 그를 대하는가에 따라 그가 구렁이로 전락
할 수도 있고 용으로 비상할 수도 있었다고 말하고 있다. 인간관계에
대한 철학을 담은 설정이다. 상대방을 귀하게 여겨서 마음으로 품어 안
으면, 화자가 말하는 바 '인참'을 전해 주면 초라한 존재가 귀한 존재로
탈바꿈할 수 있다는 것이 이 설화에 담긴 인간관이다.

💬 생각거리

• 이야기 속의 선비가 보여 주는 일련의 행적에 어떤 그릇된 점과 잘된
  점이 있었는지 두루 이야기해 보자.
• 구연자가 말하는 '인참'의 뜻을 자세히 풀이해 보고, 살아오면서 '인
  참'을 받거나 베풀었던 경험에 대해 이야기해 보자.

쥐가 변한
가짜 아버지

이순덕

옛날에, 옛날에 한 사람이 있는데요. 효자하고, 효자 아들하고 불효자 아들을 뒀는데 그냥 그 효자 아들은, 효자 아들은 아버지가 그냥 이렇게 옷을 벗고 자잖아요, 옛날에? 옷을 벗고 자면 아들이 일찍 일어나 가지고, 일찍 일어나 가지고 아버지 옷을 입고 앉았어. 아버지 일어날 때 바라고. 그러면 아버지가 일어나면은 아버지가 따뜻한 옷을 입잖아, 얼른 벗어 놓으면은.

조사자 / 자기가 체온으로 덥혔다 이거죠? 그러니까 아버지 따끈한 거 입어야 한다고 아주 그냥, 아버지가 그냥 이렇게 자고 일어나면은, 실컷 자구서 일어나면은 그냥, 아버지가 일어나면 얼른 자기 옷을 벗어, 아버지 옷을. 벗으면은 아버지가 그거를 입으면은 얼마나 따뜻햐? 그러니까 효자지.

아이, 효잔데 인저 그냥 나가서 그냥 칭찬을 하는겨. 저기 아버지가.

"아유, 우리 아들은 그냥 자고 일어나면 그냥 내 옷을 따끈하게 해 놓구 그렇게 잘한다."고.

그러니까 이놈의 불량자 아들이 만날 불량하게 하다가, '나도 쟤 말 듣고 나도 효도 좀 한번 해 본다.'고, 이제 그 아버지 자고 일어날 때 바라고 일어날 만하면 가서 아버지 옷을 입고 있는 거야. 아, 입고 있는데,

"요놈의 새끼⋯⋯." 일어나더니 아버지가,

"아, 요놈의 새끼! 어? 왜 남의 옷을 입고 있느냐?"고.

그러니까 효자 저기에는 부모가 착해야 효자 나고, 부모가 불량하면 또 불량자 낳는 거야. 아, 그래 가지고 그냥 몽둥이를 들고 그냥 쫓아 나오니까는 그게 또 불량자가 된 거야. 그래서 효자 노릇을 못 했어.

조사자/불효자는 뭘 해도 불효자 취급 받는 거 아니에요? 맞어. 잘해도. 조사자/잘해도 못한다고 그러고 못하면 못한다 그러고. 응, 효자는 그저 뭐든지 잘한다고, 잘한다고 그러고. 부모가 또 착하게 잘하니까 잘하는 거지.

그랬는데요, 아버지가, 아버지가 그냥 저 일이 없으니까 손톱 발톱 이런 걸 죄 짤라서 문지방 밑에다 놓았어, 아버지가. 옛날에는 손톱 발톱 이렇게 짤르면은 언제나 이렇게 요강에다 넣거나 꼭 그렇게 하잖어? 그런데 문지방에다가 그걸 만날 짤라 가지고 일주일만큼 그냥 짤라서 버렸어. 버렸는데, 아 그냥 쥐가, 쥐가 일주일 만큼 손톱 발톱 짤른 거를 만날 물어 간겨. 만날 물어 가

구 그랬는데, 아이 그냥 이놈이⋯⋯.

한날은 그냥 아버지가 이렇게 그냥 아주 의관을 잘하고 나와서 이렇게 있는데 그냥 아버지가 둘이여. 아주 똑같은, 똑같은 아버지가 둘인데 그냥 아들이, 아들이 이 냥반(양반)도 아버지 같고 이 냥반도 아버지 같고 그냥 당최 몰르겄거던?

아이, 그러니까는 그러면 살림 조살(조사를) 하자고, 살림 조살 하자고. 아들도 그러고 마누라도 그러고 그러니까는 살림 조살 다 하는데, 아버지는 만날 먹고 그냥 의관만 하고 한데 돌아댕기니까 살림이 몇 갠지 숟갈이 몇 갠지 사발이 몇 갠지 뭐 알 수가 없잖아? 근데 아버지는 아무것도, 진짜 아버지는 아무것도 모르는데, 조사자/쥐는 잘 알죠. 쥐는 그냥 뭐 숟갈이 몇 개고 독이 몇 개고 사발이 몇 개고 다 알잖어?

아 그러니까는,

"아이고, 이거 다 아니까 이게 우리 아버지라."고.

그래 쥐를,

"이게 우리 아버지라."고.

아버지를 그냥 묶어다가 그냥 한강에다 던졌어. 한강에다. 화자 웃음

그렇게 던지고 났는데, 아 그냥 고양이를 먹이는데, 고양이를 먹이는데 고양이가 들어오더니 그냥 그 아버지를 보더니 그냥 재주를 홀딱홀딱 넘더니 아버지 모창지(모가지)를 물어 가지고 벌떡 재껴 놓으니까 쥐잖어? 고양이가 그냥 그 저기 진짜 아버지를(가

짜 아버지를) 그냥 재주를 홀딱홀딱 넘어 가지고 모창지를 물어서 젖혀 놓으니깐 그냥 쥐여 줘. 그래 가지고, 조사자 / 손톱 먹어 가지고? 손톱 먹고 그냥 발톱하고 얼굴도 그러니까 틀림없이 아버지가 똑같으니까, 화자 웃음 쥐 아버지를 데리고 살은 거여. 아버지가, 아니 엄마가.

쥐하고 살았는데, 아 그냥 엄마가 마르는 거야. 마르니까는, 조사자/몸이 마른다고요? 응. 아예 몸이 마르고, 또 쥐하고 살았으니까 좋겠어? 그냥 고양이가 그렇게 쥐를 잡아 젖히니까 아들이, 아들이 삼 형젠데 아들이 삼 형제가,

"엄마는 그래 쥐도 몰르고 살았느냐?"고. 화자 웃음

그래서 아버지를 한강 물을 푸고서, 한강 물을 퍼서 아버지를 꺼내 가지고 장사를 그냥 기가 막히게 잘 지내고, 쥐는 갖다 그냥 또 한강물에다 던지고, 잘 살다 죽었대요.

이순덕(여, 1929년생, 78세)
2006. 8. 10. 서울시 종로구 노인복지센터
김경섭 심우장 김광욱 정병환 조사

쥐의 둔갑에 얽힌 변신담이다. 아버지가 두 명 나타났는데 진짜가 쫓겨
난다는 것은 고전 소설 〈옹고집전〉과 통하는 내용이다. 이 이야기에서
진짜 아버지가 쫓겨나는 것은 그가 집안에서 손톱 발톱을 아무 데나 버
릴 정도로 게을렀기 때문인데, 의미 맥락을 풀이하면 그가 아무 쓸모
없이 짐만 되는 존재였다는 것으로 해석할 수 있다. 그는 가족이 원했
던 가장과 거리가 멀었다는 뜻이다.

다른 자료들을 보면 이 설화는 보통 가짜가 죽은 뒤 진짜 아버지가
돌아와서 마음을 고치고 잘 살았다는 식으로 내용이 전개되는데, 여기
서는 진짜 아버지가 한강에 빠져서 죽은 것으로 마무리되는 것이 특징
이다. 그가 없어진 상황이 이 집안에 아무 문제가 되지 않았다는 것으
로 해석해 볼 만하다. 가족 구성원의 가정 내 역할을 냉철하게 돌아보
도록 하는 내용이라 할 수 있다.

💬 생각거리

• 쥐가 손톱 발톱을 먹고 사람으로 변했다고 하는 설정에 얽힌 의미를
풀이해 보자. 왜 하필 손톱과 발톱이었을까?
• 두 명의 아버지 가운데 진짜를 쫓아내고 가짜를 받아들이게 된 이
유를 설명해 보자. 그것은 정말로 착각 때문이었을까?
• 이 이야기의 결말에 대해 논평해 보고, 자기 나름대로 또 다른 결말
을 구성해 보자.

둔갑한 여우와
소금 장수

이금순

아이, 아주머니들도 옛날에 그 소금, 소금 장수 얘기 들어봤어요? 소금 장수 얘기. 옛날에는 소금 장수가 많이 있었는가 봐요. 그런 얘기가 많이 있어.

저기 한 남자가 소금 장사를 해요. 근디 소금을 짊어지구 팔다가 해가 넘어가니까, 그 묘에 가서 이렇게 의지하고 있으면 든든한가 봐요. 우리는 묘가 무서운디, 무서워했는디 그런 분들이 옛날에 묘에 가서 의지하고 있으면 든든허다고, 이렇게 묘에 가서 잘 의지하고 그러드라고, 밤이면. 얘기 들어 보면.

가만, 이 사람이 이제 소금을 팔러 돌아다니다 그날 바로 집에 안 가고 몇 날 메칠 돌아댕서(돌아다니면서) 팔고 집에 가는가 봐요. 그래서 이렇게 묘에 가서 밤에 의지하고 있는디 가만히 보니깐 해가 인제 다 넘어갈라구 허는디, 아니, 넘어서 인제 가서 있으니깐 그 여우가 한 마리 나오드니…… 그 묘 옆에가 묘가 많이 있잖아요? 그러니께 가만히 이렇게 보니깐 묘에서 재주를 빨딱빨 딱 넘드래요, 몇 번을. 이 백 년 먹은 여우, 뭐 그런 얘기 들었잖 아요? 조사자 / 아, 예. 그 여우가 재주를 한 몇 번 넘더니 탁 일어 나 앉는데 보니깐 하얀 할머니로 변화, 둔갑되더래요. 하얀 할머 니로 둔갑. 화자 웃음 하얀 할머니로 둔갑을 허드래요.

그래서,

'옳지!'

이 소금 장사가 생각할 때,

'오, 요놈의 여우가 인제 저렇게 해 가지고, 변신을 해 가지고 인제 누구를 갖다 홀길라고(홀리려고) 가는갑다(가는가 보다).'

하고는 가만히 인제 있었더니, 아니나 다를까 지팡이를 하나 만 들더니 갖고 아장아장 그날 낮에 저기 저 동네로 들어가드래요.

이 소금 장수도 따라 들어갔대요, 거기를. 갔드니 그 잔치 때는 가는 사람도 한 상 차려 주고, 오는 사람도 차려 주고, 그 옛날 인 심은 그랬었어요. 그런디 아 이 할머니가 둔갑이 되니께, 여우가 둔갑해 갖고 갔는디 그 집이서는 막 이모할머닌가 누군가 왔다고, 친척 할머니가 왔다고 막 반가워하드래요, 잔칫집에서는.

아이고, 그래서는 그냥 이 소금 장시도 한 상 차려 줘서 인자 먹고는 가만히 있는디, 신부 옆에 가서 머리를 이쁘다고 쓰다듬 고 만져 쌓고 그러드래, 그 할머니가. 아, 그러더니 쪼끔 있더니 신부가 머리가 아프다고. 머리가 아프다고. 그래서 이 소금 장수 가 신부가 머리 아프단 소리 안 했으면은 암 말도 안 했을랑가도 몰라도 머리 아프다고 하니깐 그 얘길 헌 거여.

"이 할머니가 누구 되세요?"

그러니께,

"아이고, 우리 이모할머니요. 돌아가신 줄 알았더니 이렇게 살아서 오셨다."

그러드래요.

그래서 여럿이 친척들 다 모인 데서 이렇게,

"내가 저 노인네를 때려 죽이 갖고 사람으로 그대로 있으믄 나를 죽이든 살리든 허고, 만약에 뭘로 둔갑하면은 어떻게 해 줄라요, 나를?"

그렇게 허니깐,

"아이고, 내가 재산 절반을 나눠 주겠다." 그려.

아, 그러니깐 인제 그 지팽이…… 소금을 짊어지니께 지팽이가 있잖아요? 이 지게 지팽이를 들고는 머리채를 홰홰 감아 갖구 끌구 나강게,

"어떤 놈이 나를 죽이냐?" 그려.

그러드니 나가 갖고 이 지게 지팡이로 한 두어서너 번 때렸더니 그냥 쭉 뻐드러지더니 그냥 여우로, '캥' 허드니 여우로 둔갑허드래요. 그래 갖고 그날, 그날, 그 집이 그날 아녔으면 신부가 어떻게 혼을, 신부 혼을 뺐든가 뭣을 뺐든가 머리가 아파 갖고 어떻게 됐는가 모를 판인디 이 소금 장시 때문에 살았다, 그리 갖고는 약속헌 대로 돈을 엽전 돈을 많이, 소금은 덜어 버리고 돈을

많이 한 지게다 짊어져서 보냈대요.

아, 그래서 엽전 돈을 하나 짊어지고 지팽이를 짚구 이렇게 가 노라니깐, 집으로 가야 할 것 아니야 인제, 돈을 벌었응게? 이렇 게 가니까 뒤에서 누가, "여보세요, 여보세요!" 불르드래요.

'아, 옳다! 내 돈을 보고 또 누가 인제 돈 먹을라고 나를 인제 불르는갑다. 나는 죽었다.'

그러구 돌아다보니깐,

"그 지팽이 좀 나한테 파시오."

그러드랴.

이게 요술 지팽인 줄 알고. 청중 웃음 이 지팡이를 팔으라니께 이 양반이,

'참 기가 맥혀서. 이 돈도 한 짐 되는디 지팽이까지 팔으라네. 이것까지 팔으라고 이젠?' 청중 웃음

돈 그냥 한 짐 지고 집에 갔응게 이 양반은 잘살았는디. 지게 이거, 지팡이 산 사람은 이제 어쩌냐? 그 양반 한 대로 잔칫집을 찾아다니는 거여. 잔칫집에 찾아다니니까 그 동네 또 잔치가 있 드래요. 누가 또 아들 메누리, 아들 여윈다 하드랴. 그래서 그 집 에 들어가 갖고 가만히 훑어보니까 아랫목에 하얀 할머니가 앉았 드랴.

'옳지! 먼저 그 사람도 할머니를 갖다 끌고 나가서 죽였지? 청중 웃음 나도 인제 저 노인네를 죽여야겠다.' 허고는,

"저 노인네가 누구냐?"니께,

"우리 친정 엄마요."

그래, 그 사람 헌 대로, 내가 저 노인네를 죽여 갖고 그러면서 약속을 허는 거여. 긍게 이상하잖아요? 자기 친정 엄마한테 그런 얘길 허니깐? 아, 그래 뭐라고 말대답도 못 하고 가만히 있응게 그냥 인제 끌고 나갔어요.

그래, "어떤 놈이냐!" 막 소리를 지를 거 아녀요? 아, 그래 갖고 이거를 때려야, 세 번 아니 네 번을 때려도 쌩똥만 싸지, 죽어요? 청중 웃음 사람이 죽냐고. 그 동물인게 죽었지, 여우인게 죽었지, 절대 안 죽어. 쌩똥만 싸고.

"동네방네 사람들, 사람도 없냐! 나 죽이는데 왜 가만히 있냐?"고.

막 소리소리 지름서 아 이 할머니가 안 죽으닝게 그 몰매 맞고 그 사람이 죽었대요. 청중 웃음 청자 / 생사람을 때렸응게 지가 맞아야지. 예. 얘기도, 거짓말인디도 웃기는 거짓말이요, 그게.

이금순(여, 1938년생, 70세)
2007. 7. 13. 전주시 덕진구 덕진공원
신동흔 심우장 김예선 외 조사

여우의 변신에 얽힌 유명한 이야기다. 사람들 사이에 교묘하게 끼어들어 해악을 끼치는 여우는 처리하기가 무척 곤란한 존재다. 소금 장수는 남다른 관심과 통찰력, 그리고 과감한 결단력으로 여우를 물리침으로써 큰 성공을 거둔다. 하지만 이는 아무나 쉽게 할 수 있는 일이 아니다. 소금 장수한테 지팡이를 사서 노파를 때리다가 봉변을 당한 사람은 능력도 없으면서 어설프게 남을 따라 하다 실패한 사람의 전형을 보여준다.

이렇게 남을 따라 한 사람이 실패한 내용을 기본 서사 구조로 갖춘 이야기를 '모방담(模倣譚)'이라고 한다. 기계적 모방을 배척하고 창조적 발견을 중시하는 것이 모방담의 기본적 세계관이다.

💬 생각거리

- 소금 장수가 '노인'의 모습을 하고 있는 여우를 냉정하게 공격한 상황에 얽힌 갈등 요소를 정리해 보자.
- 소금 장수가 여우를 죽이고 큰 부자가 된 것이 '우연한 행운'이었다는 견해에 대해 반론해 보자.

멧돼지잡이와
스님과 구렁이

윤증례

멧돼지, 멧돼지잡이*가 있는데, 멧돼지잡이가 극락세계를 간 얘기예요. 근데 이 사람은 멧돼지만 잡아서 팔아먹고 사는데, 그래도 돈은 많이 벌었어. 그래 동네 가난한 사람이 만날 멧돼지잡이한테 돈을 꿔서 쓰는 거야. 가져가면 안 갚어. 그래서 하루는 멧돼지잡이가 돈 준 사람한테 가서 돈을 받으러 갔는데,

"없으니 내 모가지나 베라."고 안 내는 거야. 없으니까.

그니까 추운 겨울에 눈은 펑펑 쏟아지는데,

"에이, 그럼 이 옷이래도 벗겨야지."

그래믄서(그러면서) 그 눈 쏟아지는데 옷을 벗기는 거여. 그래 지나가던 행인이,

"여보쇼. 이 추운 날씨에, 이 추운 날씨에 옷을 왜 벗기유?"

---

* 멧돼지잡이 멧돼지를 잡아서 파는 것을 직업으로 하는 사람.

그러니까,

"아, 이눔이 만날 내 돈 꿔 가고 돈도 안 갚으니까 이 옷이래도 벗겨야 되겠소."

그러니까 지나가던 나그네가 하는 말이,

"여보쇼. 옷을 벗기면 저 사람이 죽을 텐데 그걸 벗겨서 되겠소?"

그러면서 그이도 거지 같은 사람이,

"그 사람이 빚 진 게 얼마요?"

그러는 거야.

예를 들으면 인제 한 십만 원쯤 된다 그러믄 한 십만 원이라고 그랬어. 그러니까,

"아, 그래요? 그럼 내가 대신 갚아준다."구.

이 거지 같은 사람이 가방을 꺼내더니 십만 원 대신 갚아 주면서,

"옷 벗기지 마쇼." 그랬어.

그러니까 이 멧돼지잡이가,

"당신 이 사람하고 뭣이 되오? 뭐 친척이오?"

"아니오."

"그럼 뭐 형제간이나 되오?"

"아니오."

"그럼 동네 사람이오?"

"아니오."

몰르는 사람이다 그 말이여.

"지나가던 사람이고 나는 처음 보는 사람인데, 사람이 생명이 소중한데 이 추운 날씨에 옷을 벳기는 걸 보고 내가 이걸 갚을 테니 이 사람 옷 벳기지 말라고 그랬소."

그러니까 이 멧돼지잡이가 뉘우쳤어.

'나는 한동네 사람으로서 이 사람이 없어서 못 갚는데 이 추운 날씨에 옷까지 벳기니 내가 나쁜 놈이로구나.' 청자/그렇지.

그렇게 생각하고 그 사람 돈 도로 주고 그 사람 빚문서 짝짝 찢어 버리고 안 받기로 했어요. 청자/어. 그러니까 이 멧돼지잡이가 일생에 처음으로 좋은 일을 한 번 한 거여. 좋은 일 했죠? 청자/그렇지. 어.

근데 멧돼지잡이가 길을 걸어가는데 한 도승이 지나가요. 근데 그 중이,

"여보, 당신 어디 가오?"

"나 멧돼지 잡으러 가요."

"여보, 당신은 만날 남의 생명만 뺏으니까⋯⋯."

멧돼지잡이는 생명 뺏는 거 아녀? 멧돼지 죽이는 거 아녀?

"그러니까 당신은 극락세계 가기는 다 틀렸소."

그래, 도승이.

"그래요? 극락세계 못 가더래도 이 세상에 풀칠은 하고 살아야 되니까 할 수 없이 이건 해야 되겠소."

그러니까 멧돼지잡이더러,

"그런 거 안 하고 살 수 없냐?"

그러니까,

"나는 안 하고 살 수가 없다." 청자/그렇지.

"당신이 좋은 일을 하면 극락세계 갈 것이고 좋은 일을 못 하면 극락세계 못 간다."

중이 그랬어. 청자/맞어. 맞어.

근데 둘이 걸어가는데 한 산골짜기 오두막집이 하나 있어요. 근데 거기를 들어가니까 들어갈 때는 거지 같은 집이야. 형편없는 집인데 문 열고 들어가니까 야, 금은보화가 그냥 쫙 깔린 거야. 청자/그렇지. 근데 거기에 아주 이쁜 과부 둘이 살고 과부 시중드는 사람이 넷이 있어. 근데 전부 여자만 살어, 그 집에. 근데 인제 그러니까 과부 둘이 나와서 절을 하면서,

"우리 집에 남자가 없으니까 여러분이 우리 집을 좀 도와 달라."고, "집 좀 도와 달라."고 그러니까,

"그 여기서 주무시라."고, "이 안에서 주무시라."고.

그러니까 멧돼지잡이는 뭐라고 했느냐면은,

"아이, 스님. 여기 이렇게 이쁜 과부들이 있는데 밤에 괜찮겠소? 일 저질르면 우린 천당도 못 가는데." 청자/그렇지.

그러니까 도승이 하는 말이,

"야, 이놈아. 나는 사십 년간 도를 닦고 채소만 먹고 살고 고기 하나도 입에 걸어 보지 않고 도만 닦았다. 그럼 사십 년간 도 닦은 사람이 여자들 옆에 있어도 목석(木石)으로 인정하면 되지 관

계없다."

그러면서 그 도승은 거기서 자는 거여. 근데 멧돼지잡이는 아무리 생각을 해도 안 되겠어. 여기서 자다간 일이 나겠어. 청자/맞어. 어. 그래서 이 멧돼지잡이는 그 집 문 바깥에 나와서 그 문 바깥에 퇴*가 있는데 그 돌 위에서 잤어요.

자고 그 이튿날 일어나 보니까 그 좋은 집은 온데간데없고 옆에서 뭐가 '꾸르르륵 꾸르르륵 꾸르르륵 꾸르륵' 하는 소리가 들려. 보니까 그 도승을 구랭이, 큰 구랭이 두 마리가 감고 있는 거야. 근데 그 좋은 집도 온데간데없고 그 사람이 드러누웠던 자리는 풀밭에 드러누운 거야, 멧돼지잡이가. 풀밭에 드러눕구 아무것도 없어.

그러니까 자기네 눈에 (헛것이) 어려서 보였든지, 그 과부들이 도술을 부렸든지, 그래 가지고 인제 그렇게 됐는데. 그러니까 그 사십 년 도 닦은 중은 하룻저녁에 그 여자들을 건드려서 벌을 받아 가지고 구랭이가 칭칭 감았잖아? 그럼 사십 년 도 닦은 게 허사가 됐어. 청자/맞아. 그렇지. 어. 그 중은. 어?

근데 멧돼지잡이는 일생에 단 한 번밖에 좋은 일 안 했잖아? 그 빚 진 사람한테 옷 벳기다가 그거 찢어 버리고 돈 안 받은 거. 그럼 그 멧돼지잡이는 생전에 좋은 일 딱 한 번 했는데 멧돼지잡이는 천당에 갔다는 거 아닌가. 청자/그러니까 마음을 잘 먹어라?

* 퇴 뜰. 집 안의 앞뒤나 좌우로 가까이 딸려 있는 빈터.

어. 그래서 사십 년 아니라 오십 년, 백 년을 도를 닦아도 청자/
소용없어. 한 번 실수하면은 천당에 못 간다. 청자/공이 다 깨지지.
공이 다 깨지고 그 뜻이구.

멧돼지잡이는 죄를 많이 졌지만, '내가 요거 하나래도 지켜야
되겠다. 내가 좋은 일 한 번 헌 거 요거라도 지켜야지, 난 한 번
밖에 못했는데 나쁜 일 했다간 큰일 나겠다.'고 밖에 나와서 잤기
땜에 여자 안 건드려서 천당에 갔다, 그런 뜻이 있고요. 청중 박수

윤중례(여, 1932년생, 75세)
2006. 8. 3. 서울시 종로구 노인복지센터
김경섭 심우장 정병환 나주연 조사

멧돼지잡이와 스님과 구렁이

사람의 선행과 악행, 그리고 그에 따른 응보에 대한 이야기다. 여자로 변신한 뱀에 관한 내용이 얽혀 있어 더 경이로운 이야기가 되었다. 상식에 따르자면 오랫동안 도를 닦은 스님이 욕망을 초탈해서 극락(천당)에 가야 마땅하지만 그와 다르게 내용이 전개되는 것이 눈길을 끈다.

이 이야기에서 '여자/뱀'은 '유혹과 욕망의 함정'을 상징한다. 멧돼지잡이가 그 함정에 빠지지 않고 극락에 갈 수 있었던 것은 의미 있는 선행의 결과로 마음이 가볍고 깨끗해진 덕이었다고 할 수 있다. 반대로 스님은 자만심에 발목을 잡히고 만다. 겉으로 드러난 것보다 내면의 진정한 마음 상태가 중요하다는 사실을 잘 말해 주는 이야기다.

💬 생각거리

- 멧돼지잡이와 스님, 그리고 지나가던 행인의 행동을 비교하여 평가해 보자.
- 스님이 구렁이에 휘감긴 상황이 상징하는 바가 무엇인지 풀어서 설명해 보자.
- 오래 도를 닦은 사람보다 단 한 번 선행을 한 사람이 더 좋은 결과를 얻는다고 하는 전개는 어떻게 이해해야 할까? 그것은 과연 합리적인 것일까?

송장 다리를 술에 달였더니

김춘필

옛날에 아주 옛날인데, 인제 아들하고 아버지하고 부자(父子)가 살았어. 부자가 사는데 아주 가난하게 살았거든. 아들이 날만 새면 산에 가서 약초 캐 가주(캐 가지고) 와서 팔아서 아버지 인제 뭐 말따나(말마따나) 세 끼 밥 해 대고.

인제 그렇게 가난하게 살다 보니까 아버지가 병이 났어. 병이 나서 아무리 좋은 약을 써도 백약이 무효야. 다 산으로 산으로 그냥 아버지 병 고칠라고 약초 캐러 댕기고 댕기고 참 오만 산을 다 돌아댕기다 보니깐, 하도 효성이 지극하니깐 어느 산에 갔는지도 모르는데, 인제 산신령님이, 산신령님이 하얀 수염을 늘어트리고 뭐 말따나 지팽이루 탁 짚고 나서 가지고 인제 이 사람을 불렀어.

"오는 길로 해서, 어데 어데로 가면 금방 사람이 죽어서 묻어 논 묘가 있는데, 가는 데까지 가다가 그 묘가 보이거든 가 가지고 그 묘를 파고 송장 다리를 꺼내 오라."고 그랬어.

"송장 왼쪽 다리를 하나 꺼내 가지고 와서 그 다리를 솥에다 푹 과서 아버지를 먹이면 살 것이다. 살아날 것이다."

그러거든. 그리고 딱 없어져 버려, 산신령님이.

그러는데 이 사람이 아무리 아무리 길을 따라서 산으로 아무리 헤매도 그 묘가 그런 게 안 보여. 댕기는 데까지 정신없이 돌아댕겼어, 인제 그 사람이.

가다 가다 보니까 날은 저물고 깜깜하고 하는데, 어디 가다 보니까네 이런 묘 같은 게 인제 분산*이 보이거든. 인제 가 가지고 그걸 파헤쳤어. 파헤쳐 가지고 그 산신령님이 시킨 대로 인제 참 그 왼쪽 다리를 끊었어. 왼쪽 다리를 끊어 놓고 그걸 또 그대로 묻어 놀라 그러니 얼마나 시간이 걸려? 그래 묻어 놓고, 인제 그 다리를 하나 가지고 또 집을 찾자니까니 너무너무 길이 멀어. 길이 멀어서 찾어서 찾어서 집에 오니까니 그래도 아버지가 돌아가시지는 안했어.

그래 인제 그 다리를 가마솥에다 넣고 인제 삶았어, 송장 다리를. 삶다 보니까네, 삶아 가지고 소두뱅이(솥뚜껑)를 딱 여니까네 그게 인삼이야. 조사자 / 아, 사람이 아니었군요. 사람이 아니고 인삼이야.

야, 그래 이 사람이,

* 분산(墳山) 묘를 쓴 산.

'야, 내가 하도 효성이 지극하니까네 산신령님이 이런 명약을 해 줬구나.'

그 저 인삼 삶은 물을 또 드리고, 인제 아버지를 또 드리고 또 드리고 하다 보니까 인제 아버지가 차츰차츰 깨나.

깨나서 아버지는 살렸는데, 그 인삼 다리를 왼쪽 다리만 끊어 왔는데 그 너무 아깝잖아, 생각하니까? 가만히 생각하니까 그거를 찾을 길이 없어. 조사자/다시 하나 더 얻고 싶은데. 그렇지. 또 마저 가져오고 싶은데. 그래 그걸 암만 생각해도 찾을 길이 없고, 아버지는 그 인삼 다리 하나 삶아 가지고 아버지는 살렸어.

살리니까네 인제 그 고을에서,

"하 참, 저 집 아들이 효성이 지극하구나."

하굴랑(하고서) 임금이 큰 상금을 내렸어.

이거 말하자면 인삼을 다 가져온 거나 한가지잖아? 임금한테 상금을 받았으니까. 그렇게 가난했는데, 그래 인제 임금님한테 상금을 받고 아버지 살리고 그래 가지고 두 부자가 잘 먹고 잘 살았대요. 청중 웃으며 박수

김춘필(여, 1936년생, 71세)
2006. 3. 16. 서울시 종로구 노인복지센터
김종군 김경섭 심우장 외 조사

효자에게 산신령이 나타나 아버지 살릴 약을 점지해 준 사연을 전하는 이야기다. 송장 다리인 줄 알았던 것이 인삼(산삼)이었다고 하는 반전에 이야기의 묘미가 있다. 주인공이 송장 다리를 파낸 일은 실제 상황이라고 생각하면 비윤리적인 일이지만, 여기서는 설화 특유의 허구적 문맥에서 이해할 필요가 있다. 이 이야기에서 그것은 자기 할 도리를 다하기 위해 무섭고 꺼림칙한 일을 무릅쓰는 용기 있는 행동을 나타낸다고 할 수 있다.

💬 생각거리

• '송장 다리'와 '산삼'에서 연상되는 속성을 각각 정리해 보고, 이야기 속에서 그것이 서로 어떻게 연결될 수 있었는지 말해 보자.

• 부모님을 살리는 등의 좋은 목적을 위해 비윤리적으로 보일 수 있는 일을 행하는 것이 용납될 수 있는지, 용납된다면 어느 선까지 가능할지에 대하여 토론해 보자.

백일홍의
유래

윤증례

애기가 너무 많은데, 그것이 인제 봉숭아, 인제 백일홍은 왜 백일홍이 됐나? 응? 그거 알아요? 몰라요?

근데 백일홍 얘긴데. 옛날에 한 동네에 매일, 그 일 년에 한 번씩 아주 숫처녀, 진짜 남자를 몰르는 숫처녀⋯⋯ 그 큰 바위 굴속에 용이 하나 들었어. 나쁜 용이 하나 들었는데, 해마다 숫처녀를 바쳐야 돼, 용한테.

바쳐야 되는데 그 해에도 하나 바쳐야 돼서 저, 그 용을 갖다 바칠 시간이 됐는데 하나가 지정해 낸 아가씨가 있는데, 열여섯 열일곱 먹은 숫처녀래야 되거든? 이 처녀가 큰일 났고 처녀 아버지 어머니도 잠을 못 이루는데, 애가 그 굴에 들어가야 되니까.

근데 한번은 한 청년이, 건장한 청년이 와서 뭐래는고 하니,

"왜 그러냐?"

이제 동네 사람들이 우글우글 있으니까,

"왜 그러냐? 왜 그러냐?"

그러니까,

"아이, 여기 저 굴속에 나쁜 용이 한 마리 들었는데 일 년에 한 번씩, 숫처녀 하나씩 바쳐야 이 동네가 편안하다. 그러기 땜에 올해도 하나 지정해 놨는데 지금 날짜가 돌아온다. 먹이 될 처녀가 이 굴로 들어갈 날이."

그러니까 이 청년이 하는 말이,

"걱정 마세요. 내가 기어코 그 나쁜 용을 죽이고 말겠다."고.

그러구선 나섰어. 그러니까,

"아, 그 용은 아무도 못 당한다."구.

"너무 무시무시해서 못 당한다."구.

"그거 천년 묵은 용이라."구.

"구렁이라."구.

그러니까,

"걱정 마세요. 내가 이긴다."구.

그러구서 이 청년이 큰, 긴 칼을 하나 그냥 잘 들게 만들어 가지구서는, 이 처녀를 넣는 게 아니라, 고래고래 소리를 지르면서,

"너 나와라. 나하고 한판 붙어서 니가 이기면 처녀를 줄 것이고 내가 이기면 처녀 안 준다." 그랬어.

그랬는데, 그랬더니 인제 바람이 그냥 불고 구름이 일더니 그 속에서 인제 그 무서운 대가리 아홉 개 달린, 그 뿔 아홉 개 달린 용이, 무시무시한 용이 나왔는데 그 청년이 그 번쩍번쩍허는

그 긴 칼루…… 옛날에 구 척 장검이라고 그러면은 그 구 척, 아홉 자 길이 되는 긴 칼이잖아? 그걸 번쩍이면서,

"나와라!"

그냥 칼을 번쩍번쩍하니까는 '우루릉 꿍꽝', '우루릉 꿍꽝' 비가 막 쏟아지는 거여. 그러니까 인제 용이 나왔는데,

"그럼 너하구 나하구 붙자."

그래 가지구 싸워 가지구 용은 죽이긴 죽였는데 이 청년도 죽었어. 아주 실신했어. 그런데 용은 죽이긴 죽였어두 청년도 다 죽어서 정신 못 차리는 거여. 둘이 다 부상을 입은 거 아녀, 그러니까? 그래서 이 청년은 죽었어두 동네서 방에다 데려다가 구완을 했는데 얼마 있다가 이 청년이 깨어났어요. 깨어났어두 사방에 뭐 피투성이고 그렇지. 근데 이 청년이 하는 말이,

"내가 인제 살아나서, 여러분 덕택에 살아나서 고마운데, 앞으로는 이런 일은 없다. 앞으로는 처녀 안 줘도 된다. 저거 죽었으니까."

그러면서 하는 말이,

"나는 아버지 명령이, 구십 일간 아버지 명령을 위해서 일을, 볼일이 있어서 내가 간다, 우리 나라로."

그 나라 사람이 아니거든, 그 청년이.

"우리 나라로 가는데 구십 일 있다 와 가지구 내가 살려 논 저 처녀하고 내가 결혼할 거라."구.

결혼을 허겠다구 그랬어. 그러니까 거기서 누가 처녀를 안 주

겠어? 그 살려 놨으니까.

"아, 그래? 그러면은 그렇게 갔다 오라."구.

근데 이 청년이 가서 구십 일 지나도 안 오는 거여. 근데 이 아가씨는 피가 말리게 기달리고 기달리고 만날 구십 일만 기달리고 있는데 구십 일이 돼두 안 오니까 구십일 일, 구십이 일 이렇게 되잖아? 구십이 일, 구십삼 일, 이렇게 처녀가 기달리다 빼빼 말라 가주 이제 병들어서 아가씨가 다 죽게 됐어요. 그래 오기만 하면 살 텐데 안 와. 그래 가주 구십 일, 낼(내일)이 백 일인 그 안에 구십구 일 만에…… 신랑이 구십 일 있다 온다 그랬잖아? 근데 안 왔잖아? 그래 구십구 일 만에 애간장이 타서 아가씨가 죽었다?

그래 죽어 가지구서 인제,

"아, 어떡하면 좋아. 이 사람이 왔다면 이 사람, 이 아가씨는 살아날 건데."

그래서 딱 백 일이 돼서 왔어. 신랑이. 아니, 그 뭐, 장사 지낸 담에 왔으니 어떡해? 와 가지구 신랑이 그 얘기를 들으니까 참 애달프거든.

'아, 내가 진작에 왔으면은 이 아가씨를 내가 구할 텐데 그랬구나.' 하고, 그 아가씨 묻은 데가 어디냐구 그러니까 아가씨 묻은 데를 가르켜 줬는데…… 세상에 어제 묻었어도 오늘 아주 예쁜 백일홍이 폈어요. 어제 묻었는데 아주 예쁜 백일홍이 폈어.

그래서 이 신랑이, 신랑 될 사람이 가 가지구,

"미안하오. 내가 구십 일만 있다 온댔는데 이렇게 날짜를 어겨 가주 못 와서 낭자를 죽게 했구려."

그래면서 그 꽃을 꺾어도, 꺾어도 그 꽃이 꺾어두 꺾어두 그냥 또 한 송이, 꺾어도 한 송이…… 그러니까 생전 안 꺾어져. 그래서 그 꽃이, 백일홍이 그거야. 기다리다 죽은 귀신이 꽃이 됐다 그래서 백일홍 꽃이래는 거예요.

윤중례(여, 1932년생, 74세)
2006. 1. 4. 서울시 종로구 노인복지센터
김경섭 심우장 김광욱 나주연 조사

💬 해설

한 여인이 죽어서 백일홍으로 환생한 사연을 전하는 전설이다. 백일홍
은 여인의 애타는 기다림과 힘든 사랑을 표상하는 존재라 할 수 있다.
괴물을 물리친 큰 위업에도 불구하고 청년의 작은 소홀함이 큰 비극을
낳았다고 하는 대목에 세상사의 묘한 이치가 담겨 있다.

　백일홍 전설은 본래 청년이 괴물 용과 싸워서 그를 죽이고 돌아오는
데 하얀 깃발이 용의 피로 붉게 물드는 바람에 처녀가 청년이 죽은 것
으로 오해해서 쓰러져 죽었다는 식으로 내용이 전개되는 것이 보통이
다. 아마도 화자가 이 내용을 정확히 기억하지 못한 것으로 보인다. 그
럼에도 이야기를 막힘없이 이어 나가서 무난히 마무리한 데서 화자의
이야기 구성 능력이 엿보인다.

💬 생각거리

- 처녀가 죽어서 백일홍이 된 비극적 결말이 발생한 주요 원인은 무엇
  일까? 그리고 어떻게 하면 그런 비극을 피할 수 있었을까?
- 백일홍 꽃의 모양과 특성에 대해 조사해 보고, 이야기 속의 처녀가
  왜 다른 꽃이 아닌 백일홍이 되었을지에 대해 생각해 보자.
- 이 이야기의 내용을 반영하고 또 수정해서 좀 더 그럴듯하게 구성한
  자기 식의 '백일홍 유래담'을 구연해 보자.

소금 기둥이 된
며느리

윤둥례

저기, 옛날에는 시어머니가 서른댓 살 먹으면은 메누릴(며느리를) 얻었어. 서른다섯에 메누릴 얻었어요, 옛날에. 근데 인제 열여섯 살 먹은 며느릴 얻고, 시어머니는 서른다섯인데 며느릴 얻었는데, 며느리가 시집가서 시어머니하고 메누리하고 같이 애를 낳어. 근데 시어머니가 아들을 낳고 메누린 딸을 낳어. 근데 인제 그래두 서른다섯 먹은 시어머니가 만날 아주 노인 노릇만 허고 앉았어. 그러구 그 새로 시집온 며느리만 부려먹어.

옛날엔 물을 길어다 밥을 해 먹었는데, 저 우물에 가서 물을 길어다가 큰 두멍*으로 하나씩 그 어린 메누리가 금방 애기 낳고도 나가서 그 물을 길어다 붓고 붓고 그랬어요. 그러구 인제 솥, 거먹솥에다가 불을 때서 밥을 해 먹어. 근데 나무가 없으니까는

* 두멍 물을 많이 담아 두고 쓰는 큰 독이나 가마.

막 금방 베어 온 솔가지 시퍼런 거 그거에다 불을 때니까 불이 타? 안 타지. 근데두 맨날 그런 데다 밥을 해내라 그거여.

근데 그렇게 해서 이럭저럭 밥을 해도 쌀 내줄 때는 시어머니가 내줘. 쌀을 내줄 때 시어머니가 내주는데 식구가 열 식구면은 열이 먹을 만치 내놔야 되는데 며느리 밥은 없게 쌀을 내줘. 그러구 인제 며느리는 언제든지 누룽밥(누룽지)이나 쬐끔 있는 거 그거 먹구 양을 못 채워. 그래 양을 못 채우니까 애기 젖이 안 나오는 거야. 먹어야 젖이 나오는데 옛날엔 젖을 멕여야 되는데.

그래 시어머이가 왜 나쁘냐 하면 자기가 낳은 아들만 그냥 끼고 돌지 그 며느리가 난 애기는 안 봐줘. 조사자/손녀인데도? 손녀를. 그 손녀딸이 울면 이불 갖다 푹 뒤집어 씌워 놓구, 죽어라 그거지. 자기 며느리가 난 애를. 청자/옛날엔 그랬어. 며느리가 시어머니가 애기 낳는 데하고는 같이 시집갈 게 아니여. 자기 난 애기만, 자기 난 애기만 이뻐허구 메느리가 난 애기는 안 이뻐허는 거여. 조사자/그런 일이 많았나 봐요? 그런데 그 실제 얘기여.

근데 그 메누리가 너무너무 착한데 그 집이 시어머니허고 메누리, 그 애기 난 시어미…… 그러니까 그 집에 시할머니도 있구 시어머니도 있어요. 그런데 시할머니래 봤자 시할머니도 환갑도 안 됐어. 시할머니, 그다음에 이제 며느리, 시어머니. 여자가 쭉 셋이 삼대가 사는데 며느리만 볶아 먹는 거야, 금방 시집간 며느리.

그런데 이 할머니하고, 할머니하고 그 시어머니가 나가기만 하면 뭐든지 훔쳐 와. 농사짓는 데니까 무도 뽑아 오고 배추도 뽑

아 오고 뭐든지 훔쳐 와. 근데 메느리는 굉장히 양심적이야, 어려
두. 청자/그렇지.

'저렇게 하면 안 되는데 저런 거 왜 가져올까?'

이 며느리가 굉장히 양심적이야. 근데 인제 그 시할머니하고
시어머니하고 한 짝이에요. 한 덩어리가 돼 가주구. 새로 들어온
며느리는 그거 싫어하거든, 훔쳐 오는 거. 그러니까 자기네끼리
숨기는 거여 그걸.

그래 시어머니, 하루는 메누리가 그 시어머니하고 시할머니한
테,

"굶어 죽드래두 이런 거 훔쳐 오면 안 된다."

그랬어. 그 애기 메누리가. 그러니까는 그 할머니, 그래두 챙
피하니까, 훔쳐 온 건 챙피하니까 메누리하고 시어머니하고 하는
말이,

"아냐, 우리가 훔쳐 온 거 아냐. 아무개네서 준 거야."

이렇게 하는 거야. 근데 물 길러 가 보면 시골에는, 물 길러 가
는 그 우물 동네가 그 여자들 모이는 동네거든, 그 우물 동네가.
근데 쑤근쑤근하고.

"아무개네 할머니가 아무개네 배추 뽑아 가구 무 뽑아 갔다."

그러는 거야. 근데 이 며느린 기분이 나쁘지. 자기네 애기하니
까. 이제 이 며느리는,

'아, 그러면 안 되는데.'

그리고 인제 몰르는 척허고 왔는데 자꾸만 그 짓을 한 거여.

소금 기둥이 된 며느리

그런데 중이 인제 쌀을 걷으러 댕겨. 옛날엔 집집이. 동냥허러 중이 왔는데, 시주를 온 거여. 아, 근데 이놈의 시어머니가 소똥을 한 바가지 퍼다가 중 그 쌀을 받는 바랑에다 집어넣어. 소똥을. 그래서 그 새로 들어온 며느리가,

'아, 저러면 안 되는데, 저러면 안 되는데.'

그러니까,

"어머니, 그 거기다가 안 주면 안 줬지, 똥을 갖다 넣어 주면 어떡해요?"

그러니깐,

"아, 그까짓 거 농사도 안 짓고 빌어먹으러 댕기는 중한테 그거 주면 어떠냐?"

그러니까,

"어머니, 그렇게 하면 죄받아요."

그러니까,

"죄받을 게 어딨냐? 저런 건 그렇게 해도 괜찮어. 농사진 거 거저 얻어먹으러 댕기는 거 똥을 줘도 괜찮다."구.

그렇게 한 거야. 그 이 메누리가 너무 안타까운 거야. 어른들이 그런 짓을 하니까. 그래서 인제 나중에는 인제 메누리가 하는 말이,

"어머니, 할머니. 할머니하고 어머니가 나한테 가르켜 줄 일인데, 그런 짓을 나 보는데 하시면 어떡하느냐?"구.

그러니까,

"니가 뭘 안다구? 우리 집은 이렇게 사는 집이여."

그러는 거여.

근데 이 메누리가 인제 나중에 쌀 다, 헐 적마다 쌀을 인제 시어머니가 내줘두 헐 적마다 한 숟갈씩 몰래몰래 모았어. 모아 가지구 언젠가는 저 중이 또 올까 싶어서 한 숟갈씩 모은 쌀을 그 중이 왔을 때 몰래 줬어요. 몰래 담아서 넣어 주는데 중이 뭐래는고 하니, 그 며느리보고 하는 말이,

"몇 월 며칠 날은 어느 어느 절로 당신 혼자만 와라. 애기 업구, 애기 업구 당신 혼자만 오라."구.

그러구,

"오면서 뒤는 돌아보지 말구 와라."

그랬어요. 조사자/중이? 예, 중이.

"당신만 오라."구.

"이 집 식구 다 내버려 두구 당신만 애기 업구 오는데, 절대로 뒤는 돌아다보지 말구 오라."구 그랬어.

그래서 인제 하루는, 그 어느 날 어느 시에 오라고 그래서 그날 이 새 메느리가 자기 딸만 업구서 슬쩍 동네 뭐 볼일 보러 나가는 척허고 업구서 나갔는데. 저만치 가는데 자꾸만 뒤에서 부르는 소리가 귀에 들리는 거야. 근데 거기가 돌아보지 말랬는데 돌아보고 싶어서 죽겠는 거지.

그래서 이렇게 돌아봤잖우? 돌아다, 돌아다보는 즉시로 그 며느리가 소금 기둥이 돼 뻐렸어요. 보지 말랬는데……. 근데 인제

그쪽에는 연못이 돼 뼈렸어. 똥 퍼분 그 집이. 그 스님한테 똥 퍼분 집은 연못이 돼서 몽땅 죽었지. 근데 이 여자는 보지 말랬는데 돌아봤기 땜에 돌아본 그대루 소금 기둥이 된 거여.

그건 뭐냐면 양심적으로 살아라는 그 전설 얘기죠, 이게. 그거예요, 그걸로 끝이에요. 사람은 항상 양심적으로 살아라.

그리고 아무리 어려도 새로 들어온 며느리 말을 들어야지, 어른이라구 그렇게 자기가 잘한다고 그냥 말 안 듣구, 응? 그 메누리 말을 들었으면 그 집이 부자가 될 건데, 메느리 말을 안 들은 거여. 안 듣구 할머니하고 시어머니하고 짜고 도둑질만 해. 그래 그 집은 연못이 돼 뼈리구 그 여자는 이제 애기 업구 소금 기둥이 됐대요. 조사자/며느리는 뒤돌아본 죄로 소금 기둥이 된 거예요? 예, 뒤를 돌아보지 말랬는데 돌아봤기 땜에. 청자/돌아보지 말라카면 더 돌아보고 싶은데. 예. 그래서 그렇게……

윤중례(여, 1932년생, 74세)
2005. 12. 21. 서울시 종로구 노인복지센터
김경섭 심우장 유효철 나주연 조사

💬 해설

유명한 〈장자못 전설〉 유형에 해당하는 이야기다. 보통 다른 자료들에서는 욕심 많은 장자가 벌을 받아서 망한다고 하는데, 이 이야기는 시할머니와 시어머니를 등장시켜 며느리와 갈등 구조를 이루고 있는 것이 독특하다. 이야기 결말부에서 뒤를 돌아다본 며느리가 선 채로 소금 기둥이 되었다고 하는 데서, 힘든 상황으로부터 탈피해 새 삶을 사는 데 성공하지 못하고 속절없이 쓰러진 여성의 한(恨)이 잘 드러나고 있다.

어찌 보면 뒤를 돌아보지 못하게 하고 징벌을 내린 일이 가혹하다고 생각할 수도 있지만, 며느리가 결연히 새 길로 나아가지 못하고 멈칫댄 탓에 스스로 좌절한 것이라고도 볼 수도 있다. 선과 악의 대립에 얽힌 교훈을 보여 줌과 동시에 과거로부터 벗어나 새로운 길로 나아가는 일의 어려움을 잘 보여 주는 이야기다.

💬 생각거리

- 스님이 며느리에게 길을 떠나라고 하면서 뒤를 돌아보지 못하게 한 이유는 무엇일까? 그리고 뒤를 돌아본 며느리가 소금 기둥으로 변한 이유는 무엇일까?
- 며느리가 뒤를 돌아보지 않고서 앞으로 계속 나아갔으면 그 미래가 어떻게 펼쳐졌을지 이야기해 보자.
- 이 이야기 속에서 여성이 여성을 억압하는 상황에 대해서 왜 그런 일이 발생하는지 사회적·심리적 맥락을 헤아려 보자.

소금 기둥이 된 며느리

제4부

도깨비, 여우, 호랑이

— 세상을 살아가다 보면 뜻하지 않은 상대와 부딪치면서 그것을 감당해야 하는 상황을 종종 겪게 된다. 그것은 당황스럽고 겁나는 일이지만, 그 곤란한 일을 무난히 잘 감당해 내면 다시 평화가 돌아오고 개인의 성장이 이루어지게 된다. 사람들의 실제 삶에서는 이런 일이 드물게 일어나고 완만하게 진행되는 것이 보통이지만 설화에서는 다르다. 그런 상황, 그런 사건을 갑작스럽고 비약적이며 강렬하게 표현하곤 한다. 허구적 서사(敍事)가 갖는 집약성이다.

설화에서 부딪쳐 감당해야 하는 상대방은 언제라도 만만치가 않다. 낯설고 강력하며 무서운 존재들이 훌쩍 나타나 삶을 흔들곤 한다. 공포의 대상이면서 대면을 피하기 어려운 존재. 도깨비와 구미호, 호랑이 등이 대표적인 사례. 그들이 지닌 막강한 힘이나 놀라운 조화는 등골이 서늘한 공포를 자아내면서도 짜릿한 긴장과 흥미를 불러일으킨다. 어떤 일이 어떻게 벌어질지 모르는 예측불허의 상황이 펼쳐지는 것이야말로 이야기의 큰 재미가 된다.

제4부에는 도깨비와 여우, 그리고 호랑이에 얽힌 이야기들을 모았다. 이들은 모두 한국 설화에서 빼놓을 수 없는 존재다. 긴장·위험·공포와 함께 뜻밖의 기회를 부여하는 복합적 존재이기도 하다. 감히 맞서기 어려운 상대라서 지레 겁을 먹게 되지만, 이야기는 그들을 상대해서 감당할 수 있는 길이 있다고 말한다. 잘못하면 큰 화를 입을 수 있지만, 마음먹기나 행동하기에 따라서 복을 받을 수도 있다고 한다. 이는 실제 인생살이가 또한 그러하다고 할 수 있다. 살아가다 보면 여우나 호랑이 같은 사람이나 도깨비장난 같은 상황과 직면할 수 있다. 정신을 바짝 차려야 하는 순간이다. 과연 이야기 속의 주인공들은 그런 상황에서 어떻게 했을까?

웃기고 울리는
도깨비 조화

신씨

옛날에요. 김 정승, 이 정승이 살아요. 그런데 김 정승은 참 부자가 돼서 아주 그냥 뭐 세면 몇십 리씩 나가게 땅도 사 놓구, 그냥 그렇게 집도 많구, 여러 사람 첩들도 두고 잘사는데, 이 정승은 망했어요. 못살아요. 그래 가지구 그 김 정승네 터에서 살아요. 이 정승네 아들이, 자손들이. 못살아서 어머이, 아버지가 돈을 못 벌어 못살어 가지구 김 정승네 터에서 살아요. 농사를 그 땅을 지어 먹구.

그런데 양식이 떨어져서 봄에 가서, 노인네 부모를, 어머니를 모시고 있는데 어머니 해 드릴 게 없어서 가서 쌀을 한 말 달라고 해도 안 줘. 그래 벼를 한 말 달라고 해도 안 줘요. 그러믄 밭에 심어먹는 피라도 한 말 달라고 해도 안 줘. 안 줘요. 그래서 할 수가 없이,

"에이, 이놈의 신세, 죽구 말아야겠다."

이 서방이 인저 대포집에 가서 막걸리를 한 잔 먹었어. 먹구서는, 외상으로 인저 먹었어. 달래니께 줘서 먹구서는 어디루 가느냐므는 서울 공원에를 갔어. 서울 대공원*에를 올라갔어. 올라가 가지구서 딱 공원에 가 드러눴어요. 이렇게 밤에. 이제 죽을려구 술 먹구 올라간 거야.

그런데 한밤중 되니께 도깨비가, "금 나와라 뚝딱, 은 나와라 뚝딱!" 하면서 도깨비들이 모여들어요. 원래가 서울 공원에는 도깨비가 많잖아요?

모여들어 가지구 보더니,

"야, 여기 불쌍한 사람 하나 또 죽었다. 잘 갖다가 장사지내 주자. 이 사람은 참 불쌍한 사람이다."

인자 그 도깨비들이 아주 두목 자가 시키는 거야, 쫄병들을. 그러니께, "상여를 뀌며라(꾸며라)." 허니께, 상여를 뀌미는데 밤새도록 상여를 뀌몄어요.

그래 가지군 담아 가지군 맞들구 인저 어디로 가나 '어기영차' 좌우간 가는 거요. 어디메로 갔나 그냥 큰 부잣집, 기와집 울대* 루 와 가지구서는, 울대가 인제 땅이 터가 좋을 거 아녜요? 긍게,

"여기다가 묻어 주자. 여기가 명당자리다. 여기다 묻어 주자. 불쌍한 사람은 이런 데다 묻어 줘야 되지."

* 서울 대공원 여기서는 특정 공원이 아닌 큰 공원을 일컫는 말로 생각된다.
* 울대 미상. '울타리를 만드는 데 세우는 기둥 같은 대나무'의 뜻일 가능성이 있다.

그러군 내려놓구서는 구뎅이(구덩이)를 파는 거야. 구뎅이를 얼추 다 팠는데 닭이 '꾀끼오' 울어요. 부잣집에서. 닭이 우니께 도깨비는 다 달아나잖아?

"아, 가야 헌다."구.

다 가구 보니께 상여 안에서 사람이 있는데 눈을 뜨구 날이 샜는데 보니께 전부 돈이야, 그게. 지화(紙貨) 장이야. 상여 꾸민 게 전부 돈이에요. 종이가 아니구. 그렇게 차곡차곡 안에 앉어서 다 그걸 뜯어서 개키니께 이렇게 많아요.

"아, 인저는 이눔만 가지구 가면은 쌀두 팔어서, 뭐 쌀 팔어다 어머니 밥두 해 드리고 옷두 해 드리구 고기두 사다 드리구 다 하겠다."

가지고서 짊어지고 내려왔어요. 그래 가지군 쌀도 팔구 반찬두 사구 뭐 여러 가지 다 해서 인저 마누라를 갖다 주구 장에 가 시장을 봐다가 인자 다 해서 먹구 잘 살잖아요, 거기서 인자? 딴 데다가 땅을 사 가지구 이사를 갈려구 맘을 먹구서, 인자 여기 안 살구 딴 데다 땅을 사 가지구 집을 짓구 이사를 할려구 인자 맘을 먹구 있는데 그 김 정승이 왔어요. 와 가지군 묻는 거야.

"여보게, 이 서방. 어떡해서 이렇게 부자가 됐나?"

그러구 물으니께 다 얘기를 했어요. 하나두 속이지 않구 고대루.

"아무 날 아무 해 아무 시에 아무 날 정승 댁에 가서 쌀 한 말, 어무니 진지 해 드리게 쌀 한 말 달라니께 안 줬잖아요? 그러니께 아, 벼 한 말 달래두 안 주고 피 한 말 달래도, 갈아서 죽이라두 끓여먹는다구 달라구 해도 안 줬잖아요? 그러니께 나 먹고 죽을려구 대폿집에 가서 술 한 병 먹구 서울 남산 공원에 올라가 드러누웠더니 도깨비가 와서 이렇게 살려줬다."

다 얘기를 했어요. 아 그러니께,

"그러냐."구.

아, 멍청허죠. 아들을 시켜서…… 즈이 집에 와 가지구 아들을 시켰어요. 아들을 시키니께, 아들 인저 손자가 술을, 즈이 담아 논 술을 잔뜩 처먹은 거야. 그러구서는 공원에를 올라가서 딱 드러눠 있으니께 도깨비가 왔어요. 도깨비가 와 가지구,

"아, 여기 불쌍한 놈 또 하나, 여기 죽을려구 누웠구나. 이눔두 잘 갖다가 염장해 주자."

상여를 뀌며 가지구는, 상여를 뀌며 가지구서는 인저 담아 가지구 메구서 갔어요. 인저 어디루 갔느냐 허믄 서울 삼각산 아주 상봉(上峰)에 아사리밭* 못 나올 데 그 꼭대기다 갖다가 상여를 내려놓구는 거기다가 구뎅이를 판 거야. 긍께 날이 훤하게 새니께 구뎅이 파다가 말구 다 도망갔어.

그래서 인저 보니께 돈이 어디가 있어요? 말짱 잡지여 잡지. 신문 잡지. 예, 잡지요? 예. 옛날에 광고지, 잡지 그런 거 인자. 아주 무슨 소용이 있어요? 찢구선 나와서는 인저 내려올래니께 이리

---

* 아사리밭 미상. 문맥상 '험한 가시밭' 정도의 뜻을 가진 말로 생각된다.

가두 아사리밭 저리 가두 아사리밭, 바우챙벽 바우챙벽(바위절벽).
저짝으로 가두 뻥뻥 돌아서 가두 다 내려올 데가 없어요. 가시밭
이구 그냥 바우챙벽이야. 그러니 어떡해? 굴러 내려오믄 죽구 어
떻게 내려와요? 못 내려오구 상봉에서만 왔다 갔다 허다 내려오
다가 굴러떨어져 죽었어요. 조사자/아이구.

그럭허구서는 아주 그 사람은 아주 망했어요. 이 정승네 아들
들은 손(자손)은 그렇게 잘되구. 김 정승네는……. 그러게 남에게
다가 활인공덕 적선을 해야 살지 제 욕심만 차리면은 못산다고
했어요. 이 말이 맞나 봐요. 청중 박수

신씨(여, 1919년생, 89세)
2007. 7. 12. 대전시 서구 노인복지관
신동흔 심우장 김예선 외 조사

도깨비는 한국 설화에 등장하는 독특한 이물(異物)이다. 괴물에 가까운 무서운 존재지만, 한편으로 재미있고 친근한 존재이기도 하다. 도깨비가 가지고 있는 능력은 상상을 뛰어넘는다. 특히 엄청난 재물을 아무렇지도 않게 다루곤 한다. 설화 속의 도깨비는 조금 어수룩한 면도 있어서, 잘 대하면 큰 행운을 얻을 수 있다고 한다.

이 이야기 속 주인공도 도깨비와 만남으로써 인생 역전의 큰 행운을 얻는다. 하지만 그가 받은 복이 단순한 행운이라고 볼 일은 아니다. 힘겨운 환경 속에서 열심히 살려 하다가 벽에 부딪힌 불쌍한 인물에 대한 하늘의 보상이라고 할 만하다. 이를테면 이 이야기 속의 도깨비는 신령과 비슷한 구실을 하고 있는 셈이다. 자기만 알고 욕심을 부리던 이 정승네가 패가망신한 것도 신령한 조화에 따른 인과응보라 할 수 있다.

💬 생각거리

- 이 이야기에 나타난 도깨비의 특성을 두루 찾아서 말해 보자.
- 도깨비를 만난 이 정승 아들과 김 정승 아들이 서로 다른 결과를 얻게 된 이유를 말해 보자. 김 정승 아들은 왜 죽게 된 것일까? 그가 그리 된 것은 당연한 결과였을까?

나무꾼과
개암과 도깨비

박철규

내 도깨비 얘기 하나 할께요, 진짜로. 그전에 어떤 사람이 노부모를 모시고 애들하고 사는디, 나무가 귀해서 먼산나무*를 다녔어요. 여기 사람 다 알아요. 여기 청주서도 산성 너머로 몇십 리, 한 삼사십 리 나무하러 다녔어요. 그때는 저 여기 나무가 없었어요, 산에. 저 나라가 흥하고 망한 것은 산을 보면 아는 겁니다, 산을 보면. 비행기를 타고 지나다 보면 이북에는 산을 홀랑 다 까먹었어요. 내 이북 땅을 다 돌아댕겼는데 나무가 없어요. 다 까먹었어. 왜? 껍데기 다 벳겨 먹고 베어다 다 땠어요, 춥고 그러니까. 나무 껍데기 벳겨서 먹고. 아, 이 평안북도 절로루가 보니께 그냥 소나무가 이런 놈이 다 고사, 다 죽어 버렸어요. 왜? 껍데길 벳겨 먹어서. 소나무 껍데기를 벳기믄, 소 껍데기를

* 먼산나무 먼 산에 가서 땔나무를 마련하는 일. 또는 그 땔나무.

그런 거나 해서 그걸 먹고살은 거예요. 이북이 그렇게 살았습니다. 팔일오 해방 후에 그 소위 김일성 정권이 들어서서 그렇게 해서 살았어. 어떤 나라 비행기를 타고 지나가다 보면 산이 황폐하면 그 나라는 절단 난 거지요.

아, 이거 먼산나무를 다니는데, 아침 먹고서 요만한 바가지에다가 점심을 고양이 불알만치 싸 가지고, 이거 쌍소린디, 청중 웃음 먼산나무하러 가는데, 갈퀴들 아시나 몰러? 이렇게 긁는 거. 갈퀴나무*라 하는겨. 근디 개금*나무가 많아. 개금이라는 걸 아시나 몰러. 조사자/개암. 개금. 그 긁으니까 개금이 톡 튀어나와. 아, 보니께 똘똘햐. 하나 주워서,

"이거는 우리 어머님 갖다 드리고."

그게 부모에 대한 효심이여. 하찮은 거지만 첫째 즈이 어머니를 꼽는다는 게 효성 아니에요?

"어머님 갖다 드리고."

거 옛날엔 홀치 주머니* 아니에요? 거기다 집어넣고.

또 이렇게 한 알이 톡 튀어나와.

"자, 이건 우리 마누라 주고."

어머니 밑에는 마누라거든. 또 나오면,

* 갈퀴나무 갈퀴로 긁어모은 검불, 솔가리, 낙엽 따위의 땔감.
* 개금 '개암'의 방언. '개암'은 개암나무 열매로, 동그란 도토리 모양에 밤과 비슷한 맛을 낸다. 영어로는 '헤이즐넛(hazelnut)'이라 한다.
* 홀치 주머니 미상. 옛날에 옷에 달고 다니던 주머니를 뜻하는 말로 생각된다.

"큰아들, 작은아들 다 주고."

인저 나중에 나오면,

"이건 나 먹고."

아, 이 주머니에 개금이 이만큼.

나무를 한 짐을 해 가지고 이제 오는 거여. 산골짜기를 그냥 무인지경을 한 이십 리 되는데 내려오다 보니께 아 별안간 비가 오네, 비가. 그러니 갈퀴나무는 비를 맞으면 말이여, 이놈이 세참 (한참) 무거워지거든, 젖으니께. 그 비 맞고 오다 보면 나중에는 치여 죽어 그거한티. 청중 웃음 게(그래) 쪼금 오다 보니께 고가(古家)가 있어, 옛날 고가. 보니께 문도 문살만 있고 참 쓸쓸혀. 훌훌하니 비가 오니께. 거기다 떡 짐을 대 놓고는 쪼그리고 앉아 기다리지요, 비를 그칠 때만.

비가 끝나야지요. 그러다 보니 해가 넘어 캄캄할 때네. 해가 넘어가서 이렇게 배도 고프고. 그보다도 아 해가 넘어가서 캄캄하니까 사방에서 짐승 우는 소리만 나고 이것 참 무서워서 견딜 수가 있어? 할 수 없이 방으로 들어갔다만, 방에 들어가 봐야 문이라고 있어야 뭐 문살만 있으니깐 배깥(바깥)이나 똑같지. 이렇게 보니께 벽장이 있단 말이여. 게 벽장으로 들어갔어. 무서워 가지고.

아, 벽장에 들어가서 이렇게 보니께 그 구녁이, 그 벽장 문을 말이여 송판으로다 이렇게 했는디, 소나무를 이렇게 짤라서 고리가 그놈이 쑥 빠졌어. 구녁이 떡 뚫려 있단 말여. 거기로 보니 방이 보여요. 벽장에 들어가서 잔뜩 걸어 잠그고 앉았는겨. 날 새면 갈라고. 비는 자꾸 오고.

아, 이 밤중 되니께 어디서 천둥하는 소리가 '우루루' 나더니 도깨비 떼가 몰려드는데, 그 도깨비가 밤이면 활동을 하는데 더군다나 비 오는 날 그놈들 아주 활동하기 좋거든. 그래 떡하니 불을 갖다 켜 놓고서는 아랫목서 저짝에 큰 도깨비, 뿔이 이만한 놈이, 덕진˚ 놈이 앉아서 명령을 하는 거여.

"자, 오늘 이렇게 모였으니 말이여. 우리 여기서 한번 연회를 베풀자."고.

"아, 그 좋습니다."

"거, 술상 들여라."

아, 도깨비방망이 이런 놈을 착 흔들며,

"술상 나와라."

하니까 술상이 좌악 펼쳐져. 아 그래,

"먹자!"

아, 이놈이 배는 고픈디 벽장에서 쳐다보니깐 그냥 수육을 이런 놈을 그냥 아가리가(입이) 메어지도록 먹고 하는디 그냥 도리깨침˚이 넘어가. **청중 웃음** 그냥 먹어 대는디 가만히 생각하니께 큰일 났어. 이거 배가 참 더 고파, 먹는 걸 보니께. 이렇게 보니께

• 덕진 미상. '덩치가 큰' 정도의 뜻으로 이해된다.
• 도리깨침 도리깨가 꼬부라져 넘어가는 모양으로 침이 삼켜진다는 뜻으로, 너무 먹고 싶거나 탐이 나서 저절로 삼켜지는 침을 이르는 말.

눈앞에서 먹는디, 나 좀 달라고 가면 잡아먹을 거고. 그 도깨비들이, 틀림없이.

아, 그걸 어떻게 햐? 배가 고프고 개금을 하나, 이거라도 먹을라고 하나 꺼내 가지고…… 깨야 먹을 거 아니여? 이게 깨는디, 이게 바싹 마른 거라서 깨져? 어금니에 대고 지긋이 물어 깼더니만 깨지면서 '딱' 소리가 났단 말이여. 아, 그러니께 한 놈이,

"이거 무슨 소리여?"

그라더니만,

"야, 이 대들보 무너진다."고.

"나가자."고.

"튀자."고.

확 튀어 나가는데. 아, 이놈들이 도깨비방망이를 내버리고 튀어 나갔네. 아, 그냥 내려가서 줏었단(주웠단) 말이여.

"여기 아무 놈도 못 오게 해라, 뚝딱." 청중 웃음

하니께 한 놈 못 오네, 그 도깨비가.

거기 차려 놓은 걸 실컷 먹었어. 실컷 먹고 자고는 아침 날이 새서 비가 그쳤어. 이 도깨비방망이를 잘 간수해 가지고 집으로 왔단 말이야. 아, 와 가지고서 걱정이 없어. 내일 쌀밥을 해 먹고 싶으면 뚝딱하면 그냥 쌀이 촥 나오는데. 어머니한테 이제, 어머님 뭐 잡숫고 싶으냐고,

"뭐 잡술래요? 갈치 잡술래요?"

뚝딱하면 차려. 청중 웃음 아, 이렇게 사는거. 사는데 그렇게 그

이웃집 놈들이 참 보니께 이놈이 어떻게 하다 그냥 벼락부자가 됐네. 그 집 식구들은 걱정을 안 혀. 왜? 이놈을 흔들면 나오니께.

날마다 와서 묻는거.

"자네가 어떻게 해서 이렇게 잘살아?"

"알 거 없어."

안 가르쳐 주지 가르쳐 줄 틱이 있어? 하도 성가시럽게 해서 가르쳐 줬어.

"어떻게 된 거냐?"

그런 게 아니라고 얘기를 하는데.

"내가 그 저 아무데 골짜기로 나무를 하러 댕겼잖여?"

"그렇죠."

"그래서 이래 이래 해서 내 이 도깨비방망이를 하나 구해 가지고 그래서 이렇게 산다."고.

"자네 우리 친구 아닌가? 도깨비방망이 좀 나 좀 사흘만 꾸어 주게나."

안 꿔 주지. 꿔 주면 '이놈 죽어라.' 하면 죽을 틴디 꿔 줘? 청중 웃음

"자네 아무리 친해도 안 되여 이건."

안 꿔 줘. 꿔 줄 틱이 있어요? 꿔 주면 '요놈 벙어리 돼라.' 그러면, 착 하면 벙어리가 될 텐데.

아, 이놈이 가만히 생각을 해 보니께 먼산나무를 가는 수밖에 없어. 가서 저도 도깨비방망이를 하나 얻어야지. 그래 그놈아가

나무하러 갔어. 가 그러고 보니께 개금이 나와.

"이거는 우리 어머니 주고."

저리 해 가지고 오는디…… 아, 이 비가 와야지 거기서 쉬지, 그 집이서. 아이, 비 안 오네. 어떡햐. 비가 오나 안 오나 그 집서 쉬는 거여. 도깨비를 만나야 되니께. 방에로.

"저 벽장 저기 있다."

그랬지.

웬걸! 밤쯤 되니께 도깨비들이 또 몰려드는디 이제는 됐구나 하고 벽장으로 올라갔어. 쫙 차려 놓고 먹는데, 인자 신나게 먹거든. 고대로 할라고, '요때다.' 개금을 하나 꺼내 가지고 요놈을 딱 깨물었단 말이여.

'딱!' 하니께 이놈들이 노는 걸 딱 그치더니 한 놈이 고개를 탁 치켜들더니,

"야, 이거 '딱' 소리가 났다." 이거여.

그러니까 하는 말이,

"먼저 왔던 놈이 왔다." 이거여.

그러니께,

"이놈 어디 있나 잡아라."

벽장 문을 열더니,

"요놈 새끼 요기 있네."

반짝 들어다 내려놓는겨.

"너 이놈아, 우리 보물 방망이 갖다가 어떻게 했니, 이놈!"

나무꾼과 개암과 도깨비

아, 이놈은 아닌디, '나 아니라'고 하니께,

"뭐, 아니야? 이놈아. 대장님, 이놈을 어떻게 할까요? 이놈을 잡아서 우리 찢어서 한 점씩 먹을까요, 어떻게 할까요?"

그러니께,

"이, 내버려 둬."

"아, 그럼 이놈을 어떻게 벌을 줘야 해요?"

"그놈으 새끼, 거 벌을 줄라면 좋은 방법이 있다."고.

그놈 엎어 놓고서, 궁둥이로 맞으면 꼬랭이(꼬리) 자리가 있어. 사람이 항문 요기 꼬랭이 자리가 있거든. 척추뼈 내려간 꼬랭이. 거 다 옛날에는 우리 인간도 꼬랭이가 있었어요. 그래 자리는 있어. 다 없어졌지만. 필요 안 하니께 없앴다고. 아, 이놈 도깨비가 한 놈이 방망이로 갖다가 '꼬랭이 나오라'고 하니께 이만치 튀어 나오니께,

"이놈, 꼬랭이 내놓아라 뚝딱!"

하면 한 발 늘고, 또 한 발 늘고. 한참을 한번 내놓으라고 하니 방 안에 가득하네, 꼬랭이가. 청중 웃음 아 그렇게,

"이거 어떻게 할까요?" 하니,

"그냥 두고 가자. 이놈 좀 고생 좀 하라고."

그러고 갔단 말이여. 아침에 날이 샜는디 이게 뭐 움직일 수가 있어야지. 이거 떼어 내버릴래야 아파 못 떼어 내고. 당최 이것 때문에, 슬슬 이놈을 끌고 집에 들어갈라니께 그 뒤끝에 짚을 갖다가 이렇게…… 짚 있잖아요 짚? 볏짚 이걸 갖다 싸 놨어. 왜,

그런 산골에도 말이지, 옛날엔 짚을 갖다가 짚신을 삼았거든, 신발을. 그러니께 짚은 준비해 놔야 되거든.

그러니까 그놈을 갖다가 잘 이렇게 다듬어 가지고 새끼를 꼬아 가지고 망태기*를 떴어요, 망태기. 망태기라고 얘기 들었어요? 너무 길어서 꼬리를 거기가 다 담았어. 담아서 어깨에다 걸어 짊어지면 빠듯햐. 청중 웃음 나뭇짐 대신 이놈을 짊어지고 집으로 왔단 말이야. 자기 마누라가,

"여보, 그거 당신 뭐 도깨비방망이 얻으러 가더니 그걸 뭘 그렇게 가지고 왔어?"

그렁께,

"이 사람아, 말도 말어. 보여 줄게. 이거 보라고."

그게 전부 꼬리여. 근데 이놈을, 이놈의 꼬리를 떼어 낸다 말만 하면 아퍼. 그러니 그걸 가지고 뭘 해 먹어? 마누라가 진탕 나가라고, 나가라는겨.

"당신은 이제 일절 한 푼도 못 벌고, 쌀 한 됫박도 못 벌고, 이제 나가 죽어."

욕심이 과하면 사망하는 길로 가는겨, 그것이 바로.

그래 가지고 그놈을 끌고 댕기면서 일평생 고생을 하는디, 가끔 가다 또 좋은 일도 많이 하더래요.

냇물을 건너가야 되는데, 도대체 다리가 없어 못 건너가면 꼬

* 망태기 물건을 담아 들거나 어깨에 메고 다닐 수 있게 만든 그릇.

랭이를 뻗쳐. 그렇게 해서 거기서 몇 푼 받아. 청중 웃음 그렇게 근 근이 살다 죽더랴. 그러게 이게 욕심이, 왜 저한테 안 된 욕심을 차리느냐 이게여. 청중 박수

박철규(남, 1924년생, 84세)
2007. 3. 12. 청주시 상당구 중앙공원
신동흔 김종군 김경섭 심우장 외 조사

동화로 널리 알려진 〈도깨비방망이〉에 해당하는 이야기다. 전형적인 모방담의 구조를 갖추고 있는 설화다. 이 이야기의 청중은 어린이가 아닌 성인들이었지만, 화자가 이야기 내용을 구성지고 흥미롭게 풀어 나간 덕에 다들 이야기에 몰입하며 좋은 반응을 나타냈다. 특히 주인공을 모방해서 도깨비를 만난 사람이 기다란 꼬리를 얻게 됐다는 내용이 아주 해학적이어서 큰 웃음을 자아냈다. 이야기 속에서 '도깨비방망이'는 무엇이든 가능하게 하는 만능의 보물처럼 말해지고 있다. 이는 도깨비들이 지닌 큰 능력을 확인시켜 주는 한편으로 이야기 전승자들의 구김 없는 욕망을 한껏 담아내는 대상이라 할 수 있다.

〈도깨비방망이〉 이야기는 본래 주인공을 모방한 사람이 개암을 발견하고는 "내가 먹어야지!" 하고 말했다고 함으로써 그가 그런 이기심 때문에 망했다고 하는 식으로 교훈적 의미를 부각하는 것이 제격이다. 이 이야기에서는 그런 요소가 다소 약화되었지만 '욕심쟁이 따라쟁이의 실패'라고 하는 기본 의미 요소는 충분히 잘 살아나고 있다.

💬 생각거리

• 이 설화에서 주인공이 도깨비를 만나 큰 행운을 얻은 것과 달리 그의 친구가 큰 곤경을 겪게 된 가장 중요한 이유는 무엇일까?

• '도깨비방망이'는 무엇이든 다 할 수 있는 존재처럼 보이지만 그 능력에는 한계가 있을 것이다. 도깨비방망이로 할 수 없는 일이 있다면 무엇일지 생각해 보자.

도깨비 잔치에
불러 간 사람

박철규

옛날에는 말이여. 도깨비가 천지였어. 맨 도깨비 천지였어요. 청자/맞어. 장에 가서 술을 얼근하게 먹고 오다 보면 말이에요. 도깨비가 달려들어서 씨름을 하자 그러면 왼다리를 감아야 돼요. 그래야 넘어간다고.

시방 그게 없잖아요, 도깨비가? 도깨비가 워디로 갔느냐 하면, 워디로, 내가 그 간 데를 가르쳐 줄게. 청자/도깨비하고 여수(여우) 하고 없어. 도깨비는 내가 다 알어, 간 거. **중략**

내가 얘기할게요. 청원군 여, 여기 청주시고 요짝으로 가면 옥산면이라고 있어. 옥산면에 환희라는 동네가 있는데, 여기서 조치원 갈라면은 미호천 냇물이 있습니다. 오성 가기 전에. 그 미호천 그 다리 밑에 그 아래 광장이 시방 전부 채소 심는데, 일본 정치 때 임시 비행기장도 하고 그랬어요. 그런 넓은 데가 있었는디.

그 물을 따라서 요렇게 청두천을 따라 올라가면 환희라는 동네가 있는데, 그 동네에 별명이 최호득이라는 분이 살았어요. 최호드기. 호드기*를 그렇게 잘 불어. *조사자 / 아, 호드기.* 나도 그 양반한테……. 동지섣달에도 그 짚 있잖아요? 벼농사 짓는 짚. 그걸 갖다 주면 중간 매듭을 짤라 가지고 호드기 맨들어 가지고 기가 맥히게 부는 이가 있어. 오줌이 나와, 그 호드기 소리를 들으면. **청중 웃음**

근디 그가 아주 못살았어요. 못살았는데, 참 옛날에 초근목피*로 살 적에 봄이 되면 말이지, 날은 따뜻하고 헌 옷에 이는 꼬이고, 가려워서 이렇게 보면 이가 새카매. 갈퀴로 나물을 하면 나물은 안 나오고 참 거 환장하는 거지.

봄에 나물을 하러 갔는디, 왜냐하면 무슨 나물이라고 있으면 물에라도 끓여 먹잖아요? 뭐 쪼금이라도 있으면. 가서 나물을 할라 보니께, 거기서 강녕면이라고 그 짝에 있고, 교원대학 있는데 그리로 강녕면이 있는디, 사방에서 나물을 뜯으러 오는디, 거기를 오는디 보니께 그 참 녹의홍상으로 차려입은 여자들이 나물을 뜯으러 왔다 갔다 하는디……. 이건 노총각이여. 게 하도 처량해서 도랑에 들어가서 버들나무를 꺾어서 이놈을 호드기를 맨들어 가지고 처량하게 불었어.

선율을 넣어서 "룰— 룰— 루룰— 루룰—" **청중 웃음**

* 호드기 봄철에 물오른 버드나무 가지의 벗긴 껍질이나 밀짚 토막 따위로 만든 피리.
* 초근목피(草根木皮) 풀뿌리와 나무껍질. 맛이나 영양가가 없는 거친 음식을 일컫는 말.

도깨비 잔치에 불려 간 사람

아, 그러니 어떤 여자가 슬슬 보여 거기서. 호드기 소리에 반해서. 그래서 그 장개를 들었어. 그이가 따라와. 그분하고 살았는디. 그래서 뭐 열심히 하면 사는 것 아니여? 열심히 열심히 노력해서 사는디. 근디 이 거 안채 있고 바깥채도 있고 그 정도로 사는디.

그때가 때가 언제냐 하면 일정 시대, 일정 시대 그 일정 말엽 쯤 되는 그때여. 아, 저녁에 자고 있으니께 누가 문을 노크를 하거든. 그렇게 사랑방에서 자는데.

"누구여?"

그라니께 아 누가 들어오는데, 벙 건달이 같은 놈이 들어와. 키가 팔 척은 되어. 눈 하나가 말여, 화루댕이* 하나만 해. 눈깔이. 아, 이런 놈이 들어오더니, 이렇게 들여다보더니,

"안녕하십니까?"

하고 인사를 하거든. 아, 보니께 큰일 났단 말이여. 아, 이놈한테 죽어. 한 대면 죽어. 그래,

"우짠 일이냐?"고 하니께,

"저 선생님이 최호득 씨 맞느냐?"고.

"아, 내 최호득이라."고.

"별명이."

"저기 좀 잠깐 가셔야 되겠는디유." 그래.

---

* 화루댕이 미상. '화로 동이'일 가능성도 있다. '화등잔'과 비슷한 뜻으로 쓰인 말이다.

238
제4부 도깨비, 여우, 호랑이

"아, 어디냐?"고 하니께,

"나오시라."고.

게 나가니께 달은 밝은데 아 이놈이 떡 서더니만 인저 고리 꽁무니, 뒤에서 혁띠(혁대) 꽁무니에다 손을 넣어서 잘 좀 움켜쥐라고 그러더라. 그 움켜쥐었다 그러니께,

"다른 델 쳐다보질 말고 내 발꾸머리(발꿈치)만 쳐다보라."고.

"쳐다보고 나 발짝 뛰는 대로 뛰어 보라."는겨.

그렇게 할 수밖에. 게 발짝 뛰는 대로 뛰다 보니까, 얼마 안 가니께 우뚝 선단 말이여. 보니께 비행기장 거기여. 저 아래여. 아, 보니께 치알(차일)을 치고 막 난리가 났어. 그냥 불이 환한 게, 전기도 안 들어올 땐디, 아 보니께 누가 주안상을 차려 놓고 술을 먹고 노는디 보니께 굉장혀. 근디 아 가운데 앉아 있는 사람 보니께 대가리에 뿔이 이만 한 놈이 하나 났네. 도깨비 장수, 수도*여. 아, 그 앞에를 이 사람을 데리고 가더니만,

"아이고, 장군님, 모셔 왔습니다."

아, 그놈이 인사를 하는데,

"최호득 씨냐."고 그러니까,

"그렇다."고.

"다른 게 아니라 우리가 이 저 조선 땅에서 말이여, 수천 년을 터를 잡고서 이 도깨비가 살았는데……."

* 수도 우두머리 도깨비를 뜻하는 말.

아, 일본 놈들이 와 가지고 기차랑 철로를 놓고서, 기차가 오
는데 도깨비가 불을 좋아하는데, 저기서 기차가 불을 켜 가지고
쫓아오면은 도깨비가 가서 이놈하고 씨름을 할라고 쫓아가면 확
딱 지르고……. 잘 뛰니까, 기차가 잘 뛰니까 이거 참 붙이질 못
하겠어.

"아, 그란데 이 세상에 개화가 돼 가지고 도깨비를 누가 알아
주느냐?"고.

"그러니께 우리는 천상 저기 저 시베리아, 북만주 시베리아 저
사람이 덜 사는 데로 떠나야 되겠어서 오늘 여기 모였는데, 내가
기별을 해서 오는 사람은 오고 또 거기서 농땡이 치는 놈은 또
안 오고 그랬다."고. 청중 웃음

"그런데 하여튼 오늘 저녁, 하룻저녁 유쾌히 놀라고, 놀고 갈
라고 그러는데, 참 소문을 듣고 나니 최 선생님께서……."

뭐 최씨네가 지금도 많이 살아요.

"최 선생님께서 하도 재주가 교묘하고 노래도 잘하시고 피리도
잘 불고 그란다고 그래서 모셔 왔으니, 오늘 저녁에 하여튼 좌우
간 저희들을 위해서 좀 아주 기술껏 놀아 달라."고.

아, 이 사람이 뭐 소질이 있겠다,

"그럼, 해 보자."고.

그 좋은 안주에 좋은 술에 잘될 것 아니여? 노래도 잘 나오고
한참 신나게 노는디, 한참에 노래를 딱 그치더만,

"저희는 시간이 돼서……."

왜 그러냐면은 귀신은 말이죠, 시간이 되면 가야 되거든요. 날이 새면 안 돼. 첫닭이 울면 말이여, 두 시면 첫닭이 우는데 첫닭이 울면 그 귀신은 쪽을 못 써. 거 인제 가야 돼.

"천상 작별을 해야 되겠다."고 그라면서,

"아, 거 선생님, 우리가 여기서 먹은 대로 싸서 드리라."고.

그랬더니 싸서 한 놈이 턱 허니······ 보니께 데리고 간 놈이 그 놈이여.

"선생님, 이 골마리를 잡으라."고.

잡고 있으니께네,

"내 발뒤꿈만 보쇼."

보고 따라오니 '끽' 하더니 보니께 자기네 집이여. 환희리, 거 사랑방 앞에.

"들어가 주무시라."고.

"저는 갑니다."

갔단 말이여.

가만히 생각을 해 보니께 이거 꿈꾼 거지 진실이 아니여. 생각을 해 봐. 거기에 무슨 거기에 뭐 노래나 도깨비가 어딨어? 아, 가만히 그 최 씨가 생각을 해니께,

'꿈을 내가 어떻게 꿨나?' 하고 이 머리맡에 만져 보니까 그 보따리가 있어, 뭐 싸 준 게. 조사자/음식 싸 준 거. 날 새니께 끌러 보니께, 아척에 보니께 그냥 있어 그 음식이.

인저 그때 도깨비들은 다 떠났어요. 다 거기 가고. 인제 모이

라고 통문을 돌리면 말이여. 거 말 안 들은 놈들 그 몇 놈 남았다고. 제깟 놈들이 쪽을 쓸 수 있어? 숫자가 적응게. 시방은 도깨비가 어쩌다 있어. 지금도 있기는 있는데 말 안들은 놈들. 요 놈들만 남아 있는겨.

그래 도깨비가 그때 다 북만주로 갔어요. 기차 땜에, 기차. 아, 이 도깨비가 불을 좋아하는디, 저기서 기차가 라이트를 키고 오면은 도깨비가 친군 줄 알고 쫒아와. 확 쇳덩어리가 닥치는데 그 제깟 놈이 당혀? 그러니께 할 수 없이 저 북만주로 떠났어요.

박철규(남, 1924년생, 84세)
2007. 3. 12. 청주시 상당구 중앙공원
신동흔 김종군 김경섭 심우장 외 조사

씨름으로 겨루기를 좋아하며 술 마시고 노래하면서 놀기를 좋아하는 도깨비의 특성이 잘 나타난 흥미로운 이야기다. 요즘 도깨비를 보기 어려워진 이유에 대한 설명이 무척 그럴싸하다. 도깨비들이 기차한테 씨름하려고 덤볐다가 죽어 나갔다든가, 웬만한 도깨비들은 다 떠나고 말 안 듣는 말썽쟁이 도깨비들만 남았다는 말이 찬탄에 가까운 웃음을 불러일으킨다. 이야기 속의 도깨비는 무섭고 이질적인 존재라기보다 무척 친근하며 가련하기도 한 교감의 대상으로 형상화되어 있다.

화자는 이 사연을 충청도 한 마을에서 일어났던 실화인 것처럼 말하고 있지만, 그가 능수능란한 이야기꾼임을 감안할 때 흥미를 높이기 위한 허구적 설정일 가능성이 크다. 도깨비나 귀신 이야기는 실화처럼 구연될 때 더 큰 호기심과 재미를 자아내기 때문이다.

- 이 이야기 속의 도깨비와 앞서 본 이야기들에 나온 도깨비가 나타내 보이는 공통적 특징들을 찾아 정리해 보자.
- 도깨비가 조선 땅을 떠나서 찾아갔다고 하는 곳은 왜 하필 북만주나 시베리아인 것일까?
- 이 이야기 속의 도깨비들의 모습에는 인간사의 애환이 투영되어 있다고 할 수 있다. 어떤 요소가 어떻게 반영돼 있는지 말해 보자.

시신 가지고 장난친 여우

이종부

저 산중에 화전을 해 먹구 사는 놈이 있다가, 자녀를 낳지두 못허구, 남자가 그냥 별안간 밤에 팍 쓰러져 죽었어. 둘이 부부 살다가. 그래 이 어떡허냐 말이야. 이 민가에, 사람이 집에 갈려면 아주 한참 가야 돼. 오 리도 더 가야 돼.

헐 수 없이 자리를 걷어서 이렇게 아랫목에다 걷어서 그 시체를 해 놓구서 자리로다 가렸지 뭐. 요렇게 벽에다 이렇게 기대서. 근데 열두 신가 지났는데 무슨 소리가 나더니, 죽은 송장이 자리 너머로다 이렇게 눈을 새빨갛게 까 가지구…… 그래 죽은 사람이 눈을 떠 가지구 새빨갛게 그냥, 그래 이렇게 하구 보는데,

"무섭지 않우?"

그러더래, 죽은 사람이. 수색*을 걷어서 묶어 놨는데. 아, 깜

---

* 수색 미상. 시신의 손을 묶어 놓은 상태를 나타낸 말로 여겨진다.

짝 놀라 가지구,

"살아서두 이 산중에 와서 고생을 시키더니 죽어서두 이렇게 여편네 고생을 시키느냐?"구.

근데 이 송장은 왼손으루다 뺨을 때려야지 바른손으루 때리면 안 된대거든. 좌손으로다 뺨을 때려야 돼. 그래서 좌손으로다 뺨을 세 번을 갈기구 발을 세 번을 쾅쾅 구르구 그러니까 화드륵 나가떨어지는데. 그래 어떡해, 그거 거기서 밝기나 해야 내려오지. 밤이라 내려올 수도 없구.

또 이만큼 있으니까 또 부시럭부시럭허더니 또 일어서는 거야 송장이. 그래서 그냥 그땐 발루다 그냥 발길루 차 가지구 그냥 떼고는 나가떨어지구 이불, 저 자리를 거기다 송장에다 덮구 바깥에 나와 가지구 문을 걸었어. 뛰어나올까 봐 겁이 나니까. 그 문고리가 있잖아? 이렇게 뙹그런(동그란) 놈으 고리, 저 옛날 집에. 그걸 걸었는데, 걸어 가지구선 작대기루다가 이거 문고리 벗겨질까 봐 이렇게 버팅겼어, 바깥으루. 근데 한참 '후당탕 후당탕' 하는 소리가 나더래. 근디 이게 그래 '후당탕' 소리가,

'죽은 사람이 날뛸 수두 없는데 뭔 일인가?'

허구선……. 아, 문을 이렇게 박 찢더니, 그 저 뭐 참 요거만큼씩 한 구녕, 짐승 한 마리 들락날락 가능하게시리 창살문 있잖아? 그걸 북 찢더니 이렇게 눈을 내밀면서,

"아유, 춥지 않느냐?"구.

"이눔이 춥든지 말든지 죽었으면 가만히나 있지 왜 이렇게 쫓

아 나오면서 이러느냐?"구.

그냥 저 왜 빨래 널 때 빨래장대(바지랑대)라구 있어. 줄 받치는 거. 그걸루다 해 가지구 이 배를 찔러서 확 이눔을 나가트렸어.

그러니깐 뭐 할 수가 없어. 뭐 더 있을 수가 없어 무서워서. 그래 그 아래, 밤에 한 오 리나 되는 데를 내려와 가지구선 거기 이제 소임(所任)이래구 있어, 그 동네 일보는 사람. 거기 소임 영감을 불러 가지구,

"아 저 이렇게 됐으니 어떻게 할 도리가 없으니 이걸 어떻게 하느냐?"구, "젊은 사람을 선발해 가지구선 어떻게 장사를 지낼 도리를 해야 하는데, 아 이거 무서워서 갈 수두 없구 혼자 어떻게 하겠느냐?"구.

"아, 그러냐?"구, "아, 그 틀림없는 여우가 그러는 거라."구.

여우가 구들 밑으루 들어가믄 전기가 송장하구 발생이 돼 가지구 그렇게 일어난대.

그래 동네에 있는 고춧가루를 뭐 고추 뭐 할 것 없이 장작 이따위 가져가서 그냥 굴뚝을 막구, 아궁지(아궁이) 양쪽 걸 막구, 가운데 아궁지에다 불을 들이 때 가지구서 그냥 고춧가루를 들이 뿌리는 거야. 거기다, 불에다가. 그러니까 아무리 여우가, 저 뭐야 재주가 많다 하더래두 고춧가루를 이겨 낼 재주가 있어?

그래 가지구서 굴뚝을 다른 델 막구서 가운데 굴뚝을 해 가지구서 십여 명이 그거 도끼, 쇠스랑, 괭이, 뭐 낫, 이따위 그냥 가지구서 나오거나 말거나 그냥 두들기는 거야. 여우가 나오면 어느

연장에 찍히든지 죽겠지 그러구선. 게 한 아마 한 댓 발씩 있는 데까지 주르륵 서 가지구서 장님 뭐 파발 뚜들기듯 두들기는데, 이쪽에서 여우가 죽을라 그러지 뭐. 아주 방에서 그냥 송장이 일어났다 누웠다, 일어났다 누웠다.

그래 이 저 고춧가루를 들이 뿌리구 고추째 뿌리구 그러니까아, 이 여우가 아궁지루 나갈래니 불이 활활 타니 나갈 수두 없구. 그래 여기 결국 굴뚝으루 나가는데, 일곱째에 가서 찍혔드래, 일곱째. 여기 그냥 내 튀어서 여기 한 일고여덟 명은 그냥 허탕 괜히 두들긴 거지 뭐야. 여우가 거까지 내뛰어 가지구 일곱 개째 가서 쇠스랑에 가서 찍혔는데, 꼬리가 아홉 개가 달렸드래.

그래서 그 동네서 그 소임 되는 영감이,

"아, 여기서 살 필요가 없구, 우리 아우네 집에 방이 하나 비었으니까 거기 가서 살라."구.

"여기서 혼자 인제 뭘 취미 바라구 살겠느냐?"구.

영감두 죽고 그랬으니까.

그래 장사는, 쌀을 걷어서 장사는 잘 지내 주구. 그 아래 가서 그 소임네 아우네 집에 가서 살다 죽드래.

이종부(남, 1919년생, 85세)
2003. 1. 9. 경기도 양주시 양주읍 만송2리
강진옥 신동흔 조현설 외 조사

시신 가지고 장난친 여우

💬 **해설**

꼬리 아홉 달린 여우의 해괴한 장난에 대한 이야기다. 여우가 변을 일으키면 죽은 시체가 눈을 부릅뜨고서 말을 한다고 하는 내용이 낯설고 기괴한 느낌을 준다. 요망한 여우에 얽힌 공포를 잘 나타낸 이야기라고 할 수 있다. 그런 여우의 변괴에도 불구하고 애써 정신을 차려서 곤경을 헤쳐 나가는 여인의 모습 또한 무척 인상적이다. 힘든 상황을 감당하며 살아온 옛사람들의 모습을 반영하고 있는 형상이다.

동네 사람들이 합세해서 고춧가루 불을 피우고 농기구로 두드리는 등의 힘겨운 과정을 통해 가까스로 여우를 물리쳤다는 것은 여우의 조화가 감당키 힘든 것이라고 하는 인식을 반영하고 있다. 옛사람들한테 여우는 도깨비와 달리 강한 이질감과 거리감을 불러일으키는 거리낌의 대상이었다고 할 수 있다.

💬 **생각거리**

• 만약 우리 자신이 밤중에 외딴집에서 여인과 같은 상황을 겪었다면 어찌했을지 상상해 보자.
• 여우의 생태와 습성을 알아보고 옛이야기에서 여우가 요물로 그려지는 이유가 무엇일지 말해 보자.

여우 물리친
강감찬

이종부

강감찬이가 어디 산 고갤 하나 넘었는데, 젊은 활량이 활을 써서 앞을 서서 가는데,

"여보, 젊은이." 그랬더니,

"예, 왜 그러세요? 제가 뭐 잘못이 있습니까?"

"아니라."구, "그 활을 얼루 쏠라 하냐?"구.

"여우가, 백 년 묵은 여우가 꼭 훼방을 놔서 일을 달성할 수가 없어서 제가 고민이 있는데……."

자기 일을 달성할 수가 없어서, 활을 쏘러 가긴 가는데 여우가 방해를 놓는다 이거야.

"그 여우가 어떻게 방해를 놓느냐?"니까,

활을 한 번 쏘는데, 자기가 그것도 보통 사람도 아니고 대장이야. 청자/응. 활 쏘는 사람이.

"군사를 이끌어 가지고 북벌을 하러 가야 할 텐데, 활을 한 번

쏘면은…… 그니까 목적지를 달성을 해 가지고 돌아오는 활을 연습하는 거예요."

화살을 저기 갔다가 목적지를 맞춰서 돌아오는 거.

"그거를 왜 연구를 하냐?"

그러니까 강감찬이가 그 사람한테 물어보니까,

"여우가 북벌을 하는데 꼭 쫓아와서 방해를 놀 거라." 이거야.

화살을 막는다 이거야. 도술을 가지고.

"그러니까 이 사람을 맞춰야 할 텐데, 적군을 맞춰야 할 텐데……."

적군이 아니라 적장이지.

"적장을 이 화살로다 쏴서 죽여야 할 텐데 여우가 중간에서 방비를 한다." 이거야.

거 화살이 여기 나가는 걸 못 나가게 하니까 이 사람 안 맞을 거 아니야? 여우가 어떻게 하던지, 방패를 가지고 막던지.

"그러기 때문에 그걸 당최 아무리 연구를 해도 도리가 없어서 고심이 돼 가지고 가긴 가는데, 믿음이 없다." 이거야. "허탕 칠 것 같다." 이거야.

"그러냐?"구.

그래 강감찬이가,

"나 하는 대로 해라."

거 어떻게 하냐면 강에다가 큰 바위를 갖다 이렇게 해 놨어. 거 여기서 활을 쏘면 바위에 가서 더 나가지도 않고 서 있는 거야. 바위 있는 데 가서 서. 여간 어려운 게 아니야. 한 수십 번 쏘니까 겨우 가서 서 있다 이거야.

"아, 그러냐?"구.

"그러면 저 바위에서 화살을 돌이켜 가지고 돌아오겠으니, 자기는 쏜 사람은 살짝 비키면 이제 자기는 안 맞는다." 이거야.

"그걸 어떻게 화살 오는 걸 볼 수 있나?"

"아, 그러게 눈을 똑바로 치구선 열중히 그걸 들여다보고 있으면 화살 오는 걸 본다. 그럼 그걸 살짝 피하면 여우란 놈이 중간에 나가는 화살은 방비를 했지만 돌아오는 화살은 방비를 못한다." 이거야.

"그러니까 그 수밖에 없어."

그러니 그게 여간 어려운 게 아니야. 가서 서는, 바위에 가서 올라앉는 화살을, 그건 터득을 했는데, 돌아오는 화살을 그걸 어떻게 하냐 말이야.

"뭐든지 열중히 자기의 일심(一心)을 다, 몸과 마음을 다 바쳐서 열중히 그것만 생각하고 쏴라. 한 번 쏘면 한 번은 맞어, 언제든지. 그걸 그때까지 그걸 참고 기다려야지 안 된다."고.

"도로 집에루 오면 참 십년공부 나무아미타불이니까 당신 적장은 쏴서 잡질 못한다." 그거야.

"이건 아무리 저 용헌 도술꾼이라도 이 화살은 막지 못한다." 이거야.

"여우가 아무리 지가 도술이 그러더라도 돌아오는 화살은 막지 못하니까, 그때 여우를 먼저 잡아라." 그거야.

　그러면 인제 가서 요렇게 저 화살을 쏘면 여우가 막았다 이거야. 막았으면 막았으니까 여우는 아주 무심하고 뒤돌아서 이제 그거 화살을 막았으니까 괜찮겠다 그리구서 되돌아오면 화살이 와 가지고 여우를 먼저 쏜다 이거야. 그 돌아오는 화살에. 청자/여우가 맞게 되는 거구만.

　"그리구 나서 이 적장을 잡으러 가야지 그렇지 않으면 적장을 잡을 도리가 없다." 이거야.

　그래 이 가만히 앉아서 쏘니까 한 백 번 쐈는데, 백한 번째 가서 화살이 돌아오더라 이거야.

　"지금은 내가 있으니까 여우가 안 올 것이다." 이거야.

　"나만 없으면 여우가 나타날 거니까 그때 활로 쏴라."

　그래,

　"은혜를 뭘로 다 보답하겠냐?"

　"아니라."구.

　"적군만 쳐서 함락을 시키면, 내 은혜를 보답을 하는 거야. 나도 이 나라 백성이니까. 이 나라에서 장군이 열심히 그렇게 화살을 연습을 해 가지고 적군을 무찌를 생각을 하니까 나 역시도, 내가 전쟁에 참여를 못 하고 당신이 나의 대주˚라." 이거야.

　게 뭐 나중에 가서 또 갔지 뭐야. 또 가서 활을 쏘는데 한번은

˚ 대주 미상. '대신하는 사람'의 뜻으로 생각된다.

여우한테 여우를 쇡일려고(속이려고) 한번에 그냥 확 쏘니까, 참 맞을려고 그러는 걸 여우가 방패를 확 갖다 대서 화살을 막았다 이거야. 그랬더니 화살은 막았는데, 이 화살을 막구선 절루 가니까 아 이 화살이 중간에 와 가지구선, 여우가 되돌아오는 놈의 것에 장댕일 쏴서 심장을 꿰뚫어 가지고 거기서 푹 꼬꾸라지는데 이거 뭐 파다닥 파다닥 뛰는데, 여우가 백 년 천 년 묵은 여우가 돼서 꼬랑지가 아홉이야.

벌써 어디서 봤는지 강감찬이가 어디서 와서 손뼉을 치며,

"아, 이제 대성공이라." 그거야.

"이제 적군은, 아무리 지가 하늘을 올라가는 용마를 가졌어도 당신은 못 당한다." 그거야.

"이제 염려 말고 가서 쳐라."

그래 강감찬이(강감찬의) 교육을 받아 가지구, 활이, 나갔다 되돌아오는 화살을 가지구서 하니까 적군이 암만 피해도 소용이 없다 이거야. 되돌아오는 화살 때문에.

그래서 강감찬이가 그 젊은 사람을 그 활을 연습을 그렇게 시켜 가지고 되돌아오는 화살을 피하지 못하게 그 방식을 가르쳐 주어서 적군을 함락시켰다는 뭐…….

이종부(남, 1919년생, 85세)
2003. 8. 13. 경기도 의정부시 의정부 3동 초우다방
강진옥 김종군 김광욱 외 조사

여우 골리친 강감찬

💬 **해설**

여우의 놀라운 조화와 그것을 알아보고 제압한 이인(異人)에 관한 설화다. 여우가 사람들의 일상생활 외에 국가의 대사에도 큰 장애를 일으킨다고 하는 설정이 이채롭다. 이야기에서 강감찬이 여우를 징계하여 다스리는 인물로 등장하는 것은 그가 대상의 본질을 꿰뚫어 보는 인물로 인식돼 온 것과 관련이 깊다. 다만 이야기의 구체적인 내용은 허구적인 것으로, 역사적 사실과 거리가 멀다.

사람들이 이런 이야기를 전승하는 것은 겉으로 드러난 역사 이면에 숨겨 있는 은밀한 조화에 대한 관심에 따른 것이라 할 수 있다. 내용이 조금 엉뚱해 보이기는 하지만 허구적인 내용 속에 도발적이고 역동적인 상상력이 담겨 있는 것이 특징이다.

💬 **생각거리**

• 이유를 알기 어려운 괴이한 일이 벌어졌을 때 사람들은 흔히 그것을 '여우의 장난'이라고 말하곤 한다. 이때 여우가 갖는 상징적 의미는 무엇일까?

• 이 설화는 흥미 위주로 구연된 이야기라고 할 수 있다. 이런 이야기에 역사적 교훈이 담겨 있다면 어떤 것일지 이야기해 보자.

호랑이한테
얼굴 찢긴 사람

노재의

저 머슴 사는 거 있지? 옛날에 머슴 사는 거요. 조실부모하
고 갈 데 없으면 머슴 살어서 돈을 벌어야 장개를 가요.
옛날에 장개를 가요.

옛날에 장개도 못 가고…… 근데 집안이 간구하고 어려우니깐
그 아들이 저 시골 가서 옛날에 머슴을 살았다 이 말이여, 머슴.
그래 시골 가서 머슴을 사는데요, 머슴을 사는데 어려웁지, 대
개 어려운 사람들이 머슴을 사는디. 집에 아버지가 편찮으셔. 아
버지가 편찮으신데 그냥 옛날에 들어들 봤겠네. 옛날에 시골 가
면 사랑방 있지요? 사랑방이요. 사랑방에서 지나가는 사람이 자
고, 과객이 자자면 재워 주기도 하고 이래서 사랑방이 있잖아요?
거 사랑방에 사람이 모인 사람들이 있는데 어떤 사람이 들어와
서요, 밤이 어두워졌는데요, 하룻밤만 좀 자자고 들어왔어요. 저
지나가는 과객이.

그런데 어떻게 얼굴을 보니까 어떻게 찢어져서 짐승같이 보이고요, 그냥 눈만 떴지 얼굴이 없어요. 그냥 얼굴이 흉했어요. 그런데 그 짐승 같은 사람인데 하룻밤 자자고 그래서요, 재웠거든요.

그런데 그다음 날 아침에,

"뭣하러 댕기는 사람이냐?"고 물어보니까요,

"일하러 댕긴다."고 그러드래요.

"그저 품삯 받고 일해 주고."

옛날에 시골에 얼마나 일거리가 많아요? 그래서 일을 시켜 봤거든요. 아, 시켜 보니까 이 사람이 일을 잘해요. 일을 잘해서 이 집에서도 일을 해 달라고 그러고요, 저 집에서도 일을 해 달라고 그러고. 그래서 그 동네를 떠나가지 못하게 그냥 이 집 저 집에서 일을 해 달라고 하니까 일을 잘해요.

그래 일을 허는데 동네 사람이 물었어요.

"얼굴이 왜 그렇게 흉하게 흉이 졌냐?"

물으니, 그분이 이얘기(이야기)하는 거예요. 뭐라고 이야기하느냐 하면요, 그 한 이십 리 되는 데서 머슴을 사는데, 머슴을 사는데 집안에 아버지가 편찮으셔서 오늘내일하시는데 저 인편이 왔어요. 인편에 전하기를 뭐라고 말하느냐 하면,

"내가 오늘밤에 숨을 거둘란지 모른다. 그런데 내가 죽기 전에 너를 한번 보고 죽어야겠다."고.

이렇게 그 소식이 왔어요. 근데 옛날 남의집사는데 일하다 말고 갈 수는 없어요. 주인네 일을 낮까장 밤까장 다 일해 주고 밤

에나 잠깐 갔다가 와야지 낮에 그것 때문에 간다고 주인네 일하
는데 손해나게 일찍 가지도 못하고. 보내 주지도 않고 그러니까요.
밤 어두울 때까지 일해 주고요,

"그 아버지가 마지막으로 내 얼굴 보고 싶다고 하니까 간다."고.

"한 며칠 댕겨온다."고.

밤이 돼서 밤을 이용해 가지고요, 집에를 가는데 큰 장산*이
하나 있대요. 장산. 그런데 그 산을 넘을라면 동네 사람이 모아
서 넘어가야 돼요. 모아서 안 넘어가면은 그 호식*당하고 위험해
요. 그 산을 넘을라면 그래서 사람을 모아서 넘어가는데 아, 동
네에서 뭐라고 말하느냐 하면,

"아이고, 위험해서 못 넘어간다."고.

"여기 사람들이 모여서 넘어가야지 위험해서 못 넘어간다."고.

그런데 이 사람이,

"빨리 와야 아버지 돌아가시기 전에 임종을 하는데 얼굴을 나
타내야 하니까 어떻게 하든지 빨리 가야 한다." 이거여.

그래 갈려고 막 하니까,

"아이구, 가지 못한다."고.

여기 초저녁에도 엊그저께 시집온 여자도 호랭이가 지금 물어
갔대요.

---

* 장산(壯山) 웅장하고 큰 산.
* 호식(虎食) 호랑이한테 잡아먹히는 일.

호랑이한테 얼굴 찢긴 사람

"물어 가서 그 집에서 울고불고 난관인데 그 어데를 가느냐?"고 말이여.

근데 이 사람은 그 산을 넘어야 되니깐요. 이만한 젊은이가 단장* 하나를 가지고설람 넘는데 그날 밤이 우수 달밤이드래요. 달이 구름 속에 들어가서. 간다고 혼자 가는데 쪼끔 들어가니깐 어디에서 여자가 '깔깔깔' 웃는 소리가 나요, 여자가. 그래서 그 가던 사람이 무슨 소린가 하고 요렇게 들여다보니깐요, 아까 저기 저 동네 입구 들어오는데 시집온 여자 초저녁에 물어 갔다고 하더니, 그 여자를 호랭이가 갖다 놓고는 호랭이가 발톱으로 여자를 귀쌈(귀싸대기)을 때리면 여자가 정신이 나 가지고서요, 여자가 '깔깔깔' 웃고요, 또 여자를 때리면 여자가 '깔깔깔' 웃고, 놀리드래요. 호랭이가요.

그래서 이 사람이 젊을 때, 한창때니까 그냥 그 호랭이한테를 막 갔대요. 그랬더니 사람이 가니깐요, 호랭이가 그 여자 놓고 물쿵물쿵 물러가드래요. 물러가서, 집에 가는 것도 바쁘지만은 아까 그 집에 신부 물어 갔다고 울고불고하는데 그 신부를 안고서 동네로 내려갔대요, 동네로.

아, 동네로 내려가니깐,

"아이구, 죽은 줄 알았는데 우리 신부가 살아서 온다."고.

동네에서 고마워하고. 이래서 신부를 그 집 안방에다 뉘여 놨

* 단장(短杖) 짧은 지팡이.

대요. 아, 뉘여 놨는데 그 신부 물어 갔던 호랭이가 오드니 그 집 지붕에 올라가서 그 집 지붕을 뜯어요. 그 옛날 시골집이라는 게 서까래를 놓고 그렇게 엮었지, 정확하게 뭐 엮지도 안했지. 그런데 이 호랭이가 지붕 위에 올라가서 썩은 새(사이)를 막 뜯어내려고 하드니 서까래가 나오니까 서까래 사이에다 발을 놓고서 발을 막 움직이고 그래요.

그러니까 그 여자를 안고 온 머슴이, 아버지 보려고 한 그 사람이 동네 사람 보고서요,

"내가 이 호랭이 발을 좀 잡을 테니까 동네 청년들 호랭이 발을 묶으라."고.

그래서 호랭이 발을 막 잡을려고 하는데 이놈의 호랭이 발이 이렇게 벌리면 칼날이여. 그게 칼날 같은 것이 이렇게 얼굴을 할퀴고 넘어갔대요. 그래서 얼굴이 찢어지고 뭐 아주 볼품없지. 지금 같으면 성형 수술을 하는데, 성형 수술도 없고. 그냥 어떻게 죽지도 않고 살아서 얼굴도 험하게 찢어지고 형편없다고. 그렇다고 이야기를 해서, 그런 일이 있다고. 청중 웃음

노재의(남, 1919년생, 87세)
2005. 12. 14. 서울시 종로구 노인복지센터
김종군 유효철 김예선 김효실 조사

옛날 사람들에게 공포의 대상이 되었던 호랑이의 무서움을 잘 보여 주는 이야기다. 한 사람이 실제로 겪은 일처럼 이야기되고 있는데, 화자가 직접 겪거나 본 내용이 아니라서 허구적 요소가 포함되었을 것으로 생각된다. 누군가가 실제로 겪은 일이 허구적인 설화로 옮겨 가고 있는 중간 과정에 있는 이야기라고 볼 수 있다.

이 이야기에서 특히 눈길을 끄는 대목은 호랑이가 여자를 놀리는 대목과 날카로운 발톱으로 머슴의 얼굴을 찢는 대목이다. 무척 공포스러우면서도 호기심과 흥미를 불러일으키는 내용이다. 그 무서운 호랑이한테 감히 맞서서 발을 묶으려 했던 머슴의 턱없는 호기(豪氣)도 강한 인상을 전해 준다.

💬 생각거리

- 호랑이가 실제로 산길에서 출몰하던 상황을 염두에 두고서 옛사람들한테 이와 같은 호랑이 이야기가 구체적으로 어떤 느낌을 전해 주었을지 상상해 보자.
- 이 이야기가 전해 주는 교훈이 있다면 무엇일까? 적당한 속담을 찾아 활용해서 이야기해 보자.

호랑이의 모성애

이금순

그 이야기를 들어 보면요, 다 그렇게 동물이나 인간도 사랑하는 거, 모성애라든가 그런 것들이 들어 있드라구요. 짤막짤막 해도.

그 옛날에 아가씨들이 인제 큰애기라 그러잖아요? 큰애기들이 그 나물 바구닐 들고, 시골에, 청중 웃음 나물 바구니를 들고 인제 나물을 캐러 갔어요, 산에. 산나물을. 캐러 갔드니 그 큰 바위 옆에가 이렇게 호랑이 새끼들이 많이 있드래요, 몇 마리가. 한 다섯 마린가 있으니까 그 아가씨 때니까 얼마나 예뻐요.

그러니까 막, "아우, 예쁘다." 아고 그냥, 강아지…… 쪼끄만한 건 이쁘잖아요, 새끼가? 호랑이 새끼라도. 예쁘니까 막 예뻐하고 막 쓰다듬고 막 그러다 보니까 이렇게 보니까 뭣이 물 같은 게 스르르 내려오드래요. 그래서 이렇게 쳐다보니까 높은 바위 위에 큰 호랑이가 앉았드래요. 그니까 이 호랑이가 지 새끼여 그게. 자기 새끼를 이뻐하니까 좋아서 웃으면서 침을 흘린 거여.

그래 가지구 이 아가씨들은 막 나물 바구니 버려 버리고는 도망을 가 버렸대요. 그랬드니 그다음 날 보니까 집집마다 그 나물 바구니를 다 갖다 놨드래요. 조사자/아. 호랑이가? 예.

그러게 이렇게 짤막짤막한 그런 얘기들이 그렇게 재밌게 들었어요. 그러니까 이런 것도 다 모성애라든가, 그 사랑을 허면은 그렇게 에미도 다 좋아한다는 거. 청자/호랑이 새끼가 이뻐해 주니까, 호랑일 이뻐해 주니까 고마우니까 바구니를 제자리다 갖다 놓은 거죠. 조사자/자기 새끼를 예뻐하니까. 예. 그런데 하물며 우리 인간이 그 남의 새끼를 미워하고 죽이고 하면은 어쩌겠어요? 오늘날 세상이 그렇게 안 생겼어요, 잉? 청자/맞아요. 하찮은 얘기라도 옛날 고전 얘기에서 우리가 교훈을 많이 얻거든요. 그러니까 우리가 자식을 키우는 입장에서 내 자식을 사랑하면 그 사람이 이쁘잖아요. 예. 청자/그 사람이 이쁘고 뭐든지 주고 싶고 그러니까 할머니들이 애기가 이쁘면은 애기를 데꼬 나가, 업고. 나가 가지고 다른 사람이 자기 애기를 이쁘다고 하는지 안 하는지 자꾸 이렇게 보여 줘. 청중 웃음 청자/근데 그냥 지나가면 그 사람이 밉대요. "아유, 이렇게 손자가 이쁘네요." 그러면은 그 말하는 그 사람이 진짜 예뻐서 뭐든지 주고 싶대요. 그렇지요, 그렇지요.

이금순(여, 1938년생, 69세)
2006. 11. 6. 전주시 덕진구 덕진공원
김종군 심우장 김예선 외 조사

💬 **해설**

호랑이의 자식 사랑에 얽힌 짧고도 인상적인 이야기다. 무섭고 험상스러워 보이는 짐승에게도 인간적이고 따뜻한 면모가 있다고 하는 인식은 흥미로운 화제가 될 만한 요소라 할 수 있다. 화자가 그것을 마치 사람의 일인 양 '모성애(母性愛)'라는 말로 표현하는 것이 인상적이다. 이야기 속에 담긴 교훈을 둘러싸고 화자와 청자 사이에 긴밀한 소통이 이루어지는 모습도 눈길을 끄는 요소가 된다.

💬 **생각거리**

• 동물의 자식 사랑에 얽힌 흥미로운 일화를 찾아서 이야기해 보자.
• 이 이야기 속 청자의 논평에 대해 논평해 보자.

호랑이와 효부와
어린아이

이순덕

옛날에 옛날에, 아유 그냥, 두 노인네가 사는데…… 두 노인
네가 사는 게 아녀. 아들하고 홀아버지하고 며느리하고,
이렇게 사는데 살기가 혼란스럽잖아요? 그러니까 그냥 아들은
장에 가서 품을 팔아야지 아버지 봉양을 해요.

그런데 그냥 시장에 가서 품을 팔구서, 품을 팔구 나오니까,
왔는데 인저 이 아버지는 잔치 먹으러, 그 동네 여섯이 노인네가
있는데 여섯이 잔치 먹으러 저 고개 넘어를 가야 그 동네를 가는
데, 잔칫집을 가는데, 아이고 그냥 거기는 호랭이가 그냥 이렇게
등갱이(산등) 넘으면 그냥 개 끓듯 하니깐 그냥 여섯 명이 갔어.
여섯 명이. 조사자/개 끓듯 많으면 정말 많았네요. 응. 옛날에는 호랭
이가 많았잖아.

그래서 여섯 명이 인저 다 옷 갓을 하고 옷을 입구 죄 갔는데,
이 홀시아버님만 안 오는 거야. 다 오고. 해가 져서 와야 되는데

밤이 되면 그냥 호랭이가 그냥 맨 저기하니까 해 있어서 와야 되
는데 자기 시아버니만 안 오는 거야.

안 오니까는 이 메느리가 그냥 인저 애기를, 애기를 재우구 시
아버니 오는 그 등갱이 너머를 가서 이래 보고 있으니까 밤이 오
래 됐는데 그냥 그 산신령님*이 위에서 껌벅껌벅하고 앉었는데
그냥 불*이 환하게 비쳐 가지고 시아버니가 그냥 옷 갓 하구 그
냥 아주 정신 몰르구 주무시는 거야. 아, 그런데 이 시아버니 구
해 놓을 도리가 없더래요. 그래서,

'아이고, 우리 시아버니를 구해 놔야 하는데……'

이거 큰일 났어. 팔방으로 생각해도 구해 놓을 도리가 없어.
에이, 그래 가지고 암만 생각해도 안 되여. 집에를 와 가지고 애
자는 걸 들쳐 업구 갔어. 등 너머를. 거길 가 가지고 애기를 이렇
게 내려 가지고 산신령을,

"나는 우리 아버님을 구할 거니까 내 자식을 물고 가라."

그러니까 두 손으루, 두 손으루 이렇게 주니까 이러구 있더니
그냥 아주 여기 다칠까 봐 등 쪽을 가리키며 여기를 가만히 물고 들어
가. 뒤를 몇 번을 돌아다보고 들어가더래. 청자/애를 물고 갔어?
애를 여기를 물구. 조사자/살짝 물어서? 살짝 물었지. 다칠까 봐.

'그러니까 우리 시아버니를 구해야지, 아들은 또 낳으면 또 아

• 산신령님 여기서 산신령은 호랑이를 뜻한다.
• 불 호랑이 눈에서 나오는 밝은 빛을 일컫는 말이다.

들이 있다.'

그래구서 그냥 이렇게 물고 갔어. 갔는데 저기 그냥 그 산신령이 하두 마음이 기특하니까 몇 번 돌어다보드래. 그래 들어가는 거 보구선 그냥 정신 몰르고 주무시는 시아버니를,

"아이고, 아버니! 일어나시라."고, "일어나시라."고 깨우니까,

실컨 잤으니까, "어, 여기가 어디냐?" 그래서,

"아이고, 여기가 무슨 저기, 산이라."고.

얼른 일어나시라고 하니까 일어나더니 그냥 뭐 정신 못 차리지. 그러니까 시아버니를 그냥 이렇게 여기다 이렇게 하구서 잘 모시고 방에다 디밀었어.

디밀구서는 가만히 생각을 하니께 한옆으로는 잘하고 한옆으로는 저기한 거야. 청자/그렇지. 애를 그랬으니. 그러니까 울다 웃다 울다 웃다 인제 이러구서는 들어가서, 정신 몰르구 시아버니는 주무시고.

아, 그랬는데 신랑이 시장에 갔다 인저 돈, 품 팔아 가지고 오니까 애기가 없어. 또 그냥 마누라는 그냥 웃다 울다 이러니까 이상해. 애기가 없으니까,

"애기 우쨌느냐?"고 그러니까,

"사실 이만저만해서 이렇게 됐다."

그러니까 그냥 아칙에 일어나더니 마당을 그냥 신랑이 '쓱쓱' 쓸더니…… 부엌에 들어가서 시아버니 술국 끓여 줄라고, 술국 끓여 줄라고 그냥 북어를 두드려 가지고 인저 술국을 끓이는 거

야. 끓이는데 그냥 저 마당 이렇게 쓸다가 신랑이 엊저녁 생각을 하니까 아주 마누라가 기가 막히게 고마운 거야. 얼마나 고마워? 그래서 그냥 마당비를 그냥 집어내 버리고는 들어가 가지고는 그 밥상 이고 이러는 마누라한테 절을 그냥 수백 번 꾸뻑꾸뻑 하니까……

인구 조사를 했지, 옛날에? 인구 조사[•]가 오더니, 아이구 이상하지. 남자가 여자한테 절을 하니까. 그래서 인저 왜 그러냐니까,

"이만저만, 이만저만해서 어제 저녁에 그렇게 됐다."

그러니까…… 지금 전화가 있지, (예전에는) 전화가 어디 있어? 그래 가지군 그냥 그걸 그 인구 조사가 죄 적어 가 가지구 부락을 호호히[•] 댕기는 거야.

아주 쥐도 새도 못 들어가는 기와집이, 기와집이 아주 그냥 그 땅 아니면 그 동네서 지어 먹지 못하는 부잣집이 있는데, 거기 들어가니까 그냥 애가 밤에 담 밑에서 울더래. 그래서 이상하다 하구…… 그 할아버지가 자식이 없어. 그래서 이상하다 하구 담 밑에, 기와집 담 밑에 가서 보니까 애가 거기서 울고 있는 거야. 그래서 애기를 그냥 아주 그냥 안아다가 방에다 놓고 보신을 하고 있는데, 그 인구 조사 온 저기서 인제 그렇게 했는데[•] 그게 확실한 거야.

[•] 인구 조사 여기서는 인구 조사(호구 조사)를 하는 사람을 말한다.
[•] 호호(戶戶)히 집집마다.
[•] 인구 조사 온 ~ 그렇게 했는데 인구 조사 온 사람이 이런저런 정황을 헤아려 봤는데.

호랑이와 효부와 어린아이

그래 가주 그걸 그 인구 조사 온 사람이 그 애기 잊어버린(잃어버린) 데다 연락을 한 거야. 자기가 가서 또 연락했지, 무슨 전화가 있어? 자기가 가서 그렇게 연락을 하니까, 그냥 인저 마누라하고 또 아버지하고 그냥 헐레벌떡 그이하고 셋이 거기를 가 본 거야. 가 보니까 자기 아들이 틀림없는 거야.

그러니까 산신령도 그 사람 뜻이 하도 고마우니까 여기, 여기 물구 가는데 등어리, 뒷 꽁댕이(꼬랑이)만 쪼끔 상처가 있지 고대로 있더래. 그래 가지고, 청자/맘이 착해야 돼. 그래 가지고 거기서, 조사자/호랑이가 감명받았네. 거기서 땅도 줬지, 쌀도 그냥 수십 가마 줬지, 미역도 줬지. 그냥 대번 그냥 부자가 돼 가지고 아들, 아들도 도루 찾아오고 그냥 아주 부자로 살다가, 잘살다 죽더래요. **청중 웃으며 박수**

이순덕(여, 1929년생, 78세)
2006. 8. 10. 서울시 종로구 노인복지센터
김경섭 심우장 김광욱 정병환 조사

효부의 행위와 호랑이의 행동이 함께 놀라움을 전해 주는 이야기다. 시
아버지를 살리기 위해 사랑하는 아기를 희생하려 한 며느리의 일은 요
즘 사람으로는 상상하기 힘든 모습이라 할 수 있다. '자식은 다시 낳으
면 되지만 부모는 돌아가시면 다시 올 수 없다.'라고 하는 옛사람들의
사고가 반영된 행동이다. 자기 존재를 있게 한 부모를 공경하는 이런
모습을 수직적이고 가부장적인 사고라고만 말할 수는 없을 것이다.

자식을 호랑이한테 주었다는 것은 설화적 과장으로, 그 구체적인 모
습보다 거기 담겨 있는 뜻이 더 중요하다고 할 수 있다. 자기한테 가장
소중한 것을 희생해서라도 도리를 지키는 모습이 주는 감동이 작지 않
다. 호랑이가 그 효심에 감동해서 아이를 살려 주고 큰 재산까지 얻게
했다는 것은 그런 곧은 태도에 대한 하늘의 보상이라 할 수 있다. 화자
는 호랑이를 '산신령님'이라고 일컫고 있거니와, 이 이야기 속에는 호랑
이를 영물로 여겼던 옛사람들의 사고가 잘 투영되어 있다고 하겠다.

💬 **생각거리**

- 시아버지를 구하기 위해 호랑이한테 아기를 던져 준 여인의 행동은
  적절한 일이었을까? 오늘날의 세태를 염두에 두고 자식보다 부모를
  더 우선시하는 사고를 어떻게 평가할 것인지에 대해 토론해 보자.
- 사람들이 호랑이를 산신령이라고 일컫는 데 대하여, 그 문화적·심리
  적 배경과 의미 맥락을 조사해 보자.

신통한 인물, 특별한 사연

— 설화 속에는 가지각색의 인물이 등장해서 가지각색의 사건을 펼쳐 낸다. 평범한 사람이 주인공으로 등장하기도 하지만 남다른 면모를 지니는 특별한 인물이 주인공이 되는 것이 제격이다. 인물의 특색이 강하면 호기심과 흥미가 더 잘 살아나기 때문이다. 그 남다름은 보통 사람을 뛰어넘는 신이함이나 비범함으로 표현되기도 하고, 남다른 성격이나 인품으로 표현되기도 하며, 때로는 턱없는 우둔함이나 어긋남으로 표현되기도 한다.

제5부에는 남다른 특색을 지니는 인물들, 특히 신이한 재주나 비범한 능력을 지닌 인물들이 등장하는 이야기를 모았다. 낯설고 놀라운, 설화적 경이감을 불러일으키는 이야기들이다. 그 신통한 인물들은 그 자신 주인공이 되기도 하고, 주인공을 이끌거나 보조하는 역할을 하기도 한다. 어떻든 그들의 등장으로 기이하고 흥미로운, 특별한 사건이 펼쳐지게 된다. 예상치 못한 우여곡절이 거듭되면서 사건이 길고 복잡하게 펼쳐져 나가는 이야기도 있다. 구전 설화의 묘미를 한껏 느낄 수 있도록 하는 이야기들이다. 마음껏 즐겨도 좋을 것이다.

다만 잊지 말아야 할 것은, 이런 이야기들 속에 어김없이 세상사 깊은 이치가 다양한 형태로 깃들어 있다는 사실이다. 남다른 신통한 인물들이 빚어 내고 펼쳐 내는 경이로운 사건들은 우리가 세상을 살아 나가면서 만날 수 있는 기이하고도 의미 있는 삶의 풍경들을 상상적으로 응축한 것이라 할 수 있다. 그 특별한 인물은 우리 주변의 그 누구일 수 있으며, 뜻밖의 사건에 대면하는 인물은 나 자신일 수도 있다. 이 이야기들을 창문이나 거울로 삼아서 세상을 내다보고 우리 자신을 비춰 보면 그 또한 즐겁고 유익한 일이 될 것이다.

반쪽이
이야기

홍봉남

그 옛날 옛적 간날 갓적에, 참 또 그 집도 부잣집이 사는데, 아들을 못 났어 그냥. 아들을 못 낳아 가지고 그냥 산지 불공*을 드리러 가는겨, 날마도(날마다). 날마도 초 세 자루를 가지고 물 세 그릇 청수를 떠 놓고, 맨날 지내는데…… 이게 어떻게 된 것이 두 개는 촛불도 완전하게 똑바로 서는데 하나는 반쪼가리만 타는 거야. 또 물도 어떻게 쏟아지던지 반쪼가리만 있고. 그래 두 개만 완전하고는 하나는 맨날 반쪼가리여. 그래도,

"아이고, 내가 인자 그저 아들요, 삼 형제 낳게 해 주쇼."

게(이렇게) 맨날 비는 거여 그냥.

"아들 삼 형제 낳게 해 주쇼."

인제 맨날 초 세 자루 물 세 그릇 떠 놓고 맨날 비는데, 참 백

* 산지불공(山地佛供) 좋은 산과 땅을 찾아가 드리는 불공.

일을 빌어 가지고 애기를 가졌어. 갖는데 삼쌍둥이(세쌍둥이)를 가졌단 말여. 삼쌍둥이를 가졌는데, 딱 낳고 보니까 아조(아주) 둘은 기가 맥히는 미남인데, 하나는 반쪼가리여. 조사자 / 아니, 얼굴이요? 하나는 얼굴도 반쪽, 몸도 반쪽, 눈도 없고, 반쪼가리라고. 조사자 / 아, 외쪽이가 나왔구나. 어. 그 맨날 그게 불도 한쪽에 타고 물도 한쪽이 쏟아지고 그라더니 그게 반쪼가리라고.

근데 이게 제일 끝에 나온 거여, 또 그게. 그래 인제 맨 먼첨(먼저) 나온 게 형들 아니여? 인제 커 가지고 형들 공부를 하러 갈라면 따라오니까, 고만 뵈기 싫으니까 여기다 이렇게 묶어 놓고 고만 공부를 하러 가. 거 이눔이 얼마나 기운이 센지 말여, 이걸 이렇게 하면 그냥 다 끊어져 버린겨. 그럼 또 따러와. 따러와서 또 공부를 하고. 또 인저 어디를 애들하고 놀러 갈라면 또 따라오면은 이런 쇠사슬을 갖다가 이렇게 해서 낭구(나무)에다 이렇게 묶어 노면, 이눔이 기운이 세 가지고 이렇게 하면 다 끊어져 가지고 또 따라오는겨.

그러다 저러다가 참 이게 인제 장성해 가지고서 베슬을 하러 가는데, 둘이 가는데, 이눔은 못 와야 되잖어? 반쪼가리가 어떻게 가서 베슬을 하겠어? 그래서 큰 쇠사슬을 갖다가 큰 낭구에다가 갖다가 이렇게 묶어 놓구서는 인자 둘이만 인자 가니까, 이눔이 막 어떻게 해 가지구서 그 낭구까지 다 그리해 가지구서루 그냥 끊어 가지고 또 온 거야. 근데 인저 가서 과거를 보러 갔는데, 두 놈들은 안 되고 말이여 반쪼가리가 됐어, 벼슬이. 참 기가 맥혀. 그러니 반쪼가리가 벼슬이 됐으니 너무 기가 맥힌 일 아녀?

그래서 인저 두 놈들이,

"야, 우리가 이렇게 죄를 받아 가지구서루 아마 우리가 이런가 보다."

그제 가서 인제 그 애를 그렇게 위해 바치고 그렇게 하구 인제 다시 공부를 해 가지구 인저 다시 참 시험을 보러 갔는데, 인제 그제서는 둘이가 합격이 된 거야, 인자. 그렇게 서이가(셋이) 다 합격을 했잖어?

그래 이 반쪼가리가 더 잘 아는 거야, 뭐든지. 뭐든지 더 잘해. 그러니게 부모는 그게 얼마나 애처롭겠어? 반쪼가리 애도 그러게 살됐으니까 좋지마는 맨날 애처롭지 인저. 그래도 이눔덜은 아무렇게도 그 반쪼가리를 깔보는 거야. 인저 동생이래두.

그래 인저 부모가 한번은 모아 놓구서,

"어쨌든지 너희들은 삼쌍둥이다. 그러니까 이거를 뭐 성한 사람보다 더 애처롭게 생각을 하구, 그저 모든 것을 다 돌봐 줘야 너가 잘된다. 그래야지 되지 않냐?"

그 인제 결혼을, 옛날에 인제 쌍둥이를 한꺼번에 시켰잖어? 인제 결혼을 이렇게 할라구 그라는데, 이느무 거 나타나기를 반쪼가리 색시가 더 이쁜 게 나타나는 거야. 응, 반쪼가리 색시가. 그저 참 샘이 나잖아, 인제 형들은.

"저 반쪼가리 녀석이 색시가 더 잘났으니."

그걸 인자 어떻게 저가 참견할라고. 그러니께 이게 돼? 하늘에서 낸 건데. 게 이제 참 서이가 결혼을 해 가지고 서로 간에 참 너무 재밌게. 다 서이가 베슬을 해 가지고 더 부자가 돼 가지고 그럭하구 잘 살았어. 그렇게 잘 살았어.

조사자/반쪽이, 이렇게 반쪽인 거예요? **조사자가 가로로 허리를 그으며 표시한다.** 이, 이렇게 반쪽. **화자가 세로로 그으며 표시한다.** 조사자/세로로 반쪽. 어, 이렇게 반쪽. 조사자/다리도 하나겠네요? 아, 그러지 다 한 짝, 다 한 짝, 그럼. 다 한짝. 이렇게 반쪽이니까. **화자 웃음** 그렇게 해 가지구 살았대. **청중 박수**

홍봉남(여, 1927년생, 80세)
2006. 3. 16. 서울시 종로구 노인복지센터
김종군 김경섭 심우장 외 조사

동화로 널리 알려진 〈반쪽이〉 이야기의 현장 구연 자료다. 유명한 이야기지만 구전 채록본이 그리 흔치 않아 귀한 자료라 할 수 있다. 한날한시에 같은 세상에 태어났으면서도 몸이 반쪽이라는 이유로 차별과 박해를 받는 반쪽이의 행로가 애처로움을 전해 준다. 하지만 반쪽이는 그 일을 남의 탓으로 돌리지 않고 스스로 감당해 내며 자기를 박해한 형들에게 먼저 손을 내민다. 사람은 겉보기에 모자라 보이더라도 그 안에 무한한 힘을 지니고 있으며 인생의 난관을 풀어낼 해법은 자기 안에 있다고 하는 것을 잘 보여 주는 이야기라 할 수 있다.

한 가지 아쉬운 점은 화자가 이야기 뒷부분을 잘 기억하지 못해 다소 어설프게 마무리했다는 사실이다. 다른 자료를 보면 주변의 방해를 이겨 내고 결혼하는 내용이 있으며, 뒤에 몸이 온쪽으로 돌아왔다고 말해지기도 한다. 이들 자료를 찾아서 내용을 보완하면서 의미를 되새기면 더욱 좋을 것이다.

💬 생각거리

- 몸이 반쪽밖에 안 되는 아이가 몸이 성한 사람들보다 훨씬 큰 힘을 가졌다고 하는 설정에는 어떤 뜻이 담겨 있을까?
- 동생을 미워하며 괴롭히는 형들의 행동과 그 형들과 함께 움직이려 하는 반쪽이의 행동에 얽힌 심리를 비교해 보자.
- 〈반쪽이〉 설화의 다른 자료를 찾아서 인물의 캐릭터와 이야기 결말 등을 비교해 보자.

신통한 여섯 형제

구성회

옛날에 부부가, 두 부부가 있었는데, 옛날에는 이십 전 자식이요 삼십 전 재산이라고 했습니다. 그런데 나이 삼십 먹도록 슬하에 뭐 눈먼 딸자식 하나가 없다 이거여. 그래서 남편이 한탄하고 있는데 그 부인이 한다 소리가,

"여보, 자식을 낳기가 어려운 것이 아니고 일단 낳아 노면(놓으면) 부모의 도리상 먹여 입혀 키워서 교육을 시켜야, 시키는 게 의무다."

그렇게 얘기하니까 부인이, 그 남편이 뭐라고 얘기하는고 하니 자기는 남편이니까, 남편이니까,

"당신이 낳을 능력만 있으면 낳으쇼." 이거야.

"얼마든지 먹이고 입히고 교육시키는 것은 남자의, 아비의 본분이니까 능란히 해 댈 테니까 당신이 낳을 능력만 있으면 낳으쇼."

"그러라."고.

그래서 그달부터 인저 태기가 들어서 가지구서 십 삭(개월) 만에, 열 달이 차 가지구서 애기를 낳았는데 이거 삼십 먹어서 애기를 낳으니 이거 하나 낳아서 도저히 양이 안 찬다 이 말씀이에요. 그래서 낳았는디 옥동자 하나를 썩 낳았어. 인물도 예쁘고 아주 미남 하나를 낳아서 아랫목에다 이렇게 눕혀 놨단 말이야. 그런디,

"이게 하나로는 양이 안 차니께 하나 더 납시다."

그래서 쪼끔 있다가서 한 십 분 후에 하나를 더 낳았어. 청중 웃음 그래서 그것도 또 남자여. 그래서 둘을 눕혀 놨어. 한 십 분쯤 있다가 하나를 더 낳았어. 세쌍둥이를 낳고 한 십 분쯤 있다가 하나를 더 낳았어. 그래 네쌍둥이여. 또 십 분쯤 있다가 하나를 더 낳았어. 그래 다섯이요. 그래서 십 분쯤 있다가 하나를 더 낳아서 여섯 쌍둥이가 됐어.

그런디 애들이 무병장수여. 다 그저 먹이기만 하고 하면 그저 아무것도 잘 먹고 잘 커. 병도 없이 잘 자란다 이거여. 그래서 열 살이 넘었는디도 이름을 지어 주지를 안 해, 엄마가. 엄마가 상당히 아는 사람이에요. 인재라 이거여. 세상 일, 앞일을 내다볼 만한 그런 엄마였던 모냥이여.

그래 가지구서 뭐라고 하는고 하니…… 그러다가서 인저 아빠는 미리 돌아가시고 여남은 살 때, 그래서 엄마 슬하에서 자라는디 이제 밖에 나가면 친구들이 그려. 이름도 없는 자식이라고 골린다 이거여. 세상에 초목이나 저 짐승들도 다 이름이 있잖여?

신통한 여섯 형제

이건 무슨 풀이다, 무슨 풀이다. 짐승도 다 이름이 있는디 사람으로서 이름을 안 지었으니까 이름 없는 자식이라고 골림을 당한다 이거여.

그러자 인자 열다섯 살쯤 먹어서, 인제 애들이 육 형제가 열다섯 살쯤 먹어 가지구서 이눔이 제대로 인제 장성했단 말이여. 그런데 어머니마저 인제 시름시름허니 앓어. 돌아가시게 생겼어. 그래서 제일 장남, 큰형이 자기 아우 다섯을 데리고 와서,

"어머니, 어머니가 돌아가시기 전에 저희들 이름이나 지어 주시고 돌아가셔야 하지 않습니까?"

"얘, 그것도 옳은 말이다. 그러면 내가 살었을 때 이름을 못 지어 줬으니까 이름은 지어 주마."

그래 가지구서 젤 큰 놈은 이름이 뭐이냐? '먼산돋뵈기'여, 먼산돋뵈기. 돋뵈기(돋보기) 했으니까 먼 산 잘 보인단 얘기여. 그러구서 둘째 놈은 뭐이냐? '잠궈도열쇠', 잠궈도열쇠. 셋째 놈은 '뜨거도차대기'. 또 넷째 놈은 '비어도없나니'. '무거도가벼눔', '깊어도얕은눔'. 이렇게 해 가지구서 여섯 놈을 이름을 다 지어 주구서 어머니는 인제 세상을 떴다 이거여.

그래서 초상을 허구 나니까 전에는 어머니가 다 먹여 줘서 걱정 없이 잘 자랐었는데 인제 먹을 획책이 없단 말이여. 먼산볼놈(먼산돋뵈기)이 가만히 먼 산을 보구 있으니까, 요 너머, 이 너머 동네 가면 김 부자가 있는디 한 이천 석거리를 해. 그 광에 들어가면 벼가 한 이천 석거리 쌀이 있어. 그래서 한 열두어 시쯤 된 다

음에 잠궈도열쇠하고 청중 웃음 무거도가변놈을,

"이리 오라. 너 이놈들 둘이 오라."

그러니께,

"예."

하고 인제 형님한테 인제 잠궈도열쇠하고 무거도가변놈하고 둘이 갔어. 가서,

"예, 왔습니다."

"응, 너 요 너머, 마을 너머 아무 동네 가면 김 부자네 지끔 창고에 가서, 벼가 한 이천 석 있을 게다. 그런디 다 가져오면 안 되고 한 이백 석만 가지고 와라."

그래서 열두 시는 넘구 그랬으니까 인저 무거도가변놈하고 잠궈도열쇠하고 둘이 갔어. 털털 가 가지구서 그 곳간 앞에 가서, "잠궈도열쇠." 하니깐 잠겼던 키가 달싹 열린단 말야. 청중 웃음 청자 /누가? 아, 그거야 잠궈도열쇠지.

그래서 무거도가변놈은 맨들었든지 해 가지구서 한 이백 석을 짊어지구서…… 무거도가변놈, 무거워도 가벼워. 무거워도 가벼워서 몇백 가마니 짊어지는 건 일도 아녀. 그놈 거들먹 건들건들 그놈을 한 이백 석을 갖다가서는 어떻게 숨겨 놨던지 숨겨 놓구서 인제 먹는디.

아, 김 서방네가 그 이튿날 인저 부자가 새벽에 식전에 일어나 보니께 광문이 훌쩍 열렸단 말여. 열려 가지고 한쪽 구탱이(귀퉁이) 벼를 누가 어떤 놈이 다 가져가 버렸네? 아, 그래서 관가에 고

발을 했어.

"엊저녁에 되지못한 도둑놈이 와 가지고서 이 광 안에 있는 곡식을 반절이나 가져갔으니 이눔을 잡아 달라."고 말여.

그래서 관가에서 인저 가만히 생각하니까 어떤 놈이 가져갔는지는 알 수 없으되 눈치로다 이것이…… 아, 육 형제 이눔들이 잘 먹구 잘 지낸단 말여. 청중 웃음 일 하는 것도 없이. 그래서 고발장을 그리 보냈어. 띄웠다고.

'너희가 아무 날 몇 시까지……'

요새 말하자면 주재소라고 하든지 이런 게 있잖아, 경찰서라든지?

'이 앞으로 오라.'고 말야. 파출소 앞에.

그렇게 가만히 생각을 하니까, 이번에 인제 먼산볼놈이 생각을 하니까, 깊어도얕은놈을 보냈어. 깊어도얕은놈을.

"너 내일 그 저 말하자면 파출소라고 하든지 그 경찰서 앞에 그 있으니까, 아무 데 가면 있으니까 그 앞에 가거라. 호출장 나왔으니께 할 수 없이 가거라."

그래서 그눔이 갔어. 무거도가벼운놈이, 참 저 깊어도얕은놈이. 가니까 그 말하자면은 이 파출소나 그 앞에가 인제 길이 있는디, 고 밑에는 인제 막 시퍼런 뭐이*나 있었던 모냥이여. 그래 가지고서 있는디,

---

* 뭐이 시내나 강, 연못 따위의 물을 뜻한다.

"너희 놈들은 살려서 소용이 없는 인간이다. 도둑질이나 해 먹는 인간이니."

거기다 쓸어 넣어 뼈렸네. 밀어 넣어 버렸어, 물속에다. 깊어도 얕은놈이니께 물이 발꿈치도 안 닿아. 청중 웃음 그래서 그냥, 걸어서 그냥 건들건들 걸어서 나가 버렸으니 이것은 도저히 그 어떡해? 죽일라니 죽일 수도 없구.

그런디 결국은 그 이백 석이 가지고서 족히 평생 먹는 게 아니라 한 몇 개월이고 한 일 년이든 먹으면은 이제 없어지는 거 아녀? 그래서 한 번 또 그런 식으로 또 무거도가벼운놈하고 잠궈도열쇠를 보냈어.

"이번에는 김 부자네 집에 가지 말고 아무 집 골목에 가면은 무슨 최 부자가 있다. 그렇게 거기 가서 또 한 이백 석 가져와라."

그래 가주구서 인저 또 그런 식으로 가져왔다 이거여. 가져온 게 이제 틀림없이 그놈 짓이라 이거여. 그래서 인제 관가에서 고발장을 띄웠다고.

'너희 아무 며칠날까장 이리 오라.' 말야. '파출소 앞으로.'

가니까 전에는 물 속에, 강 속에다 집어넣어야(집어넣어 봤자) 이거 살아 나갔으니께 이번에는 안 되겠어. 왜 그러냐 하면 그 뜨거운, 말하자면 가마솥처럼 인제 무슨 솥이 있던 모냥이야. 그래 장작을 막 메워 가지고서는 그 뜨겁게 불 달여 가지구서는 거기다 막 화간(불꽃)이 충천해 가지구 막 거시기 하는데, 쇠가 불 달여 가지고 그러는데 그 속에다 집어넣구 뚜깽이를 닫아 버렸어.

뚜껑을 닫구서는,

'인제는 죽었을 테지.'

하구서 뚜껑이를 열어 보니까 뜨거도차대기니까, 청자 / 뜨거워도 차니까. 그렇지, 뜨거워도차대기니까 시원해. 고드름이 드륵드륵해 가지구서는,

"아이, 추워 죽겠으니, 추워 죽겠으니 불 좀 더 때라."

이런단 말야.

"불 좀 더 때라."

도저히 이눔 죽일라 해도 죽일 수도 없구.

"너희가 그만한 재주를 가지구서 하필 도둑질이냐? 그러지 말구서 좋은 일을 나라에 공을 세우라."고.

그래서 내보냈다고. 죽이들 못하니까.

그래서 고다음에 또 한 번 이제 그런 식으로 했다 이거여. 그래서 이번에는 누구를 보냈느냐? 비어도없나니를 보냈어. 비어도없나니를. 비어도없나니니까, 먼저는 물속에다 집어넣어도 그냥 걸어 나가지. 저 뭐냐, 뜨거운 가마솥에다 집어넣어도 그냥 수염이 고드름이 다닥다닥해 가지구서는 더 불을 때라 그러지. 그래서 불로, 말하자면 제거를 할라 그래도 안 되니까, 이번에는 가서 산 놈을 가서 칼로다가 모가지를 짤르구(자르고) 짤러. 비어도(베어도) 나오고 비어도 나오고 그래. **청중 웃음**

"도저히 넌 죽일라니 죽일 수도 없고 살릴라니 살릴 수도 없다."

그래 가지구서 그 고을 원께 얘기해 가지고 그 고을 원이 나라

임금님께 상소를 했어.

"이 아무개 골목에 육 형제란 그 별난 인간들이 살고 있는디 도저히 뭐 죽일라니 죽일 수도 없고 살릴라니 살릴 수도 없다. 그러니까 나라 임금, 나랏님께서 알아서 처단을 하시오."

그래서 나라에서 이눔들 불렀어, 전부. 그래 가지구서,

"너희가 그만한 뭐를 가지고 있으니까, 결국은 도둑질을 할 게 아니라 우리가 국록을 줄 테니까 장수로다가……."

장군으로 등용을 했어. 전부 육 형제를. 그래 가지구서 잘 먹고 잘 지냈다는 그런 소리지. 청중 웃으며 박수

구성회(남, 1938년생, 69세)
2006. 8. 3. 서울시 종로구 노인복지센터
김경섭 심우장 정병환 나주연 조사

신통한 여섯 형제

신통한 능력을 지닌 여섯 형제가 세상을 휘젓는 모습을 과장적이고 희극적으로 그려 낸 동화적인 민담이다. 이야기 속의 여섯 형제는 한날한시에 태어난 쌍둥이인만큼 서로 생김새가 닮아서 다른 사람들의 혼동을 일으켰을 것이다. 그런데 각자 가진 능력이 아주 다르다는 점이 눈길을 끈다. 사람이 누구나 제 나름의 개성과 능력을 갖추고 있음을 이렇게 표현한 것이라 할 수 있다.

이들 형제가 자기 '이름'과 꼭 맞는 능력을 보인다는 점도 주목할 만하다. 여기서 이름은 '자기 정체성'을 뜻하는 것으로 볼 수 있다. "나는 이러저러한 존재다." 하는 인식이 실제로 그런 능력으로 이어진 상황이다. 의미상으로 따지면, 이들 형제가 어디 가서 어떤 일을 어떻게 벌였는가 하는 것보다 더 중요한 요소라 할 수 있다. 그들이 남다른 능력을 가지고서 도둑질을 한 것은 그릇된 일이겠지만, 이야기 맥락 속에서는 그것이 자신들의 존재를 세상에 드러내는 과정이었다고 할 수 있다. 그들이 나라의 장수가 되어서 어떤 일을 펼쳤을지 상상만 해도 즐겁다.

💬 생각거리

• 여섯 형제가 이름을 얻기 전과 이름을 얻은 뒤의 모습을 대비해서 어떤 변화가 생겨났는지 말해 보자.
• 이 이야기에서 여섯 형제가 펼치는 일들이 꽤 흥미롭지만 다소 앞뒤가 안 맞는 부분도 있다. 여섯 형제의 이름과 재주를 그대로 살리면서 좀 더 그럴듯한 한 편의 이야기를 구성해 보자.

벼룩 옮는 재주를
가진 사람

이종부

벼룩이가 하두 장판 방에 많아서, '게 요늠의 걸 어떻게 다 잡나.' 하구 연구를 허다가 말총* 하날 뽑았어요, 말 갈기에. 게 말총 하나를 뽑아 가지구서 요쪽 올개미(올가미)를 맨들었거든. 그래 이게 벼룩이 톡톡 튀잖아? 저게 참, 개구리모냥(개구리처럼) 튀잖아? 그랬는데 고걸 쫓아댕기면서 머리칼루다 올가미를 해 가주구 요렇게 뛸 적마다 요렇게 옭아맸단 말야. 근데 몇 번 해 보니까 더 버티는 놈이 있거든. 그래서 인제,

'연구를 해서 다른 방비책을 내야겠다.'

그런데 그때서부텀은 조반 먹구 아무것두 안 허구 그 벼룩이만 잡는 거예요. 그래 어디서 튀었다 하믄 가서 보믄 옭혀. 그 말총에.

* 말총 말의 갈기나 꼬리의 털.

'에, 이거 뭐 내가 산에 올라가면 산짐승을 잡아두 내가 넉넉히 생계유진 하겠다.'

그래 그때는 뭐냐믄 그 조략*이 있잖아, 조략? 조사자/조략이 뭐예요? 베 짜는 껍질. 조사자/삼베. 삼베 훑어 내고 남은 그거? 껍질. 껍데기루다 그냥 참 사꿍대기*를 잘 꽜어. 잘 꽈 가지구선 그걸루다 죄 허구 인제. 조사자/노끈을 만들었다 소리죠? 응. 가 가지구 올개미를 잘 해 가지구서, 집에 닭들이, 전에 토종닭들 멫 마리씩은 집집에 있는데 이렇게 휙 하구 잡아당기믄 영락없이 닭이 옮이거든.

산에 올라서,

"노루구 뭐구 뛴다 허믄 내가 인제 잡을 자신 있다."

허구선 술독을, 술을 좋아하는데, 아주 술독을 장댕이(잔등)다 해서 걸머지구 하나는 이제 옆에다 끼구. 산짐승 잡으면 저 술안주 할라구. **청중 웃음**

그래 산에 올라가니깐 아 하얀 노루가 뛰어가는데 날래기두 날래지. 이런 눔을 어떻게 해 가지구선 쉬익 던지니깐 대번 모가지가 옮혀. 게 옮힌 거를 참나무에다 붙들어 놓구. 사각*을 떠 가지구선 기껏 먹구. 아, 또 자다가 또 이제 술 깨면 다시 일어나 가지구. 그래 산돼지구 뭐구 있는 대로 옮아 닥치는데, 꼼짝 못

* 조략 조라기. 삼 껍질의 부스러진 오라기.
* 사꿍매기 미상. '새끼'를 뜻하는 말로 여겨진다.
* 사각(四脚) 잡은 짐승의 네 다리.

하는 거야. 어떻게 날래구 빠르구 고수두. 아, 벼룩일 옮았는데.

'아, 이거 참 내가 재주로구나. 앞으론 내가 술안주만 하는 게 아니라 이 가죽을 벗겨 가지구 팔아야 처자식두 멕여 살리구 허겠지, 나만 먹고 살면 안 되겠다.'

근데 그 이제 털 좋은 거, 산돼지 털은 좋지가 않아. 청자/그렇지. 그래 무슨 저 노루 가죽, 저 호랭이 가죽. 청자/호랭일 잡았어? 에. 아, 휘척허믄 옮는데 배겨?

그래 한 델 가니까 바위 위에 바위가 뜨윽 올라앉았어.

'이게 바위가 큰 게, 저 바위 위에 바위를 올려놓은 건가?'

가까이 가 보니깐 바위가 아니라 호랭이야. 바위를 통째루 집어삼키니 만약에 옮는다 해두 자기가 살 여지가 없단 말야. 그래 이걸 망설이다가,

'이왕 나왔으니 되나 안 되나 한번 옮아나 봐야지.'

가까이 가니깐 들이뎀비는데 호랭이가 지가 이리 컹충 뛰어 가주구 다 들이넜단 말야. 아, 옮긴 옮았어. 옮았는데, 아 호랭이가 산 채로 들이마셨네. 올개밀 손에다 이렇게 감아쥐었으니깐, 올개밀 이렇게 감아쥐구 호랭이 배 속으루 들어간 거지 뭐.

그래 들어갔는데 술이 잔뜩 취해 가주구선 안이 뜨듯허니깐 잠을 실컨 자구선 깨서 보니깐 그냥 푸주간은 유도* 아니야. 한

---

* 유(類)도 비슷한 종류도. 댈 것도.

쪽엔 간 매단 눔에 콩팥 매단 눔에 뭐 그냥 뭐 지라에다가 폐, 허파. 청자/없는 거 없군. 게서 맘대루다,

"예라, 이왕이믄 간을 베어서 먹어야겠다."

그리구선 칼을 꺼내 가주구선 쓰윽쓰윽 간을 베어 내니깐……아 베어 먹어서 또 한참 인제 먹었는데, 아 이눔이 자다가 또,

"에, 이거 안 되겠다. 이거 내가 이걸 가만 보니까 육고간(푸줏간)에 온 게 아니구 호랭이 배때기 속에 들어온 거야, 이게."

그래군 이렇게 후주적후주적 한 데를 찾는 거야. 인제 호랭이 배때기 속에서. 손을 이리저리 휘둘르면서 구녁이 나오는데 보니깐 똥꾸녁이야, 호랭이. 청중 웃음 호랭이 똥꾸녁에다가 손이 이렇게 나왔거든. 게 뵈지는 않구. 사람은 안 나왔으니깐.

그러더니 후적후적허니까 왠 낭구가 거기 뭐이 짚이드래지 뭐야. 게 이거를 손에 쥐었는데 올개미 끈을 바깥으루 해 가지구선 낭구에다 붙들어 맨 거야. 붙들어 매 가지구선 어디루 기어 나왔냐 하면 호랭이 아가리루 도루 기어 나왔어. 기어 나왔는데 이눔이 하품만 디릭 허구 있드래는 거야. 아, 속에서 그걸 오려서 술을 먹었으니. 청중 웃음

그래 이눔이 나오면 씹을 줄 알았는데 씹지두 못허구 하품만 허구. 바깥에 나와서 화전머리(화증)가 나니깐 참낭구 하나 있는 놈의 걸 그냥 가주구 그냥 볼기짝을 내갈겼대요, 궁뎅이를. 참낭구에 끄나풀을 붙들어 맸으니 버둥거리는 걸. 한 댓 번 내갈기니깐 이눔이 용을 쓰는데 냅다 그냥 하니깐 끄나풀은 끊어지지 않

구 호랭이가 가죽이 홀라당, 대가리서부터 가죽이 홀랑 뒤집힌 거야. 청중 웃음 여길 붙들어 맸으니까. 이게 쑤욱 해서 잡아댕기니깐 호랭이가 홀랑 뒤집혔어.

아, 그래 털을 놔두고 그 속을 이게 들여다보니, 줄 껴 놨시니깐, 겉은 엉망이지만, 아 이거야 이거. 술이야 그르믄. 그래 술독을 지구 나왔겠다. 또 거죽에 다 나와 있잖아. 쓰윽쓰윽 먹고 싶은 대로 그냥 오려서 술을 기껏 먹구.

"에이, 뜨듯헌데, 저 이불허구 요가 좋으니 그 속에 가서 잠이나 실컨(실컷) 자야겠다."

아, 그러니까 푹신푹신헌 게 여간 좋으냐 말야. 호랭이 가죽, 그 털 속에서 자니.

옛날에 저 한번 이렇게 툭 치면 삼천 구만 리 간다는 용새가 있어. 용새가 뭘 이렇게 대면서 혹시 얻어먹을까 하구 그 노리구, 뭐 이러구 붙들어 가주구서. 그 용새는 찍기만 하면 그건 고만이야. 그 용새 저 발톱, 큰 독수리 겉은 놈인데. 그거 한 날개만 툭 치면 삼천 구만 리를 간대요. 아, 이눔이 보니깐 기가 맥힌 고기가 있거든. 그런데 인석이 이렇게 보니깐 사람인 것 겉은데 자고 있거든.

'여, 이거 안 되겠다.'구.

그걸 찝어 가지구선 한 날개 툭 치는데, 어딜 가냐믄 중국엘 갔단 말야. 중국에 큰 눔의 무슨 절인고 절 이름은 잊어버렸어. 절 앞에다 갖다 뜨윽 놨는데…… 그때서꺼지 그눔은 그러구서 자는 거야. 몇 만 리를 갔는데. 몇 만 리를 갔는데.

아, 근데 이거 곁에 있는 건 다 뜯어 먹었으니깐, 없으니깐,

"에이, 이눔의 걸 안 되겠다."

아, 갈라 그랬드니 산신령이,

"여기다 갖다 놨는데, 절에다가 신고를 안 허구 니 맘대루 가지 못한다. 절에다 신고를 해라."

신고를 했드니 절에 중들이 모이구 그 애기 부처가 나오다 구경을 허니깐, 이눔이 겉은 그 험상스럽게 생겨두 속은 참, 부처가 가져가서 자기 잠자리에다 하면 좋지 뭐야. 그게 털이니깐. 아, 그래 호랭이가 요렇게, 아까 애기 부처가 요렇게 해 가주구 그 안에를 들여다보니깐 인석이, 잠자던 놈이 술이 깼단 말야. 게 뭐 보니깐 부처가 아주 무척 이쁘거던. 게 오는 걸 입을 쪽 맞췄단 말야, 들여다보는 눔을. 그러니까 나가자빠져 부처가. 애기 부처가 나가자빠져.

게 애기 부처가 안 오니깐 지금 중, 부처가 그 궁금허니깐 애기부터 찾으러 나왔단 말야. 근데 거기 나가자빠져.

'근데 이게 누구헌테 몰매를 맞았나? 애기 부처가 왜 자빠졌나?'

허구선 그 안에를 들이다보니까는, 아 영락없이 그 녀석이 술을 먹다 이쁜 놈 부처가, 그 부처믄 이쁘잖아요? 게 입을 쪽 맞추니깐 또 자빠졌어. 청중 웃음

그래 대부처가 와서 보니깐,

'이 속에 있는 눔이 부처들을 부정을 했다.' 그리구는, 저는 들여다볼 수 없으니깐 저 붕새를 불러 가지구는,

"이거 빨리 원 고장에 갖다 놔라. 만일에 안 갖다 놓으면 산신령을 시켜서 너를 죽일 거야. 그러니까 빨리 갖다 놔라."

아, 그러니까 모든 것이 산신령한테 동물이구 날짐승이구 뭐구 그 산신령 허자는 대루 해야지. 그냥 그걸 찝어다 도루 원래 지대(장소)로 갖다 놨는데, 아 이놈의 술을 기껏 먹구 이제 가져간 놈의 술을, 술항아리가 비었어. 다 먹었어. 그래 거기다, 골짜구니 다 집어던지구, 호랭이 배때기를 속으로 해서 모가지를 걸구 나오는데, 아니 빨려니까 생전 빼져야지. 뒤집어서 나온 놈의 걸 꼬나풀을 돼서, 그걸 얼른 뺄 수가 없단 말이야.

'에라, 가서 다시 뽑으면 되겠다.'

게 거기서 호랭이 간, 콩팥 이 따위를 쓰윽쓰윽 오려 가지구 집안 식구들헌테,

"어이, 나 사냥해 가지구 왔으니 이걸 가서 먹어라."

그래 먹어 보드니, 아 이거 맛이, 호랭이 고기가 짜서 그렇지 맛이 좋대요. 아이 좋다구서 집안 식구들이 전부 먹었는데.

"이걸 어딜 갔다 왔냐?"구.

지가 어디 갔다 왔는지 알긴 아나.

"아, 먼 데 자다가 어딜 갔다 왔는지 알지두 못헌다."구.

"아 참, 아무 데 있는 절에 입을 쪽쪽 맞춰서 죄 자빠져서 입을 내 맞추구 왔지."

"어이구, 그 산신령님헌테 반역허는 거여. 이젠 다신 그런 짓 허지 말라."구.

이제 그 마누라한테 얘기를 죄 했어요. 벼룩이(벼룩) 옮아 준 얘기, 또 그 재주 가지구 산에 가서 산돼지구 노루구 던졌다 허믄 옮히니깐…….

집안 식구두 고기 실컷 먹구, 나두 고기 실컷 먹구. 그래 나중에 또 짐승 껍질을 가지구 갖다 팔면은 그 장사가, 고기는 집에서 실컷 먹구 껍질을 시장에 갖다 팔구 이래니 이눔이 부자 돼.

그러니까 또 그랬다구,

"부자 된 거는 고사하구 그 붕새헌테 또 걸리면 또 어디 가서 있을런지 모르니깐 허지 말라."구.

그래 아내가 어떻게 만류를 허는지 고만뒀대요.

이종부(남, 1919년생, 85세)
2003. 11. 17. 경기도 양주시 양주향교
강진옥 김종군 조사

남다른 재주를 지닌 별난 사람에 대한 희극적인 이야기다. 벼룩을 옭는 재주라니 꽤나 신통한 일이지만 쓸데없는 재주처럼 보이기도 한다. 하지만 그 재주가 닭과 노루, 호랑이까지 옭는 일로 적용된다는 점이 흥미롭다. 무언가 기본적인 원리를 제대로 깨우치면 그것을 다른 데도 응용할 수 있다고 하는 이치가 반영된 내용이라 할 수 있다.

하지만 올가미로 호랑이를 옭어서 잡는 것은 아무래도 터무니없고 위험한 일이었다. 호랑이 배 속에 갇히게 된 일은 만용이 가져온 험한 결과라 할 수 있다. 하지만 이 대목에서 주인공의 여유와 배짱이 빛을 발한다. 호랑이 배 속에서 생간을 안주로 삼아 술을 마시고 곯아떨어지는 주인공의 태평한 모습은 경이로울 정도다. 붕새한테 걸려서 이역만리로 날아간 상태에서 여유를 잃지 않는 모습 또한 그러하다. 배짱과 낙관을 특징으로 하는 '민담형 인물'의 특성을 잘 보여 준다고 할 수 있다.

💬 생각거리

- 이 이야기의 주인공은 어찌 보면 대책이라곤 없는 무모한 인물로 보이고, 어찌 보면 특별한 능력자로 보인다. 주인공 캐릭터가 전해 주는 느낌에 대해서 자유롭게 말해 보자.
- 이 이야기에서 '벼룩을 옭는 일'과 '호랑이를 옭는 일'을 사회생활에 대입한다면 어떤 상황일지 상상해 보고, 주인공 식의 대응이 얼마나 유효할지에 대해 토론해 보자.

짐승 소리 알아듣는 사람

이종부

옛날에 또 참 짐승 소리를 잘 듣는 사람이 있어요. 그 저 까치구 뭐 저 까마귀가 뭐라구 짖어두 '아, 저 무슨 소리구나.' 그걸 아주 잘 알아듣거든.

근데 산 고개를 선비가 지나가는데 그 안에 평지 가만 내려가니까 수풀 속인데 거기서 까마귀가 "임하다육, 임하다육." 그러는 거야.

수풀 림(林) 자, 아래 하(下) 자, 많을 다(多) 자, 고기 육(肉) 자, 임하다육. 게 그게 고기가 많다는 거야. 그게 수풀 아래 고기가 많다.

그렇게 까마귀가 "임하다육, 임하다육." 그래. 그 고기가, 무슨 산골에 고기가 있어?

'새끼가 죽었나, 산돼지가 죽었나?'

이렇게 연구를 하다가 그냥,

'내 가 보자. 무슨 고기가 많은가.'

그래 찾아 내려가니까, 거 참 헌장다리 같은 사람이 기단(긴) 놈을 그냥 작대기를 가지구 찔러 서 있더래.

그래 가 보니까 송장을 지키구 있는 거야. 사람이 죽었는데 거 가서 지키구 있어.

"옳지, 이눔. 잘 왔다! 너 여기 뭘 허러 들어왔냐?"

"까마귀가 고기가 많다 그래서 무슨 고기가 있나 하구 들어왔습니다."

"야, 이 자식아. 니가 우리 아부지 죽였지?"

하구선 움쳐 쥐어 가지구 뭐 아무 소리두 안 허구 원한테루 데려간 거야, 관가루.

"이눔이 우리 아부지 죽인 당사자니 어떻게 처단을 해 달라."구.

"그래 그걸 어떻게 그 사람이 죽였다는 걸 증명을 하냐?"

"아, 이눔이 여기 길에서두 한참 들어와야 하는데, 여기 뭘 알구선 들어왔느냐?"구.

"자기 손으루다 죽였으니까, 우리 아부지를 죽였으니까 누가 시체를 치웠나 하구 궁금해서 들어온 거 사실이라."구.

원이 가만 생각허니까 그것두 그럴 거 같더라 이 말이야. 아, 그래서 가뒀지 뭐야.

게 이눔이 짐승 소리를 너무 잘 알아들어서 괜히 애매하게 붙들려 왔다. 그래서 아 그래 한 삼사 일 있는데,

"이 사람은 살인자가 돼서 죽일 수밖에 없다."

이렇게 재판이 회부가 돼 가지구선 내일이면 죽인다구 인제 그랬단 말이야 인제.

그래 이 원이 가만히 생각을 하니까,

'저 사람이 이 짐승 소리를 잘 알아들어서 그랬는데, 사람이 그 악인두 아니구 그 사람 괜히 쓸데없이, 무슨 뭐 서로 원수 진 일두 없는데, 어떻게 죽었다 그러는 것두 이거 말이 안 된다. 괜히 억울한 사람을 죽이는 건 아닌가.'

허구 연구 끝에, 원이 그 당상*에 보니까 제비 새끼를 쳤는데, 그게 날지두 못하구 인제 제비 에미가 벌러지(벌레)를, 먹이를 물어다 먹이면 아가리를 벌려 가지구 '쨱쨱쨱쨱' 허구 멕이구 그러는데…….

한 마리를 곤룡포,* 그러니까 저 뭔가 무슨 소맨가 소매에다, 저 도포 소매에다 집어넣고 가만 이력허구 앉아 있는데, 이 제비가 들락날락 들락날락 새끼가 없으니까 아주 야단이야 그냥.

"저 죄인을 나오라 그러라."구.

"제비가 왜 저렇게 쨱쨱거리느냐, 저 물어보자. 넌 그거 대답을 못 하면 넌 죽는 거야."

그래 가지구 그 죄인을 밖에다가 꿇어앉히구,

"그래, 너 짐승 소리면 무슨 소리든지 잘 알아듣느냐?"

---

* 당상(堂上) 대청 위.
* 곤룡포(袞龍袍) 임금이 입던 정복. 누런빛이나 붉은빛의 비단으로 지었으며, 가슴과 등과 어깨에 용의 무늬가 수놓아져 있다. 여기서는 원님이 입은 제복을 이르는 말이다.

"네, 잘 알아듣습니다."

"그래? 그럼 저기, 저 지금 너 용마루에 앉은 제비 뵈니?"

"네, 뵙니다."

"그 제비가 뭐라구 그러는 소리냐?" 그래.

그러니깐,

"예, 고기 육(肉) 자, 육불식(肉不食)……"

고기를 먹지를 못허는 거야, 육불식.

"피불용(皮不用)……"

가죽 피(皮) 자, 아닐 불(不) 자, 쓸 용(用) 자.

"육불식 피불용 허니 환아자(還我子) 하라. 내 아들을, 내 아이를 돌려보내라, 환아자. 환아자 하라 그러는 것이다. 육불식 피불용허니 환아자하라. 환아자하라. 아, 그런다."구.

그래,

"아마 원님께서 제비 새끼를 어디다 감춘 모냥이올시다."

아, 그랬단 말이야. 게 이눔이 귀신이 아니야?

"에이, 하마터면 애매한 사람 죽일 뻔했다."

그래구선,

"사실 니가 정말 짐승 소리를 잘 알아듣는구나."

하구선 제비 새끼를 하나 해서 그 제비 둥우리에다 갖다 넣었더니 제비가 날라오면서 새끼가 다 쭉 들어 있으니까 그냥 원 머리 가서 방방방방 돌면서 고맙다구 그러더래.

그래서 저 짐승 소리를 잘 알아들어두 너무 아는 체하지를 말아야지 너무 알면 괜히 애매하게 붙들려서 고생을 한다는 거야 그게. 그래서 그 살인죄를 면허드래요.

이종부(남, 1919년생, 84세)
2003. 1. 9. 경기도 양주시 양주읍 만송2리
강진옥 신동흔 조현설 외 조사

새를 비롯한 동물의 소리를 알아듣는 남다른 능력을 가진 인물이 겪은 일을 전하는 이야기다. 이 이야기에서 동물의 소리를 알아듣는 것은 남들이 모르는 비밀을 혼자만 알게 되는 상황으로 연결되고 있다. 이야기를 보면, 그것은 놀랍고 흥분되는 일인 한편으로 무척 위험한 일이기도 하다. 주인공이 살인자로 몰려서 죽을 위기에 처하게 되는 것이 이를 잘 보여 준다.

때로는 아는 것도 모르는 척해야 한다는 화자의 말에 고개를 끄덕인다. 하지만 주인공이 어떻든 자기 능력을 통해 위기를 벗어났으니 그가 한 일이 꼭 그릇된 것이었다고 볼 일은 아니다. 남들이 모르는 것을 알아내는 능력은, 또는 다른 세상의 목소리와 소통하는 능력은 그 자체로 매우 소중하고 유익한 것이라 할 수 있다. 그 능력을 적재적소에 잘 활용해야 하겠지만 말이다.

💬 생각거리

- 타고난 호기심과 탐색 능력을 가지고 남의 일에 관여하는 것은 주제넘은 일일까, 아니면 충분히 그리할 만한 일일까? 이 설화와 관련해서 토론해 보자.
- 짐승 소리를 알아듣는 능력을 가지고 행할 수 있는 생산적이고 유익한 일에 무엇이 있을지 생각해 보고, 그것을 반영해서 새로운 이야기를 만들어 보자.

어느 노인의
신기한 가래침

윤증례

황어교와 주어교. 이건 무슨 말이냐면 중국에, 우리나라에는 아교*래는 것이 있어. 아교. 뭐 이런 거 나무 붙이는 거. 그게 있는데 중국에는 그걸 황어교, 주어교 그러는데, 황어교가 더 잘 붙고 주어교는 덜 붙어. 그런 유래는 왜 생겼나?

옛날에 아들하고 엄마가 살았는데 아들은 목수여. 엄마는 짚신을 삼아서 팔았어요. 아무리 해도 만날 그 자리야. 부자가 안 돼.

'아, 우리는 언제나 부자가 한번 돼서 살아 볼까?'

둘이 다 열심히 열심히 일을 해도 만날 그 타령이라. 근데 아들이 왜 저 집 지러(지으러) 나간 새에, 그 오두막집인데 방 한 칸에서 아들하고 살아. 부엌은 그냥 거적때기로 달고 살고. 근데 하루는 날이 저물었는데 어떤 남자가 와 가지고 그 엄마한테 자고

---

* 아교(阿膠) 짐승의 가죽, 힘줄, 뼈 따위를 진하게 고아서 굳힌 끈끈한 것.

가겠대. 그러니까,

"여보슈, 남녀가 유별한데 아무리 늙었어도 내가 여자 혼자 여기 자는데 우리는 방이 이거 하나뿐이오. 그러니까 우리 집이는 사람을 재울 수가 없소."

그러니까,

"아, 여기 인가도 없는데 그럼 사람이 죽어야 되겠냐?"고.

"그럼 당신네 저 거적때기 친 부엌에, 거기서라도 좀 쉬어 가게 해 주쇼."

"그럼 그러라."고, "그럼 부엌에서 자라."고.

그랬더니 이 사람이 부엌으로 들어갔어. 이, 할아버지야.

부엌으로 들어갔는데 한참 있다가 이 주인 여자가, 이불도 옳어, 가난해서. 그 사람 줄 이불이 옳어. 그러니까 이 할머니가 안에서 자다가 바깥을 이렇게 내다보니까, 어? 대팻밥*을 뒤집어쓰고 깔고 덮고 이렇게 자는 거야. 근데 그 집에 대팻밥도 없었고 대팻밥 맨들 만한 나무도 없었는데, 청자/도사네. 그렇게 대팻밥을 덮고 깔고 자는 거야.

'야, 이상하다. 우리 집이 대팻밥 날 만한 나무가 없었는데.'

그러구서 내다보구 있었는데 그 집에 왜 저울, 저울대 있죠? 그 저울대가 나무로 돼 있어. 이렇게 추 달려서 허는 거. 근데 그 집에 있는 거라곤 그 저울대 하나 있었다. 요만한 거잖아? 요렇

* 대팻밥 대패질할 때 깎여 나오는 얇은 나무오리.

게 가늘고. 근데 그 보니까 저울대가 읎어진 거여.

'아, 저울대로 그랬구나.'

근데 그 가느다란 저울대, 요만한 가느다란 저울대 하나를 대패로 밀어서 덮고 깔고 푹신하게 잘 자고 그 이튿날 아침에 일어나는 거여. 그래서,

'저 늙은이가 어떡하나?'

하고 이렇게 문구녕으로 보니까 침을 '튀튀' 뱉더니 그 대팻밥을 주섬주섬 하더니 금방 또 그 저울대를 맨들어 놓는 거여. 청자/그. 사람 아니고 도사여 도사. 어.

그러는데 이제 그런 다음에 인제 아들이 들어왔어요. 그래 아들한테 인제 그 얘기를 했어, 엄마가.

"야, 저 사람 이상하다. 저울대루다가. 저울대 하나밖에 없었는데 대팻밥을 그냥 수북하게 맨들어서 깔구 덮구 그렇게 자는 기술이 있더라."

그러니까 아들이,

"아이고, 선생님 만났네."

그러면서,

"아유, 나 그럼 그 선생님이 유명한 건축간데……"

그러니까 건축 설계사야.

"아, 그러면 이 사람을 만나서 내가 기술을 배워야 되겠다."

그러면서 그이를 붙잡았어. 그래 가지고 아들이,

"아, 도사님. 전 아무리 해도 가난하니까 그 기술을 좀 한 가

지 가리켜 달라."고.

그러니까 이 늙은이가,

"그럼 나만 따라오라."고.

그러니깐 따라갔어. 따라갔는데 바닷가에를 가더니 물이 잘박 잘박한데 사람 하나 드러누우면 입에 물이 들어갈락말락한 고런 데를 이제 드러눕힌다. 가서 드러누웠어, 청년이. 드러누우라고 하니까. 드러누웠더니 물이 들어갈락말락헌데,

"입을 딱 벌려라."

그러는 거야. 그렇게 하구. 거기 드러누워 가지고.

그러니까 입을 딱 벌리니까 이 도사, 이 사람이 침을 그 아들 입에다가 '탁' 뱉는 거야. 그것도 드러운 가래침을.

그래니까 아들이 더러워서, "아이구, 드러워." 그러면서 탁 뱉어 버렸어.

뱉어 버린 거를 누가 줏어 먹었냐? 황어라는 그 물고기, 물고 기가 줏어 먹구(주워 먹고) 또 주어라는 물고기가 줏어 먹었는데, 황어는 많이 줏어 먹구 주어는 쪼끔 줏어 먹었어. 그래 많이 줏 어 먹은 그 황어는 그걸 삶아서 아교를 만들면 잘 붙고 쪼끔 줏 어 먹은 건 덜 붙는다 그 얘기예요.

그러니까 그럼 그래 놓구서 이이는 가는 거여. 그러니까,

"아이, 도사님 뭐 기술 가르켜 주신다드니 왜 안 가르켜 주십 니까?"

그러니까,

"야, 이놈아. 내가 기술 가르켜 줬는데 니가 뱉어 버렸잖냐, 어?"

그러니까 아들이 '아이고' 땅을 치면서,

"내가 그걸 받아먹었으면 중국에서 일류 가는 건축가가 될 텐데, 내가 이걸 몰르고 뱉어 버렸구나."

청자/그럼. 더러운 죽만 알고 그냥 뱉어 버렸지.

응, 뱉어 버렸구나. 그래서 후회를 했다는 얘깁니다.

윤중례(여, 1932년생, 75세)
2006. 8. 3. 서울시 종로구 노인복지센터
김경섭 심우장 정병환 나주연 조사

나무를 다루는 일에 신비한 능력을 갖춘 이인에 관한 이야기다. 저울대를 대팻밥으로 만들었다가 다시 감쪽같이 붙여서 되돌렸다는 것은 상상을 초월할 정도의 신이한 능력이라 할 수 있다.

특이한 것은 노인의 놀라운 능력이 가래침에서 나왔다고 하는 점이다. 남다른 뛰어난 능력이 험하고 더러워 보이는 곳에서 생겨날 수 있다고 하는, 또는 뛰어난 재주를 배우려면 더럽고 흉한 것을 무릅써야 한다고 하는 인식을 엿볼 수 있다.

물에 버린 가래침이 아교의 유래로 연결되는 결말도 특이해서 눈길을 끈다. 흥미로운 화소가 많은 이야기다.

💬 생각거리

• 남다른 재주를 배우기 위해서 가래침을 받아먹어야 하는 상황에서 나 자신이라면 어떻게 처신했을지 상상해 보자.

• 세상에 드문 뛰어난 재주와 능력을 가진 사람들이 지닌 특별한 비법에 얽힌 흥미로운 사례를 찾아서 발표해 보자.

시골 영감의
주주객반

김유근

숙종 대왕이, 이조서 숙종 대왕이 이 축지법을 했는 기라.
인제 혼자 이래……. 청자/축지법이지. 축지법? 예. 축지법.
뭐 어예 사는가 싶어 순시*하러 나왔는 기라. 아무도 인자 안 데
리고 혼자서 나오니, 아 그 밑에 보이까는 불이 빤한 게 초가집
이 있거든? 그래 뭐 어예가 사는가 싶어 드갔다고. 드가이께네(들
어가니까) 영감이, 쪼매난(조그마한) 영감이 신을 삼고 있는 기라. 영
감이 인자 신 삼는 구직(구석)에 자고 그라디마는,

"실례합시더."

그라이께네 이 사람이 쫒아 나와가,

"아이고, 상감마마. 어쩐 일이오?"

이래이까네 숙종 대왕이 그러이,

* 순시(巡視) 돌아다니며 사정을 보살핌.

"아, 큰일 날 소리 하겠고! 내가 와 대왕이라 그러냐?"

이랬거든.

"아, 나는, 내 눈은 못 속인다."

그래 그러디마는 할마이(할머니) 깨꽈가(깨워서) 저 윗집에 가가 막걸리를 사 오라 이거라. 그래 인제 할마이가 자다가 인자 올라 갔는 기라. 올라가,

"막걸리 한 대 줄래이?"

그래 막 사가 오니 주주객반이라 카미(하며) 자기가 한 잔 먼저 먹거든.

"주주객반이라." 그러며. 조사자/주지객반이요? 주주객반.* 청자/ 주인 주(主) 자, 술 주(酒) 자.

그래이 상감이라 캐 놓고(해 놓고) 골이 빠딱 나는 기라. 그래 놓 고 주인부터 먼저 먹으니께네 골이 좀 나는 기라. 그래 인자 그 뭐 인자 이런 이야기 저런 이야기 하다가 마 갔어. 나가는데 따 라 내려와 가지고,

"주주객반 명심하이소, 상감마마."

따라 나와가.

그래서 인제 숙종 대왕이 서울에 당도했는 기라. 그래 그 안 동 김씨가 숙종 대왕이 아(아이)를 못 낳아 노니 즈그(자기) 올케

• 주주객반(主酒客飯) 주인은 손님에게 술을 권하고 손님은 주인에게 밥을 권하며 서로 다정하 게 식사를 하는 일.

가, 처남댁이가 아를 가졌는 기라. 그러니 이거도 아 가졌는 짓을 하는 기라. 인자 숙종 대왕이 마누라*가. 갖은 짓을 하는데 그래 이제 순산을 했드니 머스마(사내아이)라. 그런데 인제 고거는 고렇고……

이, 아침에 인자 처남이 손위에 처남이거든. 생일잔치를 했는 기라. 그래 생일인데 숙종 대왕이(숙종 대왕을) 오라 카는 기라. 그래 우야노? 처가 생일 얻어먹을려고, 처남 생일 얻어먹을려고 가는 기라. 가는데 막 잘 차려 놨거든. 술 막 멋지게 채려 놓으니,

"주주객반이라 카니 처남부터 한 잔 해라." 이거라.

그러이 그 약을, 독약을 옇어(넣어) 놨는데 인자 고기하고 이래 놨는 걸 독약을 이래 놨으이께네 우야끼고(어쩌겠나)? 뭐 그래가 마 처남이 낯이 노란 기라. 그래 그르드이마는 고기를 한 마리를 딱 개를 던져 주니께네 개가 먹고 고마(그만) 죽어 뻬리는 기라. 그놈의 집구석이 절단나 뿌렀네. 그래서 인자 안동 김씨가 그 때 막 영 숙청을 당하고 많이 죽었다고.

그래 됐는데 그 영감이 조씨라, 방구동 조씨라. 방구동 그 조씨가 많이 살았어. 그래 그 영감을 상감이 불러들였는데 벼슬을 뭘로 줬노 하면은 무슨 대부(大夫) 무슨 벼슬로 줬어. 그 조씨가. 그래가 사는데, 그 방구동 조씨가 그만큼 많은데 다 망해 뿌렀어. 지금 없어.

* 마누라 희빈 장씨(장희빈)를 일컫는 말로 짐작된다.

조사자/그 앞을 내다볼 줄 아는 사람이네요? 그 조씨가. 방구동 조씨가. 어떻게 알고 그걸 다……. 어. 근데 어른들 이야기하는 걸 우리가 들었지. 조사자/그런 사람이 거기 살았었다고? 어, 조씨라 카는 영감이. 그래 가주 인제 숙종 대왕이 불러 올라가가 대부 카는 벼슬로 줘가 그 나라 인자 앉혀 놓고. 그 땅, 이 영감 때문에 살았는 거 아이가? 그래가 은인을 못 잊어가 그래 가주 살았다 카는 그 이야기라.

김유근(남, 1934년생, 74세)
2007. 7. 6. 울산시 중구 동헌공원
김경섭 유효철 김예선 김효실 조사

💬 해설

사람을 꿰뚫어 보는 특출한 안목과 미래를 내다볼 수 있는 능력을 지 녔던 시골 영감에 관한 이야기다. 변장한 임금을 대번에 알아본 것도 그렇지만 임금보다 앞서서 술을 들이키는 도발적인 행동으로 '주주객반' 을 각인시킴으로써 임금이 겪게 될 위기를 미리 방비했다는 내용이 꽤 나 경이롭다.

그 영감은 남다른 능력이 있음에도 초야에 묻혀 살고 있던 이인이라 고 할 수 있다. 숙종 대왕 또한 옛이야기 속에서 평복을 입고 세상을 다니며 민심을 살폈던 이인 임금으로 이야기되곤 한다. 이 이야기는 그 럴싸한 역사적 배경이 제시되지만 그 내용은 역사적 사실과 거리가 먼 허구라 할 수 있다. 사실에 매이지 않는 발랄한 상상력을 통해 새로운 각도에서 세상사를 헤아려 보는 것이 이런 이야기가 지니는 의의라 할 수 있다.

💬 생각거리

• 숙종 시대의 정치적 분란과 쟁투에 대해 살펴보고, 이와 같은 이야기 가 생성된 역사적 배경이 무엇이었을지 말해 보자.

• 옛날이야기에는 밖으로 드러나게 활동했던 인물보다 숨은 인물 가운 데 뛰어난 인재가 있었다는 내용이 많다. 이런 설정 속에는 어떤 인 식이 담겨 있을까?

곽박 선생과 며느리

박철규

곽박 선생 얘기나 한 마디 해야겠네. 거 뭐 옛날에 제갈공명*이 유명한 분 아니여? 뭐 제갈무후*, 상가마이(사마의) 이런 이들. 다 그 유명한 이들인데, 곽박 선생*이라고 있어요.

그래 곽박 선생이 이제 이렇게 이 마을에 이렇게 마을 있고, 가운데 쪼그마한 또랑이 냇물이 있고, 저짝에 마을이 있고, 그런데 이짝 마을에 곽박 선생이 사는데, 그 곽박 선생이 점(占)을 무지하게 잘햐. 뭐 그냥 유명하니까 토정 선생하고 다 비슷비슷한 인데……. 곽박 선생이 점도 잘하거니와 염라대왕하고 직접 통하

• 제갈공명(諸葛孔明) 중국 삼국 시대의 명신. 촉한(蜀漢)의 책사로서 신출귀몰한 전략을 많이 펼쳐 냈다.
• 제갈무후(諸葛武候) 제갈공명을 다르게 일컫는 호칭.
• 곽박 선생(郭璞先生) 곽박을 높여 일컫는 말. 곽박은 중국 동진(東晉)의 인물로 천문과 역산, 점술에 능했던 인물이다. 우리 설화에서 '점을 잘 치고 조화를 잘 부리는 인물'의 전형으로 등장한다.

는 기여, 곽박 선생은. 그래 가지고 유명한 거여.

그래 고 건너 동네에 편모를 모시고 사는 총각이 하나 있는데, 간신히 그저 노동을 해야만 겨우 벌어서 늙은 어머니하고 저하고 연명해 나가는겨. 옛날에 살기 어려울 때 뭐 돈이 모아져? 아, 근데 아들이 가만히 생각을 해 보니께, 그렇게 살다가 만약에 지가 병이 나서 드러눕든지 하면, 인제 그때 가서는 모자가 딱 굶어 죽는겨. 그 누구한테 뭐 의지할 데도 없고.

그래서 이 사램(사람)이 생각한 게, 아직 자기 어머니가 그래도 핏기나 있을 적에 나가서 아주 결심하고 돈을 벌어야 하겠다 생각을 하고서, 연구를 해 가지고서 아침에 일어나서 저희 어머니한테 얘기를 한겨.

"어머니. 이렇게 어머니하고 나하고 살다가 만약에 내가, 몸이 사뭇 건강하면 괜찮은데, 이거 어떻게 사람이 알 수가 있느냐?" 고. "그러니 내가 병이 나서 눕게 되면 어머니하고 나하고 다 굶어 죽는다."고. "그러니 삼 년을 기약하고 내가 돈을 한 짐 벌어 가지고 온다." 이거야.

옛날에 그 엽전은 무게가 있었잖아요, 엽전? 그러니까 한 짐이면 굉장한 거지. 막 그냥 엽전을 자루에다 막 담아 가지고 댕겼다고. 그래 쪼그만 건 여기다 허리에다 차고, 많으면 자루에다 담아 가지고 짊어지고 다니는겨. '한 짐을 벌어 가지고 온다'는겨. 삼년 만에.

거 어머니가 가만히 생각을 해 보니께 자식을 내보내기는 안타

깝지만 그렇게 안 하고선 안 되겠어.

"그러면 내가 핏기라도 있을 적에 가서 삼 년을 벌어 가지고 오 너라."

약속을 하고 보냈는데 그날이 때는 언제냐면 팔월달쯤 됐어.

"삼 년 후에 오늘, 오늘 온다." 이거여.

오늘, 나가는 날, 그라고 떠났어.

그날부터 그 총각 어머니는 후면에다 가서 청수를 모셔 놓고 날마다 비는 거라. 그저 우리 아들 그저 몸 건강하게 삼 년 동안 에 돈 벌어서 삼 년 되는 오늘, 엽전 한 짐 잔뜩 짊어지고 오게 해 달라고 날마다 비는겨. 옛날부터 지성이면 감천이라고 그러잖 아요? 정성이 지극하면 하나님이 감동한다고. 아, 그런데 그러다 보니까 동네 사람들이 다 아는 거지. 그래 지나가다 보면, 그 뒤 곁에다 불을 켜 놓고 어머니가 비는 기여, 날마다. 그래 동네 사 람들이 다 인정하는 건데.

아, 이 양반이, 자기 아들이 온다는 날이 내일인데 오늘까지 소식이 없네. 궁금해 견딜 수가 있어? 아, 이거 큰일 났어. 지가 살아 있으면, 꼭 며칠날 고날 오겠느냐 이거여. 조사자/그렇죠. 하 루라도 땡겨 올 건디. 궁금하고 환장하겠어.

저녁에 밤새도록 잠 한숨 못 자고 새우고서로다 홀치 주머니를 뒤져 보니께, 그래도 그 노인네가 먹고살면서, 길쌈하는 데 가서 일도 해 주고 그래서 돈 벌은 게 열닷 냥이여 열닷 냥. 그놈을 가 지고서 인제 곽박 선생한테로 점을 치러 가는 거라. 어떻게 궁금해서, 그날 온다는 날 소식이 없으니까.

아, 곽박 선생이 가만히 자고 일어나서 식전에 일찍 잠을 깨서 이렇게 딱 손을 짚어 보니께 점을 하러 온다 말이여, 저 건너 동네 늙은이가. 그런데 돈 열닷 냥 가지고 오네. 그거꺼지 다 알어. 이건 환하니까. 근데 곽박 선생은 이게 아주 심술이 많아서 말이야, 제 기분이 나쁘면 점을 아무렇게나 해 주는 거여. 그게 못쓰는 건데 말이여. 그런 습관이 있어.

아나나 달러? 가서 이제 곽박 선생은 다 아는 거니께,

"그, 늙은이가 어짠 일이여?"

그라니께,

"아, 선생님한테 뭐 좀 여쭤 볼라고 왔다."고.

"그래 얘기해 봐."

그래 복채 열닷 냥 가지고 온 거 다 아는 거 뭐. 그래 열닷 냥을 놔. 그래 션찮지만 할 수 있어? 그 늙은이가 돈이 그거밖에 없으니까. 그래 얘길 하니까,

"사실 내 아들이 삼 년 전 오늘이여, 오늘. 돈을 한 짐 벌어 가지고 오기로 하고 약속을 하고 갔는디, 세상 이눔이 살아 있으면 에미한테 이렇게 연락을 안 할 수가 있느냐? 그러니 어떻게 됐나 궁금하니 점을 좀 해 주십시오."

그러니께 한참 생각을 하더니,

"노파 아들이 말이여, 삼 년 동안은 돈을 한 짐을 벌었어. 벌었는디 집에는 못 와. 오다 죽어."

그게 무슨 돈이 소용 있어. 아, 이 노인이 그냥 하늘이 캄캄하네. 그냥 아무것도 안 뵈여. 아, 그래서,

"선생님, 죽는 줄을 알으면은 이걸 살릴 그 묘책이 없습니까?"

그러니께,

"인명은 재천*이오. 어떻게 죽는 사람을 살궈(살려)? 안 돼. 아, 들고 울어도 안 되여."

애걸을 해도 안 가르쳐 줘.

"어떻게 사람을 내가 살리느냐?"고.

"안 된다."고, "어서 가라."고.

할 수 없이 가는 거여.

어, 근데 안녕히 계시라고 인사를 하고 가는데, 고 부엌에서 그 곽박 선생 며느리가 밥을 짓느라고 불을 때요. 불을 때다가, 갈라고 나오니께 부른다 말이여.

"아주머니, 아주머니 저 좀 보세요."

"그래, 왜 그러냐?"

"일로 들어오라."고.

그래 부엌에 가니께, 아 그래도 여름에도 식전 불은 쪼일 만하거든. 부엌에는 불을 때니께 불을 쪼이라고 그러더니,

"우리 아버지가 심술이 꾕장한 양반이라."고.

그란단 말이여. 그 곽박 선생 며느리가 성이 주씬데 그 주씨

---

* 인명(人命)은 재천(在天) 사람의 목숨은 하늘에 달려 있다는 말.

부인이 하는 말이,

"우리 아버지가 점은 잘하는데 심술이 굉장히 많다."고.

그러니께 이 노인네는,

"글쎄요. 심술이 나면 아나? 나는 시방 눈이 캄캄하다."고.

그러니께,

"할머니 아들을 살릴 수 있다." 이거여.

아, 이 정신이 버쩍 날 거 아니여?

"아, 어떻게 했으면 좋겠냐?"고.

"지금 건너가셔서 아침을 쪼끄마치 뭘 끓여 잡숫고 그 이웃집에 저 아드님 친구 젊은 사람이 있으니께 그 사람한테 지붕에 올라가는 사다리를 갖다 지붕에다 놔 달라고 하라."고.

그런데 이제 그 냥반들은 지붕에다가 박 넝쿨 올리고 그랬어.

"그래 착 올라가서 저 용마루* 꼭…… 저 용마루를 가면은……"

이게 아들이 없어서 삼 년 동안을 이제 초가집을 하들 안했으니께* 그냥 흐물흐물해. 다 썩어서.

"거를 이렇게 누르고 세숫대야에다가 물을 한 세숫대 떠다 놓고 불 때는 부지깽이를 거다(거기다) 걸쳐 놓고서는 속옷을 벗어 가지고 말이야, 지붕을 막 때리며 '불이여. 불이여.' 하고 소리를 지르라."는 거여.

---

* 용마루 지붕 가운데 부분에 있는 가장 높은 수평 마루.
* 초가집을 하들 안했으니께 초가집 이엉을 새로 하지 않았으니까.

"그렇게 소리 지르시다가 대간하면(피곤하면) 쉬었다가 또 하고 그렇게 하라."고. "하여튼 해 넘어갈 때까지 하라."고.

그 소릴 듣고 얼른 건너가서 참 그대로 하는겨. 지붕에 올라가서 그 속곳만 입고 여자가 막, "불이여! 불이여!" 하고 돌아가니께, 전부 다 미쳤다고 할 거 아니여?

동네 사람들이,

"저 냥반 미쳤다."고.

"아들이 오는 날인데 안 오니께 미쳤다."고.

다 굉장하지 뭐.

근디 이 사람이 진짜로 돈을 한 짐 벌어 가지고 오는 거여. 아 오는데 큰 고개가 있는데 거기를 떡 올라서서 쳐다보니께 저 건너 산에 시커먼 구름이 냅다 층으로 올라오는겨. 아, 그라더니 고개에서 중간쯤 내려왔는데 쏘내기(소나기)가 막 쏟아지는디 빗방울 하나가 꼭 콩만큼 혀. 막 쏟아지는디 앞이 안 보여.

그래 엔간히(어느 정도) 내려와서 밑에 내려왔는디 산 밑에 보니께, 산 능선이 이렇게 됐는디, 끄트머리 가서 끊겼는디, 여기는 밭이고 그 바위가 요렇게 됐는디 거를(거기를) 비를 피하기 좋겠어. 거를 뛰어갔단 말이야. 아, 가 보니께 거기는 이렇게 비도 안 맞을뿐더러 아주 돈 짊어지고서 앉아서 쉬기 좋게 이런 의자 같은 돌멩이가 하나 있어. 거기 앉아 턱 놓고서 인제 비 그칠 때를 바라는 거지.

아, 그런데 그 저희 어머니한테 빨리 갈려고 이놈을 짊어지고 이만치 달려오다 본께 피곤할 거 아녀? 비도 맞았겄다, 이렇게 딱 깜빡 잠이 들었다 말이여. 아, 자는데 꿈을 꾸는데 저희 집에 불이 났는데 저희 어머니가 타 죽어. 지붕에서 끌라고 하다가. 깜짝 놀라 깨 보니께 꿈인디 비는 그쳤어. 쏘내기니께. 그 지 엄니타 죽는 걸 봤으니께 아 불끈 일어나서 빨리 갈려고 불끈 일어나서 튀어나가니께 '쾅' 하고 뿌여지는(부서지는) 기여, 거가. 조사자/무너졌어. 그러니 그게 그 순간적으로 몇 초 그 순간이여. 그래 거기서 죽을 고비를 살은 거여.

그래 그냥 뒤를 바라보니께 무너 났어. 참 무너 놓고 부리나케 오는겨. 와 보니께 저희 엄니가 참 그 짓을 하고 있는데 아주 늙어졌어. 인저 기운이 없어서. 청중 웃음 그래 와 가지고서 인저 올라가서, 그 어머니를 이렇게 안아서 저희 엄니를 내려놓고. 그때는 울도 못해.

"이게 진짜 내 아들이냐?"고.

자꾸, 자꾸 묻는겨. 둘이 그냥 실컨 붙잡고 울다가……. 동네 사람들은 이저 구경하러 왔다 다 가고.

뭘 좀 저 저녁을 해 먹고 밤새도록 둘이 얘기하는 거여 인저. 좋아서. 그러니 이삼 년 동안 돈 벌러 댕기는디 고생은 얼마나 했겄어? 그 삼 년 동안 댕기면서 고생한 걸 얘기하면 저희 엄니가 막 울고. 또 무슨 일을 해서 돈을 얼마 벌었다 그러면 웃고. 이력하더니만 날이 새는겨. 조사자/웃고 울고, 웃고 울고.

그 어머니가 가만히 생각을 하니께 곽박 선생 집에 점을 안 하러 갔으면 자기 아들은 죽었어. 그렇잖아? 그 며느리가, 며느리가 가르쳐 줄 리도 없고. 근디 사람이 말이여, 은혜를 입었으면 은공을 갚아야 되는 거 아니여? 그래 저 자기 아들한테 얘기를 했어.

"이러 이렇게 해서 이러니 그 어른한테 가서 인사를 해야지 된다."

"아, 그러면 여부가 있느냐."고.

"그래 돈을 얼마나 가져갔으면 좋겠어요?"

지 어머니한테 물으니께,

"한 서른 냥은 가져가자. 돈을 많이 한 짐 벌어 왔으니께."

아, 서른 냥을 가지고 곽박 선생한테를 찾아갔는디, 아 보니께 그 늙은이가 아들을 데리고 들어오네. 조사자/죽었어야 되는데. 틀림없이 죽었는데. 그 바위에 그거 뿌여져서 거기 죽었는디 온단 말이여. 그 와서 인사를 하는디 인저 그녕 인사는 건성으로 받는겨.

"그려. 잘되었다."

그렇게 하고, 간 뒤에 점을 해 보니께 자기 며느리가 가르쳐 줬네. 아이, 참 거, 아, 곽박 선생이 가만히 생각을 해 보니께 인저 며느리 때문에 행세를 못 하겠어. 청중 웃음

"에이, 안 되겠다." 하고.

근디 그 아들은 아주 무식햐. 종이에다 '이 사람 거기 가걸랑 그 자리서 죽이라.'고 써서 줘도 모르는겨. 그 정도로 무식햐. 편

지를 썼어, 곽박 선생이. 염라대왕한테 편지를 쓴 겨.

"내 며느리가 이러해서 안 되니, 내 명예가 훼손되고 안 되니까 잡아 데려가라."고.

그렇게 해서 인저 이 편지를 주어서, 어느 고을에 가서 서당이 있는데 그 서당 훈장 선생님, 글 가르치는 훈장 선생님한티 편지를 주면은 그 냥반이 인저 안채 아랫방에만 들어가면 그게 염라대왕하고 통하는겨.

그 인저 편지를 주면서 가지고 가라고 그랄라고(그러려고) 편지를 쓰는데……. 아, 며느리가 가만히 점을 쳐 본께 저희 시아버지가 저를 잡어가라고 염라대왕한테 편지를 쓰네. 점을 하니까, 그 저희 신랑을 줘서 보내겄어.

'이거 큰일 났다.'

큰일 났지 인저.

'이거 난 그럭할 줄은 몰랐더니 시아버지가 나한테 복수를 하는구나.'

남편을 꼬시는겨.

"여보, 이 세상에 말이여, 당신하고 아버님하고 이렇게 두 분 중에서 하나가 죽는다면 누가 죽어야 내가 행복허겠느냐?"고.

이렇게 물었어, 자기 냄편한테. 아니, 이놈이 생각을 해도 큰일 났네. 지가 살긴 살아야 되는디 그리고 본게 불효가 되고. 한참 생각하다,

"아무캐도(아무리 해도) 인저 아버지는 연세도 많고 차례가 됐으

니께 아버님이 떠나고 당신하고 살어야지."

근께(그러니까),

"그렇다."고.

"바로 그거여. 당신이 내 말을 안 들으면 말야, 나는 인저 가. 그라니께 꼭 시키는 대로 하라."고.

그라니께,

"아, 뭐든지 한다."고.

"아버님이 편지를 써 줄겨. 써 주걸랑은 가지고서 어디로 가서 선생님한테 주고서 인저 편지 답장을 받아 가지고 오라고 할 거니께 그렇게 해서 편지 답장을 받아 가지고 와서 아버님한테를 먼저 가지 말고 나한테로 오라."고.

"안 오면 당신하고 나하고는 끝나는겨."

"아, 걱정 말으라."고.

그래 편지를 가지고 가니께 이렇게 보더니 곽박 선생 아들이 왔단 말여. 그 훈장 선생이,

"그래, 우째 왔나?"

"아니 우리 아버님이 편지를 한 장……."

옛날에는 편지를 가지고 댕겼지. 뭐 시방마냥 이런 게* 없으니까. 편지를 이렇게 보더니만은 안으로 들어가더니 편지를 써서 착 봉투에다 탁 봉해서 갖다 줘. 갖다 주면서,

---

* 이런 게 우편을 통해서 보내고 하는 것.

"자네 아버지 이거 갖다 드리게."

가지고 오는 거야. 이놈은 뭔지도 모르는 거지 뭐. 와서 저희 마누라한테로 먼저 그 편지를 가지고 갔어. 가니께,

"편지 가지고 왔느냐?"고 하면서, "인내라(이리 내라)."고.

저희 마누라가 쌔려 넣는 거여. 그 편지를 자기 마누라가. 그러 더니 아버지한테 가지 말고…… 아, 해는 넘어가서 어둑어둑한디 집 뒤루다 뒤꼍으로 올라오라고 혀.

가니께 널을 말이여, 널, 사람 넣는 널*을 갔다가 걸빵(질빵)을 걸어 놓고서 거기다 뭘 했느냐 하면, 떡을 요만하게 한 시루…… 요만하게 한 서이서 먹으면 마치맞을(마침맞을) 정도로 떡시루 하나 쪼끄만 게 하나 있고, 술병이 하나 매달리고, 거 짚신짝이 몇 개 매달리고 말이여. 아, 그렇게 있단 말이여. 걸빵을 딱 걸었잖어?

"이걸 지구서 집 앞에 나가서, 이 또랑이 있는데 또랑을 쭉 제 방을 따라 나가면, 저 아래 내려가면 거기 건너오는 다리가 하나 있는데, 고 다리 있는 데 이걸 내려놓고 기달리면은 저기서 어떤 사람들이 장정이 세 사람이 오다가 '아, 여기 배가 출출한데 떡 좀 먹었으면 좋겠다.' 이런 얘길 하고 올 거라."고.

"다리 건너오걸랑 반갑게 나가서 인사를 하고 누구냐 그러걸 랑……."

---

* 널 시체를 넣는 관이나 곽 따위를 통틀어 이르는 말.

이하 구연상의 착오로 남편이 실제로 세 장정을 만나 이야기를 나누는 것으로 진행이 바뀌었다.

"내가 아들을 못 둬서 공을 들이면은 아들을 낳는다고 그래서 절에 가 불공을 하는디 절에서 하는 말이 적덕을 하라고 해서 이렇게 나왔습니다."

"그러냐?"고.

"그 왜 그러냐?"고.

이눔이 묻거든.

"아, 그런 게 아니라 여기서 들으니까 저기 오시면서 '얘, 그 떡 좀 먹어 봤으면 좋겠다.'고 말씀을 누가 하셨어요?"

"그 내가 했다."고.

그러니께,

"일루 오라."구.

아니 떡, 그 널 위에 있는 거 떡시루 요만한 놈 하나 내놓는데 열어 보니께 짐(김)이 모락모락 나. 아, 그놈들이 그 배가 고픈 판에 얼마나 좋아. 칼로 요렇게 주머니칼을 꺼내드니만 떡시루에 있는 거 떡을 요렇게 쓸더니 덩어리 하나씩 꺼내서 먹는 거여. 그 술병이니까 더 술도 따라 주는 거지. 한 잔씩 먹고. 아, 짚신이 거 걸어 달아 놨은께,

"아, 짚신이 다 됐는디 이걸 가시다가 신으라."고.

한 켤레씩 떼 줬이.

그런데 저희 마누라가 참, 고거 뺐네. 떠날 적에 뭐라고 얘길 하느냐 하면,

"그 사람들이 그걸 먹고 간 뒤에 거기 보면 뭘 흘렸을 거다."

이거여.

"만약에 뭐 편지 같은 거 봉투 같은 거 흘렸걸랑 얼른 가서 그 밑에 또랑 물속에다 갖다 파묻으라."고.

"거기 그냥 두면 안 된다."고.

그렇게 얘길 해 놨어. 그래 이놈들이 먹더니마는 한 놈이 그랴.

"그 좀 봐라, 얘!"

아, 그러더니 보따리서 책을 이만 한 놈을 끄내더니 훌훌 넘기더니마는,

"여기 그 누구를 잡으러 왔는디 세상에 누군지를 잊어버렸다."

이거여. 그러더니마는,

"에이, 하여튼 이 근방에 그 용한 선생님이 있느냐?"고.

그렇게 묻는다 말이여. 그래,

"난 모른다."고.

"그런 거."

그러다 갔단 말이여. 아니, 한참 가다가서 보니께, 가는데 보니께 종이가 있어. 종이가 하나 있어. 이놈을 갖다가 얼른 냇물에 갖다 파묻고선 집으로 이놈은 들고 내뺐어. 다 집어내 버리고.

아, 이놈들이 한참 가다가서 보니께, 잡으러 오는 놈을 찾아야 되는디 주머니를 이렇게 뒤져 보니께 체포령장(체포 영장)이 없어졌

네. 그게 염라대왕이 준, 조사자/누구 잡아와라. 그 배지*라는겨. 이걸 딱 내놓고 그냥 데리고 가는겨. 그거 없으면 못 잡아가요. 아, 체포령장 없이 어떻게 체포를 해 가? 큰일 날려고.

아, 이거 큰일 났어.

"야, 이거, 이 근방 어딘디 야단났다."고.

그게 그 어선가(어디선가) 기억도 안 나니. 그라니께 하나가 있다 말이,

"아하! 아까 그 떡 먹을 적에 말이여, 주머니칼 꺼낼 적에 그때 빠져나왔는갑다."고.

"그래, 가 보자."고.

세 놈이 뛰어가 보니께 사람은 아무도 없는디 널에다 바가질 엎어 놔서 걸빵 걸어 났어. 그라니께,

"아하, 널 곽 자, 곽박 선생이라." 이거여.* 청중 웃음

참 그 메느리가 그만큼 알어.

"됐다. 곽박 선생이다. 잡어가야지."

그래 곽박 선생 가는 길이 열루(여기로) 가는 거 안단 말이여. 아 이 곽박 선생이 가만히 점을 쳐 보니께 사자(저승사자)들이 이제 자기를 잡으러 오네. 청중 웃음 큰일 났단 말이여. 그러니 이 사람이, 죽어서 왜 초혼 불르잖아요, 초혼? 초혼 불르고 왜 적삼을

• 배지 패지(牌旨). 지위가 높은 사람이 낮은 사람에게 권한을 위임하는 문서.
• 널 곽 자, 곽박 선생이라 널을 뜻하는 글자는 '곽(槨)'인데, 유사한 글자인 곽박 선생의 '곽(郭)'과 연결시킨 것이다.

이렇게 던져서 폭폭 하는디. 초혼을 부르면 말이여, 그 영혼이 다시는 못 들어가요, 거기를. 시체한테를. 초혼을 안 부르고 그냥 있어야 다시 살아가지. 그래 곽박 선생이 다급하니께 자기 아들을 불렀어.

"애비가, 내가 말이여, 너희 아버지가 쪼끔 있으면 그냥 가만히 드러누워서 자는 거 같이 죽어 있을겨. 그러걸랑은 너희 식구한테나 아무한테고 죽었다 소리는 절대 하지 말고 내일 아침꺼징만 좀 그냥 가만 있으라."고.

조사자/아, 초혼하지 말라고. 울지도 말고 아무도 얘기하지 말고. 왜냐하면 곡소리가 나면 안 들어가거든. 부탁을 해 놨단 말이야.

"아, 예. 그렇게 하겠습니다."

아, 이 사람이 가만 있으니께, 아 쪼끔 있으니께 이 저승사자들이 세 놈이 오더니 곽박 선생한테,

"가자!"

이거여. 아, 이거 안 가는 재간이 있어?

"아, 내 염라대왕하고 나하고 친하다."

그러니께,

"그건 안 됩니다. 거 가서 일단…… 일단 가자."는겨. 청중웃음

거 할 수 없지. 그거는 마음 놓는 거지. 내 자식한테 곡도 하지 말고 초혼 불르지 말라고 그랬으니께. 갔다가 도로 오면 된다고 생각하고 끌려가는겨.

아, 그 며느리가 가만히 점을 쳐 보니께 이 저승사자들이 와서

자기 시아버지 데리고 갔어. 근데 이걸 못 살아나게 할라면 시신을 거두고 막 곡을 하고 울어야 되여. 그래 지 신랑한테,

"저 사랑방에 가 보라."고.

"아버님이 돌아가셨는데 왜 아들이 이럭하고 있느냐?"고.

"그래 어떡하는거?"

"어떡하나마나 머리 풀르고 울으라."고. 아, 여자 들고 우네. 울으니께 이웃 동네 사람들이 쫓아올 거 아니여? 어쩌나 하고? 아버지가 죽었네! 아, 거 메느리가 사잣밥*을 지어다가 놓고 거 초혼 불러 달라는거. 그래 초혼을 불렀네.

영 헛일이지 뭐. 가니께 염라대왕이 '허허' 웃고,

"어여 와. 어여 와."

그런다 말이여.

"아, 그러나 저러나 내가 메느리한테 당해서 여까지 왔는데 이거 안 되여. 아주 내 며느리한테 복수를 하고 더 해야겠어."

그러니께 염라대왕이,

"이 사람아, 다 틀렸어. 청중 웃음 자네 메느리가 자네보다 월등 나아. 그래 벌써 초혼 불르고 곡하고 동네 사람 다 모이고 난리 났어. 다시는 인저 못 살아나."

그래서 곽박 선생 같은 그렇게 유명한 양반이 마음을 잘못 써가지고 그 며느리 손에 죽었어요. 그렇게 용한 이가 며느리 손에

* 사잣밥 초상난 집에서 죽은 사람의 넋을 부를 때 저승사자에게 대접하는 밥.

죽을 줄 누가 알어? 그래서 기는 사람 위에 나는 사람이 있는겨. 그러니까 잘났다고 사람이 생각하면 안 되는 거여. 얘기 끝났어요. 조사자/아이고, 어르신. 얘기 정말 좋네요.

박철규(남, 1924년생, 83세)
2006. 10. 23. 청주시 상당구 중앙공원
김종군 김경섭 심우장 김예선 외 조사

제5부 신통한 인물, 특별한 사연

💬 **해설**

신통한 재주를 가진 두 인물이 펼치는 고단수의 흥미진진한 경쟁에 얽힌 사연이다. 세상에 널리 이름난 명인인 곽박 선생이 자기 집안에 들어온 며느리한테 져서 죽고 만다는 결말이 무척 인상적이다. 진짜 뛰어난 인물은 잘 보이지 않는 곳에 숨어 있다는 인식을 보여 주는 이야기라 할 수 있다.

며느리가 시아버지를 죽게 한다는 진행이 비윤리적으로 보이기도 하지만, 표면적인 내용보다 이면적인 의미 맥락이 더 중요하다. 곽박 선생은 제 능력으로 사람을 살릴 수 있음에도 심술을 부려서 외면한 탓에 화를 입은 터이니 그의 죽음은 일종의 자업자득이었다고 할 만하다. 이야기 끝에 화자가 교만을 경계하고 있거니와, 자기가 최고라고 하는 자만심 또한 스스로를 함정에 빠뜨린 원인이었다고 할 수 있다. 곽박 선생의 아들이 아버지보다 자기와 아내를 선택하는 일에 대해서도 그것을 패륜처럼 받아들이는 것보다는 앞세대는 떠나고 뒷세대가 남아서 주인공 역할을 하는 것이 순리라고 하는 차원에서 의미 맥락을 이해하는 것이 합당하다고 여겨진다.

한편, 곽박 선생의 며느리가 도와준 사람이 외롭고 불쌍한 어머니와 아들이었다는 사실도 눈여겨볼 만하다. 설화를 전승해 온 민중의 입장에서 그들의 처지를 이해하고 돌봐 주는 저 며느리 같은 사람이 살아남는 것은 당연히 그리되어야 하는 일이었다고 할 수 있을 것이다. 중간에 구연상의 약간의 착오가 있긴 했지만, 이 자료는 흥밋거리와 의미 요소를 두루 잘 갖추고 있는 명품 이야기라 할 만하다.

💬 **생각거리**

- 이 이야기에서 곽박 선생이 뛰어난 능력에도 불구하고 죽음을 맞은 데 대하여 그 원인과 경과를 일목요연하게 정리해 보자.
- 아들을 기다리던 어머니가 지붕에 올라가서 미친 사람처럼 행동하는 장면에 대하여 구체적인 상황과 인물들의 심리를 소설이나 대본의 형태로 묘사해 보자.
- 이 설화 속에는 곽박 선생과 며느리라는 두 신통한 두 인물 사이에 무식한 아들이라는 인물을 배치하고 있다. 이런 인물 구도가 어떤 효과를 내고 있는지 생각해 보자.

전 재산 바쳐서
얻은 점괘

윤증례

옛날에, 옛날에 조실부모허구 갈 데 올 데 없는 남자, 갈 데 없는 사람이 부잣집에 가서 요 쪼그매서부터 그 집에서 키워 가지구, 그 집에서 그 남자가 애기 때부터 가 가지구 그 부 잣집에서 삼십 년을 머슴살이를 했어요. 조사자/삼십 년? 에.

삼십 년을 머슴살이를 하고 나니까, 머슴이라고 장가도 못 가고, 또 장가갈려고 그러믄 여자들이 약혼할려고 그러던 여자가 셋이 죽어 버렸어. 그 머슴, 머슴을 장가를 보낼려 그랬는데 약혼만 해 노믄(놓으면) 여자가 죽고 약혼해 노믄 여자가 죽고, 여자 셋이 죽었어.

그러니깐, '인제 나는 장가 못 갈려나 보다.' 하구 인제 노총각이 됐잖아, 이 사람이. 나이 사십이 다 됐는데.

아, 그 총각이 삼십 년 동안 그 집에서 머슴살이를 하다가 약 혼녀를 셋을 죽였어. 약혼해 노믄 죽구, 해 노믄 죽구. 셋이 죽고 나니까 사십이 다 된 남자가 결혼을 못 하니까 인제 일도 하기 싫고 그렇잖어? 그래 가주구 마음을 먹기를 이 사람이, 주인 할아버지한테…….

'아무튼 거지가 돼서 빌어먹어도 이 집을 나가야 되겠다, 내가. 이제 머슴살이 그만하고.'

자기가 그 각오를 하구서 주인어른한테 뭐라고 하느냐면,

"대감님, 내가 여기서 은혜도 많이 입구 삼십 년 동안 머슴살이를 했는데 나 인제 머슴살이 안 하고 싶어요. 내가 나가서 쪽박을 차고 빌어먹어도 나가겠어요."

그러니까 그 주인 할아버지 허는 말이,

"어, 그것도 그렇겠다. 너무 일만 했으니까 니가 진절머리가 나겠지. 그러면은 니가 나가서 혼자 살 수가 없으면 우리 집으로 도루 들어와라."

그랬어요. 주인 할아버지도 맘이 좋지.

"니가 살다 살다 못 살면 우리 집으로 도루 와라."

그랬어요. 그래서,

"그럼 그러겠다."고. "그럼 내가 살다 못 살면 도로 오겠다."고.

그러구 나간다 그러니까 그 할아버지가 지끔으로 말하면 돈한 이천칠백만 원, 세경으루 인제 그거를 줬어. 줘서 이 사람은 그거를 짊어지구 목적지 없이 하염없이 하염없이 걸어가는 거여. 정처 없이 떠나갔어요.

그래 떠나가고 떠나가고 하는데 한 집에 가니까는, 한 동네 가

니깐 초상이 났어요. 초상이 났는데 어떻게 됐냐? 아가씨가 죽었어. 아가씨가 죽어서, 그 집이 부잣집 아가씨가 죽어서 난리가 난 거여. 아가씨가 죽으니까 그 집이 난리가 날 거 아녀? 조사자/그렇죠. 응. 이제 시집갈 아가씨가 죽었어. 그래 가주구선 그 아가씨를 갖다 묻었다. 장례를 하는데, 장례를 하는 게 어떻게 하냐믄 파묻질 않구 그냥 관을 갖다 허공 중천에다 놔두는 거여 거기는.*

그랬는데 사람들, 거기 가서 가만히 들으니까는 사람들 쑥덕쑥덕허는 게,

"아주 여기 점쟁이가 잘 맞춘다."고.

아줌마들이, 오나가나 아줌마들이 말이 많어. 근데 아줌마들이 허는 소리가,

"아이, 어디 가면 점쟁이가 아주 기가 막히게 잘 맞히는 점쟁이가 있다."

그래. 청자/족집게라 그랬구만. 응.

그래 가주구 인제 이 머슴이 그 말을 하는 아줌마한테다가 대구서,

"아줌마, 점 잘하는 아저씨가 어디 있어요? 나 좀 가르켜 주쇼. 점쟁이 좀."

그러니까, 조사자/장가가고 싶어서? 응.

---

* 장례를 ~ 거기는 **초분(草墳)**이라는 장례 방식. 시신을 풀이나 짚으로 덮어 두었다가 살이 다 썩은 뒤에 **뼈**를 골라 땅에 묻는다.

전 재산 바쳐서 얻은 점쾌

"그러믄 가자."구.

자기가 장가를 갈 수 있나 없나 첫째는 그게 목적이여. 그래서 그 점쟁이를 찾아갔어. 찾아가니깐 어떻게 잘 맞히는지 사람이 죽 늘어서 있어요. 번호를 맡아 가지고 서 있는 거여. 근데 그 번호를 맡아 가지고 서 있다가 자기 차례가 돼서 들어가니까, 점쟁이가 하는 말이,

"너 왜 왔냐?"

"나는 장가가고 싶어서 왔다."구.

"어, 그래? 장가가구 싶어? 그러믄 너 주머니에 있는 대로 여다 돈 다 내놔라."

그 말이여. 그 삼십 년 동안 산 돈을. 조사자/세경 받은 거 다 내놓으라고? 응.

그 점쟁이가 얼마 있는 것까지 딱 맞춰. 그러믄서,

"너 지끔 이천칠백만 원……"

지끔으로 말하면,

"이천칠백만 원 있는 거 다 여기 내놔라."

그거야. 그 점쟁이 허는 말이. 청자/그거 내놔야지 장개간다는 거야? 음.

그런데 제일로 놀랜 것은 자기 주머니에 있는 돈을 이 사람이 어떻게 아느냐는 그 말이야. 이 사람이 아무리 점쟁이라도, 응? 점쟁이래도 그렇지. 그래 점쟁이래두.

'야, 희한하게 맞히네. 내 주머니에 있는 돈까지 맞춰?'

그러니깐 기가 막히게 맞히는 거 아녀. 그래서 꼼짝 못하고, 돈까지 다 맞히니까 그 돈을 책상에다 다 내놨어요. 그랬더니 이 점쟁이 하는 말이…… 점쟁이가 아주 부하가 많아요, 바깥에.

"아무개야. 들어와서 이놈을 꽁꽁 묶어라."

그러는 거야. 돈을, 돈 낸 사람을.

"묶어라. 묶어다 아무 나무에다 갖다 걸어 매라."

그러는 거여. 그니까 뭐 그 사람은 점쟁이고 해서 돈을 많이 벌었으니까 신하들도 많구 그래 가주구 들어와서 꼭꼭 묶었어. 이 사람 큰일 났잖아? 돈은 다 내놓구 자기는 묶어 놓구 뭐 어다 (어디다) 갖다 매달라 그러니까.

"어느 나무 위에다 갖다 매달라."구.

그래서,

"아니, 나 장가가게 해 달라구 왔더니 나를 왜 묶어요?"

"너는 묶였구, 너는 죽어야 돼."

그러는 거여.

"넌 살아 봤자 소용없으니까 죽어야 돼."

그래서 참 기가 막히잖아? 발버둥쳐도 소용없어. 꽁꽁 사람들이 여럿이 들어와서 묶어 가지고 그 나무, 큰 버드나무에다 갖다 매달았다. 그래 대롱대롱 매달려 있는 거여.

매달렸으니 거기서 다 죽게 생겼는데, 매달려서 다 죽게 생겼는데, 막 죽겠다고 하니까는 어느 인제 그렇게 매달아 놓구 그 사람들은 가니까, 지나가던 사람이 하나,

"당신은 무슨 죄로 거기에 달려 있소?"

그 말이여. 인제 달아매 놓고 갔으니까. 그래서,

"나 이만저만해서 장가갈려고 점쟁이한테 갔더니 내 수중에 있는 돈은 다 내노라 그러구 나를 이렇게 묶어 놨다."구.

그러니까 너무너무 불쌍하잖아, 그 사정 얘길 들어 보니까? 그래 지나가던 행인이 그 사람 풀러 놨어요.

그래 풀려나 가주구 이 사람은 기진맥진해서 드러누워 있는데, 옆에서 밤중이 되니깐 막 여자 우는 소리가 나는 거여. 그것두 젊은 아가씨. 젊은 아가씨 우는 소리가 들려서…… 청자 / 처녀 죽은 귀신인가 보다. 조사자 / 그런 거 같아요. 어. 차츰차츰 소리 나는 쪽으로 가 보니까, 거기는 묻질 않고 처녀를 관째 내버렸는데 그 관 쪽에서 소리가 나는 거라. 조사자 / 안 죽었나? 응. 그래서 이 총각이 가서 관을 뜯고 보니깐, 아 이쁜 색시가 그러거든. 드러눠서 그래 살려구 소리를 해는 거야. 그래서 '희한하다.' 하고.

무서울 거 아냐, 밤인데? 그래두 이 사람은 그냥 그, 여자니까 안아 가지고 오막살이 어떤 집으로 업고 들어갔어. 그 여자를 자꾸 살릴려고 해도, 살릴려고 살릴려고 해도 살아날려고 하면서도 안 깨나니까 이 남자는 자기 손가락을 깨물어서 피를 내 가주구 여자 입에다 흘려서 그 여자를 피를 많이 멕이니까 살살 살아나는 거여. 그래 가주구 이 여자가 살아났어요.

이 여자가 누구냐면 그 부잣집 딸이었다 그 말이여. 그래서 인제 살려 가지구서는 인제 간호를 하고 그러는데 자초지종을 물어 보니까 그 동네 부잣집 딸이란 말여. 그러니까 그렇게 살아 가주구, 이 아가씨가 자기 살려 준 은인 아녀? 그래 가주구 그 머슴 그 사람을 데리고 자기 아버지한테 가니까, 아 죽은 사람이 살아 왔으니 놀랠 노 자지. 죄다 귀신이 살아왔다고 할 거 아녀? 그래 도 일단은 들어가서 그 사람이 자초지종 얘기를 했어요, 머슴이.

"이만저만해서 내가 장가갈려구 갔는데 그 사람이 돈 다 내놓으라 그러더니 묶었다. 묶어서 매달았다. 매달았는데, 매달았는 데 이만저만해서 이 색시 소리가 나서 이렇게 됐다."고.

아, 그러니까 주인 할아버지가 어떻겠어?

"그러면 너 소원이 뭐냐?"

어? 그 집주인이. 그래서,

"나는 아무것도 바라지 않구 색시 하나 얻는 게 소원이라."구.

"나이 사십이 되도록 장가 한번 못 갔으니까 나는 그저 잘살든 못살든 부인 하나만 있으믄 좋겠다."

그랬어요. 그러니까,

"그럼 어디서 부인을 하나 얻어 주나?"

주인 할아버지가 고민 고민 하니까 그 처녀 허는 말이,

"아버지, 고민할 거 없어요. 나를 살려 준 거는 이 아저씨가 나를 살려 줬으니까 내가 이 아저씨 부인을 하겠다."고 그랬어요.

그래 어떻게 되겠어? 그러니까 부잣집 사위가 됐잖어? 딸이 이 사람한테 시집가겠다는데 뭐라고 하겠어, 죽었던 사람이? 그 래 가지구 이 사람은 그 아가씨하고 잘 사는데 거기서 부잣집이

딸이니까, 아 살림 잘 내주고 아주 고래등 같은 집을 져 주고 잘 살게 해 준 거 아녀?

그러믄 그 점쟁이가 잘 맞힌 거여. 조사자/그렇네요. 매달라 그 러구. 저 눔이 저렇게 될 거를 점쟁이 미리 알구서 매달아 놓구 그렇게 그렇게 돌아가라고 한 것이다 그거구. 그게 그렇다 그 얘 기예요. 청자/그러니깐 은인이 됐어. 복 받구, 다. 그거예요.

윤중례(여, 1932년생, 74세)
2006. 1. 12. 서울시 종로구 노인복지센터
김경섭 정병환 나주연 조사

미래를 내다본 신이한 점쟁이에 관한 이야기다. 머슴이 전 재산을 내놓고서 점을 쳤다는 것은 얼핏 아무 생각이 없는 무모한 일처럼 보인다. 요행수에 기대는 행동처럼 생각되기도 한다. 하지만 이야기의 이면적 맥락에서 보면 그는 자기 모든 것을 걸고서 소원을 이루고자 했던 것이고, 그러한 바람이 통해서 좋은 결과를 얻었던 것이라고 할 수 있다. 그 과정을 보자면 점쟁이가 한몫을 했지만, 그보다 더 중요한 것은 주인공이 무서움을 무릅쓰고 선뜻 나서서 죽어 가는 여자를 정성껏 구완해서 살려 낸 일이다. 점쟁이는 실마리만 제공한 것이고 결정적으로 앞길을 연 것은 주인공 자신의 몫이었다는 뜻이다. 어쩌면 그가 가진 것을 다 내던진 무소유의 절박한 상태에 있었기 때문에 살아날 길이 보였던 것이라고 생각해 볼 수도 있다.

💬 생각거리

- 이 이야기에서 주인공이 좋은 결혼 상대를 얻어 행복을 누릴 수 있었던 이유는 어떤 것들이며, 그중 가장 결정적인 것은 무엇이었을까?
- 앞일을 미리 안다는 데는 빛과 그림자가 함께 있다고 할 수 있다. 불확실한 미래에 대비하는 현명한 자세에 대해서 토론해 보자.

신기한 점과
세 번 죽을 고비

봉원호

충북, 충북 청주군 북위면 용지리라는 데서, 옛날에 선비 하나가 공부를 해 가지구 서울루 과거를 보러 나섰는데, 어디를 왔느냐면 천안을 왔는데, 천안 와서 보니께루 해는 서산에 넘어갈 즈음에 앞 못 보는 판수* 하나가 떡 앉았는데…… 시방 들어가는겨?* 조사자 / 네. 아, 무슨 그느무 애들이 사람이 똥 눈 걸 찍어다가 판수 콧구녕에다가 자꾸 이늠이 대구 저늠이 대구 허니께, 그 앞 못 보는 판수가,

"야, 이느무 새끼들. 구려 죽겄다. 구려 죽겄다."

이라거든, 그 학자가 뒤에서 보니께.

아, 그러더니마는 야중(나중)에는 판수의 지팽이를 집어 가지구

* 판수 점치는 일을 직업으로 삼는 맹인.
* 시방 들어가는겨? 녹음이 되고 있는지 확인한 것이다.

서 도망을 쳐 내빼여. 그 학자가 가만히 생각을 하니께 판수는 지팽이가 눈이여. 지팽이루 더듬어서 가늠해서 가니께 지팽이가 눈이라 이거여. 거 이느무 애들이 나쁜 짓을 해두 지팽이를, 판수의 눈을 뺏어 가니께 안 되겠어서 쫓어가 뛰어가서 지팽이를 뺏어서는 갖다 그 판수를 줬어. 주니께 그 판수가,

"아이구. 워디 가시는 양반이 나한테 이렇게 좋은 일을 하시냐?"구.

"나는 부모 덕분에 글자나 배워서 서울루다 과거 볼라구 나선 사람유."

"아이구, 그러시냐?"구.

"그러시면 나한티 이렇게 좋은 일을 했으니, 해두 시방 넘어가구 했으니 우리 집에 가서 하룻밤 쉬어 가자."는겨.

그런데 이 학자가 좀 간구해서,* 여비가 과거 일자를 맞추구 가자면 하룻저녁 어서(어디서) 공식*을 해야만 날짜가 되겠는데, 저 판수를 따라가 공식을 하는 건 좋지만 따라가 가지구서 만약에 어려워서 땟거리(끼닛거리)나 읇이 이런 정도면 가서 아침밥, 저녁밥을 준비해도 그 까시(가시) 먹는 거 같다 이거여.

자기 속마음으루. '저런 판수가 어렵지 뭐, 부자는 아닐 것이다.' 그래서 사양을 하구 안 갈라구 드네.

---

* 간구(艱苟)해서 가난하고 구차해서.
* 공식(空食) 공짜로 밥을 먹는 일.

그러니까 이 판수가,

"나한테 이렇게 좋은 일을 했으니 우리 집이(집에) 갑시다, 갑시다."

그래 하(하도) 가자구 해서 따라서 갔다 이거여. 가구 보니께 그게 아녀. 판수가 점을 용하게 쳐 가지구 돈을 우트게(어떻게) 불었는지(벌었는지), 옛날에 지와집(기와집)이라면 다 부자가 지와집 있수. 아주 거룩허게 지와집을 딱 짓구 문간채에다 해 놓구 제대루 잘해 놓구 살어, 가 보니께. 그리구 판수의 마누라는 사족이(사지가) 멀쩡하구 일월을 다 보는 마누라여.

그러니께 남편이 돌어와서 '이 학자가 나하구 이러저러하구 이랬다.'는 사실 얘기를 쭉 하니께 그 마누라가 자기 냄편에게 좋은 일을 했다구 그 학자를 안방으로 모셔. 그 안방에다 갖다 모셔 놓더니 주안상이 들어왔어. 그 주안상을 들여왔는디 둘이 앉아서 이걸 나눠 먹다 보니께 저녁상이 금방 또 들어왔네. 그래 저녁을 먹구……

그래 그 집에서 잠을 잘 자구 그 이튿날 아침을 먹구. 아, 가 보니께 사는 것이 그만허니께 아침저녁 언어먹었어두 마음으루 개운하고 뜨듯하다 이거여. 간구하들 안하니께. 그래 아침을 먹구 간다구 하니께 그 판수 말이, 하는 소리가,

"좌우간 서울에 가셔서 이번에 과거에 급제를 할라나 안 하나 나한테 점이나 한 장 쳐 가지구 가슈."

그라거든.

아, 이느무 학자가 생각을 하니께 그런 점 일부러도 쳐 볼 텐데 작정해 쳐 준다구 하니,

"그럼 쳐 달라."구.

그래 판수가 이만한 산통*을 내 가지구 '쩔렁쩔렁' 흔들더니 떡 이렇게 내보더니마는 세 가치(가지)를 내더니마는, 일곱 개 그은 게 있구 열세 개 그은 게 있구 열일곱 개 그은 게 나왔는데 그늠을 이렇게 조합해서 풀이를 하더니 무릎을 탁 치더니만은,

"참 좋긴 좋수, 점괘가. 이번에 가면 틀림읎이 과거 급제는 하는데, 죽을 고팽이(고비)가 싯(셋)이 들었다."는겨.

아, 그래 죽을 고팽이가 하나도 어려운데 싯이 들었다는데 과거 벼슬을 하면 뭐히여? 죽으면 고만이지. 청자 / 그렇지. 그래 그 판수, 그 선비가 하는 소리가,

"그 이거 죽을 꼴만 알지 살 꼴은 읎느냐?"

그러니께,

"그 잘하면 살 수가 있는디, 이 극난히 어렵습니다. 죽을 고팽이가 싯이 들었는데 첫째 죽음하고 둘째 죽음은 당신 마음에 달리고 마즈막 죽음에 가서는 이걸 내놓으시라."며 가죽 쌈지를 하나 판수가 줘.

그라면서,

"이걸 나한티 받어 가지구서 궁금스러워서 첫째 죽음두 안 지

* 산통(算筒) 장님이 점을 칠 때 쓰는, 산가지를 넣은 통.

나가구 둘째 죽음두 안 지나가서 이걸 펴서 까 보면, 이 안에 뭐이 들어 있나 하고 꺼내면 다 허사가 된다."는겨.

"첫째 죽음 넝구고(넘기고) 두째 죽음 넝구고 세째 죽음에 가서 다 걸릴 제 이 가죽 쌈지를 열어 보지도 말구 내놔라."

이랬단 말여.

아, 그라구선 가죽 쌈지 하나 얻어 가지구 그 집을 나섰단 말여. 게 거기서 나서 가지구서는 워디를 왔는가 허니 수원을 왔수 그랴. 천안서 수원을 왔어.

수원을 오니께 또 해가 넘어가서 하숙을 가게 됐는데, 게 하숙집을 떡하니 주인을 정해 가지구 가서루, 저녁을 먹구서 있었는데, 그 보따리다가 책을 몇 권 싼 게 있거든. 그래 자기는 이르고 해서 책을 내놓구서 몇 권 이걸 보다 보니께 잘 시간이 떡 당했는데, 술을 청하지두 안했는데 그 주인댁이 주안을 해서 떡 차려서 들여왔어. 아, 들여왔는데 이 학자가 술을 좋아하거든. 그런데 여비를(여비가) 모자라는 생각을 허면 그 술을 안 먹었으면 좋겠는데, 가져오라 소리를 안 했어두 주인댁이 생각을 하구 가지구 왔는데…… 갖다 술상을 떡 노면서(놓으면서),

"손님이 오시느라구 오는 진로에 피곤하실 텐데 이 술 한 잔 잡수구 주무시면 잠도 잘 오구 허실 테니께 제가 가지구 왔습니다."

그라면서 갖다가 술을 주르르 따러. 그래 이 학자가 그 술을 먹으면서 생각에,

'내가 여비를 이렇게 모자라지만 내일 아침에 갈 때는 아침 밥

값, 저녁 밥값, 이 술값조차 다 얹어서 계산하구 가리라.'

하구 그 술을 달게 받아서 먹었어.

그래 그 술을 달게 받어 먹었으면, 술상이 났으면 그 여자가 술상을 가지구 나가야 하는데 안 나가구 웃목(윗목)에다 밀쳐. 웃목에다 밀쳐 놓더니마는 아랫목에다가 손님 주무시라구 그라면 서루 요이불 쑥 깔구 뭐를 발치에다 떡 놓더니서만 여자가 활활 빨개벗구선 이불 속으로 들어가며,

"손님, 나허구 여기 와 잡시다." 이거여.

그라는 판국에 그 남자(남편)가 그 여자가 행실이 그렇다는 걸 알구서는 그날로서 여자한티 당부를 했어.

"내가 오늘은 어디 볼일이 있어서 이레 만에 집에를 들어올 텐데, 손님들 오거들랑 손님 접대하구 집 잘 지키고 있어라."

이렇게 당부해 놓구서는 나갔다가서 여자 몰래 집에 들어와 가지구서 그날 숨어 인저 엿을 보고* 있는 거여. 그날 여편네하고 가까이하는 놈은 좌우간 그놈두 죽이구 자기 여편네두, 청자/아하. 찔러 죽일라구 시퍼런 칼을 하나 가지구 숨어 있다가…… 그 숨어 가지구 자기 마누라가 술상꺼지 다 가지구 가는 거 다 보구 있었어.

게 그라는 도중인데 이 학자가 가만히 생각을 하니께 여자가 빨개벗구서 이불 속에 들어간 걸 보구서 나니께루, 여자 그걸 다

---

* 엿을 보고 엿보고.

신기한 점과 세 번 죽을 고비

보구 나니께 우연히 이게* 일어나 가지구 이렇게 있어. 아, 그런데 이느무 학자가 그 여자 가까이하구 싶은 생각도 나나 판수한티서 점 친 생각을 하니께,

'첫째 죽음, 둘째 죽음은 내 마음에 달렸다구 했으니께 이것이 그게 아닌가?'

하구서 거기서 냉발*을 하는겨.

"이 나는 보통 사람이 아니구 부모 덕분에 글자나 배워 가지구 서울루 과거 보러 가는 사람인데 요망스럽게, 재수 없게 여자가 이게 무슨 행실이냐?"구.

그래 이 야단을 칠 적에 이 남자는 배깥에 숨어서 있다가 그때는 문 졑이(곁에) 와 문구녕을 들여다보고 눈 바로 보고 있는겨. 그래 인제 이 여자가 이불 속에 뻘거딩이루 드러눴으나 학자가 냉발을 하구 호령을 치니께 거기 드러눴으나 소용이 읎잖어? 그러니께 나와서 자기 벗어 놓던 옷을 입었다 이거여.

그래 입었구 난 뒤에 그때서 남자가 문을 열구 들어간겨. 정작 남자가. 그 학자 손을 가 탁 잡으면서,

"이렇게 점잖은 학자는 처음 보겠다."구.

"내가 바꿔 돼서 이렇게 됐더라두 저 여자를 그냥 두지 않을 텐데, 이렇게 점잖은 손님 처음 봤다."구.

• 이게 '이것'은 성기를 가리킨다.
• 냉발 차가운 태도를 나타낸다.

"나가 술상 차려오라."구. 청자/아하.

그래서 그 여자가 나와 술상을 차려 주안을 해다가 놓구 그 학자하구 그 주인하구 술을 나눈다 이거여. 그래 거기서 인저 그날 밤을 넘겨 아침을 먹구서 난 뒤로 그 이튿날 길을 떠날라니께 아침저녁 먹은 거하구 저녁에 술 먹은 술값하구 물어서 계제[*]를 할라구 하니께 그 주인이,

"이렇게 착한 선비한테 돈 안 받는다."구.

안 받어. 청자/아하. 그래서 인저 판수 집에서 하루 공치구 거기 가 공치구 이틀을 공을 쳐서 인저 여비가 과거 급제 마치구라두 여비가 인제 충분하게 들어섰다 이거여. 청자/그렇지. 하하.

그래 가지구 서울을 떡 들어왔네. 서울을 들어와서 또 주인을 또 해야니께 하숙집을 찾어서 하숙을 떡 했는데, 시방두 시골 사람이 처음 와서, 여기 서울에 와서 하숙집을 들었다가 저녁을 먹구 갑갑해서 좀 나갔다가 바람 쐬구 있다 거길 와서 그 하숙집을 잘 못 찾아갑니다. 왜냐하면 그 집두 그 집 같구 그 구석두 그 구석 같어 왔다 갔다 어릿어릿햐. 아, 그라는 도중에 그 하숙집에서 저녁을 먹구 이 학자가 갑갑증이 나니께 바람이나 쏘이구 나서 여기 와 잔다구, 그 바람 쐰다구 나왔다 말여. 나와 가지구 돌어서 그 하숙집 근처에는 가 가지구 그 집을 못 찾구 어릿어릿 하구 왔다 갔다 하구 하는 도중인데……

---

[*] 계제(計除) 셈을 따져서 제할 것을 제함.

그때에 영의정, 좌의정이 있어. 그래 영의정, 좌의정이면 그 양반들이 저 누구냐 허면 정승이란 말여. 근데 한 사람은 열여덟 살 먹은 딸을 두구 한 사람은 열일곱 살 먹은 딸을 둔 집인데, 아 열여덟 살 먹은 딸 둔 집이서 그 딸이 팔자가 나빠 가지구 한 번 시집가서 상부(喪夫)를 당하구서 또 재차 시집을 가면 그때가 자손두 잘 두고 재산도 많이 해서 부귀영화루 잘산다 이래 가지구서, 그날 학자가 거기 왔다 갔다 하던 날에 그 집에 종인들 둘이 큰 광목으루 자루를 하나 씌워 가지구 사람 하나 잡으러 나왔다 말이여. 남자라구 생긴 거는 늙었거나 젊었거나 남자라면 잡아다가 그 영의정의 딸 그 열여덟 살 먹은 새악시하구 그날 저녁에 신방을 채려 가지구서는 새벽녘이면 그눔들이 광목자루 잡어다가 메고 가서 짚은(깊은) 한강에다 갖다 빠쳐(빠트려) 죽일라구 나왔다 이거여.

아, 그런디 이느무 학자가 여관집 찾느라구 왔다 갔다 하다가 아 그 잡으러 나온 종놈들한테 걸렸네. 아, 이놈들이 광목 자루를 옆에 끼구서 이렇게 보다 보니께 웬 학자가 아주 호걸남자루 잘생긴 남자거든. 호걸루 잘생긴 남자가 길거리에 왔다 갔다 하거든. 아, 이 종놈들 둘이 하는 얘기가,

"이거 봐라! 늙으나마나 남자라면 아무나 잡아갈라구 했더니 아주 제대로 됐구나. 청중 웃음 나이두 젊고 이렇게 호걸남자루 생겼으니 이눔 잡아가자."구.

아, 왔다 갔다 하는 걸 잡아 가지구 광목 자루 푹 씌우더니만

벌떡 뒤집더니 칭칭 감더니만은 두 넘이 목도리 해 가지구 메고 그리로 가 뻐려. 가 가지구서는 그 영의정의 딸이 거처하는 방이 그 방 안 치장인들 좀 잘해 놨겠유? 거기다 갖다 떡 놓더니만,

"너는 여기서 하룻밤만 자면 내일 아침이면 죽을겨. 그런 줄만 알어."

이라구선 간다 이거여.

게 그 사람 나간 뒤에 조끔 있더니 영의정의 딸이 들어오는데, 하여간 그 부잣집이서 잘 먹구 옷도 좋은 걸 입구 아주 인물두 쏙 빠졌단 말여. 그런 새악시가 떡하니 들어온단 말여. 들어와 앉는데 그때서 이 학자가 묻는겨.

"나는 아무 잘못이 없는데 나를 광목 자루에다 잡아다가 여기다 쏟어 놓는 이 원인이 뭐냐?"

게 물으니께…… 그 밤은 오래되고 그 새악시밖에 사람이 옰거든. 그라니께 그 새악시가 얘기를 햐.

"나는 팔자가 나뻐서 한 번 시집가서 사내 하나 죽은 다음에 다시 사내를 해 가지구서 시집을 가면 자손두 잘되구 재산두 부귀영화로 잘산다구 해서 우리 어머니, 아버지가 우리 부리는 종을 시켜서 당신을 잡어 온 거니께, 당신하구 나하고 오늘 저녁에 신방 차리면 말여, 당신은 내일 새벽이면 어제 잡어 왔던 그 광목에 또 씌워 가지구서 우리 집 종들이 메고 나가 짚은 한강에 갖다 집어 던질 게유."

아, 그러는디 보니께 이게 정 떨어져. 청중 웃음 그래 그 학자가

하는 소리가 뭐라구 한구 하니,

"나는 시방 죽어두 내 목숨은 안 아깝다. 우리 부모가 나를 이만치 키워 가지구 그 과거 급제할 공부까지 가르쳐서 한 이것이 제일 억울하고 분하니께 날 제발 좀 살려 다고. 니 살려 줄라구 마음만 먹으면 나는 살 것이 아니냐?"

사정을 해야.

그러니까 그 처녀가 하는 소리가 무에라고 하는고 하니,

"나하구 잠들어 같이 신방 차리구 자다가두 나 잠든 새에 일어나서 도망치면은 다시 붙들어 이 방에 들어올라구, 우리 집이 종이 몇인데 배깥에서 밤을 새워서 이만한 몽둥이 들고서 수직˚을 하구 있는데, 당신 살라구 문을 열어 놔서 내보내면 그 종놈들한테 붙들려서 이 방에 또 들어옵니다."

아, 그 얘길 들으니께, 독 안에 갇힌 쥐란 말여, 청중 웃음 그 학자가 생각을 하니. 아, 그래,

"그리두 새악시가 날 살려 주기루 마음만 먹으면 무슨 짓을 해서든 날 살려줄겨. 나는 아까 한 말과 겉이 내 목숨 끊어지는 건 시방 끊어져두 아깝진 안해야. 근데 우리 부모가 이만큼 키워 가지구서 과거 급제까지 공부 시킨 게, 나는 그것이 제일 원통하다. 제발 좀 살려 다구."

사정을 하니께 그때서 주먹만 한 금덩어리 두 개를 새악시가

˚ 수직(守直) 건물이나 물건 따위를 맡아서 지킴.

줘. 그래 그걸 두 갤 받어 넣구서 가만히 생각을 하니께…….

"이제는 나한테 두 번 얘기두 말라."구.

"난 이거밖에는 없으니께 얘기하지 말라."는겨, 새악시가. 금덩어리 두 개를 주더니.

그래 그것을 받어 넣구 생각을 해 보니께 이 학자가 장개두 안 들구 총각 시절루 공부해서 과거 급제하러 가는 건데, 장개두 안 들은 총각이라 이거여. 아, 그래 가만히 생각하니께…… 옛날에 총각이 죽으면 그걸 몽달귀신이라구 했어. 처녀가 죽어두 몽달귀신이라구 하구.

"내가 이만큼 공부해 가지구 과거 급제하러 가다가 내일 새벽이면 물에 가 죽으면 이게 물귀신이 되구 몽달귀가 되구 그러니 이 세상에 이럴 수가 있나? 나 아무 잘못두 없이 이렇게 억울하게 죽게 되니 세상에 이럴 수가 있느냐?"구.

암만 얘기해야,

"나한테 두 번 얘기할 거 읎다."는겨, 그 처녀 말이.

그래서 가만히 생각을 하니께,

'새벽에는 죽을 놈이, 물귀신 될 놈이 내가 총각으루 돼서 장개두 한번 못 들어 보구 총각으루 죽게 되면 몽달귀가 되니께, 내가 이러나저러나 여자를 한번 구경해 보구 죽는다.'

그 맴(마음)이 들었어. 그 새벽녘이면 갖다 강물에 빠져 죽인다니께.

아, 그래 밤은 지나다 보니께 오래되구 했으니께,

'내가 인저 나는 내일 새벽이면 죽을 사람이 그 뭐 이 금덩어리 두 개두 필요 없는 거구. 아, 뭐 이러니께 여자나 한번 관계해 보구서는 세상을 뜰 수밲이 없다.'

게 그 열여덟 살 먹은 그 영의정의 딸이 좀 잘생겼어? 의복 잘 입구 인물두 좋구 그라니께, 아 그만 여자를 벗겨 놓구서 그 여자를 상대했수그랴. 아, 우떡햐? 그 죽을 놈이니께 그 상대를 했어. 그라구서는 얼마 있다 보니께, 날이 부옇게 먼동이 트니께 아니나 달러?

"너 이눔 잘 자빠져 잤니?"

그러더니 엊저녁에 그 광목 자루 그 잡어 온 놈의 그 자루지. 그 자룰 가지구 오더니, 아, 푹 씌우더니만 훌떡 뒤집더니 둘둘 말더니마는 두 놈이 목도리루 한강에 짚은(깊은) 데로, 청자 / 몸뚱이 지구 가는구만. 떡 갖다, 거기 갖다 툭 놓는다 말여. 놓더니마는,

"여기서 한번 들었다 노면 너는 저 짚은 디 떨어져 물귀신 되는 겨."

그라거든.

그래서 이 학자가 금덩어리 두 개를 가지구 자루 속으루 들어 갔거던. 그런데 이놈들은 금덩어리 가지구 들어간 걸 몰러. 그래 거기서 하는 소리가,

"너희가 저 물속에 던지면 나는 물귀신 되구 마는 사람이구. 내가 금덩어리 두 개 주먹만 한 걸 가졌는데, 난 가지구 들어가는 물귀신이 이거 소용 있느냐? 이승에 사는 너희 필요하지. 그

러니께 이 금덩어리 두 개를 갖구서 나를 물에다 던져 죽이든지 살리든지 난 너희 처분만 바란다."

그러니께,

"아, 이 니까짓 눔이 무슨 금덩어리 두 개가 있느냐?"구 이라거든.

"아, 구러나저러나 자루 끌르구 보면 알 거 아니냐?"

그래 이눔들이 자루를 끌르구, 금덩어리 두 개가 있다니께 자루 끌르구서 보니께 아닌 게 아니라 말과 같이 금덩어리 두 개가 거기 자루 안에 있단 말여. 그래 인제 두 놈이 간 거니께 금덩어리 주먹만 한 걸 하나씩 차지한 거 아녀? 그놈을 차지했는데⋯⋯ 그때 갈 적에 젊은 종두 가구 나(나이) 먹은 종이 갔거든. 근데 젊은 놈은 금덩어리 하나 얻구서두,

"우리 던져서 죽이자."구 그라더랴.

그래 그 나 먹은 종이,

"애, 이거 봐라. 이 사람 땜에 금덩어리 주먹만 한 걸 너 하나 나 하나 얻었는데, 그 집이서 백 년을 종노릇을 해두 이거 주먹만 한 건 한 개 젖히구 반 개두 구경 못 한다. 우찌 됐건 이분 땜에 너 하나 나 하나 금덩어리 얻었으니 이분 워티기(어떻게) 죽일 수가 있느냐? 이분을 끌러 놔 살려 내 보내구 그 집에 가서 물에 빠쳐 죽였다구 하자."

아, 그래서 끌러 놨다 이거여. 게 두 사람은 금덩어리 가지구 들오구.

그래 가지구서는 이 사람이 떡허니 서울을 들어와 보니께 과거 일자가 앞으루 사흘이 남었어. 게 사흘이 떡 당도하네. 과거장에를 들어가니께루 여러 각 도 각 읍에서 사람, 선비들이 모여 가지구 여러 선비들이 글을 갖다 져 올리는데 이 사람이 글을 먼저 져다 먼저 갖다 상시관*한테 바쳤단 말여. 그 상시관이 야중(나중)에 글을 꼬누는데(꼬느는데)* 아, 그냥 뭐 다른 선비들 전부 내리긋는겨. 내리긋는 건 절단이구, 맨 야중에 이 사람 글이 나왔는데, 아주 글글마다 관주*를 이렇게 맞어서 아주 참 급제를 딱 했단 말여.

그때 그 좌석에 영의정하구 좌의정하구, 그 정승이니께 그 회관에 거기 참석하구 있다 그거여. 아, 거 보니께루, 옛날이면은 장가 안 가구 시집 안 간 걸 보면 표가 나유, 옛날에는. 시방은 머리를 깎구 여자들이 머리를 지지구 볶구 해서 저게 시집을 간 겐지 안 간 겐지, 저게 장개를 갔는지 안 간지 표시가 안 나지만 그때 세월에는 장가 안 간 총각과 시집 안 간 여자와 이 표가 난다 이거여. 아, 보니께 총각 놈인데 아주 과거 급제를 잘하구 아주 호걸남자루 잘생겼단 말여.

그래 가지구 그 좌석에서 열여덟 살 먹은 딸 가진 사람하구 열일곱 살 먹은 딸 가진 사람허구 서루 사위를 삼을라구 시비가 났

* 상시관(上試官) 과거 시험의 시험관 가운데 우두머리.
* 꼬느다 잘잘못을 따져서 평가하다.
* 관주(貫珠) 시문(詩文)을 살피면서 잘된 곳에 치던 동그라미.

수그라. 청중 웃음. 그래 시비가 들구 막 나니께루, 그제서는 둘이 서로 안 져. 그래 영의정, 좌의정이면 시방 군대 계급으루 치면 한 계급 차란 말여. 다 같은 정승 지위라두 계급이 한 계급 더 높어. 이렇게 차이가 된다 이거여, 영의정, 좌의정 사이에. 아, 그런데 승부가 안 나, 서루 욕심이 나서. 그래 둘이 싸우다 못해서,

"야, 우리 둘이 싸울 거 읎다. 나라 임금한테 가 얘기해서 임금이 너 사위라든지 나 사위라든지 하라 해면 그럭하자."

"그래, 좋다."

거기를 갔어. 그래 임금을 찾어가서,

"사실 약차 이만저만해서 찾아왔습니다."

그라니께,

"어, 그대 딸은 몇 살인고?"

"예, 열여덟 살입니다."

"이, 그대 딸은 몇 살인고?"

"예, 열일곱 살입니다."

게 임금이 얘기허기를,

"열여덟 살 먹은 사람은 내년에 급제할 사람 사위를 보면 열아홉 살이 되구, 열일곱 살 먹은 사람은 내년에 급제할 사람을 사위를 보면 열여덟 살밖에 안 되니께 나이 더 많이 먹은 사람이 사위를 봐라."

이렇게 가락을 해 줘. 청자/어허허.

그래 거 열여덟 살 먹은 사람이 사위를 보게 됐어. 청자/하, 제

대로 맞췄네. 그래 인제 이 열여덟 살 먹은 사람이 그 사람을 인제 데리구 왔어. 데리구 와 자기 집에 와서 날짜를 보구서…… 물론 사주 택일이야 물론 했지. 그라구 생기복덕°을 가리고 보니께 아무 날 어느 날 메칠 날 날짜가 아주 대길하고 좋아. 그래 그날을 떡 날 받아 가지구 예식 날을 받어 놨는데, 그날이 인저 날 받어 떡 들어왔단 말여.

들어와서 이 예식을 이렇게 하는데, 옛날에는…… 나두 열두 살 먹어 장개를 갔수. 그때는 복건°을 쓰구 초립°을 쓰구 이라구 가유. 그라면 이마가 이만치 가려. 눈썹도 안 나오게. 이만치 복건을 쓰구. 여기 초립 쓰구 이렇게 해 노면, 청자/얼굴형이 제대로 안 보이지. 이 얼굴이 제대루 안 보여. 여기루만 보이지. 그렇구 새댁은 쪽두리를 쓰고 한삼°을 이렇게 새댁두 쓰거든. 그라구 이렇게 비네(비녀) 떡 낭자°를 하구.

팔을 가리키며 여기다 한삼이라는 게 있수. 한삼을 이렇게 늘어뜨리면 여기서 이만치 내려와, 허연 게. 요기. 그눔으루다 절할라구 여기다 눈을 대구 이라구 절을 하니께 신랑 놈이 초례청에서두 새댁이 얼굴이 어떻게 생겼나 이렇게 쳐다봐두 이 얼굴이 제대루

• 생기복덕(生氣福德) 생기일과 복덕일. 둘 다 큰일을 치르기에 좋은 날이다.
• 복건(幅巾) 도복(道服)에 갖추어서 머리에 쓰던 건(巾).
• 초립(草笠) 예전에, 주로 어린 나이에 관례를 한 사람이 머리에 쓰던 갓.
• 한삼(汗衫) 예복을 갖출 때 손을 가리기 위해 두루마기나 저고리 소매 끝에 흰 천으로 길게 덧대는 소매.
• 낭자 여자의 치장에 쓰는 딴머리의 하나. 쪽 찐 머리에 덧대어 얹고 긴 비녀를 꽂는다.

안 보이구. 또 새댁이 신랑을 볼래두 그 사모품대* 이걸 전부 해 놨으니께 요기밖엔 안 보인다 이거여, 제대루.

아, 그런데 첫날밤에 떡 대례를 지내구 신방을 차리러 들어왔는데, 신랑이 들어와서 초립과 복건과 다 벗구 두루마기 다 벗어서 병풍에 다 걸어 놓구 앉았는데, 쳐다보니께 참 호걸남자루 잘생기구, 과거 급제두 한 남자라 이거여. 아, 그라구 있는 도중에 한참에 오래되니께, 신랑이 똥이 마려워. 아, 똥을 누구서루 들어와 보니께 새댁을 누가 찔러 죽여서, 죽여서 방 안에 피가 낭자하구, 새댁이 죽었다 이거여. 똥을 누고 와 보니께.

그라니께 그 이튿날 날이 부영부영 동이 트니께 신랑하구 새댁하구 둘밲이는 읎으니께 이건 신랑 놈의 짓이다 해 가지구서 신랑 녀석이 살인 범죄로다가서…… 옛날에는 옥에다 갖다 가뒀어, 살인범들은. 옥에다 붙들려 갔힜단 말여. 갔힜는데, 이 신랑 녀석이, 똥 누고 와 보니께 새댁이 죽었는데, 자기는 안 죽였는데 이게 웬 영문인지를 몰러. 그러니 내가 안 죽였다고 발명*해야 무슨 표시가 있어야지. 증거물이 있어야지. 그래 할 수 없이 살인 범죄에 걸려서 옥에 가 갔힜어.

갔힜는데, 그 사건이 왜 났는고 하니, 이 선비 만나서 과거 급제하기 전부터 그 열여덟 살 먹은 늠우 집이 종놈이 여럿인데, 하

• 사모품대(紗帽品帶) 사모와 품대를 함께 이르는 말. 전통 혼례에서 착용한다. 사모관대(紗帽冠帶).
• 발명(發明) 죄나 잘못이 없음을 말하여 밝힘.

신기한 꿈과 세 번 죽을 고비

나둘두 아니구 종놈이 여럿인데, 종놈 하나가 좌우간 인물이 참 호걸남자루 잘생긴 남자여. 그런데 이 열여덟 살 먹은 새악시가 그 종놈하구 눈이 맞었어. 눈이 맞었는데 그 대례 지내기 전부터 저희끼리 만나서 그 장기짝 맞추듯 맞춘 일이 있어.

"첫날밤에 신방을 차리고 잘 제, 밤 어느 몇 시경 되면은……."

그때야 뭐 시계가 있어 뭐 있어? 밤 삼경이니 뭐니 이라구 따질 땐데.

"그래 내 너희 울 넘어서 숨어 있을 테니께, 너희 집이 보화가 많으니께 그 보화만 가지구, 몇 가지 가지고 싸 나오면 너하구 나하구 둘이 몇백 리 도망가서 살면 될 거니께 그렇게 해 가지구 나오너라."

이렇게 종놈하구 약속을 했다 이거여. 아, 그랬는데 그날 첫날밤에 신랑이 들어와서 초립 뭐 이거 다 벗구 두루매기 벗구 떡 앉었는디 보니께, 아 그눔두 호걸남자루 잘생기구……. 그 남잔 과거급젤 한 거고, 종놈은 호걸남자루 인물만 잘생겼지 종 노릇이니께 그놈이 글자를 배운 게 있어, 뭐 있어? 아, 그러니께 이 여자가 그 나오라는 시간에 안 나가구서 말여, 그 시간이 지나는 시간에 이 사람이 똥을 누러 간 기라 이거여.

그래 이 사람이 배깥에서 기다리다가 시간이 지나두 안 나오니께 월담을 해 뛰어넘어 와서 그 새댁 혼자 있는 방에를 들어가 가지구서는 거기 가서,

"시방 가두 늦지 않으니께 보화 저 가지구 도망쳐 가자."

360

제5부 신통한 인물, 특별한 사연

이렇게 사정을 한들 이느무 여자가, 아 그놈은 그 호걸남자 그 거만 생겼지 종놈이니께 그 글이 있어, 뭐 있어? 이 남자는 과거 급제를 해야(한데다) 호걸남자루 잘생겼다 이게여. 그러니께 이 새 댁이 안 나간 기라 말여. 그래 그 무수한 사정을 해야 안 들으니 께, 아 그 종 녀석이 칼로 폭 찔러 죽이구서는 나간 뒤에 이 사람 이 똥 누고 들어가 보니께 새댁이 죽은 기라 이거여. 청자/아.

아, 그래 살인 중죄가 떡 걸려 가지구서 가 갇혔는데, 이제 어 느 날 죽인다구, 사형시킨다구 날을 받어 났는데, 그날이 떡 당 하니께루 그 사람을 내다놓구서는 죽일라구 이렇게 막……. 저기 옛날에는 망나니가 있슈. 망나니를 칼춤 추여 가지구서는, 술 먹 여 가지구 칼춤 추여 가지구서 막 돌어댕기다가 그 사람 갖다 이 렇게 세워 논 거 모가지 탁 치면 모가지 끊어져 이렇게 죽였슈, 옛날에는. 아, 그러니께루 그만 그날이 돼서 옥에 있는 걸 갖다 내놓구, 이 사람 사형시킬라구 내다 놓구 망나니 술을 멕여 가지 구 칼춤을 추구 막 이래 돌어댕기는데, 그때 조금만 지체하면, 망나니가 한번 그 사람 치면 영 죽고 마는겨.

인제 그랄 적에 아까 판수한테 가죽 주머니라는 거 내 얘기했 잖수? 그눔을 떡하니 내놨어.

"내가 죽을 때 죽더래두 내가 살인 범죄는 안 했는데, 뭐 안 했다는 증거물이 없어. 그러니께 그냥 죽기가 억울하니께 내가 이 걸 내노니 이게나 보슈."

이라구 내놨어.

그래 그놈을 내 가지구 받아 가지구서 이놈을 끌러 보니께…… 인제 아까 두 번 죽음은 다 넘어간 거 아녀? 그 인제 이번이 마지막 죽음, 세째 마지막 죽음이란 말여. 끌러서 내보니께 그 가죽 쌈지 안에서 뭐가 나오냐 허면, 노란 종이에다가 일백 백(百) 자 석 자가 짝 써서 나왔어. 써서 여러 대관이 죄 앉어서 봐야 이거 의미를 못 풀어. 그래 못 풀어서 그 사람 사형시킬 걸 연기를 하구 옥으루 갔다 도루 갔다 가뒀네. 아무 데라두 이걸 풀이를 해야 저 사람을 죽이든지 살리든지 하게 돼 있단 말여.

　아, 그래 이놈을 하는데, 그걸 누가 가지고 오느냐 허면 저녁에 집엘 가지구 들오는 데는 열일곱 살 먹은 사람 딸 둔 사람, 그 아버지 그 정승이 품 안에다 넣구서 자기네 집으루 와. 그래 자기네 집이를 오면 어떻게 터득해 볼라구 잠을 안 자 가면서 집에 와서 그놈을 내놓구 혼자 인저 연구를 하는데…….

　그렇게 하기를 하루 이틀 사흘 나흘 닷새 저녁을 떡 돼 났는데, 닷새 저녁을 잠 못 자면…… 사람이 잠을 자야 밥두 달게 먹구 그라는규. 닷새 저녁을 새웠는데 밥을 옳게 먹겠수? 모래알 떠 넣는 거 같으지. 그래 그 열일곱 살 먹은 딸이 물었어.

　"아버지, 우째 그래 요새 그렇게 진지를 안 잡수시유?"

　그러니께,

　"여러 대관이 몰르구 나도 몰르는데 넌들 알겠니? 이게 그 살인 사건 하는 애가 내놨는데 이 속에서 이렇게 나왔으니, 이 노란 종이에다가 일백 백 자가 석 자가 나왔는데, 이걸 못 풀어 가지구서 걔두 죽이두 못허구 이럭하구 있는데, 나가면 날마다 나가서 여러 대관이 이걸 토론해야 전연 푸는 사람이 옶어. 그래 나두 한 댓새 저녁을 이렇게 집에 가지구 들어와서 혼자 연구해 본들 아무 묘책이 안 난다."

그러니께,

"아이구, 아버님. 걱정 마시유. 진지 갖다 드리면 진지 맘 놓구 잡수시유. 진지 많이 잡수시유. 지가 풀어 드립니다." 이거유.

"아, 여러 대관두 못 푸는디 니가 어떻게 푸느냐?"

그러니께,

"아, 저는 풉니다. 그러니 진지 많이 잡수시유."

그래 밥상이 떡 들어왔는데, 이 상을 떡 받어 가지구서 자기 아버지가 몇 숟갈 떠먹구 상이 나간 뒤에 딸이 떡 들오더니마는,

"지가 볼 때는 그 살인범자가 성(姓)이 뭐냐면 그 가죽 쌈지 안에서 노란 종이가 나왔으니께, 누르 황(黃) 자 황가구 성은, 이름은 일백 백 자가 셋이 나란히 있으니께루 일백 백 자 하나 들어가구 일백 백 자가 석 자가 있으니께 석 삼(三) 자가 들어가구, 이래 가지구 황백삼(黃百三)이라는 사람이 찔러 죽인 게 분명합니다. 그러니께 덮어놓구 황백삼이라는 사람만 조사해서루 잡아들이면 그 사람이 살인범잡니다."

이랬단 말여. 청자/어, 그랬구나.

아, 그것을 가지구 그때 대관집에 들어가 가지구서 그런 사실 얘기를 죽 하니께, 아 그냥 모두 금방네 사람을 흩어 가지구 조

살 해 가지구 잡아들이니께, 아 그 열여덟 살 먹은 놈의 집의 종 녀석의 이름이 황백삼이여. 아, 대번 잡아 왔지 뭐여. 청자/아하.

황백삼이를 아 잡아다 엎어 놓구서는…… 아, 옛날에는 말 안 들으면 막 두들겨 때렸우. 아, 그러니께 지놈이 안 불어? 그래 가지구 그놈을 사형을 처하고 열일곱 살 먹은 새악시하구 대례를 지내 가지구서 그 사람네는 자손 잘 두고 대(代)로 나려가며 잘 살았대유. 청중 박수 한 청자/하, 참 잘 했어.

봉원호(남, 1920년생, 68세)
1987. 9. 8. 서울시 종로구 탑골공원
신동흔 조사

제5부 신통한 인물, 특별한 사연

💬 해설

어느 판수의 신묘한 점 덕택에 죽을 고비를 면하고 성공한 선비에 관한 이야기다. 화자가 탑골공원 이야기판에서 인정받던 이야기꾼답게 긴 이야기를 실감 나게 구연해서 큰 호응을 얻었다. 이 설화는 〈정수경전〉이라는 고소설과도 내용이 통하는데, 예전부터 전승돼 온 설화를 수용해서 소설 작품이 이루어진 것으로 추정되고 있다. 이 자료의 이야기 내용 가운데 주인공이 곤경을 겪는 판수를 도와주고서 그 답례로 점괘를 얻었다는 것은 다른 자료에서 보기 힘든 내용이다. 화자 나름대로 이야기를 변개해서 내용을 풀어 낸 것으로 여겨진다. 그 결과로 가난한 선비가 점괘를 얻게 된 과정이 더욱 실감 나게 잘 살아나고 있다.

점에 얽힌 이야기는 대개 '예언담'이나 '운명담'의 성격을 지니는데, 이 이야기 또한 그러하다. 신이한 예언을 통해 미리 운명을 탐지한 주인공이 그와 대면하면서 문제를 해결하는 과정이 기본 서사 구조를 이룬다. 흥미로운 것은 그 예언이 저절로 실현되는 것이 아니라 주인공이 어떻게 하는가에 따라 달라진다는 점이다. 세 번의 죽을 고비 가운데 앞의 두 고비를 스스로 선택한 처신을 통해 벗어났다는 내용이 거기 해당한다. 세 번째 고비에는 다른 사람의 도움을 얻게 되지만 그 또한 자신의 문제를 노출해서 공론화한 데 따른 결과였음을 유의할 필요가 있다.

전체적으로 이 설화에는 운명이란 '살아지는 것'이 아니라 '살아 내는 것'이라는 사고가 담겨 있다고 할 수 있다. 운명과 대면해서 그것을 감당해 내면 인생역전의 큰 성공과 행복이 이어지게 된다는 것도 이 설화에 담겨 있는 인생철학이 된다.

- 이 이야기에서 주인공이 죽을 고비를 세 번이나 이겨 내고 성공을 거둘 수 있었던 가장 큰 바탕은 무엇일까?

- '이 설화는 옛사람들이 점과 같은 미신에 기대어서 소극적이고 순종적으로 살아온 모습을 전형적으로 보여 준다.'라는 주장에 대해 반박해 보자.

- 이 이야기의 주인공과 책 앞부분에 실린 〈신바닥이의 신기한 부채〉의 주인공의 인생행로를 견주어 보자. 두 인물이 운명을 감당하는 방식에는 어떤 공통점과 차이점이 있는가?

복 없는 머슴과
이상한 나그네

박철규

옛날에 먼 옛날에 한 소년이 있었는데 조실부모를 했어요. 그래 부모가 아무도 없었어. 열두 살서부텀 머슴살이를 했어. 근데 원래 사람이 착실하고 그러니까 참 뭐 머슴살이도 문제없어. 서루 데려갈라 그래서.

그렇게 머슴살이한 게 삼십 살이 되도록 살은 거라. 서른 살이. 그러니 열두 살서부텀 살았으니 십팔 년을 머슴을 살은 기라. 그런데 돈은 주머니에 서른 냥밖에 없어, 항상. 그러니 희한한 거지. 옛날엔 홑치 주머니 아녀? 서른 냥이 돈이 채이면은(차면은) 무슨 변고가 생겨도 꼭 돈이 나가. 청중/아. 그거 참 희한하거든. 무슨 뭐 병이 난다든지 해서 나가.

근디 나이가 삼십이 됐으니께 인저 장가도 가야 되고 뭐 무슨 저기를 잡아야 되는디 돈 서른 냥밖에 맨날 없으니 이걸 가지고 뭐를 해? 가만히 사람이 생각을 하기 시작하는겨 인자. 장성해서 이십 세가 넘어서 삼십 세 부근에 가니까 인제 생각이 나는 거라. 앞으로 설계가 생각이 나는디 돈은 항상 서른 냥 이상은 채이들 안혀.

그래 하루는 나무를 허러 갔는데, 먼산나무를 하러 갔는데, 밥을 싸 가주가서(가져가서) 가만히 앉아 생각을 하니까 참 기가 맥히거든. 다른 사람들 다 말이지 나이 서른, 옛날에는 나이 삼십 살이면 말여 다 애들 낳고 다 살았어요. 자기가 이게 참 그러니까 한심햐. 그래서,

'에이구. 나는 요꺼지가(요까지가) 인제 한계가 달았으니 나머지 사는 것도 다 포기하고 나 갈 데로 가야 되겄다.'

하고 삼십 냥만 넣구서 그 지게하고 뭐 나무하던 거 거기다 놔두구 정처 없이 떠났어.

그 뭐 가는 목적지가 없으니까. 가다가 보니까 옛날엔 이렇게 뭐 여관 같은 게, 여인숙이 있는 게 아니라 길가에 봉놋방*이라고 있어요. 거기서 자는데 숙박료는 안 받어. 밥값, 술 먹으면 술값, 고거만 받는 거라. 근데 그 봉놋방은 말이지, 옛날에 그 온도로다 볼 때는 아랫목엔 뜨시고 웃목은 찹거든(차갑거든). 그 나이가 적고 많고를 따지는 게 아니라 먼저 들어온 사람이 아랫목을 차지하는 거여. 청자/목침 갖다 놓고 수건 하나만 얹어 놓으면 그 사람이? 청중 웃음 그 사람이 아랫목이여.

* 봉놋방 여러 나그네가 한데 모여 자는, 주막집의 큰 방.

그래 하룻저녁 자고 간다니 그렇게 하라구. 근디 인저 밥은 꼭 시켜 먹어요.

"얼마짜리를 해 주까요?" 해서 먹어.

닷 돈짜리, 한 냥짜리, 열 냥짜리. 뭐 잘 먹는 놈은 막…… 그래서 맘대로 시켜 먹는 덴디. 앉었으니께 저녁때가 되니까 어떤 사람이 와서 하룻저녁 쉬어 가자 그러거든. 쳐다보니께 키가 훌쩍 큰 놈이 잘생겼어, 머스매가. 키는 이만한 게 들어온단 말이야. 그래 들어오더니 웃사람이 앉었으니께,

"아, 형씨가 먼저 오셨으니까 아랫목을 차지하라."고.

인사를 청혀. 그래 인사를 하고 보니께 곱실곱실한 게 사람이 좋아. 그래서 대화를 하고 있는디 주인이 오더니,

"아, 인저 저녁을 잡숴야죠. 저녁을 얼마짜리를 시킬까요?"

이렇게 주인이 묻거든. 그러니께 이 사람은 애기할 새도 없는데 그 사람이 벌떡 일어나더니,

"얼마짜리부텀 있어요?"

그라거든.

"그 뭐 제일 하(下)가 닷 돈짜리도 있다."

하니께,

"아, 좀 비싼 것 좀 먹을 수 없어요?"

이놈이 그런단 말이야. 이 사람은 가만 있는겨. 말할 새가 없어 그러고, 이 사람은. 어떻게 이 사람이 잘 지껄이는지.

"그래, 해 달라는 대로 해 주냐?"

그러니까,

"그렇다."고.

그러니께,

"아, 일곱 냥, 칠십오 전짜리 밥을 두 상을 해 달라."는겨.

칠십오 전. 칠십오 전짜리 둘이면 말야, 일 원 오십 전 아니여? 일 원 오십 전. 칠십오 더하기 칠십오는 말여, 일 원 오십 아녀? 백오십.* 아, 칠십오 전짜리 겸상을 해 달라네, 이늠이. 그러니 이 머슴 살던 놈은 어처구니가 없어 말할 새도 없어. 그놈이 딱 달려들어 시키니께. 주인이 깜짝 놀랴(놀래). 그렇게 비싼 걸 먹는 놈이 없는디. 주인은 해 달라면 해 주고 밥값 받으면 그만이니께.

그래 배깥(바깥)에서 막 닭을 새로 씨암탉을 때려잡고 난리가 났어. 그 뭐 사또 들어온 거마냥 난리가 난겨. 그래서 밥상을 들여오는디, 이런 데다 그냥 넷이 들고 들어오는디 상다리가 쫙 휘여. 청중 웃음 그래 먹었단 말여. 그러니 머슴 살던 놈이 세상 그런 거 뭣을 맛이나 봤어? 잔뜩 먹었지.

밥상 내가기 전에 이런 얘기 저런 얘기 하는데 그 사람이 그랴.

"그래 형은 어디까지, 목적지가 어디냐?"고 묻는단 말이야.

아, 이 머슴 살던 사람이 목적지가 있어?

* 칠십오 ~ 백오십 여기서 1원은 10냥, 또는 100전에 해당한다. 1원 50전은 150전, 또는 15냥이 된다.

"아, 난 목적지도 없고 바람 부는 대로 물결치는 대로 가다가 또 살 데 있으면 살고 그렇게 정처 없이 나섰다."고.

그러니께 그 사람이 그려,

"나도 동감이라."고.

"나도 그런 사람이오. 같이 가 보자."고, "가는 데까정."

청자/잘 만났네. 응. 아, 그러다 보니까 서루 인제 말 놓고 지내는겨. '여기요, 어쩌구.' 그러구.

아, 새벽에 주인이 오더니만,

"아침은 어떻게 하느냐?"고. "얼마짜리를 먹을라 그러느냐?"

그랬더니 그놈이 벌떡 일어나더니,

"어제 저녁 먹은 거하고 똑같이 해 줘요."

그러는겨. 이 사람은 말할 새도 없어.

먹었단 말야. 잔뜩 먹구는,

"에, 잘 먹었다."

그놈이 그런단 말야. 그러니께 이놈도 잘 먹었지. 그러니께 주인이 떡 들어와 여그 앉더니만은 밥값 계산을 하라는 거지. 주인은 밥값 받는 게 문제니까. 그러니 아침저녁 먹은 게 삼십 냥이고 서른 냥이여, 서른 냥. 일 원 오십 전짜리 두 개 먹었으니까. 그래 주인이 그라는겨.

"참, 우리 집 와서 나 이렇게 비싼 밥 잡숫는 양반은 처음 봤는데, 그러구 저러구 아침저녁 먹은 게 서른 냥이라."고.

그러니께 인제 저 머슴 살던 놈은 지가 시켰으니께 지가 주려

니 하는 거지. 그 머슴 살던 놈이, 주머니를 이렇게 훑어서 돈 꺼
낼라 그러는 줄 알았더니 이놈이 돈 한 냥을 딱 꺼내. 이렇게 뵈
더니,

"난 이거밲에 없다."구. 청중 웃음

"돈 이거밲에 없다."는겨.

그러면서,

"자네 그 돈 서른 냥 있잖어? 머슴 산 거."

"돈이 어딨어?"

"아, 거 주머니에 있어, 서른 냥. 그 서른 냥 줘. 먹었으니 줘야
지, 안 줘 되겠어? 나는 이거밲에 없으니께, 보다시피."

아, 그러니께 주인이 바짝 달려들더니 돈 내라네. 아, 그렇잖
아, 주인은? 큰일 나거든, 못 받으면.

이 가만히 생각을 하니께 참 서른 냥을 꺼내기는 꺼내는데 떨
려. 나이가 서른 먹도록 머슴살이해서 전 재산이 서른 냥인데 그
걸 하룻저녁에 그냥 홀랑 털어먹으니께 떨리는 일 아녀?

얼른 주인한테 줘, 이놈*이. 아, 그러구서 하는 말이,

"돈 그까짓 거 서른 냥 있어 봐야 없는 거만도 못해. 개운하잖
아?"

웃는단 말야, 이눔이. 청중 웃음 가뜩이나 부아가 나는디 개운하
지 않냐 그려. 그냥 그러냐고 하고서 그냥 가는겨.

• 이놈 여기서 '이놈'은 밥을 시킨 동행자를 일컫는다.

인제 죽으나 사나 그놈 따라갈 판이여. 뭘 개뿔도 없으니께 어떡해. 한참 그러니,

"배고프지?"

이놈이 묻는단 말야.

"글쎄."

"먼 길을 갈 적에는 아침을 쪼끔 먹는 거야, 이 사람아."

그라면서 그런단 말야.

"이게 아침을 잔뜩 먹으면 배가 이렇게 늘어났다가 꺼지면 더 배고프니까 쪼끔 먹는 거라."고.

"근데 우리가 너무 많이 먹었어."

"글쎄."

그러더니 길가에 술집이 있어. 아, 아주머니를 찾더니만 막걸리, 돈이 한 냥밖에 없는데 막걸리 닷 돈짜리 한 되 달라 그러니께 이거만 한 대접에다 하나씩…… 그전에 그때 닷 돈짜리 한 대접이여. 그 주니께 그놈을 한 사발씩 쭉 들이키니께 배가 부끈(불끈) 일어나잖아.

"에, 잘 먹었다."

그런 소릴 하거든. 그래 이놈도,

"어, 글쎄, 배가 부끈 일어났네."

술값 주고 가는겨. 이놈이 또 무조건 가는겨. 따라가는 거지.

몇 시쯤 됐냐면, 오후 한 네 시쯤 됐는데 한 동네를 이렇게 쳐다보니께 그 마을이 지다랗게(기다랗게) 있는데 거기에 아주 그 옛

날 그 산뜻하게 기와집을 지어 놓고 살어, 누가. 그 집을 찾아가는 거여. 가 보니께 집이 깨끗햐, 조용하고. 그래 대문간에 가서 주인을 불르니까 그 문간에 대략 사랑방이 있잖어? 거서(거기서) 문을 누가 턱 열더니,

"누구요?"

그런단 말이여. 그렁께 이 사람이 하는 말이,

"아, 지나가는 과객인데 참 주머니엔 돈이 하나도 없고 갈 길은 바쁘고 하다 보니께 배가 고파서 왔습니다. 주인어른, 주인어른, 지나가는 사람한테 적덕 좀 하라."고.

아, 그러니께 주인이 저 얼굴이 좋지 않어. 내색이 안 좋아.

"여보시오, 아니 뭐 먹을 걸, 요기를 시켜 달라고 하면 점심때 오든지 저녁때 오든지 해야 되는데, 아 이건 저녁때도 아니고 점심때도 아니고 중간인데 지금 어떻게 요기를 시켜 주느냐?"고 말이여.

"먹을 때 같으면 뭐 같이 먹으면 되는데."

이놈은 할 말이 없는데 그놈이 턱 나서더니,

"아이, 그러니까 마을 여러 집을 다 젖혀 놓고 이 집에 왔죠."

이놈이 그라거든. 그러니까 주인이,

"뭐요?"

"주인 양반들이 재산이 한 이백 석지기 되죠?"

부자여, 그 집이. 집을 잘 졌어. 글쎄 뭐 그렇다고는 안 하고 우물우물하니께,

"슬하에 아들 다섯 살 먹은 애 하나뿐이지 않느냐?"

이거야.

"그, 그렇다고."

"그 다섯 살 먹은 아들이 아파서 누워 있지 않느냐?"구.

"그렇죠."

"개를 잊어버리면(잃어버리면) 이 집안 재산 다 소용없는 거 아니냐?"고 말여.

그렇지. 더 낳을래야 날 수도 없고 이젠, 나이가 많아서.

"그렇다."고 그러니께,

"저 산 너머 사람 데려다가 어제 저녁에 비사*를 하지 않았느냐고, 독경*을 하지 않았냐?"구.

"귀신을 잡을라구."

"그렇다."구.

그래서,

"그 어린애가 차도가 하나도 없죠?"

차도가 없어.

"그렇다."고.

"참 그거 잘못했습니다."

그러니께 주인이 그 입맛이 땡기잖어, 버쩍? 그래,

---

* 비사(秘事) 비밀스럽게 숨겨진 일.
* 독경(讀經) 앉은굿에서 잡귀를 쫓기 위해 경전을 음송하는 일.

"들어오라."고. "방으로."

그것까지 알으니까 들어오라고 할 수밖에.

그게 이놈 하는 말이,

"내가 인저 그 방법을 얘길 할라 그러는데 우선 배가 고프니께 먹을 것 좀 가져오라."고.

"그래 먹을 게 뭐가 있느냐?"고 주인이 그라니께,

"어제 저녁에 큰일을, 큰 굿을 했는데 떡도 있고 술도 있고 다 있는데 그걸 좀 갖다 주면 안 되느냐?"고.

그래 안으로 가서 자기 부인한테 하니께 다 있어. 그래 떡을 뜨듯하게 쪄서 갖다 주니께, 이 같이 간 놈은 얼른 먹고 싶은데 이놈은 안 먹고 앉았어. 그래니께 주인이,

"아이, 어째 배고프다면서 안 먹우?"

그라니께,

"아이, 손님을 대접을 할라믄 다 가져와야지, 어째 술을 안 가져오느냐?" 이거여.

그렇께 주인이,

"아이, 술이 어딨어?"

하면서 썽(성)을 버쩍 내는 기라.

"아유, 가 물어봐요. 아주머니한테 물어보면 다 있다."구.

그래 술이 없는데 주인 생각에, 그래 물었단 말이여.

"아이, 혹시 술이 있어?"

그러니께,

"아이, 당신이 하도 속을 썩이고 그래서 오늘 낮에 한잔 드릴라고 한 병 저기다 감춰 놨어요." **청중 웃음**

"가 가주와."

다 알고 얘기하는 걸 어떡햐?

"가주오라."고.

그래 갖다 줬다 말야. 주니께, 아 이놈들이 주인 한잔 먹어 보라 소리도 없고 저희 둘이 다 따라 먹어 버려. 아, 그 주인이 생각하니께 기가 막힐 거 아녀 그거? 먹어 보라고 얘기도 안 해. 아, 그냥 즈이끼리 주거니 받거니 홀랑 다 먹어. 먹더니 이눔이,

"에, 참 떡하고 술 잘 먹었다."

그러니께 같이 간 놈도,

"잘 먹었다."

그럴 수밲이.

먹었으니 먹은 값을 해야지, 해야지.

"근데 주인 양반. 이 집이 집을 짓구서루 저 뒤에 토주(土主) 단지를 모셨는데."

젊은 분들은 모르니께, 토주 단지라고 위하는, 뒤꼍에……. 그게 오방 오토지신*이여. 그 토지지신이라고 그러잖여? 시제* 같은 거 지낼 때, 산제(山祭) 지낼 적에 이, 토지지신이라는 게 토신

---

* 오방(五方) 오토지신(五土之神) 다섯 가지(동, 서, 남, 북, 중앙) 방위와 다섯 토지의 신.
* 시제(時祭) 시향(時享). 음력 시월에 오 대 이상의 조상 무덤에 지내는 제사.

복 없는 머슴과 이상한 나그네

(土神)이거든. 그걸 모셔 놔요. 그 토주 단지. 그게 모셔 놓는데, 왜? 그게 자손의 명복을 빌기 위해서 하는거.

근데 거기가 애청 자리여. 그 저, 애장*. 어린애 옛날에 파묻은 거. 옛날에 어린애 파묻는 게 평장*을 했거든. 그래서 뭘로 표가 안 나. 거 정통 송장 위에다 이놈으 돌단지를 해 앉혔네.

"아, 그러니 그 송장이 가만있어? 난리가 나. 그래 이렇게 된 겨."

아, 그렇게 얘길 하는 기라.

"거 가 흙은 파 보면 알 기고. 우리 안 가고 여기 있으니께 우리 같이 파 보자."고.

"그건 그렇고. 그 토주 단지 그걸 치우고서 파 보면 사람 뼈가 나오는디 그 뼈를 파 가지고 잘 옷에다 싸 가지고 요 뒷동산에 갖다 잘 묻어 주고. 내가 잘될라믄 남을 잘되게 해 줘야 되는데 그냥 되여? 이렇게 그라고 오늘 저녁에 잘못했다고 그저 빌면 다 낫는다."고 그러거든.

그러니까 주인이 하는 말이,

"아, 그라면 저 당신이 빌 줄도 아느냐?"고.

"아, 그런 건 나는 몰르고, 그 사람 데려다 하면 된다."고, "엊저녁에 한 사람."

* 애장 아이의 시체가 묻힌 무덤.
* 평장(平葬) 봉분을 만들지 않고 평평하게 매장함.

"아, 그 사람 집에 갔는데 여기서 몇십 리 되는데 거기를 가야
되는데 언제 가서 데려오냐?"

그러니께,

"요, 요 등갱이(산등) 넘어서 술 먹고 있어, 시방. 여기서 엊저녁
에 벌은 돈 가지고 술 먹고 있다."고.

그래 가 데리고 오라 이거야.

아, 그래 거길 가 보니까 그놈이 거기 있어. 데려다 놓고 토주
단지를 파 보니께, 요만치 파니께 애무덤, 뼈가 나와. 파 가지고
싸서 뒷동산에 갖다 묻어 주고. 그날 저녁에 인제 이 비살이*를
하는데, 아 이 총각이 겁이 나서 살 수가 있어요, 도사가 앉았으
니? 그냥 우물딱하니께 아프다는 놈이 대번 돌아댕기고 난리가
났어. 금방 나았어.

거 주인이 생각을 하니께 참 세상에 그 사람들이 아니었으면
즈 아들 죽으면 이 재산이 다 헛건디, 주인 생각에 우리 집 재산
을 그냥 반을 딱 노나(나눠) 줄라고 생각을 하고 있는 거지. 아,
그 이튿날 아침에 아침을 먹구서는 떠난다는겨. 아, 그러니께 주
인이,

"아유, 가시는 게 뭐냐?"고, "우리 집에서 아주 시컨(실컷) 노시
다 준비다운 준비를 다 해 드리걸랑 가라."고.

"아, 준비는 무슨 준비여?"

---

* 비살이 미상. 신한테 비는 일을 뜻하는 말로 짐작된다.

"아, 돈도 좀 가져가야 되고 뭐 어쩌고."

"아, 돈 필요 없다."고.

"그래 우선 급한 대로 가져가라."고.

아, 벽장을 이래 열더니,

"엽전을 몇 짐, 어디 가서 소를 한 마리 끌어다 질마(길마)˙를
져다 실려 보내고. 그래고 땅문서 좀 갖고 가서 이렇게……."

아, 이놈이 하는 말이,

"아, 그런 소리 말라."고. "아, 여기 돈 바랄 것 같으면 여길 오
도 안했다."고 말여. "돈 십 전만 주쇼, 십 전. 가다가 막걸리 한
잔 먹을 거. 그거만 달라."고.

아, 이 머슴 살던 사람이 생각을 하니께,

'아, 저 싫으면 가주 가다 나 주면, 청중 웃음 아, 나는 부자 되잖
아? 왜 나까정 못살게 그만두랴?'

아, 참 괘씸해 죽겠는디 할 수 있어? 주인이 붙드는데 뿌리치
고 가는겨.

"아, 바뻐 가야 되겠다."고.

그 머슴 살던 놈이 생각을 하니께, '쥐뿔도 바쁠 거 하나도 없
는디. 지나 내나 올 데 갈 데 없는 놈이 뭐가 바뻐? 아, 거서 시
컨 놀다 재산 주면 다 가주 가면 되는데…….'

따라가는데 뒤에 가다 생각을 하니께 분해 죽겠어.

˙ 길마 짐을 싣거나 수레를 끌기 위하여 소나 말 따위의 등에 얹는 안장.

'이놈의 새끼, 그냥! 저런 병신! 아, 저 안 가질라면 내나 주면 나는 잘살잖어?' 청중 웃음

아, 이놈이 한참 가더니 뒤를 힐끔 바라다보더니,

"밉지?"

이라거든.

"그래!"

"그런 거여, 다 사람이. 그건 우리 재산이 아녀. 우리 돈이 아닌 걸 가져가면 안 되잖어? 사람은 돈을 벌 적에는 다 노력을 해서 벌어야지 그냥 생기는 건 우리 돈이 아니여. 가자."고.

얼마 가다서 출출하니까 또 길가에 주막에서 또 술을 고대로여. 닷 돈짜리 한 대접씩 쫙 먹고 십 전 주고. 두 사람이 주머니에 노란 동전 한 개 없는 거지. 그냥 먼지만 퍼썩퍼썩 나는 거여.

가는 거여. 가다 보니까 점심때가 훨씬 지났는데 그냥 가는겨. 아, 그러니 이눔이 가면서 그래.

"야, 배고프지?"

그러니께,

"배고파."

그러니께,

"사람이라는 건 먹을 땐 먹고 또 굶을 땐 굶어야 되여. 항상 똑같으면 재미가 없잖어."

한 큰 동넨디 보니께 동네 가운데 큰 기와집이 하나 있는데 거길 가느냐고 (가느라고) 사람이 와글와글해 그냥, 잔칫집이야. 굉장

햐. 아, 가서 대문간에 이놈이 딱 서드니,

"여봐라."

소릴 지르니께 하인들이 쫓아 나왔단 말야. 별 없는 놈이 소릴 질러. 그래,

"누구세요?"

그라니께,

"아, 우리 지나가는 과객인디 배가 잔뜩 고파서 왔으니 큰 잔치를 하는 모양인디 요기 좀 시켜 달라."

그러니께 종놈들이 그래.

"원 별 멀쩡한 놈들이 아닌 별것들이 그러네."

그 기다려. 기다리니께 뭐 뿌시기° 같은 거 얻어먹는 놈들이니께 뿌시기 같은 거 이렇게 엉성하게 해서 갖다 준단 말이야. 그러고 저러고 머슴 살던 놈 배가 고퍼 뿌시기 아니라 아무 거라도 달려들어 먹고 싶은데 이놈이 안 먹는겨.

그렁께 갖다 준 하인들이,

"왜 먹으라 갖다 주니께 안 먹어?"

그러니께,

"그 주인 양반 좀 만날 수 없느냐?"고.

아, 이놈이 그라네.

"이 양반이! 만날라 그러다 혼나. 그만두고 그냥 처먹어."

° 뿌시기 미상. 짜투리나 찌꺼기 음식을 뜻하는 말로 짐작된다.

그렇께 주인장 보자고, 아 이놈이 버쩍 일어나 성을 내는겨. 그
래서 인제 혹시 모르니께 하인들이 얘길 했어. 사랑방에는 손님
이 와 가주 굉장햐, 잔칫집이니께. 얘길 하니께,

"그려? 그 누군데, 그렇게?"

게 알 같은 탕건을 쓰구서 '에헴' 하며 주인이 나왔어.

"그 누구길래 이렇게 나를 보자 그랴?"

하고 보니께 엉성한 놈들 두 놈이 앉았거든.

"그래, 뭐요?"

그러니께,

"주인어른 되시느냐?"고.

"음, 그래."

"둘째 아드님이 오늘 장가를 갔죠?"

"그렇다."고.

"그 사돈 될 집이 큰 부자죠?"

"그렇다."고.

"메누리도 참 여자 훌륭한 여자고 잘 됐습니다."

"그래서?"

"그런데 아들이 죽어요."

아, 이놈이 그래.

"죽다니? 멀쩡하게 장가간 놈이 왜 죽어?"

그래서,

"아들이 죽는디 그걸 아들을 살릴 방법을 생각을 해야지. 이

복 없는 머슴과 이상한 나그네

렇게 잔치만 하면 되느냐?"고.

그러니께 주인이 바짝 달려들더니,

"절로, 방으로 들어가자."

들어가서 앉아서 하는 말이,

"아들이 장가를 갔는데 오늘 저녁에 자고 내일은 신행을 오는데 낼 저녁에 저 주인 양반 아들이 죽습니다."

그러니까,

"죽는 거만 알고 사는 건 모르냐?"

그러니께,

"그 사는 걸 가르쳐 줄라고 내가 여기를 왔다."고.

"가르쳐 달라."고.

옛날은 사주*를 아가씨 있는 집에를 보내면은 거기서 인제 택일을 보내거든? 날짜 잡은 걸, 택일 같은 걸 가지고 댕기는 사람은 맏아들을 난 사람이나 가지고 댕기지 아무나 못 가주 가는겨 그거. 이불, 이불 지고 가는 것도 맏아들 난 사람이어야 되고. 그게 보통 문제가 아녀.

근데 그때 그 택일을 가져갔던 사람이 낼은 이불을 지고 오는데, 그 사람이 대문간에 들어설려믄 그 사람을 대문간에서 패 죽이라는겨, 그거를. 그 깜짝 놀랄 일 아녀?

* 사주(四柱) 태어난 해, 달, 날, 시의 육십 갑자. 부부간 궁합을 맞추기 위해 혼인 전에 사주를 보낸다.

"아이, 사람을 죽이다니."

그러니께,

"그 사람을 못 죽이면 주인어른 아들은 죽습니다."

"그래, 어떡해야 되느냐?"

그러니께,

"유전(有錢)이면 사귀신(使鬼神)인디 말야, 돈이 있으면 귀신도 부리는데, 아 이 동네에 술 잘 먹고 아주 못사는 놈들 미련한 놈들 돈 듬뿍 준다 그러구선 술 잔뜩 먹여서 몽댕이(몽둥이) 해 가지고 들어오걸랑 이불보 지고 들어오걸랑 패 죽이라고 하면 그까짓 거 시간문제라고 말이야. 금방 패 죽일 수 있으니께 시키는 대로 하라."고.

"그럭하다가 잘못되면?"

"아, 잘못되는 거, 주인 양반 아들이 죽는데 그게 문제냐고 말이야. 책임은 내가 질 테니까 하라."고.

그러면 그 주인이 하는 말이,

"그라면 자네들이 여그 우리 집에서 그때까지 가지 말고 있으라."고.

그렇잖아? 붙잡아 놔야지.

"아, 걱정 말라."고.

아, 그래서 인저 저짝(저쪽)에다 아주 좋은 방을 하나 정해서 이 손님들 글루 모셔 놓는 거지, 그때 가서는.

그래구선 이 동네 사람 그 미련하고 곰탱이 같은 술 잘 먹는 놈을 포섭을 하라 그랬어. 돈을 말야, 땅 한 여남은 마지기 값씩 줄 테니까 말야. 아, 그 집에서 종노릇 안 하고 나가 살으면 되잖아? 그렇게 참나무 몽댕이를 이런 놈을 맨들어 와 가지고 그 문간에 들어서면 죽이기루 약속을 딱 하구 기달리고 있는겨.

웬걸? 한 점심때쯤 안 됐는데 혼행(婚行) 가마 온다고 난리가 났어. 애들이 막 뛰어 들어오더니, '저 가마 온다'는겨. 큰 부잣집에서 오니께 굉장하지 뭐. 옛날엔 그렇게 호화로웠잖어. 아, 근데 대문간에서 잔뜩 두 놈을 숨궈(숨겨) 놨어. 아, 보니께 그 택일 가져갔던 놈들이 너털웃음을 하면서,

"허허, 샌님! 안녕하십니까?"

어쩌고 이불 보따릴 들고 들어온단 말여. 그러니까 숨어 있던 놈들이 몽댕이로다 대가릴 조지니까 그 사람이 팩 쓰러지니 개 패듯 패는겨. 벌렁 자빠지는데 보니께 거미여 거미! 거미가 이만한 놈이 뻐드럭 뻐드럭 자빠져 죽어. 생각을 하니 기가 막히네. 거미여, 사람이 아니라. 그러니까 뭐 난리가 났지.

대번 그때부텀 주인이 그 냥반들 잘 모시라 그러는 거야. 그렇잖어? 그래 주인이 오더니,

"어떻게 된 거냐?"고 묻는겨.

그래 이눔이 하는 말이,

"그 사둔(사돈)댁이 큰 부자 아니냐?"고.

"그렇다."고 그러니께,

"그 메누리로 온 양반이 후원 별당에서 아주 귀하게 컸다."고.

"근데 그 메누리가 태어난 날, 그날 거미 한 마리가 새끼를 쳤는데, 그 메누리 큰 별당 거기서 그놈이 거미집을 치구서는 십구 년 동안을, 열아홉 살인데 메누리, 십구 년 동안을 메누리를 내려다보고 거미가 살았어. 그래서 앞으로 사흘 저녁만 있으면 사람이 돼서 그 메누리를 차지할라고 그런 건데. 그만 그 날짜가 모지라서(모자라서) 사람으로 둔갑을 해서 이불로 들어오는겨. 들어와서 여 와서 하루만 묵으면 주인 양반 아들을 모가질 뚝 잘라 죽인다 이거지. 틀림없이 맞어."

아유, 그 뭐 그때부턴 대우가 굉장하지 뭐. 아, 근데 며칠 좀 먹구 놀았으면 좋겠는데 그 이튿날 아침 먹고 나더니 이눔이 간다는겨, 또. 아, 이 머슴 살던 사람은 그런 언동이 어딨어?

"아, 어디를 갈라고 그러냐?"고 그러니께,

"가야 되여, 우리 바쁘잖어? 우리 가자."고.

바쁘긴 뭐가 바뻐? 간다 그러니까 참 재산을 내놓는디, 그냥 말도 없이 몇백 석거리를 내놓는 거여. 아, 이눔이 또 돈 십 원 하나 쏙 빼다,

"요거만 가주 가면 된다."는겨.

그러니 그놈이 얼마나 미웠겠어? 청중 웃음 아, 제발 '나는 갈 텐께 니가 이거 차지해라.' 하면 참 큰 부자가 되는디. 할 수 없이 따라가는겨. 따라가는 긴디 가다가 또,

"배고프지?"

그라거든.

"한잔 먹어야지, 또."

또 한잔 길가에 주막에서 한잔 사 먹고 가는겨.

가다 보니께 큰 마을이 하나 있는데 그 마을 가운데로 가 보니까 느티나무가 한 다섯 아람드리(아름드리) 느티나무가 있는디 가지가 축 늘어졌어. 여기 공원에도 있지만 느티나무가 착하잖아요? 막 땅에 가 척척 닿았어. 거기를 이놈이 가더니,

"어, 여 시원한 게 여름에 참 놀기 좋겄다."

그런단 말여.

"그렇지."

그렇다 그러니께 이렇게 쭉 늘어진 가지를 딱 꺾더니, 아 나무 잎사귀를 손으로 척 훑어서 확 뿌리더니만, 아 요놈이 나뭇잎 회초리를 요래 가지고 요롱요롱 하는겨.

"너 내 말 안 들으면 너 죽인다."고.

아, 가만히 생각하니까 그놈이 죽으라면 죽겄어. 재주가 그만한 놈인디. 요롱요롱 하면서,

"너 이놈, 내 말 들을래, 안 들을래?"

아이, 참. 기가 막히네.

"너가 나 여까지 데려와서 여기서 나를 죽일라 그라네. 네 말 들을게."

"뭐든지 듣느냐?"고.

"아, 듣는다."고.

어떡해? 이러나저러나 그놈한테 죽었는디.

"여기 요 길로 쭉 가면은 큰 집에 잔치를 햐. 가면 사람이 와글 와글햐. 잔치를 하는디, 그 앞마당에 들어가면은 거기 치알(차일) 을 쳐 놓고 자리를 깔아 놓고 병풍을 요렇게 돌려 쳤어. 치구서 는 그 가운데에 그 안노인 양반들, 연세 많은 노인들이 쪽 앉아 술을 잡숫는디, 아래위 하얗게 흰 소복을 한 상주 젊은 여자가 술을 따르는데 가서 그 여자 허리를 끌어안구 바깥에 나와서 막 뒹구르라."는겨.

"안 그럭하면 너는 알아서 햐." 이거여.

가만히 생각하니께 이래저래 그놈한테 죽었는데 뭐 내빼도 못 해 그놈 재주가. 할 수 없이 그대로 하는겨. 가 보니께 아니나 달 러? 그렇단 말야. 병풍을 확 걷어치고 들어가서 여자, 술 붓는 여 자를…… 지금 세상도 아니고 옛날 세상에 남의 여자를 끌어안 고 뒹굴었으니 난리가 났지. 뭐 그냥 벌떼같이 몽둥이가 날라오 고 난리 났어.

아, 이놈이 들고 도망질을 쳐서 거기로 왔어. 오니께 그놈이 거 기 섰단 말여. 그래 도망을 오니까 금방 여기 우루루 쫓아오는 겨, 몇 눔이. 아, 보니께 똑같은 놈이 둘이 섰으니께 몰르잖어, 쫓아오는 놈들은.

"아, 여기 우리 집에 와서 행패 부린 놈이 어떤 놈이냐?"

그러니께 이놈이,

"여기 얘예요."

이런단 말야. 나원참. 아, 꼼짝 못하고 붙들려 갔네. 원망스러

죽겄지.

또 인제 이놈이 뒤를 따러온단 말야. 졸졸 따러와. 그 사랑방에 노인들이 굉장히 있는데 거기 앉아, 갔다 와서 이제 이놈을 갖다 꿇리구서는,

"아이고, 이놈을 잡아 왔습니다."

그랑께,

"그려 알었다. 느(너희)들은 가 봐라."

그래 이놈은 인제 죽었어. 이 새끼는 뒤에서 구경만 하는겨, 이렇게.

"그래 너 살기는 어데 살으며, 너 무슨 사연이 있어서 우리 집 와서 여자 그렇게 허리를 끌어안고 둥글었니?"

그러니께,

"전, 뭐 사는 곳도 없고 부모형제도 하나도 없고, 그런데 그저 어떡하다 이렇게 됐으니 죽여 주십시오."

"그려?"

아, 그 노인이 하는 말이 그 방을 쑥 쳐다보며 하는 얘기가,

"친구들 내 말 들어 보라."고.

"아, 자네들도 알다시피 오늘이 내 생일 아닌가?"

"그렇지."

그 생일잔치 하러 온겨 다.

"아, 근데 어젯저녁에 내 시집간 딸년이 사흘 만에 남편이 죽어서 와 있는 게 시집간 딸이여."

근디 옛날엔 여자를 그런 대가(大家)에서는 재혼을 못 시켰어요. 남의 여론이 무서워서 재혼을 못 시킨게.

"그런데 엊저녁에 내가 꿈을 꾸니까, 아 이렇게 오늘 만약에 생일잔치를 하는데, 아 하늘에서 말이야, 용이 내려와 가지고 아 우리 딸을 물고 갔다 그 말이야. 그래서 이게 무슨 징존가 하고 생각을 했는디 이 사람이 내 딸, 술 권하는 내 딸 허리를 끌어안고 둥글었댜. 그러니 이 꿈하고 어떻게 되냐?"

하니까 그 노인들이 그게 맞는다는 거야. 이 사람을 사위 삼으라는겨. 큰, 아주 대성할 꿈이니까.

아, 거기서 사우 삼기로 결정을 하네. 아, 근데 어떤 놈이 그놈한테 손을 댈겨?

그 뭐 날짜 미루고 어찌할 거 없이 오늘 잔치 시작했으니 목욕 시키고 머리 이렇게 감아서…… 옛날에 머리 꼬랭이(꼬리) 딴 거 그저 상투 맨들고 옷 좋은 놈으로 새로 지어 논 거 입히고 대번 거기서 행사를 하는겨. 초례를 지내는겨, 결혼식을. 급하게 그냥. 그러니 뭐 굉장하지 뭐. 그 딸은 아버지가 시키는 대로 해야지 별 도리 있어?

그럭하구선 인제 잔치를, 예를 다 지내구서 이눔이 하는 말이,

"너는 인제 장가 잘 가고 그랬으니 나는 간다."

"어드로 가느냐?"니께,

"걱정 말라."구.

그러구선,

"저 주인어른 좀 모셔 오라."고.

그래 그 대례 지낸 마당에 거기서 자리 피고(펴고) 술상 봐 오라서 얘길 하더라는겨.

"이 내 친구는 내가 뭔지를 같이 댕겨도 몰른다."고.

"그래서 내가 다른 게 아니라 저 옥황상제, 상제님을 모시고 있는 저 신선이라."고.

하늘에 옥황상제를 신선들이 모시고 있거든.

"신선인데 상제께서 하루는 불르더니 '세상에를 내려가면은 말여, 나이가 서른 살, 서른 살 먹도록 머슴 살은 돈 서른 냥 가진 놈이 있어. 근디 그놈이 아주 심덕이 착하고 서른 살 먹도록 마음에 한 번도 변해 본 법이 없어. 그러니 그놈을 복을 안 줄 수가 없으니 니가 한 사날(사나흘) 데리고 댕겨서 겪어 봐서 그 사람 소원대로 해 줘라.' 이거여. 그래서 내려왔는데 너는 인제 이 집에서 장가를 들었으니 먹는 걸 걱정할겨, 입는 걸 걱정할 거냐? 자네 식구가 인물이 남만 못혀? 앞으로 아들을 낳으면은 아주 큰 대인을 날 기구 이 세상에 부러울 거 없이 잘 살겨. 그러니까 잘 살어. 나는 가."

주인보고도,

"어르신네, 이 사위가 아주 복이 많은 사람이께 잘될 거라."고 하구서 큰절 한 번 하고 인사를 하고 간다고. 어디 이놈은 붙들을 새도 없어. 고맙다 소리 할 새도 없고.

그래 간다고 하니 떡 나서면서 손을 이랑께 하늘에서 무지개

가 쫙 내려오더니 딱딱 백히니께(박히니까) 타고 올라가는겨. **빠빠이. 청중 웃음**

그래서 그 영감이 만날 앉아 술 한잔 먹으면,

"우리 작은사위가 신선이여! 누가 당할겨?"

그 잘 살더랴. 마음이 착하니까 하늘에서 복을 갖다 줬는디 그 사람이 뭐 잘못될 게 있어? 잘 살지.

청자/그때 판에 박철규가. 그때 판에 장가를 들었구만 그랴? 그날. 청중 폭소 (이 청자는 박철규 화자와 어울리며 친구로 지내고 있는 분이다. 이야기에 장단을 잘 맞춰 주어서 구연이 더욱 빛나도록 했다.)

박철규(남, 1924년생, 83세)
2006. 10. 23. 청주시 상당구 중앙공원
김종군 김경섭 심우장 김예선 외 조사

복 없는 머슴과 이상한 나그네

💬 **해설**

뛰어난 이야기꾼인 화자의 구연 능력을 잘 보여 준 길고 재미있는 설화다. 화자는 인물의 성격을 적절히 살리는 가운데 듣는 이의 이목을 집중시키면서 자연스럽고 흥미진진하게 이야기를 펼쳐냈다. 사이사이에 적절히 집어넣는 유머는 이야기의 재미를 더해 주었다. 최상급 수준의 설화 구연 자료라고 할 수 있다.

이 이야기는 한 머슴의 행로를 통해 진실하고 성실하게 살아가는 사람은 결국 복을 받게 된다는 사실을 보여 주고 있다. 하늘이 내려 준 그 복은 일방적으로 주어진 것이 아니었다. 이야기 속의 신선이 옥황상제로부터 머슴을 사나흘 시험해 보라는 명을 받았다고 했으므로, 두 사람의 동행 과정은 은밀한 시험의 과정이었다고 할 수 있다. 머슴은 가진 재산 전부를 밥값으로 지불해야 했고, 눈앞에 있는 큰 재산과 즐거움을 포기하고 길을 떠나야 했다. 그때마다 화중이 났음에도 불구하고 머슴은 그 사람을 미워해서 떨궈 내거나 뿌리치지 않고 동행을 이어 나갔다. 그 깊은 심덕을 알 수 있는 부분이다.

이야기 속의 여러 일들은 과장의 요소가 짙은 허구적인 내용인 데 비해 주인공 머슴이 보인 이러한 꾸준함과 진실함은 이야기의 골간을 이루는 현실적이면서도 핵심적인 요소라 할 수 있다. 아닌 게 아니라 그는 '용'과 같은 존재였으니, 그가 이룩한 가정이 훌륭히 성공하는 것은 자연스러운 결과가 된다. 삼십 년간을 밑바닥에서 근근하게 살아서 미래에 대한 희망이 없어 보였던 주인공이 이처럼 놀라운 인생역전을 이루어 냈다고 하는 설정 속에는 이야기를 전승해 온 서민들의 소망과 믿

394

제5부 신통한 인물, 특별한 사연

음이 깃들어 있다고 할 수 있다. 그들은 저 머슴과 같이 언젠가 좋은 날이 홀쩍 열릴 것을 기약하면서 성실하고 올곧은 삶을 추구했다는 뜻이다.

💬 생각거리

* 이 이야기에서 머슴이 나타내 보인 미덕이 있다면 어떤 것인지 정리해 보자. 그중에도 가장 두드러진 것은 무엇이라 할 수 있을까?
* '하늘은 스스로 돕는 자를 돕는다.'라는 말이 있다. 이 이야기에서 '스스로 돕는 일'과 '하늘이 돕는 일'의 관계는 어떠한지 말해 보자.
* 함께 길을 가는 주인공과 나그네의 모습을 얼굴 표정에 초점을 맞춰서 캐리커처로 표현해 보자.
* 이 책에 실린 이야기들을 보면서 옛날이야기를 하고 듣는 일이 어떤 의미를 지님을 깨닫게 되었는지 발표해 보자. 어떤 이야기를 어떤 방식으로 주고받을 때 즐거움과 가치가 더욱 커질 수 있는지에 대해서도 연구해 보자. 여러 이야기 가운데 가장 마음에 와 닿은 것은 무엇이었으며 그 이유는 무엇인지, 각자 자신이 좋아하는 이야기를 어떻게 간직하고 어떤 식으로 살려 나갈 것인지에 대해서도 말해 보자.

복 없는 머슴과 이상한 나그네

설화, 어떻게 읽고
어떻게 활용할까?

설화, 겉 다르고 속 다른 이야기

세상에는 참 많은 이야기가 있다. 최근 들어 이야기는 더욱 많아
졌다. 인터넷에 잠깐 접속하는 것만으로 무수한 이야기와 만날
수 있다. 뉴스 속의 사건과 사고, 연예계나 문화계 인사들에 얽
힌 비화, 각종 우스개 이야기와 기담(奇談) 등등 이야기의 홍수라
해도 지나치지 않다. 하지만 그 속에서 '진짜'를 만나기는 쉽지 않
다. 그 많은 이야기 가운데 십 년 또는 백 년 동안 살아남을 만
한 것들이 얼마나 될지 의문이다. 대개는 잠깐 반짝한 상태로 스
러질 것이 그들의 운명이다.

예로부터 구전돼 온 설화는 이들과 다르다. 얼핏 거칠고 단순
하며 허황해 보이지만, 보면 볼수록 새로운 재미와 의미가 살아
나는 것이 설화다. 이는 이들이 삶에서 자연스럽게 흘러나온 이
야기며 오랜 세월의 단련을 거친 검증된 이야기기 때문이다. 이
야기의 원형적인 모습을 설화에서 볼 수 있거니와 그 가치는 그

야말로 무궁하다고 해도 좋다.

문제는 설화의 진정한 가치를 체득하는 일이 쉽지 않다는 사실이다. 설화가 일상생활에서 멀어지다 보니 그 속내를 꿰뚫어 보는 직관력이 떨어진 상황이다. 어찌 보면 설화가 본래 속내를 쉽사리 드러내 보이지 않는 다소 불친절한 양식이라고 볼 수도 있다. 가치 요소를 안쪽 깊숙한 곳에 숨기고 있는 이야기들이 많기 때문이다. 설화를 이리저리 살피다 보면 '아, 이게 이런 이야기였구나!' 하면서 뒤늦게 놀라는 적이 많다. 허술해 보이는 모습 안쪽에 빛나는 가치를 지니고 있는 설화는 그야말로 '겉 다르고 속 다른 이야기'라 할 만하다.

설화에 담긴 깊은 재미와 의미를 발견하려면 무엇보다도 설화와 친해질 필요가 있다. 설화와 많이 만나고 친해져서 설화의 문법을 깨우치고 나면 감춰졌던 본모습이 툭툭 드러날 것이다. 정확히 말하자면 설화가 부러 무언가를 감추었던 것이 아니다. 제모습 그대로 있는데 사람이 가치를 제대로 알아보지 못했을 따름이다. 비유하자면 금덩이가 흙이 묻고 때가 타서 거무튀튀한 것을 보고 대다수 사람이 그것을 돌멩이로 여겨 외면하는 것과 비슷한 상황이다. 자연 상태의 돌처럼 금덩이가 그런 것처럼 가공을 거치지 않은 구전 설화는 거칠고 투박해 보이기 마련이다. 하지만 그 속에 놀라운 빛이 깃들어 있다.

책의 제목을 《국어시간에 설화읽기》라 했다. 구전 설화란 입으로 말하고 귀로 듣는 것이 제격인데 '읽기'라니 안 어울려 보이기도 한다. 하지만 어찌 글자를 읽는 것만이 읽는 일일까. 설화의 참모습에 눈떠서 그 속에 깃든 재미와 의미를 제대로 짚어 내는 일이야말로 진정한 '설화 읽기'라 할 수 있다. 그러한 읽기를 위해서는 일정한 지식과 함께 훈련이 필요하다. 금을 알아보기 위해 훈련이 필요한 것처럼 말이다.

설화를 설화답게 읽는 길

설화의 세계는 매우 넓고 다양해서 개념과 특징을 한마디로 말하기가 쉽지 않다. 때로 설화는 '이야기'와 비슷하게 넓은 뜻으로 쓰이기도 한다. 하지만 모든 이야기가 다 설화인 것은 아니다. 무언가 특별하고 흥미로운 잘 짜인 사연이 있어야 설화가 된다. 흔히 말하는 '스토리(story)'다. 스토리는 설화를 이루는 핵심 요소라 할 수 있다.

설화의 스토리는 기본적으로 허구적이다. 실제의 현실에 구애받지 않고 자유롭게 내용이 전개된다. 설화에서 중요한 것은 사실과 부합하는 일이 아니라 '앞뒤가 그럴싸하게 잘 들어맞는 일'이다. 잘 짜인 스토리를 통해 긴장감과 경이감, 재미와 교훈이 우러나야 한다. 그러한 스토리 효과를 위해 설화에서는 초월적이고 환상적인 요소나 과장과 비약 같은 기법을 자유롭게 활용한다. 애초에 그러한 요소를 맘껏 발휘할 수 있도록 돼 있는 것이 설화의 양식적 특징이다.

설화는 자유로운 상상의 길을 펼쳐 내는 '열린 담화'다. 세부 내용을 세심히 채워서 상황이 눈앞에 펼쳐지는 것 같은 현실감을 자아내는 소설과 달리 설화에서는 세부 묘사에 구애받지 않고 징검다리를 툭툭 건너듯 이야기가 쭉쭉 전개돼 나간다. 그렇게 건너뛴 빈 공간을 채우는 것은 수용자의 몫이다. 각자 자기 나름으로 구체적 상황을 상상해서 느끼는 것이다. 그러니까 설화 읽기의 과정은 자연스레 이야기를 자기 식으로 소화하는 주체적 구성의 과정을 거치기 마련이다. 주어지는 내용을 수동적으로 받아들이는 대신 상상력을 적극 발휘하는 일은 설화를 설화답게 읽기 위한 핵심 요건이 된다.

상상력을 발휘해서 설화의 서사적 의미를 되새김에 있어 관건이 되는 요소로 '화소'를 들 수 있다. 사람들의 관심을 이끌어 내며 정서적 반응을 불러일으키는 이야기 요소를 화소(話素; motif)라 한다. 화소는 설화에서 서사 구성의 기본이 되는 요소다. 어떤 내용이 화소가 되기 위해서는 호기심이나 긴장감을 일으키는 낯설고 특별한 요소가 있어야 한다. '결혼'이나 '죽음' 같은 일반적이고 평범한 내용은 화소로서 자격 미달이다. '동물과의 결혼'이라든가 '일시적인 죽음'과 같이 특별한 흥미 요소를 지녀야 화소가 될 수 있다.

설화의 화소는 종류가 정말로 다양하다. 거의 무한하다고 해도 과언이 아니다. 한 예로 '변신(變身; transformation)'을 보도록 하자. 누군가가 몸을 바꾼다는 것은 흥미를 집중시키는 전형적인 화소거니와, 그 양상이 아주 다양하다. 변신의 주체에 있어 사람이 수많은 동물이나 식물 또는 사물로 변할 수 있으며(예컨대, 호랑이나 뱀, 독수리, 메추리, 등나무, 백일홍, 며느리밥풀꽃, 바위, 모래알, 궁궐, 우물, 구슬 등등), 동물이나 식물, 사물, 신(神) 등이 사람이나 또 다른 사물로 변신할 수 있다. 변신의 방법과 형태도 여러 가지다. 일시적인 변신이 있는가 하면 영구적인 변신이 있으며, 모두를 속이는 완벽한 변신이 있는가 하면 불완전한 변신도 많다. 스스로 변신하는 경우도 있지만 타자에 의해, 예컨대 신이나 마녀의 힘에 의해서 변신을 당하기도 한다. 그 모든 경우가 서로 다른 화소가 된다.

중요한 것은 설화의 화소에 깃든 상징적 의미를 읽어 내는 일이다. 다시 변신 화소를 보면, 그것은 '존재의 질적 변화'라는 의미 요소를 지닐 수 있다. 이 책에 실린 〈구렁이 각시와 선비〉에서 사람으로 변한 구렁이는 오래 도를 닦은 결과로 '존재의 격상'을 이룬 것이라 할 수 있다. 〈단군 신화〉에서 웅녀로 변했던 곰과 비슷한 경우다. 하지만 구렁이의 변신은 아직 임시적이고 불완전한 상태다. 누군가의 마음을 얻지 못하면 다시 뱀으로 돌아가는 존재적 전락을 피할 수 없다. 하지만 마음을 얻는 데 성공하면 또한 번의 존재적 격상을 이룰 수 있다. 용이라는 신적인 존재가 되어 궁극적 자기실현을 이루게 되는 것이다.

조금 더 나아가 보면, 겉으로 사람의 모습을 하고 있되 구렁이가 되기도 하고 용이 될 수도 있는 저 각시는 인간 존재의 양면적 속성을 상징한다고 볼 수 있다. 인간은 한편으로 동물로서의 원초적 본능을 가진 존재면서 한편으로 신성의 발현을 통한 자기 실현을 꿈꾸는 존재라 할 수 있다. 수성(獸性)과 신성(神性)을 함께 지닌 채 양자 사이를 오가는 것이 인간의 특징이다. 사람과 구렁이, 용 사이를 오가는 저 각시의 모습은 그러한 인간 존재의 전형적이고 상징적인 표상이라고 볼 수 있다. 그 형상에 우리 자신의 존재적 본질이 투영돼 있다는 뜻이다.

화소는 설화에 재미와 의미를 부여하는 요소지만, 낯설고 신기한 화소를 많이 담고 있다고 해서 훌륭한 이야기가 되는 것은 아니다. 상황에 어울려야 하며, 앞뒤가 잘 맞아떨어져야 한다. 복잡하고 난해한 쪽보다 단순하면서도 강한 인상으로 각인되는 쪽이 더 효과적일 수 있다. 실제로 많은 설화가 그와 같은 단순하고도 효과적인 구성을 갖추고 있다.

설화의 구성과 관련해서 '서사 구조'를 눈여겨볼 필요가 있다. 이야기 요소들이 어울려 이루는 틀거리를 서사 구조라 하거니와, 잘 짜인 구조는 스토리에 안정감과 깊이를 부여하는 요소가 된다. 설화의 서사 구조는 보통 순차 구조와 대립 구조의 두 측면으로 설명된다. 순차 구조는 이야기 진행 순서에 따른 계기적 짜임새로서, '결핍 → 결핍의 해소', '금기 → 위반 → 위반의 결과', '운명의 탐지 → 운명의 실현' 등과 같이 이어지는 서사적 틀거리가 곧 순차 구조가 된다. 대립 구조는 이야기 순서와 상관없이 이야기 바탕에 깔려 있는 대립 요소들, 예컨대 '생 : 사', '선 : 악', '성 : 속', '남 : 녀', '귀 : 천' 등이 형성하는 상관관계를 일컫는다. 설화의 전체적 구조와 의미는 대립 구조가 순차 구조와 어떻게 맞물리는지를 살핌으로써 분석해 낼 수 있다.

한 예로 〈구렁덩덩 신선비〉 설화의 구조를 분석해 본다. 이 설화의 대체적인 이야기 내용은 다음과 같다.

A 장자집 세 자매가 짝 없이 처녀로 살고 있었다.

B 이웃집 가난한 할머니가 구렁이 아들을 낳았다.

C 두 언니가 징그럽다고 피했으나 셋째 딸은 신선비라고 칭찬했다.

D 막내딸은 구렁이에게 시집을 갔다.

E 첫날밤에 구렁이가 목욕을 하고 나서 훌륭한 신랑으로 변했다.

F 신선비가 각시에게 뱀 허물을 잘 간직하라고 했다.

G 동생을 시기한 언니들이 몰래 뱀 허물을 태웠다.

H 허물을 잃은 신선비가 집을 떠나 멀리 사라졌다.

I 각시가 길을 떠나 고생 끝에 별세계의 신선비 집에 찾아갔다.

J 각시는 신선비가 제시한 시험을 통과했다.

K 각시는 신선비와 다시 결합하여 행복하게 살았다.

주인공인 셋째 딸에 초점을 맞출 때 이 설화의 순차 구조는 어렵지 않게 파악할 수 있다. 짝이 없이 사는 '결핍'의 상황(A)으로 부터 해결의 실마리를 찾아(B-C) 결혼에 성공함으로써 '결핍의 해소'가 이루어지는 것(D-E)이 하나의 흐름(시퀀스; sequence)을 이룬다. 이어서 금기(F)를 위반(G)한 결과로 시련에 처했다가(H) 그 결과로부터의 도피를 시도(I-J)하여 결핍의 완전한 해소(K)에 이르는 흐름을 통해 전체 순차 구조가 완결된다. 그 흐름을 요약하면 다음과 같다.

흐름 1   결핍 - 해결의 시도 - 결핍의 해소(임시)

흐름 2   금기 - 위반 - 위반의 결과 - 해결의 시도 -
          결핍의 해소(완전)

문제의 일차적 해결을 이루었다가 위기와 시련을 거쳐 완전한 해결로 나아가는 서사 구조는 남녀의 결연 과정을 전형적으로 반영한다. 남녀의 결연이란 단번에 완전한 것이 되기는 어려우며, 결정적인 고비를 맞게 마련이다. 그 시험을 감당할 수 있는 능력이 확인될 때 비로소 결합은 온전한 것이 될 수 있다. 위 설화에서 금기가 위반되어 신선비가 떠나고 각시가 시련을 겪는 과정이 그 시험에 해당한다. 그것은 부부간의 신뢰를 확인하면서 영원한 짝으로서의 자격을 확인하는 과정이 된다. 셋째 딸은 제 힘으로 문제를 거뜬히 해결하여 자격을 확인받음으로써 신선비와 재결합하여 오랜 행복을 누리게 되는 터다.

이 설화의 순차 구조는 이처럼 시작에서 결말에 이르는 과정이 긴밀하고 정연하게 짜여 있다. 그러한 서사 구조를 바탕으로 이야기의 주제적 의미가 실현된다. 좋은 짝과 결연을 이루어 삶의 행복을 성취하고자 하는 소망이 그것이다. 조금 확장해서 말하면, 이 설화의 서사 구조는 타자와의 관계를 통해 삶의 격상과 존재의 실현을 이루어 내는 인생살이의 과정을 함축적으로 대변한다고 할 수 있다.

〈구렁덩덩 신선비〉의 이러한 순차 구조는 우리 설화에서 무척 낯익은 것이다. 유명한 〈선녀와 나무꾼〉이나 〈우렁 각시〉 등이 이와 흡사한 구조를 갖추고 있다. 이 설화들의 주인공도 짝이 없던 결핍의 상태에서 이상적 배필을 만나 결연을 이루었다가 금기 위반으로 시련을 겪으며, 떠나간 배필을 찾아 나선 뒤 시험을 거쳐 짝을 되찾음으로써 행복을 이루어 낸다. 대표적인 남녀결연 설화들에서 비슷한 서사 구조가 반복된다는 사실은 그 구조가 그만큼 원형적이고 보편적인 것임을 확인시켜 준다.

다음, 대립 구조 쪽으로 눈을 돌려보면, 〈구렁덩덩 신선비〉는 서사의 바탕에 다양한 대립항이 자리하고 있음을 볼 수 있다. 대립 구조를 이루는 요소들이다.

가난과 부유[貧富]	'할머니-신선비'는 가난하고 '장자-세 자매'는 부유하다.
남자와 여자[男女]	신선비라는 남자와 세 자매 사이의 관계가 서사의 축을 이룬다.
신성과 세속[聖俗]	신선비는 초월적 존재, 다른 사람들은 일상적 존재다.
귀함과 천함[貴賤]	신성의 존재인 신선비는 다른 이들과 달리 '귀한 자'다.
표면과 이면[表裏]	신선비는 겉으로 추하고 징그럽지만 속으로는 신선의 자질을 지녔다.
앎과 모름[知/無知]	셋째 딸은 신선비의 자질을 알아봤고 두 언니는 알아보지 못했다.
착함과 악함[善惡]	셋째 딸을 시기하여 훼방하는 두 언니의 행위는 '악'에 해당한다.
현계와 이계[異界]	셋째 딸이 신선비를 만나는 장소는 현계가 아닌 이계의 속성을 지닌다.
행복과 불행[禍福]	셋째 딸은 성공과 실패, 행복과 불행 사이의 갈림길에서 움직인다.

이와 같은 여러 요소 가운데 어디에 주안점을 두는가에 따라 해석 방향이 달라진다. 한 예로 이 설화의 구조와 의미를 빈부와 남녀, 귀천과 같은 사회적 요소에 초점을 맞추어 읽어 볼 수 있

다. 신선비는 '가난한 자 – 귀한 자'이며, '남자 – 귀한 자'이기도 하다. '가난한 자 – 귀한 자'의 연결은 그 자체로 사회 통념을 깨는 설정이 된다. 사회적 부와 인간적 고귀함이 서로 합치하지 않음을 보여 주기 때문이다. 이와 달리 '남자 – 귀한 자'의 연결은 사회 현실을 반영한 요소로 해석될 수 있다. 이야기에서 신선비는 허물을 벗고 남편이 되는 순간 '무조건 따르고 받들어야 할 대상'이 되는 면이 있다. 일방적으로 아내에게 금기를 전하고 집을 떠나 사라지는 모습은 꽤나 권위적이고 자기중심적이다. 문제가 된 모든 상황을 그의 아내가 혼자 감당하거니와 공평하다고 보기 어려운 모습이다. 가부장적 권력 구조가 투영된 형상이다.

개인적으로 이 설화에서 더욱 주목하는 것은 '표면과 이면', 그리고 '앎과 모름'이라는 대립 구조다. 표면과 이면의 대립 요소는 신선비 안에서 구현된다. 신선비는 겉으로는 추하고 징그러운 존재였지만 이면적으로는 신선의 자질을 지닌 존재였다. 장자의 맏딸과 둘째 딸을 비롯한 많은 사람들이 겉모습을 볼 때 그 이면을 꿰뚫어 보는 한 사람이 있었으니 장자의 셋째 딸이 바로 그다. '모르는 것과 아는 것'의 차이는 그야말로 하늘과 땅 차이라 할 수 있다. 숨은 가치를 제대로 아는 사람만이 그것을 가질 수 있는 것이 세상사 이치다. 셋째 딸과 신선비의 결합 속에는 이러한 보편적 의미가 주제적으로 깃들어 있다고 할 수 있다.

가치란 찾아내는 일 못지않게 지키는 것이 중요하다. 이야기 속의 셋째 딸은 금기를 위반함으로써 소중한 것을 잃어버릴 위기에 처한다. 그녀는 그것을 되찾기 위해 길을 떠나는데, 그 결과는 자료에 따라 차이가 있다. 대개의 이야기는 그녀가 어려움을 이겨 내고 남편을 찾아내서 재결합에 성공함으로써 행복을 이루어 냈다고 말한다. 되찾음에 성공한 경우다. 하지만 그 시도가 실패로 끝나는 경우도 종종 있다. 이 책에 실린 〈구렁덩덩 서선비〉에서 셋째 딸은 멀리 남편을 찾아가 만났음에도 불구하고 재결합에 실패한다. 서선비의 상처받은 자의식이 재결합 욕구보다 더 컸기 때문이다. 주인공 앞에 놓인 '성공:좌절'의 대립적 가능성 중에서 좌절이 실현된 형국이다.

서로 다른 서사 전개 가운데 어느 것이 합당한지를 판정하는 것은 어울리지 않는다. 둘 다 가능한 전개고 결말이라 할 수 있다. 하지만 사람들이 더 선호하고 지지하는 쪽은 있기 마련이다. 〈구렁덩덩 신선비〉의 경우 대다수 자료들에서 두 사람이 재결합에 성공하는 것으로 이야기가 마무리된다. 더 많은 전승자들이 '재결합이 가능하다'는 쪽으로, 또는 '재결합을 해야 한다'는 쪽으로 마음이 움직였기 때문이라 할 수 있다. 하지만 오늘날 사람들이라면 답이 달라졌을 수도 있을 것이다. 현대 여성이라면 떠나간 남자를 찾아가는 일 자체를 인정하지 않을 가능성이 크다. 요컨대, 설화의 서사 구조는 고정된 것이 아니라 유동적인 것이며, 그 유동에 따라 새롭고 다양한 의미가 생성된다. 이 또한 설화가 지니는 묘미라 할 수 있다.

눈길을 조금 옆으로 돌려 〈선녀와 나무꾼〉과 〈우렁 각시〉를 보면, 이 설화와 순차 구조가 흡사하지만 의미 맥락에는 차이가 있다. 이는 대립 구조의 차이와 관계가 깊다. 〈구렁덩덩 신선비〉와 달리 이 두 설화에서는 여성 쪽이 신성하고 귀한 존재이고 남성이 일상적이고 미천한 존재로서 관계가 역전돼 있다. 금기는 여성이 아닌 남성에게 주어지며, 금기가 위반됐을 때 여성이 떠나게 된다. 흥미로운 것은 이때 남성이 나타내 보이는 태도다. 〈구렁덩덩 신선비〉의 셋째 딸이 거의 어김없이 남편을 찾아 떠나가서 재결합에 성공하는 것과 달리 〈우렁 각시〉의 남편은 아내를 찾아갈 생각조차 못한 채 주저앉는 경우가 꽤 많다. 여성보다 남성이 더 나약한 모습을 보이는 형국인데, 삶의 이면적 진실을 반영한 것이라 할 만하다. 〈선녀와 나무꾼〉의 나무꾼은 일단 하늘에 오르는 데는 성공하지만 그 이후에 문제가 생기는 경우가 많다. 모친을 만나러 지상에 내려왔다가 말에서 떨어지는 바람에 하늘로 못 올라가고 죽는다는 전개가 그것이다. 과거에 대한 미련과 집착 때문에 새로운 관계 설정에 실패한 결과가 된다.

이야기 속내를 들여다보면 흥미로운 차이를 더 많이 찾아낼 수 있다. '나무꾼 – 선녀'의 쌍과 '총각 – 우렁 각시'의 쌍을 비교해 보면, 둘 사이의 관계에 미묘한 차이가 있다. 전자가 나무꾼이 일방적으로 선녀를 붙잡고 사는 쪽이라면, 후자는 우렁 각시가 자청해서 총각에게 손을 내민 쪽이다. 이런 차이는 선녀가 자꾸만 남편을 떠나려 하고 우렁 각시는 어떻게든 남편과 살아 보려고 하는 차이로 연결이 된다. 남녀라는 대립항의 관계 구조가 서사

전반에 걸쳐 영향을 미치고 있는 양상이다. 두 설화는 그렇게 인간관계의 서로 다른 측면을 반영하면서 주제적 의미를 구현한다.

설화를 놓고 화소와 구조에 담긴 의미를 추적해 나가는 일은 수수께끼를 푸는 일처럼 흥미진진하다. 어떻게 풀어도 답이 될 수 있으니 편안하고 즐거운 과정이 된다. 그 과정에서 자기도 모르게 깜짝 놀라는 순간이 닥쳐오기도 한다. 멀고 허튼 공상처럼 보였던 이야기 내용이 문득 나 자신의 문제로 육박해 올 때가 그러한 순간이다. 앞서 설화를 겉과 속이 다른 이야기라고 했거니와 과연 그러하다. 우리하고 아무 상관이 없어 보임으로 해서 오히려 더 정확하게 우리 삶의 문제를 꿰뚫는 이야기가 설화다. 설화의 깊은 속은 정말로 알다가도 모를 정도다. 참으로 오묘하고 매력적인 존재다.

설화와 어떻게 놀며 무슨 일을 해 볼까?

구전 설화는 수용자들이 끼어들 여지가 많은 열린 이야기다. 글이 아닌 말로 전승돼 온 터라서 현장적 생동성을 지닌다는 것도 설화의 특성이 된다. 소설 등과 달리 내용이 짧고 함축적이어서 단시간에 효과적 소통을 이룰 수 있다는 것, 노래나 연기 같은 요소 없이 평이한 말로 소통이 이루어지므로 누구나 쉽게 다가갈 수 있다는 것도 두드러진 특징이다. 더불어 즐겁고 유익하게 놀고 배울 수 있는 길은 매우 많다.

설화와 만나는 가장 기본적인 방식은 이야기 듣기와 읽기라 할 수 있다. 음성으로 전달되는 구연을 귀 기울여 듣거나 문자로 옮겨진 이야기 내용을 눈여겨보는 것만으로 즐겁고 유익한 활동이 된다. 이때 유념할 것은 상상력을 적극적으로 발휘하면서 내용을 주체적으로 소화할 필요가 있다는 점이다. 무엇보다 '집중력'이 필요하다. 설화의 스토리는 한 가닥만 놓쳐도 전체 맥락이 흐트러지게 된다. 주의를 기울이면서 집중해서 듣거나 읽을 때 이야기를 쏙쏙 받아들이면서 그 맛과 멋을 느낄 수 있다.

설화에서는 거듭해서 듣거나 읽는 일이 중요하다는 사실을 강조하고 싶다. 겉보기에 설화는 내용이 단순하고 거칠어 보이며 앞뒤가 안 맞는 것처럼 여겨질 수 있다. 현장에서 구술된 원전 설화 자료는 특히 그러하다. 이때 필요한 일은 이야기를 두 번 세 번 거듭해서 음미해 보는 일이다. 내용을 다시 되새기는 과정에서 전에 못 봤던 의미 요소들을 새롭게 발견할 가능성이 크다. 설화와 훌쩍 친해지게 되는 순간이다.

문자로 정리된 설화 자료를 읽을 때 눈으로만 보지 않고 소리 내어 낭독해 보는 것도 재미있고 유익한 활동이 된다. 입말 표현의 맛을 생생히 실감하는 과정이 될 수 있으며, 설화의 묘미를 몸과 마음에 효과적으로 새기는 과정이 될 수 있다. 이때 단지 소리만 내는 것이 아니라 서사적 상황과 맥락을 고려해서 '이야기 구연'에 가깝게 읽으면 더욱 좋을 것이다. 할아버지나 할머니 말투를 흉내 내서 이야기를 읽어 나가다 보면 어느새 즐거운 웃음이 배어 나오면서 이야기의 구수한 맛에 깊이 젖어 들게 될 것이다. 원문 그대로 설화를 구연해 보는 것은 설화가 어떤 식으로 전개되고 표현되는지를 이해하는 데도 효과적인 방법이 된다.

　설화를 자기 것으로 소화하는 더 적극적이고 주체적인 활동은 그 내용을 자기 이야기로서 구연해 보는 것이다. 텍스트를 보지 않고 오로지 '기억'에 의해서 이야기를 펼쳐 보는 일이 그것이다. 기억만으로는 이야기의 세부 표현을 그대로 외울 수 없기 때문에 필연적으로 이야기를 재구성해서 새롭게 표현하는 과정을 거치게 되거니와, 설화의 수용자를 넘어서 적극적 전달자 내지 창조자가 되는 순간이다.

　직접 설화를 구연해 보면 알겠지만, 이야기를 자기 입으로 들려주는 것은 남의 이야기를 듣거나 보는 것 이상으로 재미있는 활동이다. 또한 아주 유익한 활동이기도 하다. 구연 과정을 통해 서사의 맥락과 의미를 더 깊이 이해할 수 있게 되며 자기 표현력을 향상시킬 수 있다. 학교 교육의 말하기 활동은 주로 '논리적 말하기' 중심으로 이루어지고 있는데, '감성적인 말하기' 활동이 그 못지않게 중요하다고 할 수 있다. 설화를 통한 감성적이고 문학적인 말하기 활동을 통해 상상력과 정서 표현 능력을 발전시킬 수 있고, 앞뒤 맥락을 통합하는 구조적이고 총체적인 사고 능력을 키워 나갈 수 있다. 학습이라는 딱딱한 틀을 넘어 즐거운 놀이로서 힘을 낼 수 있다는 것은 설화 구연 활동의 특별한 미덕이 된다.

　듣기와 읽기, 말하기 등을 통해 설화 자료와의 소통이 이루어지면 거기 담긴 의미를 분석해 보는 활동을 다각적으로 진행할 수 있다. 설화 속의 화소들에 어떤 상징적 의미가 담겨 있으며, 대립적 구조와 순차적 구조가 어떻게 맞물려 있는지를 분석하는 것이 특히 유효한 방법이다. 이런 분석 작업을 통해 대다수 설화가 상당한 묘미를 지니고 있음을 깨우치게 될 것이다. 분석을 할 때는 여러 요소를 이리저리 펼쳐 놓는 방식보다 핵심이 되는 요소를 파악해서 거기 얽힌 의미를 깊이 있게 짚어 내는 것이 더 즐겁고 효과적인 길이 된다. 그렇게 분석한 결과를 발표해서 비교해 보면 그 또한 흥미로운 일이 될 것이다. 같은 설화를 놓고 사람마다 서로 다른 부분에 눈길을 두면서 서로 다른 방식으로 의미를 읽어 냈음을 확인하는 가운데 설화의 개방성과 다의성을 체감할 수 있을 것이다. 해석을 공유하는 활동은 설화에 대한 이해를 확장하고 심화하는 데도 큰 도움이 된다.

설화의 구조 및 의미 분석과 관련해서 진행해 볼 수 있는 밀도 있는 학습 활동으로 '주제 토론'을 들 수 있다. 설화 속에는 토론의 대상이 될 만한 미묘하고 흥미로운 문젯거리가 많이 들어 있다. 작중 인물 및 그 행위에 대한 평가를 놓고 다양한 토론이 가능하며, 난제에 대한 설화식 해결 방법을 놓고 찬반 토론과 함께 또 다른 창의적 대안을 찾아보는 활동을 전개할 수 있다. 그 활동은 구두 토론의 형태로 진행할 수 있으며, 논술문을 써서 발표하는 활동으로 진행할 수도 있다. 설화의 서사 상황은 전형적이고 함축적이며 구조적이어서 논술과 토론의 좋은 바탕이 되어 줄 것이다. 이 책에서 설화 자료마다 제시한 작품 해설과 생각거리를 논술과 토론 활동의 길잡이로 삼아도 좋겠다.

설화의 내용을 부분적으로 바꿔 보거나 다르게 구성해 보는 일도 즐겁고 의미 있는 활동이 될 수 있다. 설화의 빈 구석을 자기 식으로 채워 볼 수 있고, 설화에서 마음에 안 드는 부분을 자기 식으로 고쳐서 말해 볼 수 있으며, 결말을 바꾸어서 뒷이야기를 새롭게 이어 나가 볼 수도 있다. 설화의 인물이나 화소, 또는 구조를 원용해서 완전히 새로운 이야기를 만들어 보는 활동도 좋다. 이와 같은 활동은 상상력과 구성력, 표현력을 포함한 제반 스토리텔링 능력을 동시적으로 향상시키는 과정으로서 의의를 지닌다. 설화를 자기 식으로 재구성해서 풀어내는 순간 한 명의 스토리텔러로서 움직이게 되는 것이라 할 수 있다.

설화를 재구성하는 활동은 설화 양식의 틀을 넘어서 인접한 문학예술 양식으로까지 확장해서 진행할 수 있다. 설화 속 인물의 심리나 특정 상황을 시나 노래 가사 등으로 표현해 볼 수 있으며, 서사적으로 흥미로운 장면을 소설의 형태로 기술해 볼 수 있다. 어떤 설화는 서사 전체를 소설 양식으로 다시 써 볼 수도 있을 것이다. 꼭 소설만이 아니다. 희곡이나 사니리오의 형태로 설화의 서사와 장면을 재창작하는 활동도 가능하다. 다만 이때 시나 소설, 희곡 등 각 문학 양식에 잘 어울리는 이야기와 서사 요소를 잘 선택하는 과정이 긴요하다고 할 수 있다.

설화의 서사는 문학 양식 외에 현대의 다양한 문화 예술 및 눈화 산업 양식에도 다양하게 적용해 볼 수 있다. 만화나 웹툰,

드라마와 영화, 애니메이션, 게임, 광고 등이 그것이다. 설화의 서사는 오랜 세월을 거쳐 온 원형적 생명력을 지니고 있어서 보기보다 큰 흡인력을 발휘할 수 있다. 설화를 제대로 이해하고 그것을 잘 적용하고 개선시켜서 웹툰이나 영화 등을 기획한 결과가 크나큰 파급 효과로 이어질 가능성을 배제할 수 없다. 물론 첫술에 배부를 수는 없을 것이다. 설화를 바탕으로 간단한 캐리커처나 시놉시스, 영상물 등을 만들어 보고 단순하게나마 콘텐츠 기획안을 만들어 보는 활동을 부담없이 즐겁게 해 보는 것으로 충분하다. 그런 체험들이 쌓이다 보면 자연스럽게 설화와 친해지게 되고, 그러다 보면 설화에 담긴 놀라운 힘을 제대로 발휘해서 세상을 깜짝 놀래킬 수 있는 순간이 다가오게 될 것이다.

설화는 우리 모두한테 주어진 넓고 큰 기회다. 설화와 친구가 되기를 거리낄 아무런 이유가 없다. 모두가 설화와 친해져서 우리 사는 세상이 멋진 이야기꾼들로 가득 차게 된다면 정말 좋겠다.

구성회 1938년생 충남 서천군 화양면 출신의 이야기꾼. 젊어서는 고향에서 농사를 지었고 전국을 다니며 지관 일을 했으며 사주도 본다고 했다. 풍수에 얽힌 설화를 많이 들려주었고 야사에 해당하는 이야기들도 구연했다. 한때 탑골공원 이야기판에서 구연자로 나서기도 했다고 한다. 다른 남성 화자들과 달리 여성들과 어울려 이야기하기를 좋아했다. 〈신통한 여섯 형제〉는 동화적 민담에 해당하는 이야기로 특히 여성 청중들로부터 좋은 반응을 얻었다.

 김유근 1934년생 울산시 하상면에서 태어난 울산 토박이다. 과거에 삼베 공장에서 공장장으로 근무했다고 한다. 전형적인 설화와 역사 인물담, 경험담 등 다양한 이야기를 폭넓게 구연했다. 다소 탁한 목소리로 차분하게 이야기를 구연했는데, 서사의 맥락을 놓치지 않고 특유의 경상도 사투리로 맛깔스럽게 이야기를 풀어 냈다.

 김춘필 1936년생 경북 울진이 고향으로 33살에 상경해서 서울 서대문구에서 살아왔다. 부모에 대한 효행이나 형제간 우애 같은 착한 행실에 얽힌 교훈담을 주로 구연했다. 예전에는 이야기를 많이 알고 있었으나 기억이 잘 나지 않아서 들려주지 못한다며 아쉬워하였다.

노재의 1919년생 서울 탑골공원과 종묘공원에서 활동한 이야기꾼. 충남 서천 출신으로 서울에서 대학을 다녔을 정도로 학식을 갖춘 분이다. 사람들이 좋아할 만한 다양한 이야기 소재를 개발해서 적극적으로 구연에 나섰다. 실화류 이야기와 역사적 이야기, 문자에 얽힌 이야기, 전형적 민담과 소화류 이야기까지 보유한 이야기 종목이 무척 풍부했다. 일종의 '학습형 이야기꾼'으로 청중의 관심과 주의를 끌어들이는 구연법을 잘 구사하는 편이었다.

 리석노 1922년생 서울 종로구 노인복지센터의 화자. 고향은 전북 고창이다. 주로 우리나라와 중국 역사상의 인물에 대한 이야기들을 들려주었다. 부친한테 한문을 배우면서 함께 들었던 이야기들이라고 했다. 동작이나 억양의 변화가 별로 없이 차분하게 이야기를 구연했다. 한자와 관련된 이야기가 많아서 가끔씩 종이나 바닥에 한자를 적어 가면서 이야기를 구연했다.

 박재동 1923년생 경기도 이천이 고향으로, 불교 신자이며 학교 교육은 받지 못했다고 한다. 일제 강점기 때 수원으로 이사해서 오래 살았다. 차분하고 조용한 어조로 설화와 경험담을 구연하였다. 눈에 안 띄는 조용한 분이었지만 이야기를 구연할 때는 적극적이었다. 구연한 설화는 동화적인 것들이 많았다.

 박종문 1927년생 경북 구미가 고향이며, 30세에 대구로 이사하여 줄곧 대구에서 지내 왔다. 젊었을 때는 건축업에 종사했다고 한다. 품성이 따뜻하고 편안하며 유머가 있는 화자로서, 젊은 조사자들을 반갑게 맞아 주고 이야기를 들려주었다. 특출한 이야기 실력은 아니었지만, 특이한 내용을 지닌 전설적인 이야기와 경험담을 흥미롭게 펼쳐 냈다.

박철규 1924년생 청주에서 만난 이야기꾼. 충청북도 시골 마을에서 태어났으며 토목업에 종사하며 평생을 살았다고 한다. 뛰어난 이야기꾼으로서 40분이 넘는 긴 이야기를 포함한 여러 편의 설화를 사이사이에 유머를 곁들이면서 조리 정연하고 능수능란하게 구연했다. 설화 외에 경험담류의 이야기도 무척 구성지고 흥미진진하게 풀어 내서 청중의 이목을 집중시켰다. 1970년대쯤 지방에서 일을 할 때, 동네에 불려 다니면서 밤에 사람들을 모아 놓고 이야기를 해 주면서 큰 인기를 누리기도 했다고 한다. 청주 중앙공원 외에 주변 식당에서도 이야기를 구연했는데, 조건에 구애받지 않고 안정적이며 흡인력 있는 이야기 구연 능력을 보였다.

봉원호 1920년생 탑골공원에서 활동한 이야기꾼. 충북 괴산군 증평읍 출신으로 시골에서 농사를 짓다 1970년경에 서울로 올라왔다. 열두 살 때 장가를 들었는데 뒤에 그 사실을 숨기고 두 번 더 결혼해서 부인 셋을 두었다고 했다. 학교 문턱에는 가 보지도 못하고 혼자 글을 깨우쳤다고 하는데, 구연 능력이 뛰어나서 긴 이야기들을 막힘없이 구성지고도 실감나게 구연했다. 특히 실감나는 상황 묘사에 탁월한 능력을 나타냈다. 권위나 가식에 전혀 얽매이지 않는 성품을 지니고 있어 직설적인 육담 표현도 거리낌 없이 풀어 내곤 했다.

 신설용 1922년생 충청북도 괴산이 고향으로, 열네 살 때 집을 나와 일본인 밑에서 힘든 노동을 했으며, 해방 뒤에는 미군 식당에서 일을 했다고 한다. 공원에 나와 술 한 잔 먹고 이야기하는 것을 노년의 재미로 삼는다고 했다. 말이 빠르고 목소리가 작으며 어조가 단조롭지만 이야기 구연에 적극적이었으며 내용도 대체로 풍부한 편이었다.

신씨 1919년생 고향은 황해도 평산이며 황해도 연백에 시집가 살다가 한국전쟁 때 피란 와서 대전에 정착했다. 본 이름은 '신정혜'였는데, 한국전쟁 당시 피란처에서 호구 조사를 실시할 때 올케가 이름을 기억 못 해 '신씨'라고 전달하는 바람에 호적에 '신씨'로 올라 이름이 바뀌었다고 한다. 고령임에도 불구하고 동화적인 민담과 전설, 경험담, 수수께끼를 포함한 다양한 이야기들을 조리 있고 흥미롭게 구연하였다. 도깨비와 호랑이를 직접 본 적도 있다고 하였다.

신호식 1927년생 경북 문경이 고향이다. 불교 신자이며, 학교 교육을 받지 못했다. 예전에는 부유하게 잘살았는데 몸도 불편해지고 살기도 어려워졌다고 했다. 잘살 때 힘든 사람을 박대한 일이 후회가 된다고 말하기도 했다. 〈호랑이 이야기〉와 〈효자 이야기〉 등 10여 편의 설화를 구연했다. 이야기들은 옛적에 외할머니로부터 들은 것이라고 한다.

오월선 1934년생 강원도 홍천에서 만난 여성 이야기꾼. 좋은 짜임새를 갖춘 동화적인 이야기를 흥미롭게 구연해 주었다. 이야기 구연이 구성지고 내용 전개가 조리 정연한 것이 특징이다. 이야기는 어린 시절에 숙부님한테서 들은 것이라 하였다.

윤중례 1932년생 이야기 솜씨가 뛰어날 뿐 아니라 노래와 춤도 좋아하는 흥 많은 여성 이야기꾼. 수많은 노인이 모인 서울 종로구 노인복지센터에서 앞장서서 즐거운 분위기를 형성하는 역할을 했다. 총기가 뛰어난 덕분에 오래전에 듣거나 읽은 이야기도 내용을 잘 기억해서 깔끔하게 구연했다. 주로 동화적인 이야기를 많이 들려주었는데, 자기식으로 내용을 재구성해서 새로운 의미를 살려 내려는 적극적인 태도를 나타내기도 했다.

이금순 1938년생 전북 전주 덕진공원에서 만난 여성 이야기꾼. 꽃나무를 좋아하며 삶에 대해 감탄을 잘 하는 성격이라고 한다. 주로 짧고 재미있는 이야기를 웃음기 가득한 밝은 표정으로 즐겁게 구연했다. 수십 편의 이야기를 전해 주었는데, 전통적인 설화 외에 근간의 흥미로운 일화들도 꽤 포함돼 있었다. 이야기를 조리 있고 편안하며 집중력 있게 잘 풀어 내서 청중의 큰 호응을 얻어 냈다.

 이순덕 1929년생 충청북도 음성이 고향이다. 음성에서 살다 쉰아홉에 상경하여 오랫동안 슈퍼마켓을 운영하며 살았다고 한다. 활달한 성격으로 서울 종로구 노인복지센터에서 주변 노인들과 잘 어울리며 지내고 있었다. 주로 동화적인 성격이 짙은 이야기를 우렁찬 목소리로 구연해 주었다. 구연에 참여하기 위해 이야깃거리를 찾아온 것처럼 보였다.

 이종부 1919년생 경기도 양주의 이야기꾼. 양주읍 만송리에서 10대째 거주해 온 토박이다. 어릴 적에 서당 훈장님으로부터 이야기를 듣고 배웠다고 한다. 기억력이 출중하고 구연력이 좋아서 많은 가짓수의 이야기를 거침없이 술술 풀어 냈다. 젊은 시절에 설악산 여행 중에 여관에서 이야기꾼을 만나 며칠 밤을 새 가며 이야기 내기를 한 적도 있다고 했다. 지역의 전설로부터 신이한 화소를 담은 민담과 육담에 가까운 소화(笑話)까지 다양한 종류의 이야기를 폭넓게 들려주었다.

임철호 1914년생 경기도 안성에서 태어나 농사를 지으며 평생을 성실하게 살아온 분이다. 젊었을 때는 노동과 장사 일을 하며 여러 곳을 돌아다녔다면서 금강산 다녀온 이야기를 생생하게 들려주기도 하였다. 단정하고 정정한 풍모에 예의가 반듯하여 존경심을 일으켰으며, 조리 있는 구성과 실감 나는 표현으로 주의를 집중시켰다. 그가 구연한 설화와 경험담은 낯설고 신이한 사건에 대한 관심을 반영한 것들이 많았다.

 지상연 1930년생 대구가 고향이며 공주로 시집가서 살다가 1995년에 인천으로 이사해서 쭉 살아왔다고 한다. 구연한 설화는 〈두꺼비 이야기〉 한 편이었다. 아버지한테서 들은 이야기라고 했다.

 한득상 1928년생 본 고향은 황해도 수안으로, 한국전쟁 때 남하하여 공주에 정착했다. 역리학에 밝은 분으로, 아호가 '황송(黃松)'이라서 '황송 도사'라고 불리기도 했다. 상투를 틀고 긴 수염에 의관을 차려입은 모습이 인상적이었다. 나이가 그리 많지 않음에도 불구하고, 위 연배의 노인들과 어울리면서 대우를 받고 있었다. 길게 이어지는 흥미로운 이야기를 주로 구연했는데, 발음이 우렁차고 내용 전개가 조리 있으며 주제 전달이 잘 이루어져 사람들의 주의를 집중시켰다.

 홍봉남 1927년생 충청북도 보은이 고향이다. 강원도 원주로 시집가서 살다가 40세 되던 해에 상경하였다. 어렸을 때부터 동네에서 이야기를 잘한다고 소문나서 불려 다니며 이야기를 했다고 한다. 나이에 비해 매우 활기찬 모습을 보였으며, 목소리가 매우 우렁차서 주위의 이목을 쉽게 집중시켰다. 남자다운 패기와 기백으로 살아온 분으로서, 이야기 구연 때도 당당한 태도로 일관했다. 동화적 민담과 역사적 설화를 포함한 많은 이야기를 들려주었다.

국어시간에 설화읽기 1 꿈과 환상, 경이의 이야기들

엮은이 | 신동훈

1판 1쇄 발행일 2016년 1월 18일
2판 1쇄 발행일 2020년 3월 23일

발행인 | 김학원
편집주간 | 김민기 황서현
기획 | 문성환 김보희 김나윤 김주원 전두현 최인영 김소정 이문경 임재희 하빛 이화령
디자인 | 김태형 유주현 박인규 한예슬
마케팅 | 김창규 김한밀 윤민영 김규빈 송희진 김수아
저자·독자서비스 | 조다영 윤경희 이현주 이령은(humanist@humanistbooks.com)
제작 | 이정수
용지 | 화인페이퍼
인쇄 | 청아디앤피
제본 | 정민문화사

발행처 | (주)휴머니스트 출판그룹
출판등록 | 제313-2007-000007호(2007년 1월 5일)
주소 | (03991) 서울시 마포구 동교로23길 76(연남동)
전화 | 02-335-4422 팩스 | 02-334-3427
홈페이지 | www.humanistbooks.com

ⓒ 신동훈, 2020

ISBN 979-11-6080-359-4 44810
    979-11-6080-358-7 (세트)

만든 사람들

편집주간 | 황서현
기획 | 문성환(msh2001@humanistbooks.com)
디자인 | 최우영
일러스트 | 최아영